南阳作家自选集

了我斋随笔

行者 著

中原出版传媒集团
大地传媒
大象出版社
·郑州·

图书在版编目(CIP)数据

了我斋随笔 / 行者著.— 郑州 ：大象出版社，2016. 9
(南阳作家自选集)
ISBN 978-7-5347-7590-1

Ⅰ. ①了… Ⅱ. ①行… Ⅲ. ①随笔—作品集—中国—当代 Ⅳ. ①I267. 1

中国版本图书馆 CIP 数据核字(2015)第 077019 号

南阳作家自选集

了我斋随笔

行 者 著

出 版 人 王刘纯
责任编辑 石更新
责任校对 裴红燕 牛志远
装帧设计 王晶晶

出版发行 大象出版社(郑州市开元路 16 号 邮政编码 450044)
发行科 0371-63863551 总编室 0371-65597936
网 址 www.daxiang.cn
印 刷 河南新华印刷集团有限公司
经 销 各地新华书店经销
开 本 787mm×1092mm 1/16
印 张 22.75
字 数 301 千字
版 次 2016 年 9 月第 1 版 2016 年 9 月第 1 次印刷
定 价 55.00 元

若发现印、装质量问题，影响阅读，请与承印厂联系调换。
印厂地址 郑州市经五路 12 号
邮政编码 450002 电话 0371-65957865

总　序

南阳是国家历史文化名城，文化底蕴厚重，文化资源丰富，文化名人辈出。理清南阳文化发展的脉络，才能更好地探寻南阳文化发展的道路与方向。通过这几年对南阳的了解与感受，我认为文化是南阳最突出的城市符号，是南阳未来发展的宝贵资源。

南阳是汉文化的昌盛之地，其标志性无可取代。早在战国时期，南阳就是全国的冶铁中心，农业、手工业都十分发达。西汉时，南阳"商遍天下，富冠海内"，为全国五大都市之一。东汉时，光武帝刘秀发迹于此，故南阳有"南都""帝乡"之称。经济的繁荣有力地推动了文化艺术的发展和昌盛。两汉三国时期南阳名人荟萃：张衡的科学成就举世称誉，因而他被列为"世界十大文化名人"之一；以"医圣"张仲景为代表的汉代医药文化是中华民族乃至世界医药文化宝库中的瑰宝；足智多谋的军事家诸葛亮成为人类智慧的化身。南阳的文学、乐舞、绘画、雕刻等艺术门类异彩纷呈，各领风骚，在整个汉代文化艺术中占据着举足轻重的地位。特别是最能反映汉代艺术水平的南阳汉画像石和汉画像砖，朴素而不单调，豪放而不粗疏，被世人称为"东方艺术宝库"。

南阳是河洛文化、荆楚文化和秦巴文化的荟萃之地，其多样性特色鲜明。南阳文化既有河洛文化的典重质实，又有荆楚文化的清奇灵巧，还有秦巴文化的苍凉豪放。这是南阳自古以来优越的自然环境、发达的水陆交通和良好的社会经济环境决定的。南阳境内山川秀丽，河流纵横，分属长江、黄河、淮河三大水系。从春秋战国时期起，南阳郡为秦、楚等国与中原各国的交通枢纽，由关中向江淮此乃孔道，由伊洛向荆襄此乃要冲，既是南北交通的咽喉，又是西北通往东南的必由之路。发达的水陆交通和优越的自然环境不仅为南阳的经济繁荣提供了得天独厚的条件，更为河洛文化、荆楚文化和秦巴文化在这里的交融与发展奠定了基础。

南阳是文脉相承的兴旺之地，其稳定性十分罕见。得益于优越的自然环境和区位优势，并且较少受到战争的影响，自古以来南阳文化都十分发达，兼容并包，千姿百态。兴旺的文脉如长河奔流滔滔不息，从未中断。自两千多年前到现在，南阳可谓“江山代有才人出，各领风骚数百年”。以“科圣”张衡、“医圣”张仲景、“商圣”范蠡、“智圣”诸葛亮这四圣为代表的历史文化名人灿若群星；“二十四史”里有记载的南阳历史文化名人超过 800 人。到了现当代，南阳名人仍然层出不穷。目前，仅南阳籍两院院士就有 19 人，占河南籍两院院士的三分之一。另外，还有以姚雪垠、二月河等为代表的南阳作家群等。

先辈留下的丰厚文化资源为我们开展文化建设提供了得天独厚的有利条件。我们要在传承和保护南阳厚重文化的基础上更好地创新与发展，充分发挥文化引领风尚、教育人民、服务社会、推动发展的作用，使文化成为实现南阳跨越式发展的新动力，成为南阳城市发展的终极竞争力，这是我们共同的历史使命。人类前行到今天，“文化是根，文化是魂”的共识更有力地彰显出文化本来应有的鲜明印记。如果说文化是人类在社会历史发展过程中所创造的物质财富和精神财富的总和，那么，一个国家对民族精神的塑造肯定是文而化之的结果。在这个过程中，文学无疑充当着十分重要的角色。它不仅是民族精神最形象、最直接、最生动的体现，而且代表着人类社会发展的文明程度。毫无疑问，南阳作家群在南阳文化建设方面发挥着积极的推动作用。南阳现有国家级作协会员30人、省级作协会员340人、市级作协会员450人，其中在全国知名或有相当影响的就有十数人。南阳作家群以整齐的阵容、众多的人数、独特的作品在中国当代文坛筑起一道亮丽的风景线，不仅成为文学豫军的重要力量，而且在中国文坛具有相当大的影响，是南阳当之无愧的文化名片和南阳人的骄傲，堪称南阳文化建设的一面旗帜。

近年来，南阳市委、市政府高度重视并支持南阳作家群的发展。为建设人才队伍，培养文学新人，南阳成立了南阳文学院，加强了《躬耕》杂志、《南阳日报·白河副刊》等文学阵地的建设，为南阳的文学创作营造了良好的环境。全市广大作家坚持以人民为中心的创作导向，深入生活，扎根群众，创作了一批精品力作。这次我们从南阳老中青三代作家中遴选出35位代表，将其优秀作品以“南阳青年作家丛书”和“南阳作家自选集”两套丛书的形式结集出版，这是南阳文学发展史上空前的举措，旨在助推南阳文学创作，全面系统地展示南阳当代作家的整体实力，为南阳转型跨越、绿色崛起提供强大的精神动力和文化支撑。希望这种助推能够成为南阳作家投身文学创作的新动力，期盼各位作家在个性化的文学创作中获得更大的成功。

中共南阳市委常委、宣传部长　王新会

2015 年 11 月 19 日

目　录

同　意

机关里的司机被戏称为“司局级干部”。早些年有一则笑话流传了好多时日:有人问一位司机什么职业,他回答:掌握方向路线的。前进途中出了问题,他要做的首先是揭盖子,然后要动班(扳)子,问题解决之后,打扫战场,轻装前进,云云,总之,把司机的业务工作政治化、官场化了。

我有一位朋友,在市直某机关任司机,他对政治有些兴趣,说起国内外政治形势之类,滔滔不绝,很有见解的样子。他一度热衷于书法,常在纸上或水泥地板上练习写“同意”两个字。“同意”后面是自己的大名。有时候也加上年月日。时间久了,“同意”这两个字竟写得龙飞凤舞,比某领导的字还见功夫。但这终属虚拟,他还不是一位领导,一直没有机会真正地使用这两个字,让这两个字在现实生活中发挥作用。家庭里他倒是一家之主,但妻子总不会什么事情都给他打报告,诸如“关于购买 9 斤萝卜 2 斤菠菜 1 斤豆腐的请示”之类,让他签上“同意”二字才去执行吧。分析起来,这朋友对官员、对权力是有一种向往,但他这行为本身其实也有一种调侃的成分在。他并不是一个千方百计要挤进官僚队伍里的人。所以他兢兢业业工作到眼下,即将退休,仍然是一名光荣的司机。也就是说,他还没有获得在某一份文件上签署“同意”这两个字的权力,他这一生大概不可能获得这种权力了。

当然了,一位官员,特别是高级官员,在一份重要文件上签下“同意”二字,就有可能影响到广大的民众,影响到一些人甚至很多人的命运。人们对权力趋之若鹜,也就是想取得这种地位和影响力。能影响许多人的人,自然是人中之龙凤了。

不过,即使是一名司机,或者其他的普通人,他一生中也会有无数次的机会对某事某物发表意见——同意或者不同意,只不过这意见的表达范围和对象比较小、影响力不那么大,没必要那么郑重地写在纸面上而已。

从道理上讲,即使是一名司机或者其他的普通劳动者,他也有权利对那些影响广泛的事务表明自己的意见——同意或者不同意。他可以直接表达这种意见,也可以通过他的代表表达这种意见,只是我们还没有意识到这一点儿而已。看来我们每个人都应该练习好“同意”这两个字,后面不要忘了签上自己的大名。

临　界

下了火车，登上本市3路公共汽车，人不多，我在中门偏前的一个位置坐了下来。一会儿之后，一个嘴里叼着香烟的中年男子上来了，就坐在司机后面较高的座位上。那支白色的香烟直直的，叼在他嘴里，呈水平状，这动作我熟悉，我是个老烟民了。我时不时地看他一眼。他没有点那支烟，只是噙在嘴里。我想这可能有几个原因：一、他没有火，也不好意思借用谁的打火机。二、他有火，但这会儿不愿意抽。最有可能的是第三个原因：汽车上是不允许抽烟的，他明白这个道理，所以只是用嘴噙着烟，并不点燃它。大概是朋友让给他一支烟，他不愿意抽，也不舍得丢掉，就这么噙在嘴上。我也有过这种经历。他上车的时候，漂亮的女司机兼售票员看见了他嘴上这支香烟，但没有吭声。

我看着他嘴上那支香烟，又扩而大之，对这叼香烟男人上下打量了一番。这男子四十多岁的样子，肤色偏黑，鼻子眼睛都没有什么特别之处，平头，上身是一件花格子衬衫，下面是一条黑色的长裤，脚上是一双布鞋。他的两条裤腿卷了起来。我想他应该是一个体力劳动者。他嘴里叼着那支烟，并不点燃它，这并不影响他说话。他坐在司机后面稍高的座位上，与坐在对面的一个大约七十岁的白发老者说了两句什么话，几分钟之后，他过去坐在老者身旁的位置上，两个人又说了几句什么话。汽车到二胶厂站的时候，那老者下车了。车子开动之后，恍惚中，我忽然发现，那个嘴上叼着香烟的男人不见了。莫非他与那个老者一块儿下车了？

但这时候那个漂亮的女司机兼售票员大声喊道：请不要在车上吸烟！我四处打量了一下，这才发现那个嘴上叼着香烟的男子坐在汽车最后面的一个座位上，他在抽烟，女司机制止他之后，他将那支已经点燃的香烟掐灭了。

我对这个女司机的警惕性相当敬佩。那个男子坐在离她最远的位置上，刚刚点上那支烟，她就发现了，及时地给予制止。

我更敬佩的是这位女司机对火候的把握。那男子嘴里一直叼着那支香烟,作为这车上的管理者,她并不置喙,听之任之,但她并不是疏于管理,她只是在事情发展到临界状态时,及时出手,尽她的管理之责。

这还不能从捉贼捉赃捉奸捉双这个意义上去理解,因为一个在车上抽烟的男子既不是贼也不是奸。女司机发现他点燃香烟后只是用语言制止了他,她没有像某些管理者那样,过去踢他一脚,罚他的款,或者训斥他一顿,逼着他承认错误赔礼道歉。她只是中止了他的违规行为。

女司机是个认真负责的管理者,又是一个温和的管理者,更重要的是,她是一个有法律意识的管理者。她知道那男子嘴里叼着一支香烟,仅仅有违规的可能,但他还没有违规,她就不能把他看成一个违规者,因为这男子有在嘴里叼一支香烟的自由,这种自由她是没有权利剥夺的。一旦他掏出打火机点燃了他嘴里的香烟,事情就发生了变化,违规行为出现了,那么,对不起,女司机大声地用语言制止了他。面对这种制止,这男子有什么道理不服从这女司机的管理呢?他只好乖乖地掐灭了那支一直叼在他嘴里的香烟。

听一听王西麟

欣赏艺术也需要机缘。早年觉得写小说的也应该懂一点西方古典音乐，就去买一些碟子听，诸如莫扎特、贝多芬、马勒等人的名曲，也读过这些人的传记，也去过音乐会，似乎得到过一些感动。记得当时也想买来西方现代主义那几位大师的作品欣赏一番，什么斯特拉文斯基、勋伯格、巴托克之流，据说这些人鼓捣些什么十二音列无调性不协和音不对称节奏"巴托克爆裂音响"等深奥难懂的东西，可惜无缘碰到，未见真容。毋庸讳言，鲁班门前耍这么几斧头诚然有其意义，但不可能让我成为一个合格的木工师傅，我与这高雅的艺术终究还隔着一层。事情的结果自然是，新鲜一阵之后，这些大师们就被我束之高阁了，这么多年竟没怎么再碰过。可见我还没有真正地走进它的大门，更不用说深入其堂奥了。心理上没有强烈甚至贪婪的欲求，怎能叫懂和爱呢。

近日从《南方周末》上读到一篇长文《中国病人》，才知道中国出了一位了不起的作曲家叫王西麟，此人 1936 年出生于河南开封，有音乐天赋，因耿直好言被逐出北京，享受过 14 年监禁劳役，1977 年流放归来始崭露头角，其作品在国内获奖并渐受世界乐坛注意，西方同行给予高度评价云云，便上网搜索了一番，还真有他的作品，就先听了他的《第四交响曲——献给中国历史和人类历史过去的一世纪和未来的一世纪》，竟被震住了。一开始是低音提琴低沉的旋律，卑贱的生命孤独无助，挣扎着，呻吟着，呜咽着，也愤怒无奈着，接着是极度不协和的、尖锐撕裂的高音区的"音块"铺天盖地而来，反生命的强大力量理直气壮地鞭挞着、摧残着柔弱无辜的生命，然后是孤魂野鬼在白茫茫的大地上哀鸣。没有什么光明的尾巴，新生的生命依然要同强大的邪恶势力搏斗。这个作品写于 1999 年至 2000 年，四个乐章：生命、毁灭、死亡（哀悼）、抗争。作曲家借鉴了爆裂音响、音团音块这些现代手法，吸收了中国戏曲里面的苦音等音乐元素，使用了戏曲中的锣鼓、鞭音板等乐器，创造了"皮鞭音型""毁灭主题""惊恐主题"，让听者真的感觉到有皮鞭在自己身上炸响,真的有撕心裂肺的感觉。啊啊,如此新颖而不堪的音乐。如此直击人灵魂的音乐。我觉得我被感动了,我进入其中了,我与这一颗孤傲的灵魂相遇了。

单从形式上分析,此作有巴托克原始主义那种野蛮、粗暴,但这种野蛮粗暴又是历史的政治的,它表现的是一种历史内容,从根本上说它是思想性的。这是一个人的呐喊。中国竟有这么优秀的交响乐作品,自己如此孤陋寡闻,真是。

为什么突然就懂了,突然就接受了这么现代这么复杂的音乐?想来原因在于王西麟先生让他的身世连带着民族的历史进入他的音乐,这就打开了亲近它欣赏它的经验性通道——他用最新的手法去表达它,而这恰好消除了我们这些非专业人士对这新手法的隔膜。

后来从网上读到澳大利亚国立音乐学院教授吉米·柯特的评价,很以为然:"这部作品是令人震惊的。我所能想到的唯一可以比肩者是提奥多拉基斯的交响乐作品,虽然两者风格迥异,但其中传达的力量与激情是超乎任何期盼的。……而仅这一点,如果不论及其他的话,就能把他列入近 50 年来国际作曲家们的前列。"他甚至说,"这部作品可以被列入任何一个世纪的上乘作品之列。"

听了两遍王西麟的《第四交响曲》,又听作曲家完成于 1990 年的《第三交响曲》,其四个乐章为囚徒、屠场、疯癫、炼狱,仍让人心碎。这个第三其实没有后来的第四完美,但与它出生较早一样,它也较早得到了外国同行的高度评价。1995 年,彼得格勒交响乐团首席指挥雷洛夫说:"如果一百年前有外星人来到地球用一个小时了解人类历史,请他们听贝多芬的《第九交响曲》;如果现在又有外星人来到地球要了解人类历史,请他们听王西麟的《第三交响曲》。"把王西麟一部交响乐等同于一部人类百年的历史,有点偏爱,但不算过分,因为它表达的是这一百年来人类的根本境遇。

王西麟先生曾撰文介绍,为纪念"文革"中被迫害致死的钢琴老师陆洪恩先生,他创作钢琴协奏曲时,把京戏《野猪林》中林冲一路被鞭打的节奏转化进来,又把林冲在雪夜草料场唱的那一段反二黄,改造为现代公民的控诉,才使这部作品立了起来。其实他多部作品都是这样做的,这就让他带有强烈的民族特色和个人风格。

王西麟先生为纪念鲁迅先生诞辰 120 周年、逝世 65 周年而作的

《第五交响曲——鲁迅追思》,还有他的《殇》《喜剧的对话》《铸剑三章》等同样令我感动。不光是感动,还受到了刺激。一部作品,能让欣赏者受到刺激,不是那么容易的事。或者可以说,能否让欣赏者得到强烈的刺激,应该是一部作品杰出与否的重要标准。王西麟先生数篇文章中提到鲁迅先生,我觉得他对鲁迅精神的继承与发扬,要超过我们许多写小说的——当然包括笔者自己。

听了一个春节王西麟,我又搜出来了一些斯特拉文斯基、勋伯格、肖斯塔科维奇、潘德列斯基等人的作品,这些艰涩的作品,我觉得也还可以进入。也就是说,王西麟先生将我带进了现代交响乐的殿堂,我不认为自己是一个十足的门外汉了。

不过,写到这里我忽然觉得有点儿不那么坦然:从网上免费听王西麟先生的作品是正当的吗?我有点儿怀疑。

分寸感

渐入老境，便对电视上的保健养生节目留意起来。我发现，那些造诣精深的专家除了对某种疾病的机理、其内部的复杂关系、典型的病象特征、恰切的治疗方法、其优势和副作用等有深刻的认识，还有一个特点：说话有分寸。他们有意无意让自己的话语运行在一个逻辑之内，如同关进一个笼子，不使其张牙舞爪，而使其准确又有节制，第一句话与第二句话，第二句话与第一句话和第三句话，其前后都有内在的联系和呼应。也许在潜意识里，他们手执一把尺子丈量着自己即将出口的话语，凡虚浮的、夸饰的，其词与其物不一致不吻合的，皆过滤之、撤换之、改造之。这种有分寸的语言给听者一种信赖感，让我对他们的医术和专业造诣越发佩服了。

这就是专家与江湖郎中的区别。这些专家绝不会说自己是华佗再世扁鹊又生，绝不会说某某药或者某某疗法药到病除包医百病。他们一般不用“最”之类的副词打扮自己，更不会装神弄鬼，让你穿上红裤头，把房间里的家具重新摆放一遍。推及其他领域，恐怕也是。如果我们碰到一个人一见面就说自己如何如何，是世界什么协会的什么长，得过联合国什么大奖，且让你看一沓子他与某些大领导大人物的合影照，以狐假虎威，那么，这个人就令人生疑。

汉语里“分寸”这个词很有意思。不说丈尺、尺寸而说分寸，这说明古人有分寸感。他们想尽可能精细地认识和判别事物。不过现在是工业社会之“后”，都纳米时代了嘛，我觉得“分寸”这个词还不够分寸——应该叫毫厘。毫厘肯定比分寸更精微一些。古人有差之毫厘、毫厘不爽等说法，但说到对事物微观意义上的拿捏把握，人们仍然习惯使用“分寸”这个词。所以我愿意把分寸理解为毫厘甚至是微丝之类，反正是比较小的计量单位，以强调这个词的精微意义。

事物是有形的，即使某些无形的事物如某些心理和精神现象也是可以测试的。它长那么一分短那么一分高那么一寸低那么一寸，体温是三十七度还是三十八度，不是无所谓的，而是有认识论价值、有本质性意义的。有时候就是多或少那么一丁点儿,事物的性质就变了。说真理向前再走一步就成了谬误,指的就是它失去了分寸。所谓分寸,其实是一种科学的认识和评价态度,对事物、对他人和自我不偏执,不极端,不夸大,不缩小,不攻(褒)其一端不及其余。这就需要对事物的表象,包括形状和外观,及其内在的运行机制进行科学的认识和把握,观察、测量、分析,有时候还要完成一个或多个试验过程,并数字化,形成数学般精确的结论。我们可以将这种科学的认识和评价态度内化到血液里后形成的语言和行为习惯,称为分寸感。

有分寸感的人不轻易使用概念,而惯于具体地描述和分析。同一种病,甲和乙的表现一定有所差异,有时候还会有较大的差异。用一个现成的概念套在这个个案身上,去框定它,是很顺手很方便的事,一点儿也不费力气,但这个现成的概念往往会扭曲眼下这个人的疾病现实。

分寸感是对事物微观意义上的精确定位,也是一种宏观意义上的比较和研究,包括横向和纵向的比对探讨。我们将某事物放在一个大的空间和时间段落上去看,与我们只在眼下孤立地去面对它会有或大或小的差异。某些炙手可热的庞然大物,一旦用历史的眼光去观察它,会发现它迅速地萎缩了;某些不大起眼的东西,也许是一只亚马孙河流域热带雨林中的蝴蝶,偶尔扇动几下翅膀,却可能在未来的某一天引起美国得克萨斯州的一场龙卷风——所谓的蝴蝶效应。因此,从某种意义上说,分寸感也是一种历史感。

把分寸感理解为不偏不倚恰到好处,正确,但俗了。向功利化方向思考,左右逢源,进退有度,圆滑得体,善于讨好,在上司面前点头哈腰,在下级面前趾高气扬,这固然是一种分寸感,有其存在的合理性——不信你倒过来试试,在上司面前颐指气使,在下属面前装孙子,那你这领导也当不长久。它俗在功利化,更俗在损失了一些尊严和人格——如果我们仍然把人格和尊严看得贵重一点儿的话。

在我看来,《庄子》里解牛的庖丁就是个分寸感很强的人。他有一种职业敬畏:“每至于族……怵然为戒”;有精湛的技术能力:“官知止而神欲行”,这种技术能力表现为艺术:“以无厚入有间”,“莫不中音,合于桑林之舞,乃中经首之会”。

权　威

今年年初，忽然就得了病，右胸间奇疼，医院拍了片子，胸膜增厚，右胸下面肋角模糊，市里几家医院都说是胸膜炎，又做结明三项试验，阳性，胸膜炎无疑。家里有人建议去省城确诊一下，我说何必呢，于是服用专治胸膜炎的四联药。这几种药副作用比较大，禁忌也就多，比如不能吃豆制品和海产品，晚上不能吃荤和高蛋白等。吃了两个多月之后，原以为此病在向痊愈方向发展，谁知 4 月 30 日又突然发作，不过这一次是左胸，比上一次更甚，撕心裂肺地疼，CT 拍片显示肺部一小块阴影，市里几家医院的医生说法不一，有说“不好”的，有说不像癌，可能是肺部感染，家里人慌了手脚，决定往省城求治。事情重大，本人当然同意。也没有不同意的道理。心理上倒还算平静，心想：如果是肺癌，还会有几个月的阳寿，只是年轻时曾戏言这辈子活到六十岁就行，现在看来这个目标是达不到了。

先至省胸科医院，大夫说不大像癌症，让做气管镜；又至肿瘤医院，大夫让做增强 CT 排除癌症。得知省人民医院呼吸科主任马希涛第二天上午坐诊（他一星期只坐诊半天），妻子起大早又挂了马大夫的号。马大夫是业界权威，果不其然，他听了我的叙述，先问我什么职业，我说我是写小说的。旋即他用听诊器听了听胸部，再让我提起裤腿，在他面前旋转三百六十度，说我有轻度静脉曲张，我说我腿疼已月余没有重视，马大夫的结论是：肺栓塞，和久坐有关，并让我做六十四排肺动脉 CT 看肺部栓塞情况。我是第一次听说“肺栓塞”这个词，不过我对马大夫的诊断结论是信服的。为求稳妥，妻子又带我去郑大一附院，还好，挂上了呼吸科主任张国俊的号，因为他也是业内的权威。路上我对妻子说：不要迷信领导和权威。长江后浪推前浪，比较起来，那些思想开放勇于探索的年轻人倒可能更优秀。我说，一般来说，当领导的都是次优秀的，最优秀的当不上领导。妻子反驳我说：你不是一个小单位的领导？我说：所以我不是最优秀的。张教授的门诊量大，我挂的是三十三号，差不多是他最后一个病人。十一点多，有人动员我及另外的人到另外一个诊室请罗教授看,免得久等。我说我就是冲着张教授来的,等就等吧。张教授的诊室里有两三个助手,患者如何配合、病历书写等文字工作,这些琐碎的事都由助手来做。张教授听了我的陈述,看了我的片子,亦用听诊器听了听胸音,又让我提起裤腿给他看。他的结论与马大夫高度一致:怀疑为肺栓塞。两位教授都排除了肺癌。这让我越发信服。看来权威还是权威,不服不行。

权衡下来,我按马大夫开的检查项目做了六十四排 CT,片子上清晰地反映出肺部血管的堵塞情况。这样就在省人民医院住了院,呼吸科副主任、治疗肺栓塞的专家唐学义大夫又让查了腿部超声,疾病的根由也出来了:左小腿肌间静脉栓塞,栓子运行到肺部,导致肺部栓塞,亦导致肺部阴影及胸部剧疼。也就是说,真相被揭示出来了,接下来的治疗就好办了。须知这个病在美国死亡率排名第三,其中多数死于误诊。

因此,马希涛主任偶尔查房,我会忍痛坐起来,谦恭地请教问题。他说的注意事项我会像圣旨一样遵行。看来从根本上说我是信奉权威主义的,这一点与妻子并无分歧。虽然从理性上说,我知道应该对权威持一种警惕和怀疑的态度,这是学术进步的必备条件,不过很难。就如看病,类似我们这等底层人士不可能使用民主的办法通知一堆医生过来会诊,民主出一个科学、合理的结论和治疗方案来,你只能根据病情,一层一层地往上走,寻找更权威的权威。中国的各种资源都集中在中心城市,医生也不例外。诚然,有些小地方的年轻人创造了奇迹,一些乡村的创业者进入了财富五百强,但这不能证明权威主义遇到了麻烦。不,权威主义正轰轰烈烈,它已经成为我们生活中的逻辑,我们不得不信奉它。

二分监狱

闲来无事，便搜出新浪上的名校公开课，听了一些，收获是有的。我觉得最有价值的是我学到了一个新词：二分监狱。

所谓二分，其实是分二，把一个东西、一件事情，甚至一个世界分为两个部分——好的部分坏的部分、善的部分恶的部分、光明的部分黑暗的部分、自己人和敌人，如此这事物这世界便万里无云，一目了然，尽在掌握之中了。真的很好。我们为自己的聪明和智慧沾沾自喜：看，一个混沌状态中的事物，一个复杂的社会，顷刻间就按照我们的意志条理化了、透明化了、理论化了，被我们认识了，握在手掌心了，真好。这正是：删繁就简三秋树，简单的就是好的，越是简单的就越是好的。

在下小时候看电影，银幕上的各色人等在我眼里只有两种人：好人和坏蛋。好人我未必会多么敬佩，但坏蛋我会恨之入骨。这时如果有人发给我一支枪，让我把那个坏蛋毙了，我想我肯定会欣然从命。

思想的成果终究要向实践演化。二分的主要目的是解决朋友和敌人的问题，不过这是很简单的。你要么好，要么坏，要么是好人，要么是坏人，二者必居其一。自己人、朋友当然是好人，好人什么都是好的，当然要宣传表彰，要关心爱护。敌人当然是坏人恶人，坏人恶人什么都是坏的，对坏人当然要残酷斗争、无情打击，再踏上一只脚，让他永世不得翻身。流水不腐，户枢不蠹，此二分要一直分下去，三五年七八年就要搞一次，必要时即时站队表态。凡支持我的是自己人，可以信赖，应提拔重用；凡反对我的就是敌人，关监狱，送去劳动改造，必要的话让他从这个世界上彻底消失。

二分的一个结果是培养起人们的仇恨感，我们对敌人、对立面、负面的东西怀有深仇大恨，必欲置之死地而后快。老子强弱高下的辩证法浸淫我们这个民族几千年了，但在我们的观念里，成者之王永远是高尚伟大正确的，败者之寇永远是邪恶渺小错误的。这仇恨滋养出我们一副铁石心肠。袁崇焕被皇帝认为通敌，京城的百姓就你一口我一口生生把他吃掉。我们不理解,二战时菲律宾战场上美国中将温莱特率众向日本投降,他的祖国却仍然把他当作一个大英雄,宣扬他五个月的顽强抵抗。这个日本人的俘虏还当上了《时代周刊》的封面人物。

早些年美国弗吉尼亚理工大学发生校园枪杀案,韩国籍学生赵承熙枪杀32人后饮弹自尽,当晚全校点起33盏蜡烛,人们为死去的孩子包括凶手守夜祈祷。追悼会上敲响的丧钟是33声,放飞的气球是33个,安放在校园中心广场草坪上的石灰岩悼念碑也是33块,其中一块碑上写着赵承熙的名字,人们同样在石碑旁放上玫瑰、百合、康乃馨等鲜花和紫色蜡烛。

看了这报道,我顿然明白:不是人家不正常,是我还没有长大。

学者余虹对此事的看法令人佩服:"一种化恨为爱的爱不是一种与社会正义冲突的爱,不是一种不要社会正义的爱,而是一种在正义的要求与实施中将爱贯彻到底的爱。一个有圣爱情怀的人也会主张惩罚凶手,因为一个人必须为自己的罪行承担责任,这是社会正义的基本要求,但他不会怀着对罪犯的仇恨来实施这种惩罚,而是在惩罚中有一种巨大的悲伤和怜悯,他会因一个生命被罪行所毁而痛惜,他会为罪人的不幸堕落而伤心。"

近日看陀思妥耶夫斯基的《死屋手记》,看到西伯利亚苦役监狱的囚犯走在大街上,有市民主动塞给他们食物,每逢圣诞节,本城的市民会把最好的食品和别的东西寄送监狱,"也有些施舍品十分简陋——一个只值一个铜板的面包圈儿和两个稍微抹了奶油的黑面饼:这是穷人把他最后的一点食物拿来送给了这些可怜的人。"——他们视罪犯为可怜的人不幸的人——监狱会把它们等分给囚徒。陀思妥耶夫斯基描写的是19世纪中叶他的苦役监狱经历,我们的市民至今还没有养成如此之习惯——包括本文作者,从未想过逢年过节时给那些陌生的囚犯们送去一点儿食品——不过,咱们这里的监狱恐怕也不接受市民的施舍。

这种二分法容易导致一个后果:圈子化,或曰江湖化,以人划线,以小集团划线,大家讲的是哥们儿义气,顶多讲忠孝节义,至于法律、制度、规矩,工具而已,装点门面可矣。

一个江湖化的社会其实是很可怕的。这个社会固然有同伙的温暖和庇护,但更有敌对者的杀伐无由及无度——端看他心情如何,端看你是不是冒犯了他。

把这种非黑即白的极端的思维方式,视为一座监狱,这比喻新鲜而又形象。我更重视这比喻的另外一层意义:自我囚禁。持二分思维的人是把自己给囚禁起来了,囚禁到自造的监狱里而不自知。

这是一座观念的监狱,无形的,或可认为是红色的,多少人在自觉的囚禁中享受着囚禁,并不以为失去了自由。即使他遭受到这监狱的惩罚,他也不知道这种惩罚来自这所自设的监狱——你对他人的二分他人会还给你,一旦他人把你视为敌人,你自然也把他视为敌人,你们之间便会上演你挖我鼻子我抠你眼这样的滑稽剧,直到头破血流,你也未必知道这是咱们自设的监狱里必备的惩戒项目。

二分思维是一种儿童思维,它表现为简单的判断,非人的仇恨,比较弱智。它容易发生在集权社会,而现代社会自由之精神、独立之思想,以及协商、妥协、票决这一套观念和制度当会化解掉这弱智的儿童思维,以及这种思维带给社会的恶果。

莫言谈他写小说的经验其中有一句话很精辟:把好人当坏人写,把坏人当好人写。他是在自觉不自觉地拆除自己身上和作品中的二分监狱。

我不禁检视我自己:你身上的二分思维有多少?反正是有的。那就做一番努力,学会把思想视为一个艰苦的劳作过程,从现实出发,做足观察、度量、分析、研究之功夫,不贸然判断,不匆忙下结论,不本质主义——非要给对方定个什么性不可。学会尊重对方。即使是敌手,即使是罪犯(这可怜的不幸的人),也要给他应有的尊重。

谦谦君子何

河南作家似乎多是谦谦君子，每说到自己的某部作品时便说：写得不好。这方面李佩甫、周大新可为代表。近几年佩甫先生曾两次公差南阳，我们南阳几位作家得与佩甫先生聊天，不免称赞他的某部作品，他总是说：你们南阳出诸葛亮，南阳好啊，藏龙卧虎之地。把南阳人花消一顿，反正不说自己写得好。这让我对佩甫先生的谦虚谨慎印象深刻。后来我想，《羊的门》的主人不应该这么谦卑，他应该骄傲才是。近日参加中原作家群研讨会，晚饭后散步，果然有同道说：李佩甫内心里自负着呢。我说李佩甫自负一些才合乎情理。

周大新先生不会表扬自己自不消说，问题是他不管何种场合，总是把姿态放得很低，谦卑得有些过分。我曾想建议他，你这么大牌的作家占一点儿地方，把头扬得高一点儿有何不可，但终于没有说出口。尽管是朋友，但我毕竟是个小作家，小作家怎么能对大作家提出如此的建议呢？可见我也是一个谦卑的人。

张宇先生似乎与这两位作家有所区别。他也谦虚，但谦虚中透出自信。读他的《足球门》，我对他小说主人公活鬼般的人生智慧最感兴趣，打电话说我的读后感，他说：我正想听你这话呢。可见他未必那么谦虚。

中国人谦虚，河南人尤其谦虚，这与文化传统和生存环境有关系。这是一种生存智慧。把自己放低一些，免遭人忌恨。高处不胜寒。小心没大差。事情的另一面是，对那种善于自夸甚至口出狂言的人，大家都心存警惕，起码会觉得不舒服。

但也未必。姚雪垠先生的自信是不少人领教过的。一场演讲，他自始至终都在夸奖自己，听众并不觉得他狂妄不羁，反倒觉得这老头率性而本真。他没有留过学，没有喝过洋墨水，却有着西方人的性格。二月河先生这方面拿捏得恰到好处：该谦虚也谦虚几句，但大多时候不那么谦虚。一次北京一个大部门来人想拜访他，南阳一个大部门打电话通知他，他说：可以吧，十分钟。这让人感觉十分可爱。南阳还有一位年轻诗人叫魔头贝贝，他总是自我介绍：著名诗人魔头贝贝。我数次听他说过“我是个天才”的话。这不是调侃，他的诗写得相当可以，他真的自认为天才，也就如此说了，所以我觉得此人甚为可爱，虽然我听他说“我是个天才”时心里还是有点儿异样。

两三年前我曾经在南阳文学方面的会议上发言，说咱们南阳作家多是谦谦君子，每说到自己都谦虚得一塌糊涂，这未必合乎时代潮流，能不能自负一些，说自己写得如何得意？俗话说老婆是别人的好，孩子是自己的好。不少人把后一句改为“文章是自己的好”，既如此，为什么不说自己的文章好呢？为什么只在心里以为自己的文章好而口头上却说自己的文章不好呢？连中国儒家的祖师爷孔丘先生也表达过宁为狂狷毋为乡愿的意思，孔老先生是视乡愿为德之贼的。作家是最需要独立思考的一批人，目前的社会政治肯定比魏晋时代要清明，却没有出现诸如竹林七贤一类的狂狷之士，这是有问题的。直到现在，大家还是一派谦恭：我写得不行。看来人们宁愿虚伪一些，乡愿一些，也不愿得罪什么人，不愿让别人不舒服。如此说谦虚仍然是一种美德，怎容小子苛责。

周熠的临终一跳

前些天到三门峡开会，还有人问到周熠，我说他过世已经三年了，患的是食道癌，听者便唏嘘。另有人知道周熠的一些情况，很感慨他的临终一跳。

周熠不是个自我的人。他性格温和，工作勤勉，在《南阳日报》副刊部主任和副总编任上，培养和扶持了许多作者。他为人低调，不事张扬，文章也中规中矩。也就是说，周熠不是一个特立独行的人。没想到患病多日手术数次之后，他竟骗过了子女，从南阳市中心医院五楼的一个病房飞身而下，用自己的身体划出了一个优美的弧线，给自己一个豪华的谢幕礼，也给这个世界，这个世界的规范和规律击上一掌。

这之前，我数次看他，能感觉到他对生命深深的依恋。临终之前一天，他给不少好友发短信，多是生命美好啊、留恋啊、珍惜啊之类的话，我们谁也料想不到第二天凌晨他会飞身进入另外一个世界。悲痛之余，我想：周熠兄这一跳定是深思熟虑之后的一个庄严的决定，不是不愿拖累家人、不愿忍受痛苦这些世俗的原因，而是要在他生命的最后以一次重大的选择把握自己，表示自己的主动性。正是这个决定让他的生命在结束的那一刻得到了升华。周熠不是平时的周熠了，他成了另外一个人，一个英雄，一个能够把生命把握在自己手上的人。是的，这一跳与谭嗣同菜市口英勇就义有着同样的意义。这一跳让周熠从俗世进入了天堂。

人，生活在这个世界上，更多的是被动的。人的诞生是被动的，他在毫不知情的情况下被生出来，按照海德格尔的说法是被抛到这个世界上来。他出生之前，这个世界已经给他设置了种种的条件，生理的、文化的、社会的，各种规则和潜规则，这些东西将制约着他、塑造着他，让他迅速地社会化。他在这规范之内成长、生活，他要不断地调整自己、压抑自己，以适应和服从各种规范。他有自己的主动性，他上学，参加高考，选择职业，娶妻生子，似乎都有选择的可能性，高考志愿他可以选A,也可以选B,婚姻对象他可以选择桂花,也可以选择玉兰,但这种选择只能是社会、文化、人的生理等规范和规则之内的选择。只有那些伟大的人物会逸出这种规范,作出自己石破天惊的选择。但人还有最后一个机会,那就是死亡。人生活,奋斗,挣扎,然后老去。他的生命从诞生那一刻起就有了一个终极目标:死亡。虽然人的出生是被动的,但人生命的另一端——死亡,却可以是主动的,他可以向上帝和生命规律挑战,在这一刻而不是那一刻、用这种方式而不是那种方式离开这个世界。我不是说自杀就好,人自然老去就不好,我是说自然老去也很好,如果是主动地选择自然老去的话。

怀念周熠,就写了这些话,我相信另外那个世界的周熠兄一定会会心一笑。

打　的

在城市里生活免不了打的，这的士有时候并不容易打。这一次我站在街边，五六分钟竟没有一辆的士过来，于是一边观察着来往车辆，一边往前走，倒是有出租车过来，但都不是空车。走了一段路有点儿累了，于是又默立街头，观察着街上飞驰的车辆。这时候一位脚蹬白色高跟鞋的年轻女士从前边走过来，停在我后边十几米远的地方，默然观察着街上的车辆——原来也是打的的。四五分钟后，一辆蓝色的士被她拦了下来，她拉开前门，坐了上去。我用羡慕的目光看那的士载着女士飞速而去。

又过去几辆的士，但都不是空车。终于看见一辆红色的的士，里面只有司机一个人，便用力招手，但那司机根本不予理睬，扬长而去。或许是要换班吧。我知道有的司机换班时是不拉客的。

终于有一辆车停了下来。我本以为它不会停的，因为司机身旁坐着一个年轻的女乘客。司机问我："去哪儿？"我说去文联，体育场那边。他说："10 块。"10 块，我觉得有点儿反常。我过去偶尔打的到文联是 7 块，现在的距离更短一些。他报的价钱本就不对，况且他在拼车。但在我犹豫的时候，他"呜"一声开走了。

我马上后悔了。10 块就 10 块，人家出租车司机多么辛苦，多挣几块钱应该的，你却想勤俭节约，结果呢？你就在这里等吧。我掏出手机看了看，离约定的时间不多了。我越发后悔。

还好，又有一辆黄色的的士停下来了。司机大概三十岁左右，没有报价钱，我一上车就开始打表，一路上我们还聊到了一些新闻话题。到目的地后，我付了款，7 块钱，并认真向他致谢。还好，基本上按时到达了。但这些并没有冲淡我刚才的后悔心理：你为什么不当机立断？就为了几块钱，值吗？

但后来我意识到我也许是对的。一个现代的法治社会需要大家较真。大家都按规矩办，该怎么就怎么，开车的人要遵守交通规则，出租车要打表，按表计价，商人不要卖假货，各色人等的权利和义务界定得十分清楚。大家都不要投机,不要取巧,也不要以势压人,大家都维护自己的正当利益,这个社会才是一个简单而诚实的不需要玩弄心眼不需要阴谋诡计的社会。

黏　滞

一个朋友得了癌症，手术后接着要考虑化疗问题。我觉得朋友的病与他的心理倾向有关。朋友是一个更愿意看到并计较事物的负面因素的人，总是怀疑自己有病，怀疑自己的病很严重，医生把他的病讲得越严重，他心里会越信服。我想这种人很可能会接受化疗，摧残自己。我翻了一本北京的癌症患者写的书，又从网上搜寻到一些资料。一个叫近藤诚的日本癌症专家并不否认有的人因化疗而延长了一段生命，但他认为在生存率上，化疗起不了真正的作用。一个德国乳腺癌自愈患者领悟到的一个观念是：与癌和平共处。那种希望将癌细胞全部杀灭的想法，是不正确的。癌也是自己身体里的一部分，人不可以通过消灭自我来达到痊愈。

我对经济动力支配下的化疗放疗这些东西深恶痛绝。它破坏人的免疫机制和机体活力，让你的头发脱落，让你面黄肌瘦，它不是延缓反而有可能加速你生命的终结。应该把癌症看作一种慢性病，学会带癌生存，我对这个观点深以为然。于是就请这位朋友吃饭，另请几位朋友作陪，试图展开一场严肃的思想政治工作。我还准备了毛泽东的名言“战略上藐视敌人，战术上重视敌人”，试图说服朋友改变自己的性格倾向，亲近自然，亲近阳光，忘掉癌症，反有可能自愈。我要建议朋友绝不以化疗的办法折磨自己，加速自己机体的衰败。

饭菜上来了，我为大家斟上酒，试图发表我的高见，但我突然觉得我内心的话有点儿不合时宜，某种程度上甚至是残酷的：你有什么权利指责朋友的心理素质呢？如果你得了癌症，你会那么阳光吗？你又不是医生，你有什么资格要人家放弃化疗？事实上癌症让他与我之间生出一堵无形的墙，我们似乎不在一个阵营里了，我们的沟通便滋生出一种过去所没有的黏滞来。双方的思想逻辑已经有了差异，我如果就这样居高临下地说一番大道理，朋友说不定会觉得我有点儿幸灾乐祸呢。

于是，我只是泛泛地说了些饭局上的应酬话，友谊啊，写作啊，家庭啊，孩子啊，当然我也反话正说，表扬朋友在疾病（我回避了“癌症”二字）面前的坚强和乐观。说完后我与大家碰杯，劝大家用菜。

我的判断是正确的。在这个小小的餐厅里，除了我的发言触及到朋友的疾病，没有一个人再提到过这个事实。大家只是更加关心一些，给他夹菜，说这种菜对身体如何如何地好，那种菜对身体又如何如何地好，劝他多吃一些，朋友也就多吃了一些西兰花、小黄瓜和胡萝卜蒸菜。大家知道这位朋友并不希望别人知道他得了癌症，更不希望大家把这件事作为话题。总体上他的精神还不错。不管怎么说，我请客的目的间接地达到了。

附庸风雅

剑桥大学三一学院是伟大的牛顿曾经学习过的地方，学院一个圈门里面有一棵苹果树，导游说是从牛顿的家乡移植过来的，大家便感兴趣，纷纷拍照留念。

我观察了一下，这棵树有碗口粗，树冠很大，椭圆形的，想必是有意修剪出来的，密实的叶子发散着青色的生气，树上未见果子，也许采摘过了。我弄不清这种苹果的品种与成熟期。总之，这棵苹果树是被园艺化了。与中国的园艺不同，欧洲人喜欢把植物修剪得很整齐，修剪出一个模样来。对于这棵苹果树来说，如此修剪倒恰如其分，一个椭圆形的大大的树冠，庄重，整饬，也有美感。如果按照中国人的观念，把它弄得枝节扭曲盘绕，龙爪槐一般，反倒有点儿不协调了。

它本只是一棵普通的苹果树，经过了一些修剪和培育，仍然是一棵普通的苹果树，可一旦与伟大的牛顿联系在一起，它就非同一般了。是在伟大的牛顿就读过的学院，是从牛顿先生的家乡移植过来的，尽管它肯定不是引发牛顿当年顿悟的那棵苹果树，牛顿先生绝不是从这棵树上落下的一个苹果得到万有引力的灵感，甚至这个故事的真实性亦令人怀疑，但它毕竟与牛顿先生联系着，它就是有意义的。我不爱照相，也用手机拍了一张静物照，又让同行者帮我拍了一张风景照留念。

如果导游不说这棵树是从牛顿家乡移植过来的，我估计，不会有一个人对这棵树感兴趣。没办法，人们就是这样"趋炎附势"，谁让牛顿那么伟大那么深入人心呢。当然，这样的"趋炎附势"有益而无害——我们仅借此表达一下我们对伟大的牛顿先生的敬意而已，没有任何势利的企图。也可说这是一种附庸风雅吧。不过这样的附庸风雅倒也可爱。

想来，我们对于中国的大师也是这样。如果当年慧能大师顿悟赋诗的那面墙壁还在，或者黄梅东山寺又新修一面诗墙，上面伪造了"菩提本无树,明镜亦非台。本来无一物,何处惹尘埃”这几句著名的偈语,即便我知道它是假的,也会照一张相,发一发思古之幽情吧。

善意的谎言

在现实生活中，即使是诚实的人们，也会在某些场合比如某些会议上说些言不由衷的话，这是人们对付形式主义和官僚主义的一种权宜之计。

有些有实用意义的谎言，能得到人们的谅解。比如社交场合问对方的年龄，坦率的人会回答他的档案年龄是多大，实际年龄是多大，这说明这位回答者心理上是诚实的，他觉得只回答年轻几岁的档案年龄有说谎之嫌，所以干脆一并回答出来。他不愿意让别人觉得他是一个说谎者。因为这两种年龄相当广泛地存在于某些社会群体中，已被这个群体视为正常，回答者知道他说出真相不会有什么后果，听者不会去他单位举报，也不会对他有所鄙夷。

生活中的谎言有善恶之分。说到谎言存在的合理性，有一个有力的论据：对于一个得了绝症的人来说，以谎言掩盖真相，是善良的，当然也是道德的。这是一个复杂的伦理学问题。事实上，我猜想，这被谎言欺骗的病人，绝大多数会从家人的躲闪挪移上，从医生、护士的表情上，从药物和治疗手段的异常上，猜测到自己的疾病真相，多数人会戳穿家属的谎言，让自己面对事实；当然也有极少数人愿意维护家人的谎言，他知道家人说了善意的谎言，他假装相信这谎言是真实的，他假装相信自己得的是一般的疾病，好给自己以假定的安慰。这是一个讳疾忌医者，他不愿意面对真相。

把真实的病相封锁起来，虚拟出一片假象示人，这真的是道德的吗？未必。在一个视谎言为常态、讲究君臣父子的共同体里，可以视之为道德；而在一个讲究法治和诚信的共同体里，把事情的真相告诉病人，才是最为道德的。因为，第一，这本就是对病人的尊重：疾病是病人身上的疾病，尽管是绝症病人，他也应是一个自主的、能够对自己负责的人。第二，有助于他安排好自己最后的生活：他想见见他远在外地的小孙子，他儿时的一些朋友，甚或他婚前的一个单恋对象，他要主动地给自己一个有意思的人生结尾。第三，这真相本身说不定能激发起病人的挑战意志，让他创造出一个奇迹：病人战胜或者暂时性地战胜了病魔——生活中这样的例子不时能听到。

再者，谎言善意与否没有一个客观的标准，家人认为是善意的，病人也许认为是对他的不信任和不尊重。

善意的谎言能够成立，恶意的谎言也就有了得以成立的理由。我说你偷偷占有我一件什么东西，一块手表吧，你固然没有偷，我说你偷了，我说了假话，但我是一种善意的提醒，我是提醒你戒除贪欲，助人为乐，做一个雷锋式的好公民，所以，我的谎言是善意的。

面对当今的消费社会，有人提倡过简单生活。我想，除了吃穿住行生活方式的简单化，每个人都生活在真相中，可能是更为本质的简单生活。大家都不必用假象来装饰自己，也不必用谎言来做官样文章，人与人之间也不用绕来绕去的，一切都简洁明了，岂不快哉。

至于每个人心底可能有的那么一些不愿意示人的小秘密，社会可以留给人们一小块自留地，让他盛放他的隐私。没有人试图以强力追问他，所以他也不必以谎言掩饰自己。

文化的马靴

这个冬天流行马靴。你到大街上走一趟,会看到各种各样的马靴:黑色的,白色的,红色的,黄色的,褐色的,还有蓝色的;长筒的,中筒的,介于马靴与皮鞋之间的更短筒的;中跟的,高跟的,更高跟的;常规的,靴腰翻卷着的;皮的,绒的;素净的,有种种装饰的。总之,马靴们百花齐放,争奇斗艳。与一般的高跟鞋比起来,马靴以它的体积和不菲的价格昭示着主人的卓尔不群。似乎穿上了马靴,该女士就时髦了一点儿,动人了一点儿。这是真的,同样一位女士,穿上了马靴,她就给了你异样的感觉,你觉得她与不穿马靴的她有些不同了。你真的觉得她更耐人寻味了一点儿。你不由得投去欣赏的目光。你应该用你的目光甚或语言去赞美她。该女士对你的赞美肯定会报以微笑。穿马靴的女士兴许会让你想到花木兰、穆桂英这些不爱红装爱武装的巾帼英雄。但她们本质上是女人。这很有趣。女人们需要炫耀她们的女性特征。她们用恰当的衣着把身体的线条突出出来,把她们女人的体态和柔美的气质展示出来,以表明自己的存在。但她们懂得,要想甜加点盐,稍稍男性化一点恰恰更加女性化。于是她们穿上了马靴,有的还穿上了马裤。

穿上马靴的女士在大街上商场里"嘎嘎嘎"行走,趾高气扬,她们的高贵和自信因马靴而得以表达和播撒。她们为社会增添了别样的色彩。众多的马靴弹奏出时尚的主旋律,男人们和不穿马靴的女人们应该仔细聆听,享受这旋律的美。

想来马靴肯定有不方便之处,那个高筒子并没有保暖的意义。它对女士的双腿只能是一种束缚。她们到家后的第一件事怕是脱掉马靴换上拖鞋,解放自己的双腿和双脚,让它们享受一段自由的时光。她们暂时地中止了文化对自然的压抑和伪饰。出门的时候她们再套上马靴。她们需要用马靴的自我束缚表明自己是入时的、新潮的、高贵的、不可轻视的、值得注意的。这正应了波伏瓦那句话:女人不是天生的,是她们自己让自己成为女人。

马靴不仅仅是马靴,它还需要女士们衣装的配合。过时的衣着配不上新潮的马靴,老迈的女人基本上不穿马靴。穿马靴的女士因此将自己与其他人群作出某种程度的切割。她们不必振臂一呼形成统一战线与非马靴们对抗,因为非马靴们在时髦的马靴面前已自惭形秽了。非马靴们对她们的不可一世心有戚戚焉。她们有可能反躬自问:我是不是落伍了,老了?在这种压力之下,本不准备穿马靴的也赶紧到商店里买一双。当然也有自觉的非马靴主义者,她们以自己的非马靴坚持自己的信念,坚持自己独立的品位,她们对马靴主义者不屑一顾。在马靴主义者面前她们是另类。在某种场合,她们也能对马靴主义者形成压力。看,人家不穿马靴,更显得随意和成熟。毕竟,马靴有点儿男性化,马靴给了女人某种强势但减弱了女性的柔美。不穿马靴有不穿马靴的好处。马靴的美完全可以为更为时髦的鞋子所替代。

女士们不骑马,但她们穿上了马靴。我不知道有没有哪一位女士在穿着马靴之前或之中思考一下马靴的历史,思考一下马靴的生活化和女性化过程。不,她们不必这样耗费脑筋,她们仅仅随潮流而动,不假思索地加入到时尚的队伍中去。原本用于骑马打仗的马靴一跃变为时尚的娘子军的最爱。她们策马扬鞭,为社会的时尚化冲锋陷阵。

明年还会不会流行马靴?不得而知。也许情况会是这样:明年流行某种帽子或者裙子。穿马靴的还大有人在,但人们的注意力已不在马靴上了。

变化总是好的。改革开放三十年来,时尚的更迭变换愈加迅速,这是社会富裕和思想环境宽松的表现。20 世纪 70 年代有机关干部到街上剪喇叭裤的,现在已不能设想,有哪位厌恶马靴的官员会组织干部到大街上剪马靴去。

谎言中的鸦片

都说女人爱说谎,这话有点儿绝对。可能女人说谎的概率要大一些。女人说谎很自然,一般是脱口而出,再就是她多只在生活琐事上说谎,你很容易识破,但又不愿说破,因为你觉得这谎言是善意的,或者无伤大雅,你不必计较。你尽可以把她或她们撒谎当作一个可爱的小缺点,甚至当作一个优点。一个可爱的女人为你撒了一个可爱的谎,这不是很有趣的事情嘛。

男人一旦说谎就比较恶劣,他们会说得头头是道,理直气壮,五岳三山,上天入地,把你给震住了。你以为他说的是真理,便坚信不移,等到你觉得自己被忽悠了,你可能已经为这个谎言付出了金钱、时间或者别的代价,于是你对这说谎者深恶痛绝。

的确,从历史到现实,不管是军事、政治还是日常生活,设计大骗局的一般是男人,那些大阴谋家一般都是男人,这一点也说明女人天性上要更善良柔软一些。《红楼梦》里的凤姐毒设相思局,把个贾瑞给折腾死了,不过这终究是虚构。军事斗争中的谎言我们可以理解,兵者诡道也,兵不厌诈。政治层面上的谎言就比较可恶,因为政治层面上的谎言流布范围广大,权力制造的谎言又不容怀疑,更不容你拆穿。引蛇出洞,声东击西,攻其一点,上纲上线,置对手于死地,现在还有个跨省追捕,弄得冤案迭出。含冤者要吸食这谎言的鸦片,麻醉自己,转而歌颂说谎者的英明伟大。更为可怕的是,这种鸦片吸食多了,人们真的把谎言当作了真理,民族的气质也发生了变化。二战中几百万犹太人还不是被这种性质的谎言葬送了生命?整个民族都患上了斯德哥尔摩综合征,还有比这更可怕的事吗?

谎言成为社会流行病需要几个条件:社会意识单调贫乏,权力不受限制,政治运作于密室之中,人们不敢表达自己心中所思所欲,只好用谎言伪装自己,保护自己。在强大的不受制约的权力面前,傻子也会称颂皇帝的新衣。

李豁子离婚

台湾诗人痖弦先生回南阳,极想看南阳曲艺。我们带他到一个演艺茶社,请有名的曲艺演员夏金亭表演了两个节目:《李豁子离婚》和《小寡妇劝坟》,痖弦先生兴味盎然。

《李豁子离婚》说的是农村一个面貌奇丑生性愚钝的男人,老婆却十分风骚,他竟日巴结老婆,给她买好看的做好吃的,给她洗脚给她铺床叠被,但妻子并不领情,当面与其他男子打情骂俏,或者夜不归宿。这还不算,某一日她竟偷偷跑到县衙门闹离婚去了。李豁子也被通知去了县衙,自然诉说了许多他对老婆如何如何好,老婆对他如何如何不好的话,试图博得县官同情,维持婚姻,但最终还是被判离婚了。这个戏极写李豁子的丑陋和窝囊、老婆的漂亮和风骚,离婚本身倒着墨不多。《小寡妇劝坟》说的是弟妹新寡,在丈夫坟前痛哭,嫂子亦是寡妇,为劝说弟妹,抖落了好多当寡妇的不方便之处,如易受性骚扰等,最后自然希望弟妹吸取教训,适时改嫁。这个戏共十八劝,演员只演了五六劝。我是第一次欣赏这两个段子,只是觉得幽默风趣而已。

回宾馆的路上,痖弦先生说他小时候(20世纪三四十年代)就听过这两个段子,创作者是有机心的。我问他机心何在,他说《李豁子离婚》颠覆了当时农村从一而终的婚姻观,从此人们知道夫妻是可以离婚的;《小寡妇劝坟》让人们知道,寡妇是可以再嫁的。其在移风易俗方面的作用不可低估。

原来这两个段子还有政治意义哩,是把政治意义埋藏在俗之又俗的趣味里。看来我对这两段戏还需要重新认识。

说谎者

我们在生活中常常遭遇到谎言，且会发现，在一段时间之内，我们总是会碰到同一位说谎方面的专家。

我听一位女士说，某人（我们暂且称他为说谎者）与其碰面，夸张地称赞她的容貌以及她的业务工作水平，并且说，他已经给她单位的领导打了招呼，要求人家提拔她。这位女士说，她和这位说谎者仅仅认识而已，没有什么交往，他不可能给她领导说情，要人家提拔她，她明明知道他说的是谎话，但她心里仍如喝了一杯蜂蜜，十分受用。

女士说得有道理。以她一般职员的地位，说谎者不需要她帮他什么忙，还能如此这般地哄她高兴，单单人家这种屈尊、讨好的态度本身就是令人愉悦的。

这种谎言叫作非功利性谎言。说谎者没有捞取什么好处的直接动机，他只是习惯性地说谎，无伤大雅，甚至可说是有益无害——前提是你知道他说的是谎言。

问题是有的谎言颇具杀伤力。

另一位男士就深受说谎者之苦。很不幸，说谎者是他的上司，但并不分管他们的工作。他们相处得还算不错。他对说谎者脱口而出的无伤大雅的谎言总是一笑置之。近期单位人事调整，说谎者直接分管他们了，他并不觉得有什么大不了的。但突然之间，他发觉他被说谎者一个又一个恶毒的谎言所击中，有了深刻的痛感。比如，按照单位的安排，他尽力办了一件事，效果不错，他觉得单位应该表扬他的，但偏偏说谎者（领导）说他的动机很恶毒，或者干脆说他从中渔利多少，说谎者批评他辜负了他的信任。当然，说谎者强调这种批评意见是别人提出来的，“名字不好告诉你”。他知道这谎言是说谎者本人创作的，不可能出自别人之口。他否认这种谎言，表示他确实没有从中渔利，且要找其他领导澄清，这时候说谎者说：没有就算了，有则改之，无则加勉嘛。说谎者继续说谎：我是信任你的，有些人怀疑你，我总是为你辩护。你要明白，唯独我在支持你、保护你。他知道他这句话仍然是谎言,但有什么办法呢?他无可奈何地离开了说谎者,等待着下一个谎言来袭。

男士说谎者有一个特点:总是怀疑别人说了有关他的谎言。如果说谎者刚才看见你和另外一个人在一起,十有八九会问:他说我什么了?除非你斩钉截铁地说你们两个根本没有提到他,否则说谎者就会一直问下去,不厌其烦:你们都谈到了什么?谈到了谁?他是怎么说的?如果那人中性地提到了他,甚至说他的好,你又不愿根本上否认,以免自己说谎,便回答说谎者:"他提到了你,说你不错,说你好。"说谎者就会问:他说我好?说我哪地方好?怎么说的?问到最后,他会找出其中一两句话的负面意义,攻击和你在一起的那个人,偶尔会连带着你,甚至会发一顿雷霆之怒。

这位说谎者表现出来的心理素质,无非是这么几点:罔顾事实,世俗,脆弱,极端地不自信。说谎者需要不断地防范,不断地创作,其实活得比较累。但是他自得其乐。

收藏记忆

几年前到欧洲旅游,在威尼斯一家商店门口,一眼就看见了一尊铜雕:一棵秃树的斜枝上搭着一只钟表,这钟表柔软无骨的样子,已经耷拉成为长长的椭圆形了。我知道这是达利的东西,他用他的艺术解构了时间这个说不清的哲学问题,我心想:肯定是达利的复制品,不会太贵的,哪怕一千欧元也应该把它买下。谁知进里面一看,竟三千多欧元。复制品也这么贵,不是咱们这种人能消费得起的。达利的其他东西也差不多是这个价钱。我在这个商店里逗留了个把小时,没有花一分钱,反复地观赏着达利,倒也尽兴。

在巴黎罗浮宫旁边的艺术品市场里,我又一眼看中了一个陶罐,上面的图案那么地艺术,刺激得我眼睛发亮,问其价钱,店主写出来的阿拉伯数字又是一万多欧元。不过店主说出来的作者名字我听清楚了:毕加索。原来是毕加索的东西。我知道毕加索有一段陶艺创作经历,不过这件作品仍然是复制品无疑,真品不会是这个价钱的。我让店主拿过来,欣赏了一阵子,恋恋不舍地离去了。

这些令我心动的东西我无力收藏。但我真的没有收藏吗?我看过了,我欣赏过了,我经历过了,我有了一段如此的记忆,从精神上说,我已经收藏了。

所谓收藏,一般说来,是指把自己心仪的东西据为己有,收获过来,保存起来。这需要条件,最主要的是货币。因此,真正的收藏家不是一般人能够充任的。

不过我们可以把收藏的定义弄得宽泛一点儿,不单单是物质化的东西,非物质化的东西,精神性的东西,也尽可以收藏,而且这是真正的收藏,这种东西容易化入自己的灵魂,说不定它还会发酵,生长出另外的东西。

收藏一段刻骨铭心的记忆,一缕温暖醇厚的感情,一席睿智而会心的话语,甚至一段烦恼、困惑、挣扎的经历,一段反常的、危险的生活,时不时把它们拿出来欣赏一番,然后再把它们放进时光里保存,也是很有意义的事情吧。

驾驭速度

打开车门,点火,挂挡,起步,加速,进入主干道或者高速公路,唰唰唰,一百多公里的速度,两旁的景致被你抛在身后,前方马上变为后方,遥远即刻成为咫尺,车轮与路面摩擦发出的声音还有空间不断变换激发出的声音,证明着这种速度。是你的车子以如此的高速前进,是你自己以如此的高速前进,你感觉到你驾驭着速度,你征服了空间和距离,你的生命力外化了,膨胀了,你不是你了,你是你驰骋的空间,你只是你高速行驶中的汽车。

我想象着我就是这个驾驭速度的人。

西方人早已进入了汽车时代。这不单单是方便,更有一种心理上的满足。高兴或是烦闷的时候,驱策坐骑,在公路上疯狂一把,心理上似乎就平静了。看来"规律"是躲不过去的,中国人眼下家用汽车正在发热,爱车族图的怕也是这样的风驰电掣。

汽车是个逻辑化的产物。轮子、车身、头尾等都有,动力及传动系统如同它的心脏和肠胃,保证其能力的发动和输送,电路系统、润滑冷却系统如同它的神经和皮肤,维护着其能力的运行,简直是一个生命体,一件能动的艺术品,诱惑着人们去欣赏它、驾驭它。说它是现代工业和现代化生活的象征也不过分。古代骑士以马为爱,现代骑士以车为荣。

人比较贪婪,什么都想试一试。也许偶尔有了这些思绪,加上自己不愿落伍的心理吧,一向视开车为畏途的我,灵机一动,竟也想体验一把。为什么不呢?艺多不压身,享受一下现代化的经验有什么不可以的呢?

可这东西是需要学习的。打听一番过后,即日便去市交通驾校报了个名。这里有较好的训练条件和近乎严厉的教练,逼着你做一个好学生。理论学习之后开始上车,学会了起步,就开始训练侧方停车,就是大家平时说的倒库,把车子倒入刚刚宽过车身的"库"里,移来移去的,这太难了。大热天,一会儿身上的衣服就全湿透了,真像是从水里捞出来一般。不过这种热可以忍受,因为你在感觉着你的进步。慢慢地,你撞杆的次数少了,再后来,你可以循规蹈矩地进出了,尽管还不那么利索。这种速度与方向的把握靠的是长时间的训练,所谓技术,它不是知识,知识你明白了就算掌握了,可技术需要反复训练才能自如。

月余的训练进步当然不小。驾照到手,第一次驾驭着一匹铁马,旁若无人,随心所欲地控制着它。你让它慢它就会慢下来,你让它快它就会快起来,打开一点车窗,让风声告诉你,距离已被你踩在脚下,那感觉确实挺爽。最关键的是,你驾驭着的是一个现代化的速度的“象征”,因而你不会是一个落伍者。

郑州大学中文系

1969 年,上初中一年级时,星期天在生产队参加劳动,我第一次听说了“中文系”这个名词。同村的一个初中毕业生说,大学中文系是培养作家的。真是说者无心听者有意,这句话让我想到了下面这几层意思:

一、对呀,为什么不当作家呢?我记得我曾经梦想着自己会制造原子弹,梦想着自己像孙悟空那样把一枚原子弹投到美国去,好打倒美帝国主义,可这太不现实了。而当作家,这可能是一个有希望达到的也很能让人激动的选择。那时我已阅读过《林海雪原》《播火记》之类的小说了。《林海雪原》我读过三遍,将来试着写这种小说肯定是很有意义的事。

二、原来大学还有一个中文系是专门培养作家的,也就是说,大学中文系是通向作家的必经之路。既然如此,为什么不上上这个中文系呢?大概从这一刻起,这个中文系就像一扇天堂之门端坐在我未来道路的顶端。

三、大学中文系!这仅仅是一个梦想。一个梦想而已。它距离我太过遥远了。我明白,我能做到的,大概是想办法找几本大学中文系的书读一读。

后来我知道有推荐工农兵学员一说,知道要获得这种资格并不是很容易的事。第二年,1970 年年底,我当兵去了。在部队里,我读了一位老兵带来的“文革”前的初高中语文课本,又读了《青春之歌》等小说,还从一家图书馆里借来了几本大学课本,《文艺概论》什么的,懂得了什么叫党性、阶级性、人民性,还有典型、性格这一类概念。这期间我去郑州出差,坐公共汽车路过郑州大学大门,看见门口挂着的木板上“郑州大学”四个黑色的大字似乎闪着金光,看见有风度不凡的男女学员进出,心里十分羡慕。于是折回来在郑州大学门口下了车,混进去看那些工农兵学员听课、散步,心里感慨道:大学校园这么大呀。出了郑州大学校门,我马上就恢复了正常的心态,因为那好大的大学校园对我来说仍然是不现实的。

1977年,恢复高考的消息传来,没有多少考虑,我就决定参加高考。复习也没有人指导,只是找了几本高中课本自己学,自己做习题。上班时我开开铣床让它自动地工作,然后就用粉笔在水泥地板上做习题。我的师傅和车间主任看见了并不批评,还认为我是个好学的人。考试那两天比较冷,答题的手有点儿僵,但完全可以忍受。作文题是"我的心飞向了毛主席纪念堂",我是用一个工人真诚的感情去写的,写作中竟然流出了眼泪。我的第一志愿是郑州大学中文系。这是当然的。第二志愿填了个北京大学中文系。我对我的一个朋友说:能上郑州大学中文系就行。

我对我的考试还比较满意。有一些题,比如地理历史题我知道是蒙对了。但能不能考上,我心里没有任何把握。我们一块儿参加考试的有几个人觉得他们百分之百地考上了,甚至做着上大学的准备。但是他们最终没有走。

我现在已经忘记那是几月几日了,上午十来点钟,我由于上夜班正在睡觉,有人喊醒了我:你考上了!郑州大学中文系!我穿衣起床,开开门,看见天空中的太阳很明亮。

种　植

中国古代的“艺”字有一种特别的意义——种植。《书·酒诰》：“嗣尔股肱纯，其艺黍稷。”《北史·铁勒传》：“近西边者，颇为艺植，多牛而少马。”种植，就是培养一个有生命的东西。种下一粒种子，让它生长，让它焕发出生命的光彩。从艺的人就是要孕育出一个个有生命的东西，就是要把自己的气息贯注其中，让它长大，让自己的生命在它的叶脉上流动。

这个道理适用于我现在的小说写作。

我是一个真正从事过种植活动的人。

十三四岁的时候，我已经参加生产队的劳动了，干的是和大人一样的活儿，刨地、种地、锄地、担粪、收割，有时候干的一点儿也不比大人们少，但他们每天记十分，我一天只得五分。一个小农民嘛，对土地里长出来的那些东西，麦子啦，玉米啦，高粱啦，红薯啦，总有一种爱惜之情。只知道挣工分，不觉得苦，也不觉得累。记得队里打机井要预制水泥管子，我从我们村子南边的一条叫作南河的河滩上拣小石头，砸成小石子，然后再挑回家交给生产队。南河离村子有三里路，虽然我会一边走一边换肩，但挑第一趟仍然歇了好几歇，挑第三趟时走三五步就要歇一歇了，因为肩膀疼得实在厉害。我的个子矮，想来与那些年挑土粪、水粪和粮食等有一定关系。

那时候，一切都是生产队的，农民们没有自己可以支配的土地，为了生活，有人就在一些沟沟坎坎里开了一点儿荒地，试图有所收获。

榜样的力量是无穷的。那年夏天，某一个中午，队里收工之后，大概有 12 点的样子，太阳正毒的时候，我开始搞起了“资本主义”。我看中了南河北岸生产队一块红薯地地头的一条排水沟，有一段有一米多宽，我挥动老虎扒子刨了起来，好像田野里只有我一个人，不记得怎么流汗了，只记得肚子里空空如也，有一会儿眼一黑，似乎要晕倒的样子。大概用了两三个小时，开垦出来了不小的一片。晚上，我从家里挑去了两挑猪粪，并把它们撒匀了。第二天中午，我从生产队的地里剪下了一些红薯秧，种在我的土地里，又从南河里挑了两挑水浇了一遍。它们很容易就成活了，个别没有成活的我又补栽了一下。一共多少棵我现在忘记了，当时我一定反复数过。我细致地照料着它们，锄草，翻秧，看着它们分裂出了很多枝节，爬满了地面，枝头都抬起来，像是一个个小人儿。渐渐地，它们的根部也发生了变化，周围的土鼓了起来，我找一个最明显的扒开看了看，红薯已经长得鸡蛋那么大了。我不得不开始计算我可能的收成。但我没有料到，一场大雨竟把它们冲刷得无影无踪，多少辛劳就这样付之东流了。当时心里一定有点难受，但并不觉得是大不了的事。无非出了一点力嘛，没有直接的损失。农民们是不怎么计算劳动力价值的。更主要的是，我仍然有一种成就感，我毕竟让一块地从无到有，长出了很好的庄稼。

我没有死心。总结了经验教训，这年初冬，我在南河河岸半腰处选中了一块较为平坦的地方，开垦出一片土地，种上了小麦。我看着它们发出了很嫩的芽，它们生长，地里有了绿意。小麦一般要锄三遍，我记得我还多锄了一遍。但这一片小小的麦田总是受到侵害，一些过往的羊只总爱啃几口。加上土地过于贫瘠，抽穗的时候它们已经稀稀拉拉得不像样子了。灌浆后它们成熟了，但这些可怜的麦穗已经被那些可爱的羊吃得所剩无几了。我记得我只收获了一把麦穗，我把它们揉搓下来，放入一只小瓷碗里，大半碗的样子。显然，没有我的种子多。但我仍然有一种自豪感。

上大学之后，生产队的土地分给农民了，假期我仍然到地里干活，但再也没有机会全过程地种植红薯和小麦了。

我珍惜这一段记忆。后来异想天开地写起了小说，会不会与这一段开荒种地的经历有关呢？我已经有好几篇小说写到这样的种植了。

荷包蛋

记得是1965年春,上面派两名“四清”工作队员来我家吃饭,每顿饭母亲都要为他们煮两个鸡蛋,切成一个盘子让他们吃,我们几个孩子站一边看着他们好生羡慕。那时候,这可是农村最为奢侈的享受。

不想三两年后我就得到了这种享受。我得了一个毛病,蹲下来久了,猛一起来,头就晕得厉害,天旋地转的。母亲打听到了一个偏方:煮一片藕叶,里面打上一个鸡蛋,再放上几粒黑豆。黑豆是按年龄放的,几岁就放几粒。母亲就每天给我做一次这种藕叶黑豆鸡蛋汤,这样吃了一段时间,头晕的毛病好了许多。

我长大了,要当兵了。临走前,母亲自然给我做了一顿好吃的,还给我煮了十几个鸡蛋,有淡的有咸的,用手巾包了装在我的挎包里。当兵回来探家,或者后来上大学回来过假期,一到家,母亲并不多说什么话,就到厨房为我做一碗鸡蛋茶,烧开了水,里面打上八个、六个或者四个荷包鸡蛋,盛到碗里,放上两勺白糖或者一点香油,然后看着我吃掉。

那些年,每当有朋友来访,我总想让母亲以最高的规格接待他们。大概是1975年,我乡下的两个结识不久的朋友来,我让母亲给他们烧鸡蛋茶。母亲问我:“几个?”我说:“一个人八个嘛。”母亲有点不情愿,但还是按照我的意思,给他们每个人端上来一碗八个鸡蛋的鸡蛋茶,也给我端了一碗,里面是四个鸡蛋,让我陪着他们吃。须知这二十个鸡蛋是家里几只老母鸡好些天生产的结果。从买来鸡娃到养成母鸡,母亲不知费了多少心血。攒下来的鸡蛋大部分会被母亲拿到集市上卖掉换回其他的生活用品,或者支付弟妹们的学费。可是我当时根本没有想到这些。

母亲是一个没有什么文化的农村妇女,她只是默默地忍受着生活的艰难困苦。我想,或许她根本就没有苦难的意识,她认为生活就是如此。当然,这些年,她一定会认为自己是过上好日子了。

这两年我很少回家,每次回去都是日近中午,母亲都在厨房忙活,待饭菜端上桌，儿女们与父亲开始吃之后，她才坐在一旁吃。她习惯于这样。现在她不会给我烧鸡蛋茶了，因为这东西已经不稀奇了。

她对我的写作什么的并不理解。她说的最多的几句话是："不要坐夜了，身体要紧。写那些东西啥使处哩。"

母亲节快到了。我仍然不习惯当面给母亲说"祝您节日快乐"。让我们默默地爱着吧。

一条三维的河

又一年过去了。300 多个日子过去了,好像是一瞬间的事。

人天生是个时间性存在。人诞生在时间中,人一诞生就被时间包围起来,直到被时间扼杀。人是被时间杀死的。某人,生于某年某月某日,死于某年某月某日。时间成为人一生的标志。生与死又是时间最为显著的两个标志。昼夜四季日出月落,显示着日常性的时间,但死亡,人必然要在终点相遇的死亡,却让时间变得高大起来,宝贵起来,也残酷起来。

说时间是一条河,意思是时间不是一条直线,不是以钟表为代表的机械化的时间,而是一条三维的立体的河。这条河从过去流过来,从人之初流过来,流到现在,而未来,这条河的下游,也在向现在流动。也就是说,未来也在作用着现在,甚至作用着过去。

人的现在,是由人已经走过的那一个个日子堆积起来的,又是人未来的一个个日子烘烤出来的,这就是人的追求。人的追求决定了人的过去和现在。你追求什么,你想成为什么样的人,这种想法为你的过去和现在提供了方向。

更根本地说,人的死亡笼罩着人的一生,就是这个死使人成为如此的人,因为人是唯一知道死的生物。一头猪不知道它会死,更不知道它应该如何去死,它不知道重于泰山和轻于鸿毛的道理。

我站在这条三维的河上。回头望去,我的过去,那一个个日子,有阳光和月光的,或者阴暗潮湿的日子,包裹着我的思想和欲望,我的劳动和休息,我的索取和付出,我的愉悦和烦恼,我偶尔的出神和漫无边际的幻想,仍然向现在流动,而且在向我的未来流动。过去的并没有过去,它仍然存在于我的现在,并且存在于我的将来。

向前望去是我更不可把握的未来。但是它已经到来了,它已经存在于我的过去,发生在我的每一个今天。我的过去是被我的未来照亮了的过去,我现在的天空也悬着一轮未来的太阳。

因此,未来并不是一个虚无缥缈的存在,它是一个现实性的东西。

这个现实性的东西其核心是死亡。正是死亡悬在我们的头顶,我们才迈着匆匆的脚步,我们才会着急,我们无所事事的时候才感到无聊,我们才渴望成功,成功之后我们才又会感到某种失落,我们才为自己寻找一种意义,有时候我们才说它没有意义,我们才像现在一样追求和生活,我们才有一种紧迫感和危机感,我们这个世界才如此丰富多彩。

死亡把无限的时间活生生地斩断了,只留给我们短短的一截。它毫不留情,不开后门,不管是达官贵人还是平头百姓,在它面前一律平等。买通阎王爷让他多给十年二十年寿命的事只存在于古典的传说中。当然,有钱人可以买来医药,买来健身器,买来各种享受,但医药总是用它的副作用抵消着它自己,一个生活在买来的时间里的人有多少幸福也令人生疑,因为他的时间已经不是本来的时间了。

我站在现在,站在这条河中间的一个地方。我站在现在也就是站在过去,站在我的未来。因为现在也在流动着,我的现在赋予我的过去一种新的意义,也赋予我的未来一种新的色彩。我已经走到了现在,我的过去已经不是我过去的过去了,我的未来也已经不是我过去的未来了。

我站在现在。看来我只能站在现在。但我的意识却可以站在我童年放学路上的一片桃树林里,那林子里桃花正盛开着。我的意识也可以站在我未来的某一个节点上,那片桃树林已经结出一些青色的果子了。

又一年过去了,这不能不让人伤感。

何时终了一生

幻想长生不死,是人的一个情结。

南阳汉画中有很多升仙图,反映了汉代人强烈的升仙欲望。得道成仙,就意味着你长生不老了。道教典籍和传说中也有很多成仙故事。而佛教中的轮回要复杂一些,要一辈子一辈子地托生,下一辈子是做人、做畜生还是别的什么还说不定,只有广积善德的人才能摆脱轮回。

如果设想人能真的不死,将会是一种什么样的状态?

阿根廷小说家博尔赫斯曾写过一篇荒诞小说,叫《不死的人》,主人公约瑟夫生于古罗马时期,参加过埃及战争。战争结束后,他经过炎热的大沙漠,来到了不死者之河,喝了这条河的水,成为一个不死的人。约瑟夫来到河对岸的不死者之城,遇见了一些神秘的事物和不死的人,这些人从不关心自己的命运和肉体,对生命没有任何热情。他注意到有一个人从来没有站立起来过,一只鸟甚至在他胸前做了窠。多少个世纪以后,1921 年 10 月 4 日,他在孟买附近某个地方的郊外看见一片清澈的水,习惯性地喝了一口。他发觉他的手被一根刺扎了一下,流出了鲜血。他庆幸自己重新成为要死的人了。

法国作家波伏瓦写过一部小说,叫作《人总是要死的》,说的是法国当代女演员雷吉娜在外省演出,发现一家宾馆花园里的一条折叠椅上总是躺着一个男人,睁眼呆望着天空,从早到晚,一动也不动。原来此人是 13 世纪意大利一个城邦的君主,叫福斯卡,喝了埃及的不死之药,成了不死的人。但她发现他已经失去了人生的乐趣,生活、事业、爱情等,对于他来说都是无所谓的事。他对雷吉娜的奋斗、成名、嫉妒等也都无动于衷,他对别人匆匆的生活已经不能理解,因此他有深深的自卑感,他觉得自己早已不是正常的人了。最后他们分手了。

法国哲学家卢梭说:“如果允许我们在这个世界上长生不老,试问,谁愿意接受这件不祥的礼物?”

看来我们不能接受这样的礼物。我们还是做一个会死的人为好。

博尔赫斯本人也这样说:“我个人不要永生,我怕永生。我要是知道我将永远活下去,要继续当一个博尔赫斯,这对我太可怕了。”

人总是要死的。但这个死又是未知的。我们生下来就被判处了死刑,但是我们不知道刑期。我们不知道我们会在哪一个时刻死。

我们生命的意义也许就在这里:我们知道自己会死,但又不知道何时会死。

我们知道我们终究要死,我们每个人只有一个短暂的生命,所以我们不能辜负了自己,我们要筹划我们的一生,我们要去奋斗,我们要去爱去恨,我们要享受生活,我们要让我们的死壮烈一些,或者更有价值一些。

我们不知道我们何时死,不知道高悬在我们头顶的死亡之剑何时会落下,所以我们的生命又是神秘不可知的,我们面对着许多的可能性,我们要选择,我们每天都会面临一个新的境域,我们要破解一个个人生之谜,直到死神向我们招手。这新的境域,这一个个的谜,这许多的可能性扩展了我们生命的曲折和幽深,增加了我们生命的难度,它使我们的人生更富挑战性:存在是一种勇气,也是一种智慧。我们都是平凡的人,但是我们要用战士和英雄的心态去面对一个个平凡的日子。

是的,人只能通过死亡达到永恒。有的人死了但他还活着,是因为他充分地张扬了自己有限的生命,他奋斗了,他创造了,他用他生前的业绩和成就成就了自己的永恒。比如,当我想起李白的“床前明月光”时,李白就活在我目前的意识里。

果真如此的话,当死亡降临的时候,我们会平静地面对它,向它微笑,与它握手。

在超级市场里思想

设想世界是一个超级市场,这个市场没有大门和围墙,因为所有的东西都是商品,有很美丽的东西,很耐用的东西,很刺激欲望的东西,很鲜活的东西,天上飞的,地上走的,水中游的,土的东西,洋的东西,传统制品,高科技,什么东西都有,人的一切需要都可以得到满足。嘿,嘿,他们是多么幸福啊。当然,也不排除假冒伪劣会给他们制造一点儿烦恼。一点儿微不足道的烦恼并不影响人整体上的幸福感。人人脸上都洋溢着笑容。滚滚而来的欲望日益充实着、刷新着他们脸上的笑容。在这个超级市场里,所有的人都身兼二职:营业员和顾客,要么出卖商品,要么购买商品,这是他们获得这种高度幸福感的常规方式。

如果其中有一个人需要在这个巨大的市场里建立一个书房或者写作间,他一个人悠闲地坐在里面读书或者写作,几乎与外界断绝了交通,这是可能的吗?他不单单要做一个销售者,做一个消费者,而且想做一个思想者和写作者,除了思想市场和商品的美丽与实用,他还想思想一下其他的东西,市场和商品之外的东西,人内心深处的东西,这个世界上不存在的东西,或者距离这个世界十分遥远的东西,这是可能的吗?

这是可能的。

读书的时候,他消费着书籍。书籍也是商品。写作的时候,他消费着钢笔和稿纸,或者消费着电脑和打字机。思想的时候他消费什么呢?他消费着时间,时间也是一种商品。人们经常说:时间就是金钱,效益就是生命。

当然是可能的:有几位消费者以为这个书房兼写作间是一件新的产品,一道风景,一件特殊的装饰品,他们正在打听价钱,准备把这件新的有创意的耐用消费品购买回去,以丰富自己的消费生活。

或许是不可能的:因为这个超级市场不允许非商品性的东西存在,一片宝贵的交易场所被一个匪夷所思的人占领,他坐在里面想入非非，像一个天外来客，这太不现实了。

或许是这样：他一开始就是把这间书房连同自己作为一件商品展示出来，等待着某一位不落俗套的消费者购买它。他为自己有这样一个创意而沾沾自喜。他感到幸福。因为他适应了超级市场的规律，并且为这个超级市场做出了自己的贡献。他明白，正是这可爱的超级市场保证了他的幸福，他应该永远用自己的满足和笑容来回报它。

我们时代的信息生活

电　视

近日每天晚上都要准时打开电视看中央电视台的《亮剑》，每晚两集尚觉不能过瘾，其主人公八路军团长李云龙是一个一身匪气的人物，不大遵守纪律，我行我素，总打胜仗，也总是受到处分。他是一个打仗的天才。显然，这是一个革命战争影视片中的另类人物，其性格即构成了悬念，因而总能引人看下去。

电视被摆放在每家每户的客厅里，与日常使用的一件家具一样，并无特别之处，因此观看电视节目就成了家庭生活的一部分。它不是个外来者，不必招待它，也不必用什么心思对付它，需要的时候打开开关就行。其实这不是一件普通的家具，因为它联系着一个广大的世界，只要你打开了它，种种庞杂的信息就源源而来，直到你摁上开关，让它恢复为一件摆设。

问题是它不甘寂寞，它吸引着你，它要求你打开它。它用它的传播速度、时间幅度和便利性来满足你的需求、增进这种引力。于是，每天晚上，除非有特别重要的事，我会准时地坐在它面前看《亮剑》及别的节目，直看到昏昏欲睡为止。

作为大众文化媒体，电视台也需要不间断地用一些有点儿另类的东西吸引观众的眼球，以保证它的收视率：这是一个十分重要的商业指标。过于平庸的东西会倒人胃口。稍稍新鲜稍稍可以满足观众期待心理稍稍高于观众认知水平的节目流水线般生产和播出，维护着这个强势媒体的地位和吸引力，这样，电视便用它强大的力量占据着人们的闲暇时间和想象空间，自然也引领着人们的思想和趣味。如果大家都在谈论《亮剑》而你却没有看过，不能置一词，你就会觉得自己有点儿落伍和另类了。你需要改过自新。当天晚上你一定会打开电视，让《亮剑》中的硝烟弥漫你的客厅。第二天同事们再谈论《亮剑》的时候，你就有资格随声附和几句了，你已经跟上了时代潮流。说我们的时代为电视所统治似乎不算过分。卡夫卡《万里长城修造时》中的皇帝圣旨需要好多好多时日才能传达到民众之中，民众此刻听到的也许是上一任皇帝一个无关紧要的指令——那起码是在没有电视的前现代的时候。想来，即使是皇帝，他日常接收的信息也未必像现在任何一介平民所能够接收的那么广泛，如果他每天抱着电视待几个小时的话。不过我们对所接收的信息不需要负任何责任罢了。我们只管接收，而不必思考。

当然，生活中还有更重要的事：工作、事业、挣钱、恋爱等。这些事情会受到电视观念的影响，但这些事情内部那些真切的刺人疼痛的曲折、障碍、困苦、欣喜却与电视无涉。毕竟，从根本上说，电视不能当饭吃。电视只是电视而已。这就是我们虽然已经被电视化了，我们已经接受了电视柔软的侵略和占领，但仍然认为自己是自己的原因。

电　话

固定电话已经落后了，现在是手提电话，简称手机，几乎人手一部，随时随地都可以与需要联系的人进行联系。手机的功能还越来越多，比如短信，现在已大行其道，那种手写的原始信件眼下很少能见到了。电报几乎已经绝迹，因为它不方便。我们真的已进入信息化时代了。

短信也是信，不用贴邮票，顷刻就可发过去，缺点是容量太小，70个字为限。不过短有短的好处，不必写那些无用的客套话，而且你可以经常地发，同一内容还可以发给许多不同的人，特别省事。

聪明的人经常关闭手机。要不你正休息或者正专心于某一件自己感兴趣的事情，兴致正在高涨，领导突然给你来个指令，你就得颠簸一番。某一位同事或者朋友或者只有一面之交的人突然电令你帮一个什么忙，做一件什么事，事情急迫，不可耽误，又有挺大的难度，可这个忙你不帮是说不过去的，你应该中止自己眼下的享受，硬着头皮答应下来，然后再冲锋陷阵一番，让事情有个交代。这着实扰乱了你目前的心境。你觉得有点儿扫兴。你会想这手机常常像绳索一样捆住你的手脚，剥去你的自由。可行的办法自然是关掉它。关了机自然少了这许多烦恼。不过这关机也有个问题,说不定耽误了党国之要事,也说不定耽误了你私下的一场好事。新闻单位规定编辑记者不得关机自有其道理。《亮剑》中的李云龙如果有手机的话,可以很方便地请示领导,就没有擅自行动的理由了,他的个性魅力就要大打折扣。大家都开着机,心理上都有一种安定感,是啊,一切都在秩序之中,都在联系与控制之中,你就是跑到天涯海角,我也能把你抓回来。

刘震云的《手机》主要写的是因手机而产生的男女感情方面的危机。文艺作品离开男女之事似乎就不能吸引人了。不过现实生活中手机确让有的情侣危机四伏。这就是事物的两面性,它在方便你即时联络感情的同时,也给你制造了麻烦,制造了别人监视你的机会。问题是现在人们已经离不开手机了,一般的人已经认可了它的束缚。如果你把它扔掉,最终你还会把它捡起来。

手机传递着真实的声音,但它还有虚拟的好处。你在家门口干一件天知地知的事,在手机上说自己正在千里之外,谁也没有办法。对方不能沿着空中的电波侦查一番,予以揭穿。

人与人之间联络的密度应该多大?没有人规定,也没有一个科学的标准。你可以把生活中的鸡毛蒜皮都通过电话或者手机说给一个不在眼前的人听,也可以只在最重要的事情上输送信息。有时候,你只是让电波传递过去一些次要的信息,而让最重要的信息留在自己的肚子里,以便自己时不时地反刍一番,让它酿出酒来,让自己沉醉其中。

如果你急需告诉某人一件事,他的手机却总是关机,但你锲而不舍,拨一次,待一会儿再拨一次,好多次之后,谢天谢地,竟然通了,然而是占线,占线就有希望,那就继续拨下去。仍是占线,你就一直拨,一直锲而不舍,终于拨通了,却没人接听,你拨啊拨的,它又关机了,等等。如果遇见诸如此类的情况你要给予理解,即使是朋友,你也不要骂一句“他妈的”之类的什么粗话。

电　脑

一个人不懂得使用电脑就是不懂得让自己多一个脑袋(此即为外

脑），让自己更加聪明起来，这种人是愚蠢的。有趣的是，愚蠢的人总是自以为聪明，他以为他是在反潮流，他特立独行，他不与庸众混同，他英雄般地守护着自己固有的生活方式。

莎士比亚在成为伟大的莎士比亚之前并没有看过莎士比亚的作品，莎士比亚的伟大戏剧也不是电脑敲出来的。不过这不是他的过错：他的父母把他愚蠢地生在了莎士比亚时代。

按照这样的观念，我属于一个聪明的人。我早在几年前就用上了电脑，在屏幕上敲打出一些称之为小说的文字。我知道电脑还可以帮人干很多事情，比如制表、绘图、设计、发电子邮件。可惜到现在我还不会上网，我没有勇气到海洋般的网络世界里做竟日畅游。不会游泳的人对海洋湖泊有一种天然的畏惧感。我知道互联网尽管浩瀚，却是淹不死人的。这就是我敲打出的那些小说价值有限的原因。看来我还不够聪明。

据说现在网络游戏让很多少年沉迷其中而不能自拔，网恋、网上结婚这些东西也时髦得很，不过这也没有什么。且不说网络游戏开发智能的功效，就是从它给少年们制造了成长过程中的曲折这一点儿来看，也是一个正面的事情，没有什么大不了的。网恋和网上结婚之类的东西也属于网络游戏，与小孩子们玩过家家的游戏差不了多少，只要防备着那些心怀不轨的人就行了。

我相信信息化时代成长起来的孩子自有优势在，起码不比“文革”中成长起来的孩子羸弱和病态。他们要比他们的前辈聪明得多。

报　纸

电视与互联网的崛起冲击着传统媒体，报纸的地位已大不如前了。现在毕竟不是两报一刊社论国人皆学的时代了。电视看中央台报纸看地方报、专业报，这几乎已成为倾向性的接受行为，其中的道理不难明白。有人将一些大报称为一分钟报纸，意思是说只需要一分钟时间就可完成阅读行为。不过也不尽然，偶尔你会被某一篇文章吸引，用上十分八分钟时间读完它。如果你动了剪子，将它剪下保存，你对这份报纸的感情将会有所改变。第二天、第三天，甚至好几天你都会稍稍认真地对待这份报纸，期待着另外一篇你可以裁下保存的文章。笔者长期订阅《南方周末》就出于这种心理。看过的报纸仍然是物质性的存在,称为废品,可以进废品收购站,换几块钱买茶叶。报纸极大地改变了中国人敬惜字纸的传统心理。不过报纸的资料价值仍然存在,原子弹爆炸那一期《人民日报》号外,不是已经被报纸收藏者炒到了上千元一张了嘛。多少年之后,后人翻开今天的报纸,会有强烈的阅读兴味吧。

闲　谈

不管信息业怎么发达,当面交谈仍然是人们获取信息交换感情的恒常方式。这说明人类最基本的行为方式并不为时尚轻易改变。

不用说,面对面的交流具有现场感,它是双向或多向的,你身处其中,随着情势的变化调整着自己的言语、思绪和表情,自有特别的感受。事情就在你眼前发生,你可以把握它,因而会有一种稳定感和安全感。

聚会有公共性的聚会和私人性的聚会,又有正式的和非正式的、刻意的和随机的之分。正式的公共性聚会需要投入许多的人力物力,按照一套程序进行,议题都是事关国计民生的大问题,或者是貌似如此的大问题,自然马虎不得。会场布置、文件资料、纪律、安全、医疗、饮食、交通,都需要精心应付。昏昏欲睡的会议参加者怕是不理解会议筹办者的苦衷吧。中国人的聚会更讲究论资排辈,发言的先后也有规则和潜规则约束,这种聚会不适合趣味性的、轻松的话题。非正式的私人聚会就不同了,试想,三五个密友,或者一对情侣,喝一杯小酒,天文地理,家长里短,或者是喁喁情语,眉目传情,是一种很温馨的感觉。

欧洲贵夫人的沙龙是贵族们的交际场所,豪华、高雅、讲究,也许还有点酸腐,一些学者们的聚会缺少了烟火气,倒是平民们瓜棚豆架下的闲聊不必讲究礼节,更自由更经济也更生活化一些。

三两个朋友或同事,不期而遇,不约而至,免不了海阔天空一番,此谓闲谈。伊拉克战争,人民币升值,某地刚刚发生的一件官场大案,张三李四的婚姻状态,谁都可以慷慨一番,谁都可以把话题引向另一个方向,不同观点争论一番也没有关系。闲谈结束,大家得到了一种发泄和交流的满足，互相之间的感情也似乎增进了一些，各干各的事去。海德格尔的《存在与时间》里面专门写到了闲谈，用的是贬抑的调子。笔者受其毒害，一直以为这种闲谈没有质量，不够本真，后来看到别人的文章，才知道海氏并不是一味贬抑，他也予以谅解。这就对了，哲学家们追求每一句话的质量未必不好，但他们对人生中这种极为生动的场景应该给予谅解甚至欣赏。于是，我决心悬崖勒马，赶快加入到闲谈的境域里去。

写书法即写审美意识

书法这个东西，作为一种抽象艺术，形式感十分强，颇可以《易经》之易去描述它：变易、简易、不易。

变易。一幅高水平的书法作品，充满了变化，一点一画之势引发着一字之势，一字之变又引发着一篇之变。同一笔画，此画与彼画不宜类同，相同的字，此字与彼字要有所变化；阴柔的笔画一定要有阳刚的笔画去平衡，阳性的笔画又要有阴性的笔画去协调。有时候，这种变化神龙见首不见尾，莫测其始终。

简易。这种变化表现出来又是简单的，无非是横竖撇捺点的排列和组合罢了，如同《易经》里面的卦画，太极生两仪，两仪生四象，四象生八卦，再生成六十四卦，还可以生更多的卦。

不易。万变不离其宗，这个宗是不变的，变本身是不变的，道是不变的。这个不变的东西就是书法之法。

说到底，书法这个"法"字是一个"式"字，也是一个"势"字，又是一个"道"字，日本人不是把书法叫书道嘛。所谓式，式样，形式，道出了书法的一个表面，书法的内容就是形式。所谓势，深刻多了，势是不断变化着的东西，每时每刻都在变，变化之妙，存乎一心，没有不变化的形势。一笔下去，轻一点还是重一点，长一点还是短一点，直一点还是歪一点，淡一点还是浓一点，既影响到整个字的变化，也影响到未来的势。在宣纸上操作，笔墨的不可改变性更强化了它的随机性，它逼着你随机应变。所谓道，更为圆通，把大化万有阴阳交替发生发展的道理引进笔墨中了，书法是与宇宙大道相通的，一个成熟的书法家能够把宇宙万象收藏在自己的作品中，一个成熟的书法欣赏者亦能够从书法作品中感受到宇宙万象奇妙的生发变化。

写书法就是写易，写变化，这个变化就是审美意识、审美感觉。你的艺术感觉达到了某种程度，你的书法也就可以写到某种程度。你觉得整齐而规矩的美术字是美的，你写出来的就近乎于美术字，尽管书法家们不认为这是书法。你认为柔媚无骨为美，你写出来的就柔媚无骨。你觉得骨力刚劲为美，你写出来的就骨力刚劲。你认为开张奇逸为美，你写出来的就开张奇逸。

因此，书法史上那些大家都知道从人生万象中感受书法，从诗文、音乐、歌舞、剑器中体会书道，修养出自己深刻的审美意识。

当然书法毕竟是小道。水杯里的波澜，放大了看颇为壮阔，但毕竟不能与江海同日而语——这就是一些书家革新传统书法，把书法弄得不伦不类的原因。

读书与文化分析

同济大学张闳先生来南阳讲学，抽暇去参观南阳汉画馆，一下车他就对汉画馆的建筑文化内涵来了几句分析，让我们颇为佩服。他和他的同事朱大可等人是搞文化研究的，当然有了得的文化分析能力。

一座建筑的样式，房间里家具的样式和摆放位置，某个会议的座次安排，某位领导为什么讲这句话而不讲那句话、这样讲而不那样讲，某种商品的流行与淘汰，某个人的穿戴及某种嗜好甚至某种表情，一篇文章就更不用说了，这些东西都是有意义的。它们的表象，它们的结构，它们和其他事物的关系，都是人的某种文化观念和文化心理的表征。我们观察它们，感受它们，最好是上手掂量和分析一番，发现事物背后人的文化心理层面的东西，我们对某个事物的认识就说得上深刻了。穿着时髦而性感的女性，其心态肯定是开放的，有些艺术家留着长头发大胡子，或者剃成光瓢，也表明了他们的人生态度。他们不认同某些社会主流观念。他们要与众不同。而另外有的人，即使头上只有三根头发，也规规矩矩梳理好，以此来说明他要与他人打成一片。

读书的一个功能是认知。作为一个合格的公民，对复杂的社会现象，对某些或新鲜或陈旧或清晰或朦胧的事物，我们需要有一定的认识、分析和评价能力，这种能力很大程度上靠阅读获取。那些经典的文学作品和哲学作品，可以帮助我们获取这种认识能力。我们可学习他们的基本观点和分析方法，并把学到的方法运用到自己的观察和认识上去，这样，我们对事物的把握，我们的文章、讲话就有可能新鲜而深刻一些。如马克思、尼采、鲁迅、福柯、罗兰·巴特，包括近期大量引进的齐泽克等，都是我们学习的范本。

陈凯歌们的暧昧

我们社会存在着诸多的暧昧之处。有些事你愿意干又不能如己所愿地干，不愿意干但又不得不干，环境、习惯还有事业、能力、金钱这些东西要求你这样干而不能那样干，只有这样你才能干，干完之后你才感觉到或许不该干，但再有这样的机会你仍然会这样干，因为你不晓得你还能用别的方式干点别的什么。

创作者亦如此。新近热映的电影《赵氏孤儿》让我们见识了陈凯歌的新成果。作为大牌导演，陈凯歌绝不会照搬史料中那个经典的复仇故事，他想改造它，那就是为这个故事赋予一种新的人道的意义。他让程婴由一个忠于主人的义仆转化为一个普通老百姓，他自私，他爱自己的儿子，他不可能为某种意识形态的虚幻理念主动地牺牲自己的爱子，为冤死的忠臣保存复仇的种子，好博得个忠义的美名。但吊诡的是，尽管这位民间医生没有那么高的政治觉悟，他并不忠于皇帝和他的代表，他不想参与政治，但他还是被政治了。孩子还是被交换了。陈凯歌用了不少力气，试图排除赵盾、屠岸贾这些人的意识形态色彩——忠与奸，排除赵盾的政治正确性及屠岸贾的政治不正确性，把他们还原为一般意义上的权臣，但他还是要让程婴送养子到贼人门下，他让程婴放弃了更快捷更方便的报复机会，让十五年之后的程勃与屠岸贾对决。陈凯歌本不想这样，据说他最初想排除掉复仇的情节，但他还是这样做了。赵氏孤儿最终杀死了他生父的仇人屠岸贾，屠岸贾与他政敌的儿子同归于尽，作为这场谋杀的推动者、监督者兼观察者，孤儿的养父程婴老先生也牺牲于权力之手。这样，宫廷斗争、谋杀、复仇、死亡，还有父子之间的感情，这些使一个故事热闹起来的元素都有了。万事俱备，只欠东风。用对权力、意识形态的疏离来蔑视权贵，蔑视封建道统，让生活更日常更人道一些，陈导这初衷并没有贯彻到底，他不得不被政治、被传统、被商业所束缚、左右，他要考虑影片的上座率及别的东西。他期待着影片公映之后滚滚的财源。这是陈凯歌的暧昧。我们知道 18 世纪的伏尔泰改编的《中国孤儿》，妻子指责丈夫交换孤儿有违父道,向统治者说明丈夫交出的是自己的儿子,结果是皆大欢喜:统治者宽恕了他们。伏尔泰没有什么负担,他果断地排除了忠义思想,同时也排除了复仇,他肯定的是爱和宽恕这些东西。他这种改编未必合理,因为中国历史上的统治者从来都不会宽恕敌手。但显然,我们不得不承认,比起 18 世纪的伏尔泰,陈凯歌并没有颠覆多少东西。思想上他还没能超越 18 世纪的伏尔泰。

姜文的子弹倒是飞起来了,他用他的荒唐来对抗陈凯歌的暧昧。但他仍然是暧昧的。正义化身般的强盗张牧之抚摸着县长夫人的乳房表白自己是柳下惠这并不可笑。酷爱金钱退居二线的县长老汤死在元宝堆里,强盗们诱使群众造反,恶霸黄四郎终被逼自尽,强盗们完成任务就要娶妻生子留洋海外了,但鹅城仍然是原来的鹅城,上级肯定会派去一个新的县长,这顶县长的官帽子依然会是金钱交换的产物。这一场荒唐的政治秀只是一场秀而已。姜文把县长阶级狠骂了一通,用强盗的刀枪——强盗的刀枪依然是权力——但鹅城那个权力真空仍然要由权力去填补。那位留过洋的张麻子还不能或者不敢用他的刀枪推行一种新的制度:让群众真正地当家做主,用法律审判黄四郎。抢得了恶霸浮财的群众仍然是群众,他们将接受一个新的县长或者类似人物的统治。他们不得不这样。

但暧昧也是好的。暧昧比某种确定性要好一些。

断　片

出租车司机

警车和各种车辆堵塞了上班的道路。还有围观的群众。说是警察打死了一名违章司机。一群亲属讨要说法。绕道上班。打开办公室的门，沏上一杯茶，翻阅当天的报纸。撰写某一篇公文。间有其他的杂事。下班。事故发生地已空空如也：事情已被处理了。已被清理的事情等于没有发生。回家。吃饭。电视上的车祸报道让我想起来那位出租车司机。这种事有点见惯不惊了。我向妻子轻描淡写一番。我只能轻描淡写。我惊异于我的健忘和无动于衷，可是我应该怎样同情那个未曾谋面的死难者？我应该向他默哀三分钟。钟表现在是八点五十六分。九点整，我将面向事故现场，低下头默哀，到九点零三分整。我只能如此。当然，这个计划未能成为现实：我为我的做作和矫情而微微不安。

香烟里的思想

从脚手架上爬下来，就站在楼板上，他掏出裤裆里的隐秘之物，撒一泡尿，摇动数次，塞回它原来的地方，扣上扣子，然后点起一支烟，陷入了思想。不知道他想的是什么。稍顷，他挪了挪脚，弯下腰，坐在一堆砖头上，面向窗外，抽一口烟，徐徐地吐出来。手下抓起一块砖头，让它直立在地板上。又抓起另一块砖头，让它们并列在一起，像两根柱子。再拿起一块砖头横在它们上方。一个门出现了，也可以视为一座房子。无意识之中，他盖起一间小小的房子。“老三。”有人喊他。他答应了一声，狠抽了一口烟，身子却没有动。他在思想。再狠抽一口，扔掉烟蒂，吐出一口痰，他又攀上脚手架。他结束了他的思想，投身于劳作之中。我偷偷溜过去，走向他的作品，那个房子的象征物。

我拿起一块砖头，置于他的作品之上，又拿起第二第三块砖头加诸其上，让它变成两层小楼。这是我们共同的作品。再拿一块砖头置于小楼顶部，让它有一个独特的造型。不方便喊他下来参观一下我们两个共同的作品。不知道他认可不认可我对他作品的改造。他没有看见我。他不知道我是这住宅楼其中一套的业主，我也不知道这个名叫老三的四十多岁的民工思想的是什么。也许是他想到了他的妻子和儿女。这不能猜测。

五根火柴

我抽出一根火柴。宾馆里，打开加长的火柴盒，一共五根火柴，我抽出其中一根，白色的长长的身子，红色的头颅，它躺在我的手掌里。我掂了掂它的重量，将它抛起来。白色的床单上躺着一根火柴，红色的头颅伸向我。我抽出第二根火柴，让它与它为伴。它们两个交头接耳。第三根火柴，作为第三者，它勇敢地加入进去，与它们打成一片。它没有受到排斥。它们在一块儿叽叽喳喳。一个三家村。三人团。第四第五根火柴鱼贯而出，它们蛰伏在几十厘米之外的地方，冷眼观察着那个由第一第二和第三组成的小小的团体。三加二等于五。两个小小的团体不怎么平衡。没有别的办法，我拿起那个第三，让它脱离它所属的小团体，与第四第五为伍。现在第一第二孤独起来。它们有点势单力薄。那就再拿起老三。它红色的头颅在磷片上划过，生出火焰。我举起它，让它的同伴们欣赏。它的生命花朵般开放出一片灿烂。白色的身体依次转化为红色的虚无，它开放着，只为自己，没有别的目的。不，还是功利一些好，我抽出一支香烟，让它点燃了它。这才是它的意义。它是为香烟而生的，手指感到了焦热，我将残余的火焰丢进烟灰缸，看它在玻璃的坟墓里完成自己。敲门声。我将床单上的第一第二和第四第五收拾起来，让它们回归它们的居所。报纸上说：应该过低碳生活。

七根白发

临行前，妻子拿一把小剪刀，剪下我鬓角上的白发。六七根呢，很显眼。“会议上肯定有年轻的女士。”她开玩笑说。她是嫌我老了。不过我愿意让她把这些白色的冗余物剔除。刚才电视上那张十分年轻的脸夸夸其谈我就不大信任,可我无力保留这智慧的象征。我知道她现在找到七根,将来会找到七十根或七百根,那时候剪刀就没有用处了:数量让性质发生了变化,我将葆有自然主义的生活形象,白色的智慧将在我脑袋上闪烁。

会　议

大幅会标。主席台。鲜花。电子屏幕。领导们鱼贯而入,坐在写有自己名字的座位上。他们全都严肃地坐着,目光似乎在望着台下的众生。主持人念主持词。下面进行第一项。鼓掌。同志们。领导照本宣科。严密规范的程式,格式化的正确思想,严肃而认真的听众,共同维护着这个会议逻辑上的重要性。漂亮的服务员提一只不锈钢暖瓶走上主席台,为领导们加水。她表情庄重。后排有人睡着了。轻微的鼾声。我扭头看了看他。一个敢于脱离或者跨越程式的人。他为这庄严的会议增加了一点什么或者减少了一点什么。我快速浏览领导的讲话。一共三十多页。喝水。偷偷地拿出一本《恋爱絮语》,进入罗兰·巴特的世界。又一次鼓掌。我抬起头,见主席台上有领导在附耳私语。那严肃的统一的表情状态终于有所改变。同桌拿过《恋爱絮语》翻了两页还给我。他对恋爱感兴趣但对罗兰·巴特不感兴趣。

欲　望

一个三十多岁的疯子兼乞丐当众褪下裤子实施理性的自慰。他旁若无人。脸上是紧张而幸福的表情。他瞭了大家一眼,似乎是在宣称:某种生理欲望可以自我实现,一点儿也不复杂。可他意识不到,自我实现的欲望未免单调,而且自私,不,也许他是对的。与异性合作实现的欲望固然具有利他性,但较为复杂。孤零零的一棵树可以孤芳自赏,两棵树并肩而立枝叶相交就有个接受和排斥的问题了。

这脏兮兮的男人系好露着屁股的裤子,掏出口袋里的一块面包咬了一口,幸福地嚼着,他迅速地转向第二个欲望。第一个欲望实现之后随即被遗忘了。旁观者多已散去，他站起来，若无其事地向前走。大概还有第三个欲望等待着他。

第三者

读书人手捧书本贪婪地阅读，一个闪耀着红宝石光泽的句子令他停滞其中。右手抓起一支红色的铅笔。红色的铅笔在书页上划下两道伤痛。这时候的人书笔三者合为一体。之后，这个红色的第三者，又回到桌面上一个偏僻的地方，它被暂时地抛弃了。这个默默无闻的工具性的存在时刻准备着被重新启用。它存在的意义是无可争辩的。正是有了它，这本书及手捧书本的人才获得了某种品级，它让他们和那些过于随便过于潦草的阅读者区别开来。

婚姻或者感情中的第三者比一支红色的铅笔要复杂得多。吸引、排斥、欺骗、怀疑、愤怒、吵闹、冷战会在其中发生。一个异质者加入到原来正常的两人世界中，事情就会复杂一百倍。这时候的第三者是一个尴尬的角色。她是一个地下的存在。她需要某种名分。名不正则言不顺。她争取当第二者。如果她实现了自己的愿望，升格为第二者，那么原来的第二者就被置于尴尬的地位，连一支红色的铅笔也不如。她应该主动地(哪怕是佯作主动)抛弃第一者并寻求一定的补偿。第二者主动的逃离会使事情的性质发生根本性的变化。当然，事情还有另外的道理。第三者有第三者的好处。第三者进退自如，生机勃勃，她有无限的可能性。她是一个解构主义者。

这时候阅读者那支红铅笔被一只孩子的小手拿起来，在一张白纸上运动，一个新鲜的图画出现了：一个女妖正在跳舞。此时的第三者对它原来的主人不屑一顾。

赝　品

收藏者淘得一只乾隆青花梅瓶，炫耀于人或者放家里仔细欣赏。他突然生出了一丝怀疑，同道也不否定他的怀疑。捡漏的喜悦很快被后悔与自责所取代：你凭什么捡了大漏？便宜没好货。一分价钱一分货。卖方是在装傻。你上当了。上当受骗的感觉挺有意思：酸酸地痛。索性伸出手掌，打自己两巴掌，让这种痛真实一点儿。不过你无可抱怨。谁让你不具只眼呢。也许它是对的。造型、圈足和款识都是对的。只要你花点钱，专家可以给你出具一个真品的证明。不过，什么叫赝品？你花了五倍或者十倍的价钱，收藏的就是真品？未必。没有最权威的证明。有时候，画家或工匠本人言之凿凿地说是真的也未必是真的。这么说真品也是赝品。你花钱收藏了一个赝品，这行为本身却不是一个赝品：这行为是真实的，你收藏了一个真实的收藏行为。因此你收藏了一个真品，而且价钱也不高。说一句觉悟的话：你是在为这个收藏的黄金时代添砖加瓦。

抹鼻涕者

一个五十来岁的男人，光着膀子，坐在商店门口发呆。没有一个顾客。他用右手拇指和食指擤了擤鼻子，向下甩了一下，然后将手指在铁门边沿抹了又抹。手指上一定还有些许的剩余，他两手合掌搓了搓。过了一会儿，他又擤了擤鼻子，甩在地上，再一次在铁门的边沿上刮了刮，再一次合掌搓一搓。动作十分程式化。大概是感冒了。他应该喝一碗姜汤、酸辣汤或者吃一些感冒药。

理　性

丈夫与一位车模发生了私情。车模已经怀孕了，孩子是谁的还不一定。妻子陷入巨大的悲伤之中。她见过那车模，一个骚×女人。不是正经东西。律师告诉她，公司的财产属于两个人，丈夫无权私自处分它。弄清了事情的轻重缓急之后，妻子平静下来，开始她唯一的选择：控制公司的财务，防止财产流失到车模手里。如果那孩子不是丈夫的种，事情就要简单得多——可惜不是，从丈夫对那个骚×女人的态度来看，那孩子不会是赝品。不过也说不定。她需要用一种理性的态度对待丈夫，否则会把他完全地推到那个狐媚的车模一边。

撒尿艺术家

杜尚当年把一只男用小便器放进美术馆,宣告一个新的艺术时代的到来。这只小便器被收藏在瑞典斯德哥尔摩一家博物馆里,一位知名的中国艺术家偷偷往这只小便器里撒了一泡尿,他让物品还原为物品。一位不知名的艺术家知道这个故事,他常常把小便撒在单位卫生间里不知名的小便器里,但他的小便总是不断地变换落点,组成一个圆的或方的图形,甚或一张人的脸。他创作并欣赏有时候是回味着自己默然的艺术行为,系好裤扣,脸上是满足的笑:他让艺术回到了艺术本身。偶有机会他也在土地上沙滩上创作撒尿艺术品,这种艺术品比杜尚的小便器要艺术得多,它的生命力体现在撒尿艺术家自身之上。

有一项研究证明,凡撒尿时善玩花样、尿出一些图案的人都有相当的创造力。

作　家

他花了两年时间,创作了一部小说发表在网上,二十多万字,有人物,有故事,有细节。主题相当健康。最重要的是,故事中的女人很漂亮。男女间粉红色的爱很热烈。这几乎是吸引读者的不二法门。但没有人愿意读。没有几个人点击。因为小说太多了。因为人们太忙了。作家的寂寂无名恐怕也是原因。

还有更深刻的原因。现实生活中充满了女人。某一个女人浑身散发着欲望,但她只对特定的两三个男人开放。不用说,这几个男人都是相当重要的官员。当然啦,还有另外的女人,她们愿意对一切男人开放。她们创作着很复杂的故事。她们比一个无名作家写作的一部所谓的小说影响力要大得多。

生活就是生活。它不是小说。

妒　忌

女作家发表了一部长篇小说,男作家心里不太舒服。他年龄要大一些，写了不少中短篇小说，正准备写一部长篇小说但还没有写出来。她也能写长篇？他有点不屑地翻开了这本杂志，竟把它读完了。数日后他见到女作家，直言道："我心里很疼。"女作家笑起来。妒忌被平静地表达出来之后，变质为友谊了。但妒忌并没有消失。男作家终究没有写出来长篇小说。

故　事

2011 年 4 月 8 日，在内乡参加省书法家协会篆书专业委员会第三次会议的人员乘大巴去桃花沟，王晓杰鼓动大家讲故事，一书法家讲了个人工授精的故事：某人养的一只母牛未能怀孕，便去找县科协主席，科协主席说：恐怕要人工授精。这人回家便在牛身上做试验。大概是他讲的缺乏抑扬顿挫，或者是大家似乎听到过，所以没有任何反应。也许是为了缓解那位书法家的尴尬，商丘文联谢国启接着说：不是母牛是博什么斯羊。当时这羊是县科协从新疆引进过来的，老汉花高价买回母羊但母羊不会怀孕，只好找科协主席解决。科协主席说恐怕要人工授精。老汉觉得奇怪，但挣钱心切，还是决定一试。回到家，他把羊拴在院子里的一棵树上，脱下裤子，用力为那母羊跑羔。那羊却并不配合，只是"咩咩"地叫。恰在此时他女人回来了，见状骂道：你个老不死的，五六十的人了还干这事，丢人不丢人？拿起一根棍子就要打他。讲完之后，大家发出了笑声。

所谓文学与非文学的区别，恐怕也是这样：细致而生动，最好有细节。

老鸦岔到处是金子

大概是 2010 年 10 月底，三门峡市文联承办了一次全省地市作协的联谊会，会议费用方面估计得到了三门峡金矿的帮助。最后一天是参观灵宝的风景区老鸦岔。记得山上不时飘着雪花，顶部有厚厚的积雪。下山时我注意到山路边上的石头，观察石头上金色的纹理，感慨这里到处都是金子。三门峡市文联要求与会者写作一首短诗寄去，他们要结集出版。笔者草就几句，附言为"南阳王遂河歪诗一首"，传三

门峡文联邮箱,可惜他们没有采用。此诗的题目叫“老鸦岔到处是金子”:

灵宝,十月
老鸦岔到处是雪
下山的时候我沿山间公路步行
时不时看到路边闪着光芒的小石头
我捡起一块
观察它金色的脉络
一条条,一片片
高贵而纯洁的诱惑
我丢下它,拿起更为诱人的一块
再拿起另外一块
纯正的金子就这样不加掩饰地穿行在石头之中
我又捡起第一块
用力砸开了个缺口
触摸那些金黄的片段
可惜我无力揭开它们
可惜它们被弃置在这里
似乎它们毫无价值
嘀嘀的叫声警醒了我
我丢下石头(有点儿恋恋不舍)
跨上停在身边的汽车

这诗最后还有一句:“老鸦岔到处是金子/灵宝到处是金子”,现在我已经不愿意再引用它,因为它比较媚,似乎是为会议的出资方而写的,尽管它是事实。

这首诗当然不是好诗。什么是好诗?我想好的诗起码不讨好什么。

征　兆

一篇文章，一幅画，一片风景，一个街区，都是由不同的符号组成的一个意义链，符号与符号之间有着上下文的层级性的逻辑秩序关系。一旦一个意外的东西冒出来，一旦这些符号出现了裂缝和隆起（罗兰·巴特称之为“刺点”，可理解为能够刺痛我们的某一点），它们的链接出现了跨越式的距离，一个意义点、一个蕴含着巨大能量的征兆性的东西就闪现出来了。它使它周围的符号也发生了变化，具有了另外的意义。凡真正的名山都有几个令人称奇的地方，它们周围的山势似乎是为平衡这些奇点而存在。好文章也是，突然有一个突兀的细节出现了，或者流畅的意思中突然裂开一道缝隙，如临悬崖绝壁，整个文章似乎就有了高度或者深度。对于社会来说，这个崛起、裂缝或者核爆般的东西就是一个征兆，旧有的文化秩序变化或转折的征兆。1938 年水晶之夜之前的德国不同于之后的德国，原子弹爆炸前的世界与之后的世界亦有所不同。

林与薛：选谁为妻？

2011 年 4 月 10 日，星期日，邓州第一招待所一个陈旧的礼堂，南阳市红楼梦学会年会上，廖华歌发言曰：刚才与周同宾交换意见，他们都认为，薛宝钗太虚伪，林黛玉是真性情，男士们选妻子应该选择林黛玉。周同宾却道：找情人找林黛玉，结婚还是薛宝钗。廖华歌又说了些林黛玉的好处，周同宾曰：林黛玉太小性子。二月河说：还是薛宝钗好。林黛玉小心眼，身体不好。廖华歌说：林黛玉寄人篱下。二月河回说：薛宝钗也是寄人篱下。廖华歌说：宁可三日，不可一世。二月河说：你的意思是等林黛玉死了再续弦？争论带到了餐桌上。廖华歌与另一人强调：贾宝玉爱的终究是林黛玉。二月河说：贾宝玉有神经病。在座的市委书记刘朝瑞说：选老婆应该选平儿。老作家李成军说：选袭人为好。终究没有结论。

散文诗

心目中散文诗的典型应该是鲁迅的《野草》。其中有诗,又好像没有诗。没有寻常的诗。是散文诗,又好像不是。是散文,根本上又是散文诗。究其原因,在于其中有对人生和社会的洞察,充满着智慧,美学上又别具一格。这种智慧属于作者的发现,非流行之见。作者设置一个场景,一段对话,目的是为承载他的思想和发现的。这样说来,散文诗似乎必有思想,必有发现,至于有没有寻常的诗意,倒在其次。看来就是如此。当然也未必如此。散文诗有许多种,它可以是观念的,也可以是具象的,可以是客观的,也可以是情感的,可以是写实的,也可以是幻想的,只要在某一个方面达至一个高度,便是好的散文诗。

读过尼采的,能感觉到《野草》中的尼采成分。人说鲁迅曾钟情于苏联颓废作家安德列耶夫,还有法国的波德莱尔,《野草》也有安氏波氏的成分。其语调的阴冷刻薄非正统性,其语式的缠绕别扭拧巴,文意上没有多少道理的陡转与跌宕,整体上漆黑不祥的象征性,这些因素团结起来,把《野草》推上现代文学史之崇高地位。

《野草》不易学习。笔者写过一小本谈南阳汉代画像石刻的短文集,叫《灵石不言》,想学一点儿鲁迅,可惜不得皮毛。

地面信仰

一个写小说的,听人说到信仰问题便问自己:你信仰什么?是啊,我信仰什么?总不能说自己信仰金钱、权力或者女人吧?就是真的信这些也不能说出来,说出来就俗了。何况对这些东西咱信的有限,还没有到俗不可耐的程度。想来想去我告诉自己:你信仰的还是小说。这句话能说明在下的职业精神。但咱们说的是信仰,不是职业。小说是你的工具,或者是成果,似乎没有作为信仰的资格。正如钳工把工作台和零件作为信仰,开商店的把卖出去或卖不出去的商品作为信仰,似乎有点儿牵强附会或言不及义。

但我只能说小说是我的信仰。因为我没有其他更好更高贵的信仰了。

我过去有过高贵的信仰吗？也许有。比如青少年时候受很多教育，知道一些主义在高远的地方站立着，等待着我们向那个黄金国攀登。这朦胧的想法后来自然就被抛弃了。我知道没有这么一个慈祥如西方圣诞老人般的东西在前方招摇。或者说这东西并不慈祥反充满了血腥气。

那时候的教育恰恰排斥了另外那些高贵的东西，如老天爷、上帝、佛祖，听话的我们自然也排斥了这些唯心主义的东西。那么现在，是否找一个精神性的东西，作为上帝的替代品去信奉、去为之抛头颅洒热血？我知道这是很难的事。

那么把信仰从高空收回一些是更为实事求是的态度，如同把飞得太高的风筝回收到半空之中。我们知道半空中飘扬着一些正面的社会价值，似乎伸手可及，但这些东西早已被涂抹得五颜六色，有的还在葫芦里装着，你弄不清真假。有人试图弄清，公与婆争论不休。为了辩论的胜利，有人会借助工具吓唬一下，甚至捅你的腰眼让你闭嘴。总之，这个问题太复杂，不是写作者可以左右的。我们可以有想法，也似乎正在向那个方向走，但不要着急。你急也没有办法。

看来还是把信仰放在地面比较实在。一个写小说的把小说作为信仰，这肯定是一种地面信仰。这也很好。其中的意义在于，你把你手下的工作看得很崇高，但它其实就在你手里，随你揉搓，你可以像逗一只哈巴狗一样逗逗它，但终究它很崇高，女神一样妩媚，你要花费大量的时间去思考和吸收，你要锤炼你的技术，你要舍得投入大量的时间接近它，讨好它，爱它，琢磨它，而且，你不太追求回报。——这时候也许它会给你一些回报，让你写出来一部私心满意的作品。

觉　悟

笔者曾听作家李锐先生谈到他花费十年时间更新小说观念的事。能用十年时间得到一个觉悟其实是不错的，甚或是幸运的。

把觉悟看成对某种既成的东西的反思和背弃。

一枚温室里生长出来的黄瓜或者西红柿，它会觉悟吗？它的经历太单调了。再说了它们不必觉悟。而人不是一枚西红柿。

1949 年之后出生的人，一直到 1970 年前后出生的人，就像这枚黄瓜或者西红柿——温室的比喻不太准确——一样，很难有什么觉悟：一个如此的社会，如此的舆论环境，你周围人们如此的观念，成为你的前定，你认为这是正常的，你早已习以为常，习以为常之后便排斥那些反常的东西。而1949年之前出生的人，他经历了两种气候，这天然地给了他比较的条件，他会有个选择（哪怕是强迫性选择）过程，他的觉悟就容易发生一些。当然也未必。这要看他在哪种气候下耗费时光更多一些，长时间不变的气温可以让他的心理和观念固化。而1970年之后出生的人，身处一个社会性的觉悟过程之中，他会跟着时代的觉悟而觉悟，缺点是，他缺少了一个比较。

有的觉悟需要一个具体的契机。加诸身体的强力极易促使一个人觉悟，这就是所谓的棒喝。

柏　树

单位院子里一个不显眼的地方突然多了一棵柏树，鸡蛋般粗细，两米多高，大伙觉得晦气：柏树似乎只应生长于墓地。原来是同事念佛的妻子偷偷栽下的，她原来的住宅门口突然生出了这棵柏树，"肯定是神赐之物"，多少年精心地培养之后，它已经成了他们家庭的宠物甚或子女一般的东西。搬过来之后她自然忘不了它，偷偷地将它移植过来。单位有人发现了它，令其移栽他处，但这位妻子不听。同志们议论纷纷，单位（包括笔者）继续干预，一个多月之后，这棵树终于被移走了。据说是找到了一个十分合适的地方，不知道它现在生长得如何。总该有碗口粗了吧。

其实，现在想来，单位院子里生长一棵柏树有什么不好呢？柏树的树冠特别耐看，有一种美学味道。多年前，笔者曾被方城公路近处一片柏树感动过。每经过那个地方，笔者都会按照车辆运行的方向张望或者回望它们。那年去欧洲，出意大利某机场，暮色之中，一眼就看到不远处道路旁的一行柏树，其卓异的美顿时揪住了我。

不知是这位念佛的女士迷信，还是单位的人迷信。

生命中不能承受之疼

左腿突然就疼起来了。那种隐隐的疼,不是很尖锐,比抽筋那种疼要厉害一些,但尚能忍受。那就多休息。但它继续疼。强行散步,甚至小跑,抵抗它。想 1989 年 6 月份登峨眉山,下山时两腿就开始疼,最后一段路比爬雪山过草地还艰难,每走一步,都要用尽全身之力。回来后半年时间这两条腿的疼感才退去。这一次的腿疼莫非是同样的原因?最近又没有爬过山。还好,几个月之后,我的左腿又恢复到之前的状态,一点儿也不疼了。参加了单位的嵖岈山之行,没有任何问题。

又一个突然,我的右胸剧烈地疼痛起来。就看医生,输水。有医生怀疑胸膜炎,建议去白河南岸的结核病医院,叫市六院,看一看。这是一家非典时期建立的医院。其实这时候我的右胸已经不疼了。市六院的医生给我做了结核菌皮试,右手腕扎针的地方果然出现了一些红色的疹子,一小片红色突出于皮肤之上。胸膜炎无疑。开了好多药,每次要吃一小把。又打一种需要冷藏保存的白色黏稠的药水,比较贵。

一些天过去之后,又一个突然,我的左胸剧烈地疼痛起来。比右胸疼得更甚,撕心裂肺地疼。不是重物击打那种闷疼,是锐器割裂刺杀那种疼。且一直疼,日以继夜,夜以继日。你稍一动弹,更疼,疼得你不由得呻吟喊叫,疼得要死要活天昏地暗。一天总要起来几次,躺下几次吧,每一次起来或者躺下都需要极大的忍受力,想来车裂的感觉凌迟的感觉无非如此。这种疼痛亲人的抚慰是没有作用的。在医院拍了片子,肺部有阴影,是不是肺癌?那就上省城检查一番。

怀疑肺癌的时候我左胸的疼痛已经过去。医生一旦"怀疑"肺癌,其实就是肺癌了,我没有什么侥幸心理,平静地接受了它。其实好多年前我已为亡故后的我想好了一副对联,其中一句是:庄子鼓盆而歌。另外一句记不太清了,大概是杨朱临歧而泣吧。

省人民医院的检查结果是:肺栓塞。长时间坐出来的血管里的毛病。

这病让我疼了那么几疼。这种疼只有疼没有快。它不痛快。人一辈子会享受很多痛快和欣快，美味、美景、美人、100分、录取通知书、奖金、奖状、提职、恋爱，还有性和虚荣心的一时满足带来的痛快和高兴。同时，或者不同时，人也得享受憋屈、沮丧、埋怨、斥责、挫折、失败、打击，说不定还有诬陷甚至冤狱。一个完整的人生什么都要有。疼痛，包括致命的疼痛，固然不快，但它是生命的本有之物，不应该缺失。想通了这一点，待它过去之后，会有一种无名的快悄然而至：我毕竟经历过它。它让我的生命厚了一些，且有了一点儿强度。

两种欲望

人有两种欲望：精神性的欲望和生理性的欲望。

精神性的欲望“喜新厌旧”。我们想看一场新的电影，我们到达一片新的风景区，我们读一部著名作家的新作。有时候我们也重温一部旧作，那是为了发现它新的意义。

生理性的欲望“修旧如旧”。日常生活中的粗茶淡饭，不会厌倦。夫妻床上重复着相同的动作，乐此不疲。有时候我们做一桌丰盛的午餐改善一下，有时候晚饭干脆不吃了，以便节食减肥。女士们喜欢购买新潮时装，用不菲的金钱满足自己的美学追求，男士们给以理解和欣赏。我们都知道，她们身上那些花枝招展的织物遮体御寒的意义已经十分微弱了。

相当多的男人性爱上喜新厌旧，他们占有一个又一个新人，或者意识上愿意占有一个又一个新人，羡慕某些官员的情人团，所谓的妻妾成群三宫六院。这是他们占有欲的表现。比如西门庆，他占有众多的女人，不管是金、瓶，还是梅，从事的仍然是旧式的工作。非要分析一番的话，所谓新人，女人容貌的新鲜满足了他的美学亦即精神方面的虚荣心，接下来实质性的工作仍然是复旧如旧。

排泄性的欲望无所谓新鲜与陈旧。

不过，米兰·昆德拉说：“幸福就是重复同样的事情。”

股　票

股票被套牢了。是股票持有者被套牢了。抛还是不抛，这已经不是一个问题。文武之道一张一弛，此时割肉无异于自杀。炒股者从被缚的感觉里挣脱出来，等待着反弹的机会。他是一个乐观主义者。这样说来，眼下的股票与炒股者已经达成默契，建立了一体感。他们要同甘共苦，谁也不愿意抛弃对方，至于将来两者的关系，暂且不必去计较。出现这种结果也是合理的：升值之后他们有可能为对方所抛弃，不过届时他们将毫无怨言，如同一场心甘情愿的离婚。

缠　论

一位朋友迷上了股票，也迷上了一种炒股理论，名之为缠论。所谓缠论，是一个姓李的“红二代”（网名为“缠中说禅”）创造的，这人十分了得。上网搜了搜，果然有他的博客。其人的确自负，口气很大，他夸自己在股市上赚钱易如反掌（文章中不乏这种例子），也称自己的理论是天下唯一科学的炒股理论，似乎学会他的理论就天下无敌了。这位缠师也分析毛泽东等人的人生命运，用K线的高低升降来比喻之。可惜这位天纵之才因病早夭，留下的缠论倒为粉丝们提供了学习和争辩的机会。

缠师把K线的走势逻辑化甚至数学化，用十分学术的语言表达出来，相当艰涩，但确有创造性。不妨摘引一段：

缠中说禅走势中枢定理一：在趋势中，连接两个同级别“缠中说禅走势中枢”的必然是次级别以下级别的走势类型。

维持“缠中说禅走势中枢”的一个充分必要条件就是任何一个离开该中枢的走势类型都必须是次级别以下的并以次级别以下的走势类型返回。

缠中说禅走势中枢定理二：在盘整中，无论（方向）是离开还是返回，“缠中说禅走势中枢”的走势类型必然是次级别以下的。

缠中说禅走势中枢定理三：某级别“缠中说禅走势中枢”的破坏，当且仅当一个次级别走势离开该“缠中说禅走势中枢”后，其后的次级别回抽走势不重新回到该“缠中说禅走势中枢”内。

严密复杂的分析之后，缠师给出了第一类、第二类、第三类买点和卖点，看来都言之有理。

近日接朋友电话，问他研习缠论心得如何，股市上大赚不少了吧，他似乎有点儿尴尬:没有没有。赔了一点儿。现在这种熊市不可能赚钱。我说:你不是按缠论炒的吗?他说:纸上谈兵,不管用。没听说谁按缠论炒股赚钱的。

生活之痛

下午五点多钟,我来到白河岸边,走下二十几级水泥台阶,下面就是白河湿地公园,也叫白河游览区。太阳仍输送着高温,但不时有凉风吹来。绿树,精心修筑的小道,土山,奇石,游览的人。几个人在钓鱼。一个老者穿一件白色的背心,背后有红色的字:奔向北京奥运会。他面前放着一个乐谱架,正拉着二胡。大概是曲剧唱段,可以听出来他的技术尚待提高。我点一支烟,继续向前走。一位年轻的母亲骑自行车带着她更年轻的女儿,两人说着什么。水泥制造的假石凳上,一对青年恋人搂抱在一起,亲吻。一光屁股孩子在草地上拉屎,之后两手着地,把屁股撅得高高的让父亲为他擦拭,然后在草地上打滚。一只狗跟着它的主人安静地走着。我又点了一支烟,沿原路返回。那对亲吻着的恋人不见了。老者仍在起劲地拉他的二胡。钓鱼者甩起了鱼钩,一条不大的鱼,像是草鱼,大约二三两重。他把它取下来,掷入身边的红色塑料小桶里。这就是生活。我想。我心里突然有一阵痛,是这场景如此令人心疼,时光又如河水般流动,生命如此值得留恋,也许,肯定,多少时间之后,我就会从这个世界上消失——我第一次有了这种感觉,看来我老了,心态也进入老年。我跨上水泥台阶离开这里,却见上面滚下来一个铝制的饮料瓶子,抬头见一三四十岁的中年人对我说:让爷爷帮你捡起来。他是说给我听的,也是说给他身边一个八九岁的男童听的。我捡起那个瓶子,走过去,递给男童,他的父亲——权作他的父亲吧,替这男童说:谢谢爷爷。我赶忙回:不用谢。

至高的瞬间

坠入老年化的回忆之中。此生最有意义的时刻有哪些?可以列一张清单,找个十项八项,以便说明这一生没有虚度,可堪回首。诸如:第一次进入恋爱场景时的懵懂和笨拙,接到大学录取通知书那一刻天空的明亮通透，拿到发表第一篇小说的《人民文学》时心中的畅快感，第一部长篇小说《非斯》完笔后的满足感，等等，还可以举出一些。有自己的努力、汗水、幸运和不幸。没有金戈铁马的厮杀，没有惊天动地的事迹。只能这样了。一个资质平平的人，即使历史再发生一次，也就这样了。其中哪一个时刻有资格成为至高的瞬间？从理论上说，应该把发生质变化茧为蝶那一刻定义为这样的瞬间。这个瞬间十分突出，高高在上，发射着太阳般的光芒。它是一个人一生的顶点。可惜，本人尚找不到如此的瞬间。

瘸子里面挑将军？不管是恋爱、结婚，还是写作、发表，这只茧里面的蝴蝶颇不好面世。哪怕是瘸子，也要有一点儿将军气吧。

这些时刻的外在性与内在性时有错位。一个写小说的，完成了一部准备多年的小说，颇为自得：保不定是一部杰作呢。但三天之后就是自我怀疑：故事新鲜吗？似曾相识。人物生动吗？有点儿扁平化。逻辑上也有漏洞。自得变成了自责。少年时第一次读《红楼梦》，如饥似渴，多年前到张家界、九寨沟旅游，感慨造物主的鬼斧神工，其情其景都很美，但比较起来，美感的内在性还要逊于洞房花烛之夜。美景没有美人内在。生理性能打败精神性。但我们总不能把与老婆的第一次同房抬举为至高的瞬间吧？人心再浇薄，时代再消费主义，也不至于这么粗俗。

拉康所谓的原乐认为丑恶、苦难中有快乐，且把恶中之乐、苦中之乐、丑中之乐看作是万乐之源，这意思有点儿邪乎，有点儿反潮流，太萨德和尼采了。按照这意思去寻找至高的瞬间，难道要杀人越货不成？

段　子

被聘为本地师院的兼职教授，有两小时的讲座任务，我选了个题目“与自己和平共处”，由杨朱的贵己到尼采的强力意志，讲到鲁迅的立人思想，下面百余人听得倒认真，偶尔还有回应。但我发现互动最好的是我讲到杨朱的享乐主义时，提到前些年社会上流行的一个段子：一个人去看医生，医生问：抽烟吗？病人摇头。医生问：喝酒吗？病人说不喝。打牌吗？病人说不打。玩女人吗？病人又摇头。医生说：那你活着有什么意思！别看了，回家去吧。我发现听众简直是与我一块儿复述了这个故事。起码前几排的人，他们几乎与我同时张开嘴，说出那几个问句和答句，每个人的声音都不大，但形成了一种共鸣。

表达主义

这是一个表达的时代、言说的时代。起码，上网的人可以在网上发帖子、聊天、与人争论，只要不伤及个人，发几句牢骚甚至骂骂娘也没人理你。编发一些微信，建立自己的博客，形成自己的媒体，对他人形成或形不成影响力，只要不过分，都能够存在——个别的“大V”被喊去喝茶只是例外。这是社会松动特别是互联网兴起的结果。恰恰，在这个特别的社会阶段里，人们都有一肚子话要说，或者有一肚子火需要点燃什么东西。有话就说，有屁就放，屁放出来，肠胃就通畅了，话说出来，心绪就平稳了。

大家都可以说话而且愿意说话，在一个嘈杂的大市场里，如何发声，如何引人注目，就不单单是一个技巧问题了。一时争狠斗勇，说最恶毒、最刻薄的话，骂祖宗八辈，早先估计会引起些动静，现在怕是不行了。剩下的就是用新奇的思想和真相来吸引眼球——这并不容易，需要大量的阅读和思考，有时候还需要一些调查一类的实践活动加入进去。有文学修养的可以把话说得更文化一些，更讲究话语的形式感，以求得他人青睐。在这种语言的比赛之中，人们的表达力提高了，表达方式进步了，并挟裹着社会共同进步。

这就是新时代的表达主义。人人都是作家，然后，到某一个时间，人人都成为一台思想的发动机，创造力会从中迸发和涌现出来，汩汩而流。这没有什么不好。

日　记

参加一个会议，几项议程之后，有人开始了冗长的发言。听众陷入无聊之中。

近日听说田中禾、墨白坚持记日记，觉其是好习惯，自己亦可效法一下。那就记一记,从今天开始。料这会议是今天最重要的事情了,便打开手机,调出微型日记,记道:某月某日,参加某会议,哪些人出席,某某讲话,等等。只能记这些了。不必把那些正确而陈旧的话都记下来。回看一遍,觉得这些话仍然无聊。没有任何新鲜的、有个性的信息。

对面第三排有一个年轻的女士,其容貌和气质很是引人入胜。那双眼睛睁大了看主席台上的人,或者低眉看向胸前的桌子。看不清她桌子上放着什么东西。或许是一本书?她出去了。后来再也没有回来。一个逃会者。于是,我在这日记中补了一笔:参加会议的共有五六位女性,唯一大眼睛少女或少妇有气质。其气质何在?脸型?五官组合?顾盼有姿?衣着不俗?思索再三,找不出来恰切的原因。

又将这日记回看了一遍,想:如此这篇日记就有了那么一点儿意思。蒋介石日记中常记某月某日某场合,一漂亮女士令其心有所动。接下来老蒋会自我批判一下。这让这位中国现代史上的大人物人性化了一点儿。本人记下那位不知名的有气质的女士,且不做自我批判,也会让一个小人物无聊中记下的日记人性化那么一点儿。一个小人物人性化不人性化是无所谓的。本人不追求什么人性化不人性化,只追求文字的趣味。

转经筒里的拉萨

拉萨街头时不时可以看到一些手持转经筒的藏民，他们慢慢地走着，摇动着小小的转经筒，有的口中还喃喃着什么。

所谓转经筒，约有通常的茶杯大小，里面装着一卷草纸的经卷，筒上系着绳子，绳端结着一个金属质的小圆球，以助其转动，筒下装一只可以活动的把柄，你按顺时针方向转动一圈儿，就等于诵读了一遍筒里的经书。

而寺院里的转经筒，就真的是一只大桶了，一般是铜质的，也有镀金的，筒上有一只手把，人要用一些力气才能转动它。这样的转经筒一般一排有十数只，你可以排队跟着前面的人，在他们不断转动着的转经筒上再加上一把力，让这些筒几乎是永恒地转下去。

作为一个旅游者，我也在几个寺院里跟着前面的人群转动了一排排的经筒。显然，我们多是出于好奇，缺少了藏民们的虔诚和神圣感。

我曾转动了一排完全静止的经筒，转到后来，前面的已经停止了转动。看到最后一个经筒静止下来，我想：我不知道我都读到了哪些经书。而藏传佛教的经典是很多很多的。

参观哲蚌寺那天，刚过了浴佛节，但每一个经殿里都排上了长队，藏族信徒们大都提着一个暖瓶，里面装的是酥油，每见到灯火，他们都要添一点酥油。即使是不得温饱的人，每见到一座塑像，也要献上一点香火钱，哪怕只有一毛钱。

在市中心的大昭寺，我看到很多信徒向着寺院大门五体投地磕长头，要磕很长时间。我没有等到他们磕完头。也许他们有自己的目标，比如：100 个、200 个、300 个，甚至 1000 个、10000 个。我想，这无非是转经行为的另一种表现罢了。

一些寺院里绘有六道轮回图。敬佛与行善大概有一个功利性的结果：摆脱轮回，起码不至于转生为畜生。

西藏的“香巴拉”传说颇为引人，说的是冈底斯山主峰附近有一个神秘的地方叫香巴拉，这里没有贫穷，遍地黄金，人们用意念支配一切,冷了,衣裳会自动增厚,热了,衣裳又自行减少,想吃什么,美味就自己来到面前。人的寿命以千年为单位,只有活腻了的人,才会快快活活地死去。西天极乐世界非常远,要轮回几辈子才有可能到达,而只要密宗瑜伽功夫修炼到家,香巴拉一天就可能到达。我不知道现在有多少西藏信徒还相信这个传说。

但扎什伦布寺里养着许多只狗,人们很尊重这些狗,因为它们有可能是由人转生过来的,也有可能再转生为人。

虔诚的宗教信仰培养了西藏独特的宗教艺术,唐卡、面具、铜雕、牛头、风马旗、山间随处可见的彩绘及药王山的摩崖石雕、金刚橛、木雕板,连日用的水壶、墨水瓶等物也都造得十分艺术。八角街几乎每一个摊点都出售这些艺术品,我买了两个面具,据说是民间十几年前的旧物,木质的,样子很奇特,两只空洞的大眼,大鼻子,嘴里露着两排牙齿,十分古朴、笨拙、大气,原始感和宗教感十分强烈。其中一只头上还盘踞着一条蛇,蛇头是他的鼻子。最后,我又买了一个镀铜的转经筒。我拿起它转了一会儿,把它打开,取出里面的经文,可惜这些神秘的藏文我一个也不认识。把它带回家,我又打开了它。我想,也说不定整个拉萨就微缩在这只转经筒里。

形式之美

吴冠中先生把张家界的美概括为形式之美和抽象之美，是极有见地的。与黄山、泰山、华山这些山比较起来，张家界更像传统中国画的写意山水，一座座山峰就那样耸立着，你不需要爬上去，也很难爬上去，你只用站在它面前欣赏它。你欣赏它的形状，这山的形似乎是画家用他的画笔随意勾勒出来的，它拔地而起，每一座山峰都是孤立的，与它周围的伙伴似乎不相沟通，又似乎有内在的呼应。那线条不在该止的地方止，却在不该驻的地方驻，总是给你意外。你欣赏它的块面和肌理，似乎这画家正用他的笔在一层层地皴染着，这皴法是传统而又新颖的，那么苍劲、老辣，有些地方又很笨拙天真。你甚至会觉得这山是平面而非立体的，岩石失却了厚重感，或者说它们的厚重已经表现为这山，这画中山的厚重了。这些山峰似乎是画家用笔墨垒上去的，那些岩石已经不是岩石，它们只是一种笔墨，只是为了支撑这种形式，正如画家的笔墨已经不是笔墨，而是一种有意味的形式符号了。你走在十里画廊（这名字十分恰当）里，欣赏着一座又一座相同而又不同的山，会想到一幅巨大的山水画，这时候你有可能产生这样的感觉：一个人，一个画家是无力制作这巨著的，作这画的只能是上帝。

作为一个艺术欣赏者，面对一座山，我们更加注重它的形状、线条、块面、色彩及它们所带给我们的某种意味。也就是说，我们不会像地理学家和地质学家那样去研究它的地质年代和矿石质量那些属于内容的东西，而把这些东西融入它的形式之美中了。那些形成一座山峰的每一块岩石成了这山峰的形式的奴仆，它们被虚无化了。或者说，在我们的目光里，这山的形和质已然浑然一体了。

广而言之，我们欣赏艺术品，主要是欣赏其形式之美，这方面以西洋音乐和中国书法最为典型。莫扎特的第四十一交响乐，它说的是什么？我们可以认为它告诉我们好多道理，但它只是用高低错落的音符和旋律馈赠给我们一种形式之美，我们的灵魂和感情受到了这些音符和旋律的刺激，这就够了。中国书法并不看重书法家书写的内容，他写的是唐诗宋词或者是自己的一篇文章都无关宏旨,重要的是他的笔墨线条所表达出来的他的个性,一种形式之美。十位书法家书写同一首唐诗,我们不会只阅读其中的一幅作品,我们更有兴趣去发现这十位书法家的不同之处,因为他们书法的内容已经统一在了他们的线条、结体、章法上了。如果强说之,他们的内容在于他们把他们对人生、社会、自然、宇宙的理解化入了他们的笔墨,我们完全可以从他们或苍茫或古拙或生涩或练达的墨色笔线中感受到他们笔墨之下的精神。这就是我们常说的内容吧。

如何欣赏白河

写下这个题目便觉不妥：南阳人又有谁不懂白河？笔者这里只说自己：我应该如何更加深刻地认识白河，欣赏白河，不要辜负了这一片美景。

谁也不能否认，随着第四橡胶坝和滨河大道的建成，白河游览区是越来越美了。但白河美在何处仍然是一个值得探讨的问题。

我想，白河的美可以分为这样几个层次：

内容之美。数千亩水面，万顷碧波，白河通常是安静的，一个睡美人一般，一点儿也不张扬。白河通常也是柔弱的，你掬出一捧清水洒在脸上，它也不责怪你。说它静若处子弱似婴儿就有点儿小气了：这是几千亩的安静和柔弱，只要你接近它，就会被这种铺天盖地的安静和柔弱所包围。这种安静和柔弱可以软化我们的神经和血管，让我们纯静、通脱和透明起来。如果我们遇到了什么烦心的事，那么，就到白河岸边坐上一个小时，或者沿岸缓缓地散步，微风拂面，你顿时感到清凉了许多，然后你会觉得白河安静柔弱的气质渐渐地赋予了你，或者说征服了你。不要认为在目前这个竞争越来越激烈的时代，这种女人式的柔弱已经没有什么价值了。不是的，白河会让我们明白老子柔弱胜刚强的道理。谁知道呢，也许市场经济更需要柔情而非豪情。你接受了这种柔弱的气质，涌起了一腔柔情，白河水一般的柔情。这种柔情凝聚着你对家人、同事、客户的爱，你更加热爱你的工作和你的生活了。

形式之美。白河不单单是一泓碧水，它是有模有样的。从南阳大桥过来，在一片又一片桃林的衬托下，河床向南延伸，然后有一片槐林牵引着它突然向西而去，接着就是更多的绿柳了，河岸的变化让河面有的地方宽阔一些，有的地方稍稍狭窄一些，你知道这就是自然，自然而然，不显人工斧凿。几个小岛点缀在河面上，岛上的绿树拂着河水，河面偶尔漂过来一叶扁舟，似乎是从历史深处驶来，河面上空偶尔掠过一群飞鸟，似乎要将你的思绪带向天外。几座大桥在空间上分割着河面，如虹，如龙，加上两岸起伏的建筑，让河水凭空掀起了一连串高潮，生起一种豪爽而多元的气势。偌大的解放广场和阳桥头小小的广场用它们或大或小的宽阔和平坦呼应着宏阔而遥远的河面，还有怀抱着和你同样目的的红男绿女点缀其间，他们成为这绝妙构成的一部分。人是美的，美景中的人尤其美。

时序之美。白河是多面的，昼夜晨昏，雨雪阴晴，春夏秋冬，四时不同，可谓移时换景，景随情生。其实四时八节是内在于白河的，它是白河的四时八节，白河的本有之物。比如太阳从东方跳出来那一刻，水面上生出一片灿烂，你置身其中，心中自然也灿烂起来。比如夕阳将要坠落那一刻，河面上铺满了红霞，你置身其中，不免有黄昏之叹。至于月光初照那一刻，雨点在水面上击出无数花朵那一刻，垂柳新绿那一刻，雪花纷纷扬扬融化于河水那一刻，还有你得到什么嘉奖领到一笔奖金那一刻，遇到某种不公正心中颇觉委屈的那一刻，等等，白河有很多节点等待着你去发现和酬和。笔者性懒，又好坐夜，早上便不能早早起床，白天忙碌了一天，晚上又觉得疲乏，懒得出门了。想来这是一个极大的错误——作为南阳人的福气，天赐的美景，你对白河竟然无动于衷，这只能说明你已经失却了生命的活力和美的鉴赏力，心理上你已经老了。忆及前两年，晚上常到河边散步，看河面上灯光明灭，看水中月亮浮动，想起张若虚《春江花月夜》中的佳句，有两篇小说的灵感便从中生出来了。原来，这两年写不出什么像样的作品竟有如此深刻的原因。

义理之美。正如一位楚楚少女其面容其衣着其仪态给人以活泼泼的感性一样，白河也是感性的。但正如这位少女在美的感性深处往往要流泻出来一些理性——生命、时光和爱的真理就写在她如花的面容上，白河也有白河的义理之美。至于白河昭示着哪些真理，每个人自有每个人的理解，笔者就不必在这里饶舌了。

那么，回到这篇文章的题目上来，如何欣赏白河？很简单，第一，用心去欣赏，第二，经常去欣赏。你既要在意早晨的白河，也要在意落日笼罩下的白河，夜晚灯光、星光与月光朦胧着的白河，细雨中的白河还有雪花飘舞下的白河。清风明月本无价，白河不要门票，你不去可真的是白不去。南阳人，不要懒惰，抽时间走出你的居室，亲近白河，让白河亲近你。你烦躁的时候，要到白河杨柳岸晓风残月中去，让河水清洗你的烦恼。你高兴的时候也要去白河,让白河增加几分你的高兴。你不高兴也没有烦恼的时候也要去白河,你就无心地看着白河,你们相看两不厌。其实,不知不觉中,白河水已经在洗涤着我们的灵魂了。当然,我还要再啰唆一句:要爱护我们的白河。我们有义务为它增色却绝不能给它添乱。

南阳的风花雪月

风

南阳的风是越来越温柔了。记得小时候到田间劳动,回家的时候,大风刮起来,黄尘遮天蔽日,让人睁不开眼睛,一个同伴竟钻到了迎面而来的牛车底下,身上受了伤,将养了多日才好。也许是现在久居城市的缘故,还有道路硬化、气候变化等原因,尘土蔽日的现象是不见了,感觉风儿总是习习的,就是冬天也少见那种很凌厉的东北风了,其尖锐的呼啸声现在也几乎绝迹了。偶有的体验是冬天刮风的时候走到梅溪宾馆附近遇到的那种高楼风,吹到身上特别冷。

居住在城市里的人对夏天的风也没有多少感知,因为室内的窗子总是关闭着的,为的是防止噪声和灰尘的侵入。天太热就打开空调。不过今年最热的那些天,单位搬到新的办公地址,空调尚未安装,办公室也未备扇子,把门窗全都打开,仍然是挥汗如雨,偶有一阵风吹来,感觉便十分舒服。

我是说南阳的风越来越温柔了。这大概与南阳这些年政治、经济的变化有着神秘的联系,少有大起大落的狂风和暴风,多的是温和之风,你甚至感觉不到它的存在。

我不能确切地说明南阳的风与上海、广州的风有什么区别,我想南方的风可能更湿润一些,有时候也暴烈一些,因为他们有台风。起码北京、郑州的风我是领教过的,特别是春夏之交,那种挟带着沙尘的风简直是无孔不入,隔着门窗的缝隙吹到你的内室,隔着衣服吹到你的脖颈之下,眼睛、鼻孔里就更不用说了。不过这是多年前的印象了。这样说来,南阳的风就兼具了南北之长,它不温不火,纯净而绵长,更能怡人肌肤吧。南阳人的"温吞水"性格是不是与此有关呢?勤劳、节俭、一定层次内的精明,不怎么好高骛远,也不追求浪漫风流,既少了一些北方人的粗疏豪放,也少了一些南方人的细致灵巧,南阳人不怎么引领新潮,但也落后不到哪里去。也许这就是南阳的风水塑造出来的。

通常人们不大注意欣赏风。游客哪有专门去看风的。只听说过游山玩水,没有听说过游风赏雨。这个透明的、流动的、无形的东西其实很是可观可赏的,也是可感可觉的。说它可观可赏,是说它总是借用别的事物来证明自己,它有着强烈的比兴嗜好。常见的现象是,风将一粒灰尘吹到人的眼睛里,让你感觉到它的存在。微寒的风吹动柳枝,吹得鲜花摇摆起来,吹起白河河面上一层波纹。大街上你相遇一个伊人,风儿掀起她的衣角或者吹拂着她玉色额头上的一缕青丝。这时候你应该感觉到同样的风也在吹拂着你的脸颊,它是从对面吹过来的,或者它经过你而移动,铺展到对方的头上、身上,把你们两个联系了起来。如果上述想法有些庸俗的话,你可以专注于它吹拂着你的时候你自己的感觉:它亲近着你,温柔着你,刺激着你,让你的汗毛孔张开,让你通身舒坦起来。然后它悄悄地离去了,不求任何的回报。或许它又悄悄地来了,也不打个招呼。这就说到了它的可感可觉。

风和景总是连在一起的,感觉风、欣赏风、沐浴风要有一些好的去处。我以为,南阳人欣赏春风应该到白河岸边,看柳丝,看河面上细细的波纹。南阳人欣赏夏风应该到独山或者伏牛、桐柏去,登山则风满于山。南阳人欣赏秋风应该到农家田野上去,看玉米、大豆、棉花在秋风里成熟和枯萎的模样。南阳人欣赏冬风则应该去东郊一带有树的地方,最好是下雪的时候。

南阳无风的日子倒不少。有一种不会消散的风一直轻拂着南阳,那是从遥远的古代吹过来的风:汉风。一两千年来它一直吹拂着南阳大地,在人们心中盘旋,挥之不去。这就是南阳汉代整体的辉煌,尤其是它的雕刻和文学。想想汉代南阳人俯瞰一切的博大气派,那种天马行空的想象力,这种气派和想象力所表达出来的他们对生命的热爱和自信——那些民间工匠们不经意间在石头上雕刻出来的画面竟表现出来了空前绝后的创造力,放在整个世界美术史上也雄踞巅峰。我相信汉代南阳人的血液依然潜伏在今天南阳人的血管里,如今的南阳依然文风昌盛,就是这血液奠基的结果,只可惜欣赏汉画及汉画精神的南阳人并不多。汉画是南阳人强大的生命力膨胀的结果,汉画精神本质上是一种强大的创造精神。是不是与汉画精神的隔膜导致后来南阳人的创造力打了折扣？不过改革开放终究使南阳人躁动起来，我看见汉风正点燃着南阳人的创造之火。汉画精神正在被发扬光大。

我看见我的窗外花盆里几朵红色的黄色的花正在轻轻摇动。是南阳温和的风正吹拂着它们。

花

妻子从单位回来，推开我书房的门，让我欣赏她手中的一个花篮——里面插着大大小小高高低低的鲜花，什么郁金香、菊花、玫瑰、满天星等。“我学生送的。今天是教师节。”她说。得意之情溢于言表。

不管是什么节日，有人送鲜花总是令人高兴的事。

我对妻子说，送鲜花还是送盆养的好。我总觉得把鲜花剪下来它们就失去了灵魂，那种生命本有的灵性就没有了。妻子掩上我书房的门，忙她的事去了。我望着阳台上儿子栽种的太阳花和五朵梅，想起了我小时候在老家院落里种植的向日葵、美人蕉，眼前依然一片灿烂。

南阳不像洛阳、广州那样以花名世，广州叫花城，洛阳牡丹名满天下。由于气候的原因，整体上说来南方的花卉要更加丰富多彩一些。南阳的花卉品种也不少，但说不上哪一样能在全国占有压倒群芳的位置。

鲜花确实是好东西。它们是植物的精灵，是大自然的馈赠。有人说第一个把女人比作鲜花的是天才，第二个把女人比作鲜花的是庸才，第三个就是蠢才了。可不把美丽的女人比作鲜花比作什么呢？比作青枝？比作绿叶？比作大白菜？比作小麻雀？比作大孔雀？比作电视机？比作红色的宝马汽车？庸才也罢蠢才也罢，看起来还是把世界上最自然最美丽之物比作女人来得合适，因为她们也是世界上最自然最美丽的东西。鲜花送美人，宝剑赠英雄嘛。

据说有几个外地作家来南阳大街上逛了一圈儿就说南阳出美女，我不知道这个说法能不能成立。早就听说过南阳的一句俗语：瓦店的萝卜石桥的姜，神的姑娘不用相。神在禹州，禹州并不属南阳管辖。但新野有个阴丽华倒是一个旁证。光武帝的妻子当然是十足的美人了。我们说阴丽华增一分太长减一分太短等，这种说法有点儿酸，也不怎么形象,倒不如说她长得花儿一样。这个比喻再恰当不过了。

我们把女人比作花,这是正当的。哪怕是一个八十岁的老太婆,她也曾经是花,她现在仍然是花——只要你换一种眼光去欣赏她,欣赏她那种内在的老成的美丽。罗丹专门塑造老妇人,她们更有个性,也更有内涵。而把那些二八佳人画到画布上,塑成铜像,倒不一定会特别地感人。

说老妇人就比年轻的女人有个性,这个说法也不一定能够成立。事实上年轻的美人也多是有个性的,她们知道她们的价值。她们知道她们的美貌就是她们的价值,因而免不了都有点儿小脾气。只要无伤大雅就好。你要观赏一朵玫瑰,让它的刺扎一下又有什么关系呢?至于那些花木兰、穆桂英式的人物就更令人崇敬了。你看,这些女人的名字里面都有花。最近看了几集名叫“战国”的电视剧,几个女人都被写得十分毒辣,以偏概全,看起来创作者是中了女人祸水论的毒了。

说南阳的女人美丽这话也确实太俗了。应该说她们如水的胸怀,说她们的奉献和创造。南阳年轻的女人们用她们招展的容貌和衣服打扮得南阳四季如春,南阳年长的女人们用她们创造的果实——她们的儿女她们的事业打扮得南阳春光长驻。

谈花谈到了女人我认为这并没有跑题——这原是一而二、二而一的事:说南阳的女人说的正是南阳的花。

且说说南阳城东河湾里那大片大片的桃花林。暮春时节,它们红艳艳地开了,铺天盖地,让人心里也红得透亮。我曾经一个人钻到这桃花林里,读书、冥思,真的像是身处世外桃源之中。偶尔有一朵桃花落在我翻开的书页上,像是在嘲笑我的迂腐:此人如此无趣,竟辜负了这大好春光。它把我的目光重新引进这无边的桃花之中。桃花鲜艳,开得又入时,不像菊花、梅花那样开得别别扭扭的反为更多的高人雅士所好。不过眼下的桃花可鲜艳得惊心动魄,就像把南阳众多的美女集合到一块儿那样,其温柔与艳丽就有了受阅军队一般的威严了。那是一种规模的美,气势的美。只可惜这大片大片的桃花林在日渐减少,着实令人伤感。

现代社会,城市里一家一户没有了大院子,爱花的人只好在狭窄的地方或者阳台上养上几盆,固然增加了几分美感,但显得零乱了些,品种不怎么好,养植的水平也不怎么高,不像西方城市里可以看到的有些楼宇阳台上摆放着同样的花草,或者是花繁叶茂,或者是造型颇为讲究的小盆景,整齐不说,也有了些气势。

因此在市区里赏花,还是要到公园、广场或者旅游景点去。

鲜花代表着浪漫。人过的是现实生活,需要时不时用鲜花之类的东西装点一下,调节一下。《兰亭序》《春夜宴桃李园序》中所反映的那种古人赏花雅聚的事现在少有了,连三月三踏青、九月九登高的习俗也不很时兴了。有的地方搞花节花会,多是从经济角度考虑。不过近年来南阳送花的礼俗已日渐普及,说明南阳人心态的变化。但我们的花文化比起西方来总还是不及。我们的东邻日本接受了很多中国传统的东西,他们有花道,把种花和赏花艺术化、技术化和哲学化了,这就保证了日本花文化的精致、深入和长盛不衰。日本人是工作狂,但樱花从南到北依次开放的季节简直是他们的节日,媒体一波一波地炒,国人无不挈妻将子呼朋唤友到樱花林子里赏玩一番。

我们南阳真的可以确定一种或两种市花,最好是木本的,桃花李花也行,广为种植,让赏花成为市民的节日。

雪

雪也是花:雪花。它和花一样美,从某个角度说,甚至比花更美。雪这东西什么都是美的,大片大片的雪花飘飘洒洒地落下来是美的,就是雪粒哗啦啦打在地上也有一种美感。当然它们比不上鹅毛大雪那种飘舞的姿态。大雪落在树冠上、房顶上、行人身上那种状态是美的,满世界被它们包裹得洁白如玉更是美的。儿童们在雪地上疯跑,堆雪人打雪仗当然也是美的。洁白的大地上,漫天飞雪之中最好走过来一个红衣少女。只有一个。不管她向哪个方向走,或者静立在雪花中。风不要大。一个披着蓑衣的老翁也可以,他的蓑衣上落满了雪。静寂的雪野里有一个独立的人,就成就了一个更加生动的意境。

今年南阳落了几场大雪。那天早上,全家人起床后几乎是不约而同地喊道:“下雪了!”这雪是半夜里悄悄地下的,为的是给清晨的人们一个惊喜。晚上,雪仍然在下着,我动员儿子出门赏雪,被其母亲以感冒为由拒绝,自己也就懒得出去了。看来我不是一个特立独行的人。

雪的神奇之处在于它能马上让整个世界变一个样子,从色泽到肌理。然后它又会渐渐地消失，它要让这个世界恢复它原来的样子。它要让人们明白它的价值，它的可贵之处。从这个意义上说，永恒的东西不见得就多么好。

大雪给雪松们提供了一个实现自己价值的机会。它们平伸着的枝杈天然地就是雪的床铺，幸运的雪花们可以在其上安眠。我曾看见市委院子里一棵高大的雪松被大雪压倒了。为了证明自己的名副其实，它们从不偷懒，愿意承担更多一些的雪。这样的时候，七一路西段两旁的雪松们都被大雪雕刻得玲珑起来，极可赏。

城里人赏雪应该走出门去，不要骑自行车，更不要打的，也不要打什么伞，就踩着厚厚的积雪行走，让雪落在身上。踏着雪走向白河岸头，走过阳桥，走到田野甚或荒野里去。四顾茫茫，没有人迹，如能看见远处有一间茅屋，屋前有几株红梅最好。

雪比雨干净，且有情调，雪夜里踏雪访友是容易做到的。敲开朋友的门，抖落身上的积雪，客厅里落座，喝一杯暖茶，说一些与雪有关或者无关的话，当是很惬意的事。可惜现在电话弄得人们节约了许多过程，每个人又有许多事情要做，哪有这般的闲情逸致？

北方的雪太多，又很难融化，严寒使人们懒得出门，南方又不容易见到雪，而南阳的雪正好能满足人们赏玩的需要。

我想，今年冬天下大雪的时候，傍晚或者薄暮时分，我会不约而至，到某一个文友家里谈谈雪的。起码，我应该站在阳台上，看外面纷纷扬扬的雪花，再挑出一片雪花来，看它如何从空中飘落下来，落在什么位置，与哪些雪花们重合在一起，从而失去了自己。不是它消失了，是我丧失了跟踪它的能力。如果雪停了，月亮突然从天上某一个地方钻出来，我就观察它如何观察这一世界的洁白，它也许会看到一个赏雪的人看着它，也看着雪。

月

月亮大概是人们心目中最为高远最为美妙的事物了。它白天隐遁起来，只在夜晚成就了一地朦胧。“朦胧”这个词是月亮专有的。准确地说，太阳比月亮有着更为重要的作用，但人们喜欢的仍然是月亮，就是因为这个朦胧。我不愿意说它的朦胧是太阳给它的。它用它朦胧的光与大地和大地上的万物发生着联系。

朦胧带来神秘。上大学的时候，我从郑州坐火车回家，看车窗外月光笼罩着村庄、田野和田野里大片大片的玉米，一种说不清的神秘感便袭上心头。

仔细想来，南阳的月亮与别处的月亮是不同的，除了感情因素。因为人们对月亮的感受与人所处的位置有关。南阳的月亮就高悬在南阳这一片山川大地之上，它当然不同于西安、郑州或者美国、欧洲的月亮。就是南阳人，此人与彼人的月亮也不尽相同。把月亮看成一枚硬币的人不是没有，把月亮看成一位少女的脸的青年诗人也不会只有一个。不过，面对月亮，人们是不会有什么邪念的，因为它只在比喻的意义上是一张少女端庄而明媚的脸。更多的时候，月亮是一个感情的媒介，它似乎可以传达出故乡、亲人和朋友的信息，这信息常常有些苦涩。这时候人们常常幻想着远方的一个人也正看着它。这时候的月亮就没有了地域的区别。与电话这种实用的媒介比较起来，月亮是诗意的媒介。它所传递过来的忧伤比明明白白的电话——不管是有线、无线或者是可视电话——传递过来的一件快意的事要深刻而含蓄。当今的时代是一个人们不断追求快感的时代，快捷的通信和交通让人们遗忘了这种苦涩的思恋，也就缺失了人生中一个深刻的维度。这正是人们应该学会赏月的一个理由。

一提到赏月南阳人差不多都会想到白河。白河的月亮确实要比别的地方更加明亮一些，因为柳梢、水旁的月亮总是更加灵动一些。白河水中的月亮是变了形的，因为白河水面颇大，无风的时候它也有细的波纹，改变了月亮的形状。有时候它是椭圆形的，有时候只是一条黄黄的圆带，伸得很远。这时候往往有一条小船在河水中心漂浮着，看不清驾船的人。停止了流动的河水不能给人以苏轼夜游赤壁的感觉，给我们的是月光般铺满了天地的静谧，特别是在夜深人静少有游人的时候。

南阳赏月的佳处还有人民公园、武侯祠等地，只不过这些地方夜晚并不开放。独山、麒麟湖也不错，只是稍远了点儿。不过可以到近郊农村去，找那些有池塘、高树和麦秸垛的地方，欣赏农家的月亮。

月亮当然有新生和残败的时候，这就是月牙、半月和残月。它们和满月一块儿组成了月的变奏。它们有各自的美，也有共同的美。有时候是乌云让月亮残破了，或者只留下了一条圆形的线，甚或把它全部遮去了。不过我们知道它存在着，因为它周围的乌云总是比别的地方亮一些。就是天阴无月的夜晚亦可赏月，欣赏我们对它的期盼，我们知道它是被暂时地遮蔽了，它终究会澄明起来的。

比较起来，月亮总是让我们更为轻松和愉快，特别是当我们轻松和愉快的时候。人们恐怕不大相信月亮会给人以恐怖的感觉。早年一位朋友的妻子病逝，半夜里去他家帮忙，看见月光照着他家门里门外一个一个花圈，被风吹得呼啦啦响，就有这种感觉。我当兵时也有这种经历，夜间方位训练，有人在一片新的坟地里放上一个什么东西，告诉我们一个方位和规定的时间，我们就按着指南针指示的方向跑步寻找，最后找到这片坟地里。月光照着新坟上的花圈，也让人甚感恐怖。这是单兵训练，一次只一个人。我相信如果没有月光这种恐怖感会淡一些。

大自然和时光有时候会把风花雪月集中到一块儿，让我们欣赏这四种美好的事物各自的美和它们组合起来的美，但这种机会不多。遇到这种机会，我们当然要更为珍惜。

鲁迅先生对有关风花雪月的文章深恶痛绝，他有他的道理。他喜欢的是匕首和投枪。他要和一切他不喜欢的人和事物战斗。这与他的思想和他所处的时代有关。我相信鲁迅先生骨子里是喜欢人间这四种至美的事物的。他会望着绍兴、东京、上海、北京或者广州上空的月亮，让微风吹动着他脑子里的思想和灵感。或许他也干过踏雪寻梅的勾当。我们谁也不会否认他是一个美学家。

而我们当今的时代就是一个风花雪月的时代，一个费厄泼赖的时代，虽然我不知道这种说法正确与否。时代不同了，先生当年刻骨鄙夷的张资平之类的三角恋爱小说，现在不是十分叫好大行其道吗？

红尘之外

当今的都市人生活在钢筋水泥和龌龊的空气之中,这种生活功利性强,但缺乏诗意。而人,一个完整的人,不只需要整天忙忙碌碌为生计奔波,还需要时不时地放松一下过于紧张的神经,以非功利的态度游戏、休闲,欣赏一下美的事物,把自己内心隐藏着的诗意呼唤出来。也就是说,我们这些俗人需要偶尔地脱一下俗,让自己的人生钟摆向另外一个方向摆动一下,所谓“因寄所托,放浪形骸之外”。因此,节假日里,一家人或者三五个素心朋友相约,找一片灵山秀水,享受一番大自然赐给人们的湖光山色、纯净的空气和清脆的鸟鸣,也让尘封的灵魂得到一番陶冶和净化,成为一种明智的选择。

麒麟湖风景区便是一个不错的去处。这里距南阳市区直线距离仅 16 公里,不算是“养在深闺”,却说得上是一位纯任自然的美女,偏居一隅,等待着识人。

要说美女,现在人们对城市街头那些披金戴银一身珠宝气的美人恐怕已经有些看倦了,真正的美人应该是山野里所产,真实、自然、朴素、大方,不伪饰,不矫情,不施心计,未受污染。当然,这样的美人也要求你用自然、朴素、真实的态度去欣赏她,感应她内在的气质,进行心灵上的沟通,当得上一个识人。

麒麟湖给予我们的正是这些极为原始极为自然的东西:山、水、树、鸟、鱼、洁净的空气,还有太阳或者月亮与这一切交流形成的那种恬静、幽深、淡雅的环境。这就够了。大象无形,我不太赞成游人们过多地注意那些小的局部,那些局部的小品,更不要说那些人工的雕琢了,比如一块象形的石头啦,一间仿古的亭子啦,等等,而应该更多地关注整体的山水及其氤氲而成的特定氛围,更多地关注诸如水的波纹、风的节奏这些十分普通却又是天籁般的东西,因为这些东西更为内在,更为本质,更值得我们敞开心扉去感应和吸纳。总之,不要忘了欣赏自然界之大美。

或可荡一叶扁舟在阔大的水面上漂游,赏迎面青山,看飞鸟往还,船头荡起的水花湿了你的衣裳，你捧起一捧沁凉的水送入口中，用舌尖品尝着它的甘冽。看足了四围的青山，你可以躺下身子，把手掌伸入湖水，让湖水在手掌中流动，望着头顶的蓝天白云，仰观宇宙之大，你感觉湖水托举着自己，也托举着自己头上的天空。

或可在岸边的石凳上稍坐，让清风偷偷地钻进你的鼻孔，你忽然意识到了它，深深地呼吸一口，感慨着这里的空气也如此甘甜，那边一位玉人说了一句富有诗意的话，正好与白鹭的鸣叫声撞在一处。于是你心里就突然有诗句要涌流出来，只是你还无力让它们形诸语言。你更加积极地调动起你的视觉、听觉、嗅觉和触觉，全方位地感受你身边的一切，包括那铺天盖地的静谧和温馨。你会想：人们常说的仙境在哪里？这里应该就是人间的一方仙境。

但是你毕竟不是这里的居民。你会以更加开阔和超迈的心境离开这里，投入你日常紧张的工作，你觉得这一方湖水一定会改变你一点什么。因此，告别的时候，你会对自己说：我会再来的，咱们再见。

这篇文章算是写完了，但回过头一看，我才意识到我仍然用了一些很世俗的语言和意象说明我文章主体的不俗，比如美女之类，这真的有点无奈。看来雅与俗只能是相对的，况且作者说过他原本就是一个俗人，他还需要更多地到大自然中去，让自己多少有所改变。

石桥之张平子

近日应石桥镇之约，参观其月季基地，自然也看了修葺中的张衡博物馆。展厅不开放，不过浑天仪、地动仪、记里鼓车这些“张衡制造”我过去看过。浑天仪、地动仪已被制成雕塑陈列于院子一角。张衡墓一侧有郭沫若手书题刻，我欣赏过多次，但仍愿再仔细地看一遍：

> 张衡(78—139)，东汉末叶杰出的文学家，他的《两京赋》在汉代文学中有优越地位。
>
> 但在天文方面，他也有独到成就。年四十时(公元 117 年)制成浑天仪，以观察天体运行。其后十五年，又制成候风地动仪，以测候地震。
>
> 如此全面发展之人物，在世界史中亦所罕见。
>
> 万祀千龄，令人景仰。
>
> 一九五六年十月郭沫若题

南阳古代特别是两汉间名人辈出，其中最伟大者当属二张：张衡和张仲景。还有更早的范蠡，但在我看来范蠡很大程度上伟大在陶朱公身上，这位中国最早的商业实践家和理论家，可称之为中国商业之父(中国的政治人物一直鄙薄商业，却善于把商业手段运用到官场上，这方面吕不韦的投资最为成功，据说经商成功的陶朱公却拒绝复出为官)。后来的诸葛孔明名声更大，但窃以为，其政治、军事、文学方面的才能均非一流，且不说此人并非出生于南阳——我的意思是说，中国最不缺少的是政治人才，也不缺少军事人才，文人墨客更为常见，唯缺乏科学人才，二张都可算作当时顶尖的科学家，获得个什么诺贝尔物理学奖和医学奖肯定不在话下，所以超级伟大。

中国古代缺乏科学家，与我们的民族性格有关。中国人重实用而轻视理论抽象，重感性判断而轻视逻辑推理。感性认识是一种感觉，缺乏定量支持，可以不求甚解，也无法求甚解。比如我们有“度”这个概念,适度,善于把握这个度,属于中国人的决策和管理智慧,但它没有确定的标准,只好因人因事而异,它可以是军事家的神来之笔,也可以流于主观臆想,拍脑袋决策。中国缺少科学家,政治家太多、政治权力主宰一切亦是一大原因。中国的皇权可以改换姓氏,但其尊崇和威严——它只能膜拜不可非议更不可碰触,是实实在在的老虎屁股——及其运行机制一直没有大的变化。皇帝需要的是权术而非科学,而权力摆布下的士人需要用力讨上司的欢心,哪有欲望和心思穷究物理。个别书呆子会不识时务地究一究,但科学思维具有危险性,你会究到哲学、文化和社会上去,究出了自己的独立思考,不与圣意相合,甚至会有悖于圣意,这可是不得了的事。皇权为了维护自己的地位,一般来说,是不会傻乎乎地赐给你自由思考和探索的权利的。所以,中国的思想家多产生于社会动荡皇(王)权松懈之时。可以取巧的是,你的研究要能直接为皇权服务,比如用天象来证明皇帝的正统和伟大,马屁要拍得不轻不重恰到好处,皇帝一高兴赏给你钱财布帛甚或一顶官帽子都是极有可能的事。

而张衡可说是一个奇迹。走在石桥古镇的街道上,看那棵老成持重的古槐,是不是张衡少年时亲手所植?——我便这样想。是的,张衡是一个奇迹。他怎么不专注于四书五经体会一些官场上的投机术而偏偏爱上科学,爱上观察、思考和试验了呢?这位老兄还说什么"捷径邪至,我不忍以投步;干进苟容,我不忍以歙肩",何其迂腐乃尔。

大概是大前年的事了,市里一位领导想弄一部以张衡为题材的电视连续剧,让我们做些准备。我当时想,这部电视剧把当时官场上那种科学与权力的冲突写出来才有意思。想来,在东汉的官场上,这样一个醉心于科学和技术的人一定是个另类,他的观念和行为不见容于同僚和上司怕是免不了的。《张衡传》里面涉及了一点儿:张衡"从容淡静,不好交接俗人","不慕当世",不趋附权贵,因而"所居之官辄积年不徙","阉竖恐终为其患,遂共谗之。衡常思图身之事,以为吉凶倚伏,幽微难明"。他在《四愁诗》里感慨道:

我所思兮在太山,
欲往从之梁父艰,
侧身东望涕霑翰。

美人赠我金错刀，
何以报之英琼瑶。
路远莫致倚逍遥，
何为怀忧心烦劳。

我不知道张衡对社会科学有多少兴趣，比如，对皇权、对官僚制度有没有自己的思考甚至研究？我想，他会有些思考的，但他不愿意表达出来。他有义务保证自己起码的人身安全。每思及此，我都惊奇于我这个感性判断：中国历史上的皇权多少次更替，为那个大位血雨腥风，不知多少人死于非命，有时候这种宫廷斗争还要延展到社会上去，或清君侧，或干脆造反、起义夺了那个鸟位，或者群雄争霸，不闹出来个白骨盈野不罢休。这种令人触目惊心的社会现实谁都能够看到，但竟然没有人，我中国几千年封建社会，直到清朝末年西方政治思想传入中国之前，竟没有什么人设想一下：如何限制一下皇帝的专制与独裁，让这个政权更长寿一些，让这个社会更少一些血腥味更为和平安宁一些？没有，孔子期望统治者效法三代克己复礼，后来的儒生们试图用孔孟之道制约一下万岁爷，为的是让他当一个好皇帝，但没有一个人敢于这样设想：我们可以不可以改变一下制度，大家按照程序推举出来一位领袖人物？别说这种设想和设计没有，就是稍稍幻想一个与现实社会有所区别的社会的人士也凤毛麟角。高雅的陶渊明写出来一篇《桃花源记》，已颇为难能可贵，但他想不到或者不能想到这样一个层次：这不知有汉无论魏晋的桃花源中人需要不需要一个领导？这领导如果是暴君百姓怎么办？所以，我不能苛求石桥的张平子我们这位伟大的乡贤在社会科学研究上也留下一本彪炳千秋的著作，他已经够伟大的了。

由百尺潭到丹霞寺

南召境内的风光名胜笔者已数次领略过了。其中石人山南麓真武顶景区最为壮观，九龙沟、秀龙潭、百尺潭最为灵秀，但笔者此番游历着意的却是百尺潭和丹霞寺。

沿着山间的河流向上走，但见默默的清浅流水常常为光滑的顽石所分割，偶尔激起的一些波纹引诱着人们一洗凡尘的欲望。青山褐壁夹岸，山头、石壁上多有奇石怪树吸引着游人，让你注目于它们，和它们交流。走着走着，就听到了激烈的喧哗，一潭碧水出现在眼前，似乎不可见底，眼睛不由得赶紧向远处看去，果然有一挂瀑布从一方石壁高处生生落了下来，石壁、流水、深潭，以及瀑布上方不远处更高的山峦展示出一幅奇景，是诗中或者画里才有的。想来也就是王维诗画中的意境。人们用瀑布命名因高差而垂直泻下的水流是很恰切的，像一匹白色的布，远一点看其形状是静止的，但我们知道它是由水的高速运动所形成，静是假象，静与动巧妙地结合在一起，就显得奇了。

百尺潭景区面积不算大，计有百尺潭、牛魔潭、羊角潭、石板潭和漩水潭五大瀑布分布在方圆一公里之内，算是一个盆景，以落差最大的百尺潭瀑布为其高潮。经过第二挂瀑布继续向前走，听到有更为激越的流水声，又传来游人的赞叹声，想来前面就是这景区的领导者百尺潭瀑布了。

不过笔者和同行的周熠君却被眼下的景致所迷惑：河边崛起一块白色的巨石，白中稍稍泛出一点儿红来，约有两间房子那么大；巨石边缘是弧形的，上面较为平坦，中部放着一张陈旧的桌子，桌子周围散乱地放着几只石凳；桌面上放了一只暖瓶和几只空虚着的茶碗，似乎在等待着人的使用；一棵树干分为三杈又在上端扭结在一起的树刚好用阴凉遮住了这桌子和凳子；对面是峭壁，斑驳而光滑，雨水渍起了许多图画；峭壁之上是形状各异的山包和树木，峭壁底部是深刻的河道，与这巨石构成了一条斜线；水在河道里流着，河道上杂乱排列着的圆头圆脑的大石头淹没于水流之中；左边浅岸上有几间简陋的房子，却没见着主人,也没有别的游人。四顾无人,安静中透出一些悠远又幽玄的气息。这种淡远的气息一时竟把我们征服了,我们只好坐在这石凳上品味它。什么是自然?这就是自然。看河道里这些圆不溜丢的石头,形状各异而又统一于一种风格之中,千百万年的修行使它们有了现在的形状,而且聚集在这里,接受着两个陌生人的打量。什么是自然?这河道中的石头就是自然。这山,这水,这树,还有河岸上的花草,它们天然是这样的,俱泄露着天机——这就是造化的秘密。住在这房子里的人是有福了,他们也是这自然的一部分。

所谓自然,城市里是少见的,田野上到处都可以见到,如一片野草,几点鸟鸣,不过整体上不那么纯粹。百尺潭这种地方倒可以让我们更为集中更为典型地感受到"自然"这两个字的含义。这些山间的事物,自然而然,没有任何人工的斧痕。"此中有真意,欲辩已忘言。"其中大有意味,但又想不太明白。想来中国人的禅意恐怕很大程度上是由这山间的事物自然而然引发出来的。

带着这种思绪,逛完了百尺潭,乘车来到丹霞寺。这座寺院是唐代邓州人天然禅师发现这块风水宝地后开辟的,笔者过去曾经写过一篇叫作《丹霞天然行状》的小说,对这座禅宗名寺略有了解。但附近一位不知名姓的中年村民生动而通透的讲解仍然让我受到了感动。天然跟着六祖慧能的弟子马祖道一学成了佛法,云游讲学至洛阳慧林寺,发生了一个著名的故事,我们还是把它摘引出来:

> 后于慧林寺遇天大寒,取木佛烧火向,院主诃曰:"何得烧我木佛?"师以杖子拨灰曰:"吾烧取舍利。"主曰:"木佛何有舍利?"师曰:"既无舍利,更取两尊烧。"主自后眉须堕落。(见《五灯会元·丹霞天然禅师》)

而讲解者却说这位院主从此开悟了。他讲得好。因为院主应该通过客人的一把火明白了一个深刻的道理:木佛仅仅是一个符号或者道具而已,不可执着,太执着就会执迷不悟。佛只在自己心中。

和尚烧佛,这肯定是一种大不敬行为,但仔细想来,也是一种改革行为。正因为禅宗对西传佛教大不敬似的改革,才完成了佛教的彻底中国化。这种改革行为也许只有大师才能做得,他已修成了大德,明白了佛是怎么回事,或者说自己已经成佛,所以才会一把火烧了这个佛的象征之物。这样说来,丹霞天然烧佛也是一种自然行为,天寒难耐,管它木佛不木佛的,且烧着暖和身子要紧。正是烧木佛烤火这种行为才使天然这个名字得到了落实,要不怎么能称得上天然呢?

行走在丹霞寺幽静的自然环境中,我想:原来人文行为也可以是自然的。百尺潭的自然与丹霞寺的自然是相通的。

范蠡后人的美学事业

历史和传统遗留下来的东西似乎都经过了美学的筛选。或者说那些由智慧、劳动、金钱、汗水甚至血腥铸造起来的事物必须转化为美才算取得了持续存在的通行证。然而,是美赋予这些事物历史的生命力吗?随河南省作家采风团来淅川采风,集中地感受了一番淅川的美学事业(或曰文化产业),笔者不禁心生感慨。

范蠡与西施的事迹经司马迁记载和后人的演绎,流传至今。那是一个华丽凄婉的爱情和成功故事。如今,淅川人试图复活这个故事,试图让这个传说形象化、直观化。他们建造了颇有气派的范蠡公园和范蠡广场,范蠡和他美丽的妻子被石头、金属和蜡制成了大大小小的雕像,范蠡的事迹由纸面上的文字和口头传说变成了"现实"。范蠡广场上巨大的范蠡雕像伟人般地俯视着游人,展览馆里晃动的小船上范蠡与西施面对面坐着,含情脉脉,集中地表达着中国人对才子佳人的想象。范蠡与西施到底是何面目?当年那个真实的孜孜于权谋和事功的范蠡早已灰飞烟灭,原始事实不存在了,但范蠡不排斥后人的复制和敬仰。范蠡用他的一生创造一个故事。这个故事天然的美学元素,保证了两三千年之后后人对这个故事顺理成章的复活和转化。这个故事的美学价值被充分地挖掘出来了,这其中似乎有一种神秘的契合。采风团团长李佩甫调侃道:淅川人厉害,当官要当到天下第一,娶老婆要娶天下第一美女,做生意也要做到天下第一。看来他已为范蠡与西施的爱情故事所打动。作为南阳人我很高兴:这些雕像的美学效果得到了一位著名作家的印证。

和范蠡公园不同,荆紫关明清五里古街和香严寺古代建筑群的美是原发性的,历经数百年上千年的风雨沧桑,它们仍在那儿存在着,顽强地存在着,以本来面目示人,无须复制,不必虚构。香严寺的目的是宗教,几进殿堂楼宇都庄重而朴素,周围的竹林与塔林幽雅而肃穆;荆紫关的目的是商业,那些带有南方特色的建筑群落恢宏而豪华,某些局部的雕刻精细而灵动,这样的美历久而弥新。也许它们的生命正是因了美而得以保存。我相信,尽管当时的建设者们肯定怀有一种美的意识,但作为文化遗产,作为当今人们的欣赏对象,还是在它们脱离了实用功能之后。商业和宗教的衰落使它们成为纯粹的美的事物,成为游人观瞻的对象。乡镇政府目前的任务是保护好它们,吸引更多的参观者以赚取利润。

这样说来,时间,正是时间让事物滋生出美的意义。丹江口水库亦是如此。对于游人来说,这个亚洲第一大水库绝对是一个风景性的存在。那有小太平洋之称的浩渺水面无疑是美的。夕阳之下二三人驾一叶扁舟徜徉其中绝对是美的。一般游人可能不会在意,丹江口水库的欣赏价值仅仅是南水北调这个宏大的国家工程的副产品而已。

淅川是南水北调中线工程源头。水源地,这是一个沉重的词。因为它包含着淅川县巨大的牺牲。从1959年到1978年,先后有二十万余淅川人抛离故土移民他乡,他们用乡愁用眼泪甚至生命支持着这个国家工程。据资料记载,1959年移往西北的两万多人因气候、环境和自然灾害,死亡达五千四百多人。县里的导游讲了一个故事:移住湖北大柴湖的一位农民临终的遗愿是葬在家乡,为了满足老人的这个心愿,其独生子把父亲的尸体捆在自己背上,佯说他生病了,坐在客车上他时不时与死去的父亲说话,以骗取乘客们的宽容。千辛万苦之后,儿子终于把父亲葬在故乡的土地上。这个令人心酸的故事同样具有悲剧性的美学意义。据说大柴湖的移民们直到如今仍然坚持使用淅川原居住地橘子的名字。

在淅川老城镇一片肥沃的土地上,金黄的麦子等待着收割,乡党委书记说因南水北调丹江口水库大坝要加高十四点六米,正常蓄水位由一百五十七米提高到一百七十米,淅川县将新增一百五十平方千米淹没区,需再次动迁十五万余人。眼下这片土地将要被淹没,这里将成为一片汪洋。我问几位农民:愿意移民别处吗?他们回答说不愿意,但服从上级安排。我为他们的回答而感动。他们意识不到的是,他们也在为一个巨大的美的事物做出牺牲。将来更为阔大的水库和蜿蜒千里的人工河流肯定是一个巨大的美的存在物。淅川正举全县之力做水源地的生态和环境保护工作,植树造林,关闭污染企业。这同样是一种美学意义上的工作。

行笔至此,想起阿多诺一个著名的美学命题:奥斯维辛之后写诗还有什么意义？诗歌在战争和屠杀面前没有丝毫的力量。不过，现在看来，奥斯维辛之后诗人还在写诗，据说某些纳粹的集中营已经成为旅游景点了。苦难和屠杀在某种程度上转化成了美。事情如此残酷，这恐怕是阿多诺所不愿意看到的。人是顽强的，也是健忘的。不过阿多诺应该明白：生活在继续。美是人们特别是富裕起来了的人们的内在需求。人们生产美保存美并欣赏美，这没有错。

城市表情

前些天，我行走在七一路上，抬头望了望天空，心情突然开朗空阔了许多：天是蓝的，纯正的蓝，云是白的，纯正的白，蓝天白云，这似乎只有新疆、西藏那些地方才有的景象出现在南阳上空，静静地，穹庐一般高高地覆盖着大地，俯视着这一大片林立的高楼。一个人，还有其他的人，穿行在这高楼街区之间，如此地渺小，又是那样伟大——天、地、人被一种纯洁柔和的光神秘地联系在一起，他们互相守护着，高高在上的蓝天白云遥遥地守护着这座城市和城市里的人民，城市与人也小心守护着他们头顶上的蓝天白云。如果把天地人三者的联系看作“神”的话，这就是海德格尔的天地人神四元协和共舞了。我突然意识到，这最为原始的自然现象出现在一个城市的上空竟然有着如此现代性的意义。

我走着，时不时引颈眺望上空。我将我的发现告诉给熟悉的人。“多蓝的天空！”人们感慨着。我发现仰望天空的人的面部表情与天空一样纯美。

蓝天白云是轻柔的、纯净的，而大地、大地上的城市是沉重的、坚实的，却并不是一色的干净。城市之中的人显然介于这两者之间，他们有本事用高楼大厦、中心广场、宽阔的马路、汽车、商场、酒店、工厂、公司、利润这些东西制造出来一派繁华，他们也有本事用各种各样的废弃之物所造成的污染让大地呻吟，让天空变质，让它们沉重不堪。如果天空常常是灰蒙蒙的沉重，那么，城市就会失去自己的重量，变得飘浮起来，人的心理也会失衡——失去了根似的漂泊无依。

城市是对原始自然的反动。但绿树和碧水可以引导城市向自然回归。它们可以保证一个城市的自然化：朴素的，有原始意味的，有生机的，有家园感的，可居住的。

我向滨河路走去。一河碧水仍然碧着，夹岸的绿色仍然绿得可爱，体育中心附近那条宽阔的绿化带也越来越妖冶娇艳了，还有正在治理的梅溪河怕是也越来越漂亮了吧？这的确令人欣慰：南阳近几年正加速向着原始自然回归:公园,绿地,草坪,林荫大道,垃圾和污水处理,环境保护,园林化城市。

正是这些东西呼应着、生成着、造就着我们头顶上那纯洁的白和宁静的蓝。

所谓园林化城市,意即城市更加自然化。这是充满着人文气息的更加高级的自然,这种自然以绿树和碧水为象征,组成了一个城市的面部表情:纯洁、洒脱、健康、生动、自信。

其实,我们应该这样认为:一个城市的面部表情不是别的,不是城市本身,而应该是这个城市的天空,蓝色的或者灰色的天空,清新而舒朗的,或者是龌龊而忧郁的。

在城市里居住的每一个人,都应该把天空视为自己的面部表情。

但愿南阳的城市表情永远是健康的蓝。

历史与现实的嬉戏

南阳卧龙蒙古风情园是一个蒙古族传统文化的集中展示地，它用祥云形三原色大门，包括大汗宫、王爷府在内的蒙古包式建筑群，成吉思汗及武士雕像、图腾柱，着蒙古服饰的工作人员，以及苏鲁锭、勒勒车车轮、马头灯等蒙古族细节性文化符号，加上蒙古风味的娱乐项目和特色饮食，构筑了一个蒙古族传统文化小环境。身处这个环境之中，听风情园老板王女士侃侃而谈——王老板是蒙古族人，她创办这个风情园与她自己的蒙古族身份有关，与南阳十数万蒙古后裔有关。她穿着一身时下中年妇女惯常的西式女装，讲着南阳本地方言——我感觉到了一种强烈的反差：时间调戏着历史，蒙古族辉煌而个性十足的传统文化已经远去，成为他们的民族记忆，蒙古族的现实生活和汉族一样，已经融合演化成寻常的柴米油盐和趋同的手机电视网络了。

一缕思古之幽情悠然袭来。

笔者多年前曾去过镇平晁陂，在几家蒙古族家庭里看到过他们精心保存的成吉思汗画像，了解到他们的先祖如何逃避追杀隐居此地的故事，还有了写写这一支蒙古后裔的想法，且找了一套元史，准备读一读，构思出个小说框架来，不过这想法只有几天的热度，稍纵即逝了。

镇平晁陂是南阳蒙古族的发源之地。据广西大学李务起等学者考证证实，晁陂蒙古族的祖先是元朝最后一个皇帝元顺帝的第四个儿子铁木花儿，元朝灭亡后“七人八骑”从大都（今北京）到晁陂隐居。铁木花儿在晁陂单传四世，始祖无真实姓名，二世祖号“大老”，三世祖名王贵，四世祖名王宗祥，他们的墓碑上只有“王公之墓”字样，均没有出现名字，名字是在五世祖墓碑上才出现的，五世祖王东溪，生四子——辂、轲、轼，第四子夭殇，三个儿子的后代分散在镇平、内乡、南召等南阳诸县。

可以想见，元末明初之际，这一支蒙古王室贵胄，在巨大的压力之下，收敛起他们那嗜血的本性，轻装简从，逃亡到镇平晁陂，隐姓埋名，着汉族人服装，说汉人语言，遵从汉人的生活习俗，过起普通汉人日出而作的生活，祖先那金戈铁马的征讨历史仅仅成为埋藏在内心的记忆。他们主动地降低自己，扭曲自己，委屈自己，其中的痛苦和创伤是不言而喻的。只是他们改姓为“王”这一点，证明着他们的倔强与自豪。

也许他们会用隐晦的方式表明一下他们的民族身份和祖先的功业，如晁陂蒙古族人中长期流传着一首儿歌：“三十六椿并一楼，砖头石碑在岗头，三尖石上一匹马，凤凰落在村东头。”马是蒙古族的徽号，据说后人从晁陂东一座桥基上真的发现了一块刻有马的石头。

一本民国年间所作的家谱中记载着他们本族长期使用、现在仍在继续使用着的派序表：“元运兆昌，邦基安康，铭勋建功，道普德常，崇儒作仕，化庆朝堂，登策文武，炳辉典章，海中永清，天廷之光。”这个派序表巧妙地赞扬其始祖的功绩，怀念当年元朝统治者所给予他们的社会政治地位。

当然，随着时间的流逝，民族仇恨终究会被淡忘。他们可以宣称自己的民族身份了，他们可以在堂屋正间供奉祖先牌位，两侧的对联写着“宗自蒙古，元迁燕京，明卜镇邑；祖由二老，创业晁陂，统垂赵营”（后二字随其所住村名而异），横批是“我祖是皇”。

不过这时候这一支蒙古族后裔身上恐怕仅剩下祖先遗传下来的已经变异的血而已。他们完完全全地融入了本地的民族之中，他们吃穿住行与汉人一致，他们过汉族的节日，他们的思维方式和思维习惯也是汉族的，他们彻底地被同化了。

笔者一位老朋友王付力是蒙古族人，几十年的交往之中，我没有任何他是异族的感觉，他也不觉得自己与周围的汉族人有什么不同之处。

回族人进入中原腹地更早，为什么还能顽强地保留着他们民族性的一面呢？

这可能与蒙古人信奉的宗教不独立、宗教意识不强烈有关，也与他们剧烈的变迁有关。一个民族靠征战杀戮成为至高无上的统治者，然后迅速跌落，成为人人可得而诛之的失败者，为了自保，他们不敢打自己的旗号，不敢坚持某些信仰和习俗，以至于丢掉自我，化为他人。

他们不被同化又能怎么样呢？这似乎是没有办法的事，文明总是同化着野蛮，先进文化总是同化着落后文化。这个世界正在向着一个相同的文化方向前进,由农耕文明向工业文明,由专制文化向民主文化,顺之者昌,逆之者亡。同化是早晚的事。

但民族的个性愈益丧失,这也是令人伤感的事。

复归于汉画精神之中？

我是1979年看的《神曲》，借的是学校图书馆的书，那时候“文革”刚过，图书尚不易购买，所以边看边抄。虽然如此，《神曲》在我脑子里也只是一个大概：但丁让他的情人带着他游历了地狱、炼狱、天堂，炼狱之山分七层，象征着七大罪，天堂亦分为九重，里面住着好人的灵魂，九重天之外方是天府，有一位上帝在里面正襟危坐。现在想来但丁是盖了一座房子，从地下到天上，巴别塔一样宏伟，整个人类的灵魂都在里面装着。但丁的私心是，借机将自己钦佩和厌恶的人物分别置于天堂或者打入地狱，如把贪婪的教皇、主教、教士置于地狱接受惩罚，并把当时还在世的镇压佛罗伦萨共和政权，制造动乱和分裂的教皇朋尼法斯八世预告性地打入地狱第八层接受火刑。这与但丁对教会和僧侣们颠倒善恶、买卖圣职、敲诈勒索、迫害基督徒等败行劣迹，有着强烈的憎恨有关。但丁的这种情感，当然表达了新兴市民阶级摆脱中世纪教会束缚的良好愿望。

或许正因为这一点儿，但丁点燃了文艺复兴之火。因为整个欧洲文艺复兴的一个主旨便是批判宗教的蒙昧主义罪恶，解放人性，人文主义思想从此深入人心。正因此，恩格斯称但丁为“中世纪的最后一位诗人，同时又是新时代的最初一位诗人”。

欧洲文艺复兴时期的那些巨匠的作品，我后来还读过薄伽丘的《十日谈》、拉伯雷的《巨人传》、塞万提斯的《堂吉诃德》及一些莎士比亚的作品。这些作品无不批判、嘲弄教权（或其他权力）的贪婪与罪恶，歌颂人性的自由与美好。

在我看来，所谓文化（艺）复兴，首先要界定一个原点，欧洲的文艺复兴要复的是古希腊罗马文艺之兴，因为那是一个未经教会污染和压榨的、人性畅扬的文化，那时候大师迭出，戏剧、雕塑、哲学等高峰连绵，马克思将其比喻为人类的童年时代：古希腊的神话和艺术是人类童年时代的美丽的诗，具有永久的魅力。

我们南阳的文化复兴复到哪里去？我能想到的也就是汉代，汉代南阳辉煌的文化创造，以南阳汉代画像石刻为代表。

今年元旦期间，赵长根等汉画爱好者办了个民间汉画收藏精品展，我去参观，工作人员让在签名簿上写句话，我临时想了一句："汉画艺术乃南阳文化之魂。"想来这句话是有道理的：汉画里面自由无羁的想象力，对自然环境、日常生活（包括汉代南阳人的艺术生活如舞乐百戏）和历史事实的组合、设计和表达能力，其造型和线条所表达出来的强烈的力量感，正是汉代南阳人的精神写照。汉代南阳人有强烈的升仙欲望，渴望得道成仙，这是一种无伤大雅的信仰行为，应该说有益而无害。这信仰不是一种社会乌托邦，需要借强力推行之，弄得整个社会血淋淋的，亦非中世纪那种黑暗的教权统治，你身后的灵魂想从地狱升入天堂，对不起，要先付一笔钱购买赎罪券，因为到天堂的钥匙掌握在教会手里。汉代南阳人的升仙理想反给自己庸碌的生命注入一种生气，也使自己琐碎的日常生活得到规范和整合。无疑，汉画艺术是一个民族的顶峰之作，从某种意义上说，它是不可超越的。

我注意到著名学者李劼把中国文艺复兴的原点推进到夏商，推进到河图洛书和《山海经》，他认为《山海经》阳刚、健康、超凡脱俗的华夏初民形象，被后来的周公旦建立的中央集权制度，包括尊尊亲亲的等级制度所中止。五百年之后，孔丘为此提供了以"礼"为中心的等级专制话语，形成强大的传统，终使中国人人性的另一面蔽而不张。

当然，古希腊是回不去的，欧洲的文艺复兴不是简单的复古，而是自发形成的一场思想解放运动，是一场人性和艺术的反叛、解放和创造，正是《神曲》《十日谈》《哈姆雷特》等这些可以与古希腊文化媲美的戛戛独造，引领着人们走出中世纪的阴影，进入人文主义和科学、民主的康庄大道。

那么，汉代南阳也是回不去的，我们能做的是，把南阳汉画那博大沉雄的精神气质继承下来，写（画）出我们这个时代的《神曲》和《蒙娜丽莎》。

传统文化资源需要转化

南阳的文化资源很丰富，包括历史文化资源如汉文化、三国文化、历代名人文化、民间传说、南阳曲艺等，还有现代文化资源，如南阳作家群和他们不同风格的作品等。

然而文化资源毕竟是过去时的东西，是已经完成的静态的、僵化的东西，它不是现实的文化生产力，它需要一种变革，需要与当今这个时代进行一种交合，才能生成一种新的东西，才能转化为现实生产力。就像南阳曲艺，几百年来，它积累了丰富的艺术成果，甚至成为一个时期地方文化的代表，喜欢者众多，但随着社会的变迁，电影电视互联网的出现，观众欣赏趣味的变化使它边缘化了，尤其是青年观众对它持冷漠态度，似乎有点儿日薄西山的味道，但这并不表明南阳曲艺就没有生命力了，会一直沉寂下去，不景气下去，如果我们通过某种变革赋予它新的生命力的话。

那么，怎样将传统文化资源转化成新的文化生产力呢？

我认为，第一应该是内容的时代性。传统文化资源想引起当代人的关注，必须和当代人的文化需求结合起来，适应当代人的文化口味。周立波创立的海派清口源于海派传统文化，但其内容却是直面社会现实，反映当下发生的事，应景应时，常演常新，演绎的是社会热点和百姓心声，所以场场爆满，即便移师杭州，票房还是出奇的高。《印象刘三姐》之类表达的是传统文化，但它通过对传说的重新解释和演绎，使其发生了变异，令观者感到新颖而有趣。

第二应该是形式的现代化。各种文化艺术形式都有个现代化的问题，如张艺谋的山水实景印象系列、把嵩山作舞台的禅宗少林音乐大典等，表现的虽是传统文化内容，但现代科技声光电的运用，阔大的场面，山水实景和众多的演员，歌、舞、叙事等众多艺术形式的杂糅，使它与传统文化有了质的区别，看起来非常现代化。再如东北的二人转，它是个很传统的艺术形式，过去一直是两人甩个手巾唱唱说说，但东北人在赵本山的带动之下，完成了它的现代化转化，形成了庞大的文化产业。究其原因，它从内容到形式都做了重大变革，它有说、有唱、有舞、有杂技、有相声、有魔术等，演员都是全能演员，唱念做打，文武正丑，一个演员可身兼数任，所有的艺术手段都可以拿过来为我所用。它实现了表演形式上的现代化，成为一门综合性的艺术，二人转的味道还在，但已和原来的二人转有质的不同，所以现在观众众多，东北那么多二人转剧场，场场满，老人小孩青年人都爱看，这就是文化资源的现代化转化。

南阳的文化资源如何转化，其实是开创、发展南阳文化创意产业问题，值得我们好好研究。我过去曾提过建议，应该搞一个汉文化艺术周，以汉画形象为载体，搞一个市民广泛参与的汉文化踩街活动，表演汉画中的故事及汉代人物故事，表演者、参与者可佩戴汉代人物面具，可组织专业表演团体表演汉代宫廷舞蹈、汉代风格的花车巡游，亦可搞一个以汉画故事汉代风俗为内容的山水实景大型歌舞演出，再配合搞一些以汉文化为题材的绘画雕塑展览，形成汉文化的立体开发。还可搞个汉文化村。埃及有古文化村，村里人用很古老的农具生产，穿的是古埃及的服装，住的是当时的草棚等，让游客对远古文明有身临其境的体验。德国与瑞士交界处有一小镇，镇子房屋墙壁上画的是宗教内容的画，居民们每年要选一个青年扮演耶稣，演有关耶稣基督的话剧，平时村民们多做宗教题材的木雕出售。据说这个小镇每年有上百万游客。汉代文化村可借鉴他们的经验，村民们住汉代农村风格的房舍，使用汉代的生产工具，过汉代农民的生活，同时搞一些文化表演，创作一些有汉画风格的雕塑作品，生产销售一些表现汉代文化的工艺品，相信可以吸引游客。

南阳是曲艺之乡，但南阳曲艺亟待转化。应按照二人转的路子改造传统曲艺表演形式，把单调的曲艺表演形式改变成综合性的，唱念做打各种形式都有，培养全能演员，和现代接轨。美术方面也可组织以汉画为底色的美术创作，有明显的地域特色，提炼南阳汉画中最突出的艺术手法并将其运用到创作中，形成南阳美术创作的风格。建筑也可转化。南阳的城雕可以请名家创作一些有典型汉画风格的大型雕塑，在某些新规划的街道里追求汉代建筑风格，如设计汉代文化一条街，其建筑以汉代建筑风格为基调，可形成旅游景区。这些在全国许多地方都有先例可以借鉴。

如果有余力,在将来条件成熟时,可以考虑设立南阳文化创意产业园区,吸引动漫、雕塑、绘画、影视、建筑及景观设计、工业设计等创意产业入驻,形成南阳的又一个经济增长点。

西峡重阳文化的现代化转化问题

节日，特别是狂欢性的节日，有一种心理和文化上的功能：人们短暂地脱离原本的生活状态，消弥原本的等级身份，缓解快节奏生活带来的压抑和焦虑，取得身心的愉悦和休息，然后再以轻松的心态投身于惯常的生活和工作中去。

由于时代的变化、信息娱乐业的发达，特别是互联网等媒介的巨大影响，中国人的节日意识日益淡化。要吸引大众特别是青年人的参与热情，笔者认为，传统节日必须经过现代化转化，进行整合和设计，赋予新的内容，以增强其观赏性和体验性。

西峡县试图把重阳节作为一项文化旅游产业去打造，这对于振兴节日文化，弘扬中国人敬老的传统美德，无疑是一件具有重要意义的工作。那么，注入现代意识，实现其观念和内容上的现代化转换，无疑是做好这项工作的基础。

观念上的转换，其一是艺术化。除了庸常的晚会之类的艺术安排，笔者设想，可不可以发展出一种仪式性的带有某种宗教色彩的类似于日本茶道的融合登高、赏菊、品酒为一体的精致的文化。其二是知识化与青春化。重阳节是老人的节日，现代社会是知识社会而不是经验社会，强调老人的知识化和青春化应该是题中应有之义，比如，可以举办一些面向老年人的创造发明比赛、绝技比赛，健美、舞蹈、绘画、雕刻等就不用说了，还可以组织狂欢性的表演。

从内容上说，西峡重阳节也应该有一个合理的结构设计。

一是静态文化与动态文化的搭配。静态的如建筑、壁画等，动态的如戏剧舞蹈表演等。

二是注意不同的层次。日常性的、节日性的，地方性的、面向全国的，几个层次都要有。如经常性的表演、展示，节日的狂欢表演，以重阳公主为题材的戏剧表演，女儿、儿子的敬老表演等，也可搞大型山水实景节目表演，全国性的如长寿养生论坛等。

三是文化与经济相协调。除开发有地方特色的高质量的菊花产品、糕点和酒，还可以开发长寿养生产品和有关老年的艺术品。

四是硬件与软件相呼应。重建重阳寺、登高台。注意村庄与农户建筑和生活方式方面的特色文化建设，如民俗文化村，让游客进村入户，享受独特的民俗文化。

南阳建筑：有变奏的汉代风格

“城市是文化的容器”，或可说城市建筑是文化的容器。它承载、凝固着不同时代的社会文化、历史文化、民族文化、地域文化、政治文化等诸多内容，也是我们对一座城市形成第一印象的景观存在。如同一个少女的“美丽”与否主要取决于她的面貌与身材，一个城市的“美丽”与否则取决于它直观的物质载体：建筑。

如今，交通通信发达，知识技术共享，地球已成村落，地区之间文化差异日渐缩小，一座城市要形成自己独特的建筑风格已非常之难。每座城市都有它的“城市性格”，要确定一种风格，当从形成其城市性格的历史沿革、风土人情等入手，挖掘提炼出适合它的建筑风格，好比一个什么性格的人适合穿什么衣服。也许这就叫“文脉”吧。

从现今诸多历史文化遗存来看，当属汉代文化对南阳影响最大，它对当今南阳的政治、经济、文化及人民生活习惯都有着深入的滋养与渗透。欲形成南阳独特的建筑风格无疑也应从汉代文化入手。南阳的汉画馆、医圣祠都是汉代风格的建筑，在功能与形式上也都有着可圈可点之处。我们不妨将此种风格作为南阳建筑风格的主调，在一些适合的街区（如卧龙岗、汉画馆、医圣祠附近）规划“汉代一条街”或汉化风格建筑群，在充分考虑建筑性质、功用的基础上，大胆变奏，结合现代手法，拿出一批建筑艺术作品，然后向整个市区（特别是新区）延伸，逐步形成南阳建筑的“汉代风格”。

这种“汉代风格”应该是“具有汉代建筑特色的现代建筑”，把汉代建筑简洁、朴素、博大、雄强、多直线面而少曲线面等因素借鉴过来，转化为现代建筑，而不是机械照搬。在这种统一风格要求之下，每一座建筑又可具有自己的个性，整体上亦可千姿百态。在整个市区之内可有分区规划，区与区之间有联系有过渡又有区别。从新区建设入手较为便捷。

南阳的标志性建筑也可以从“具有汉代风格的现代建筑”这个角度去考虑，聘请国内外对汉代建筑有研究的高水平建筑学者参与讨论。南阳在文化、教育、旅游、会展等方面应该有三五座既承接南阳文脉，又极具现代气息、极具个性、代表南阳水平的标志性建筑。

应注意几个问题：①不可滥用大屋顶。90年代初北京“恢复古都风貌”即是教训。②不可机械地复古。由于科技水平的局限，传统古建筑中含有大量落后因素，吸收了这些因素即是倒退。③大胆运用现代手法。打破传统与现代之间的界线，在古建筑造型基础上进行变奏，拿出既有汉代神韵又具现代气息的方案。吴良镛先生亲力亲为的“菊儿胡同”即是例证。

建筑即旅游

城市旅游主要看的是建筑，古老的建筑和现代的建筑，当然包括建筑内部的文化和建筑本身的文化。从这个意义上说，建筑即旅游。

我们知道山西平遥和晋中那些大院，江苏的周庄、同里，安徽的屯溪老街，云南的丽江和大理，这些古老的建筑人们都愿意去看一看，上海浦东、北京亚运村那些现代化的建筑也吸引着人们的目光。最近北京长城脚下又弄出来了个“亚洲建筑师走廊”，又名“长城脚下的公社”，是由中、日、韩、泰等国家和香港、台湾地区的顶级建筑师自由设计盖起来的，奇形怪状，极富创意，自然也有不少人要去看个稀奇。

西方也是这样，古罗马斗兽场、各式各样的古代教堂自然不必说，现代的埃菲尔铁塔登上二层就要五十欧元，还要排长队。

不可否认，在建筑方面，西方人比中国人做得好。他们要做就做永久性建筑，就要把这个建筑做成一个艺术品，如果财力不支，哪怕做它个十年二十年甚至几十年几百年都可以，一代一代做下去，真有愚公移山的精神。正是这种精神使得他们的城市十分地艺术化，整个城市似乎是一个艺术品的集合体，很耐人观瞻。

据说在德国与瑞士交界的地方有一个小镇，人称壁画村，其房子的墙壁上画满了壁画，再加上他们定期自编自演的神戏，每年竟能吸引上百万游客，旅游收入和商业收入自然不菲。

由于历史的原因，南阳有价值的古老建筑不多，新建筑又大多缺乏艺术性(应该说近年来已经出现了一些有品位的建筑，笔者拟另文评述)。我们是为了住宿和办公而盖房子，不是为了让人看的，这种观念现在显然有些不合时宜了。但正因如此，南阳在建筑方面有着十分巨大的潜力，只要我们把建筑作为艺术来看待，假以时日，十年二十年三十年，一直努力下去，相信南阳会成为一个艺术之城，我们的旅游会更加热闹起来的。

那么，我们南阳会不会出现一两个类似壁画村的游客如云的村镇呢？我想会的。

南阳：一座建筑艺术博物馆

（这是《南阳日报》“走进2010年的南阳”有奖征文应征文稿，刊于该报2002年4月17日。是时距2010年还有七八年，也算是一个漫长的时段。不想2010年很快就过去了，倏忽间已是2013年了。文中对2010年南阳建筑的设想或者说幻想——其实是一种期待——不经意间已部分成为现实。）

走进2010年的南阳，如同走进了一座建筑艺术博物馆。

让我们先观赏其中的几个点：

南阳体育中心球类馆是一座巨大的球形建筑，有如一轮太阳或者圆月，周围的游泳馆、田径馆和棋艺馆则如几颗闪烁着光芒的恒星，众星捧月，真的有吐纳山川雄视宇宙之气概。到体育中心进行体育消费的市民们，其身体和精神一道坚强而博大起来。

相邻的南阳大剧院如同一朵白色的巨型玉兰花凌空开放，里面剧院、音乐厅、排演厅、电影放映厅和文化产品展销厅应有尽有，它的周围是几座小型的文化建筑：南阳博物馆是一朵莲花，南阳民俗馆是一朵桃花，南阳图书大厦是一朵梨花，南阳工艺品大厦是一朵杏花，这几朵花之间的地面上种植着许多开花的树，真是一个万紫千红的大花园。从空中看，这几朵花形的建筑又组成了一朵更为巨大而卓异的花。在人们的意识里，满城都可以吮吸到它们的花香。

位于白河南岸的张仲景医药大厦是繁荣昌盛的南阳制药业的结晶。远一点儿看去，这座巨大的建筑是一个半抽象的人，确切地说是汉代的南阳人、医圣张仲景，面目慈祥而又充满着悲悯——他原本是个悲天悯人的人。人们用这座特异的建筑纪念这位伟大的人物。

南阳文学艺术中心东北紧邻着的二十一世纪大厦是一座状如大鹏的五星级宾馆，它正展翅欲飞。看那神态，这家伙怕是要到体育中心的小宇宙里畅游一番，然后再到大剧院观赏一番奇异的花卉，趁人不备时偷吃一枚王母娘娘的蟠桃也说不定。

位于高新区的几座新起的建筑盘踞着一些外国大公司的分支机构,这几座建筑因此而更加欧化一些,有的局部充斥着罗马柱和欧式雕塑,有的是当代波普风格,色彩俗艳,对比强烈。不过这些建筑在结构和装饰的处理上仍然在向汉民族风格靠拢,并注意与周围的建筑形成过渡,与城市的整体风格仍然是协调的。

事实上,这些建筑都是个性鲜明的抽象艺术品,它们都在以其强烈的形式感顽强地表达着它们深刻的思想,说它们像什么未免框定了观赏者自己的想象空间,人们应该更多地欣赏它们抽象的结构之美。

上述几座建筑形成了一个块面。在这个块面之内,每一座建筑与城市整个的格调,建筑与建筑之间、中心建筑与附属建筑之间都形成了强烈的联系和呼应,牵一发而动全身。从空中看,这些建筑高低错落,起伏有致,如一首乐曲,形成波浪般的节奏。人们常说建筑是凝固的音乐,此言不虚。

让我们再观赏一条线,一条建筑带:最为典型的白河两岸的建筑群。环绕着白河宽阔的碧水绿树带,两岸自然地摆布着系列化的建筑,从南阳大桥到第四橡胶坝,风格各异的建筑鳞次栉比,上面提到的体育中心、大剧院等也散落其间。这个建筑带以现代主义和后现代主义建筑风格为主调,又继承了南阳汉代建筑的内在精神,具有强烈的时代意识、民族精神和地域特色,雍荣大度,结构特异,色彩淡雅,整个看来,一个起伏接着一个起伏,一个高潮接着一个高潮,每一座建筑都十分人性化,都有着自己的风格,又统一到整体的风格之中,表达着南阳人开放而博大的胸襟、深厚的创造力和高尚的审美趣味。

位于医圣祠路,与体育中心和文学艺术中心紧邻的汉代建筑一条街是一个特例。这个建筑群把汉代建筑和汉代画像石博大沉雄的精神移植过来,形成一方代表南阳历史文化的盆景,众多的汉阙是其鲜明的特色。川流不息的外地游客热衷于享受这里汉代装束的服务人员的周到服务,体验着南阳汉文化的永恒魅力。

南阳人的精神如此地被物质化和形式化了。南阳人的人生如此地被艺术化了。

俗极而雅

——南阳曲艺的文化价值

当今从事文学创作的人,大多重视的是那些早有定论的文化经典,比如唐诗、宋词、《红楼梦》、《聊斋志异》之类,托尔斯泰、契诃夫、卡夫卡之流,对民间曲艺这东西多是不屑一顾的。

《南阳曲艺作品全集》使我改变了这种观念。

南阳是著名的曲艺之乡,素有书山曲海之称,民间曲艺源远流长,南阳出土的汉代画像石中舞乐百戏的场面就有很多;张衡《南都赋》中描述了汉代南阳乐舞的繁盛景象:“于是齐僮唱兮列赵女,坐南歌兮起郑舞……弹筝吹笙,更为新声。”宋元以来,诸多的民间演唱形式如南阳大调曲子、三弦书、槐书、渔鼓、蛤蟆嗡、莲花落等盛极一时,留下了浩如烟海的曲艺遗产,这套八卷凡三百万字的《南阳曲艺作品全集》就是其中的优秀之作。

民间文化最为突出的特点是俗,但优秀的民间艺术作品却可达成大雅之俗或者大俗之雅。这是因为,其一,这种俗并不是孤立存在,它是在与雅文化互动中发展的;其二,俗到极处便是雅到极处,它俗到深刻俗到极致的地方就化俗为雅了,且这种雅又是别有风味的大雅。且不说那些中长篇大书,如《红楼梦》《三国演义》《西厢记》及杨贵妃、卓文君这一类故事,是对雅文化的一种通俗化改造,就是其中原创性的短篇佳作,刻画世情人心,俗到骨子里,却又雅到灵魂中去了。

“针线笸箩戏”是农民群众和民间艺人对说唱文学中这些原创性短篇生活段子的俗称,是曲艺作品中地域特色和生活气息最为浓厚、民间文学色彩最为鲜明的部分。其内容有生活小品、风物典故、神话传说、爱情故事、寓言童话、笑话、绕口令等,其曲词流传数百年来,经过多人的锤炼与再创作,愈显精致,但仍保持了民间文学朴实无华的自然本色。想来有些段子可能出自地方秀才之手。

作为土生土长的文化遗产,南阳曲艺有着宝贵的历史文化价值。其中最为突出的随处可见的是民间习俗、民间风物和民间生活样态,以及从中透露出来的民间文化心理,这些往往为正史所忽略的东西具有极高的文献价值。一篇《小二姐做梦》就把当时南阳的婚俗罗列净尽,《小寡妇上坟》《五元哭墓》等则细致地描写了当时南阳的丧俗,《货郎翻箱》《大收荒》等篇又把当时的日用器物罗列净尽。很多个篇章都写到了南阳当时的吃穿日用。众多的有关爱情、婚姻、财富、伦理的故事反映了民间恒常的文化心理,那就是对财富、对美满爱情的追求,对官府和为富不仁者的讽喻与反抗,而这种文化心理是用生动的极富感染力的人物、情节、细节和表现力极强的方言俚语来表现的。《二愣拜节》写二愣夫妇春节拜岳父,拿了一些芝麻叶之类的东西,二姐三姐舅妗们开玩笑、撇嘴,饭后大雪道路不通,二愣如何高兴,岳父一家如何惆怅,双方的窘困状态和微妙心理展露无遗。《金钱歌》《送穷神》《丁兰刻木》《恶媳妇变驴》《农夫吟》等篇可以看作是当时农民和商人的文化哲学。因此,把这些曲艺作品看作当时当地世情民俗民意的百科全书,是恰当而毫不夸张的。

传统需要后人不断地激活,需要我们设身处地进入其中,领会、对话、给予重新的打量和解释,更需要我们在其基础上开辟出一片新的天地。失去了回应、解释和对话的传统就是僵死的传统。

因此,我更看重的是其中可以与今天对话的部分,可以给今天的创作提供镜鉴的部分。

站在今天的立场上,我以为,南阳曲艺有这几个方面可资借鉴的艺术价值:

一是“过度描写”。这些作品对人情世俗百态的描摹竭尽细节上的排列、铺陈之能事,往往超出主题和人物的范围,超脱了其承受力,极端地写实,不厌其繁,却给人以虚幻的形而上的感觉,给人以卓异的味道,有不尽的言外之意。这样的艺术创造,在中国传统的经典小说和戏剧里是不容易找到的。《卖杂货》中货郎介绍自己的商品,说到了上百种物品,一些地方从某些物品上荡开去,从乐器说到张生崔莺莺,说到骡子、轿车、车上坐的人,直说了个地老天荒,说得人们忘记了买杂货的本事。且看《货郎翻箱》写姐妹买货前妹妹梳头的一段:

……梳一对小鲤鱼跳龙门儿;前梳昭君抱琵琶,后梳齐王乱点军儿;昭君琵琶人人爱,那齐王点军爱煞人儿;左边梳着盘龙髻儿,右边梳着水磨鱼儿;花汗巾儿,点香汁儿,老远闻着香喷喷儿;

正中间梳着几座庙，庙里又梳着几尊神儿……

梳了好多个三国人物、土地爷、土地奶、小鬼判官、八仙、狮子、梧桐树、树上的各种鸟儿，庙后面还梳了五台戏，戏里面演唱着各种戏文。

这段扬调最后是：

又来了个十七八、十七八、十七八岁的大闺女儿，咯咯当，当当咯，咯咯当当进庙门儿，烧香不为别的事儿，为啥哩？都为了找一个好女婿。南京官粉净了面，苏州胭脂点嘴唇儿；身穿石榴大红袄，腰系百褶梭罗裙儿，顺着罗裙往下看，露出来金莲二寸七儿，只做着，前三针儿，后三针儿，左三针儿，右三针儿，上三针儿，下三针儿，起三针儿，纳三针儿，隔着三针儿蹦三针儿，针针下云水波纹儿，总共一百单八针儿；鞋尖以上扎兰草儿，兰草以上爬蚰子儿，你瞧那公蚰子儿，母蚰子儿，瞪着眼儿，张着嘴儿，伸条脚儿，又蜷条腿儿，花枝上吱吱喽喽喝露水儿，也斜着俩眼偷看人儿，八十岁老公公它不看，单看那十七八、十七八、十七八岁的小光棍儿。

如同途中欣赏一方美景，忘记了前面的目标，但这没有什么，乘兴而来，兴尽而归，何必见戴？简单的梳头梳出了这位妹妹的心理，这很正常，但梳出了一个复杂的世界，这就不正常了：这种以在场显示不在场，以有限显示无限的能力着实是一种创造，比起西方作家卡尔维诺、博尔赫斯的有关描写毫不逊色。

作品后面这位妹妹不正经买货，偏偏列举了好多个种类包括龙帽凤冠蟒袍玉带之类的东西，把个货郎吓跑了。

二是语言的放荡与草根气息。似乎这些针线笸箩戏纯粹是一种语言的艺术，展现给人们的是一场场语言的盛宴，人们只如此这般地享受语言的五味即可。这是一场场语言的轰炸和狂欢般的快感。这倒使其今天看来已经过时了的诸如忠孝节义之类的主题淡化，裸露出其更为本质的艺术力量。《翻塔》以虚拟的口气写玲珑寺玲珑塔，用俗语、量词、有关寺院生活的各种人物和器物一层层地写开去，一次次荡到远处，又一次次收回来。《王婆骂鸡》《小两口顶嘴》《母女顶嘴》《花二姐游棚》《鳏夫哭妻》《小寡妇劝坟》等俱将民间生动异常的方言俚语糅制成一件件艺术品，浓厚的草根气息中却有着玫瑰般的馨香。《恶媳妇变驴》让这个女人变成的驴到各处展览，说到了南阳上百个地名，又说到北京、南京、广州等地的很多地名，但并不显累赘，反让人感到顺理成章。《夫妻争灯》写夫妻俩晚上争灯时的对话，一问一答，看谁能难倒对方。妻子讲到历史上很多女管男的故事，最后把丈夫斗败了，我们感到快慰的不是情节，而是其中放荡不羁的语言。

三是颇为"现代"的构思和创作技巧。如《小二姐做梦》细致地描写了小二姐从说媒、出嫁到入洞房的过程，最后才知是打更的惊醒了她一场好梦，把个打更的恨得不得了。《大烟鬼显魂》似乎是林则徐禁烟时候的作品，写大烟鬼死后显魂，向妻子哭诉自己因烟瘾致死的过程，但最后仍要求妻子多烧烟纸，好在地府里再过一遍烟瘾。《送穷神》写穷人腊月二十三不祭灶君祭送穷神，穷神却不愿意离开他，有很强的反讽意味。《蚂蚱得病》虚拟了一个昆虫世界，上百种昆虫用自己的方法为蚂蚱治病、送终，艺术上颇为诡异。《鹦哥殡母》《白猿盗果》亦有这种效果。《错中错》时空交错，把不同历史时期的人物、故事组合在一起，颇有黑色幽默意味。《蓝老抠》中财主抠到了极端，其典型程度为严监生、葛朗台等所不能及。其他如《大观灯》《卖杂货》中通篇对各种物品的描摹，有西方物小说的味道。

窃以为，将其中的精品稍加改造，搬演于当今剧场，仍然适合现代人的口味，仍然有感人的力量。

写到这里，我想起来托尔斯泰的一则逸闻：有一天托翁回家，听见一些劳动着的农人唱出的民歌，忧郁的心情顿然被化解开了。回到家里，他给正在欣赏贝多芬的交响乐的客人们说了这件事，不想大伙儿都不以为然，他对他们也不以为然了。

看来，我们对这些优秀的文化遗产不能够不以为然了。

仲景学说之文化成就

汉代南阳人张仲景至今仍然伟大着,且被尊为圣人,令当今的南阳人依然为之骄傲,这不能说不是一个奇迹。每一位伟大的人物都是一个奇迹。一个人已经活了一千多年,且还将继续活下去,他是足以不朽的了。

汉代是中国文化的成熟时期。先秦时期诸子百家的争鸣奠定了中国文化的根基和大致方向,经秦始皇统一中国后的短暂试验,中国的政治文化到汉代趋于成熟。艺术文化如美术书法所达到的水准至今仍不可逾越。在这种时代背景中,上承《易经》等的哲学思想及《黄帝内经》等医学传统,张仲景的医学名著《伤寒杂病论》完成了。这部集大成的奠基性、高峰性的著作成为后人称其为医圣的理由。《伤寒杂病论》以严肃的科学精神辨证论治,同时也以简古博雅的语言表述了中国人独特的世界观和思维方式。一千多年来,这部著作不知惠泽了多少同行和患者,它所提供的药方到现在仍然运用于药学和医学实践中。在它的引领下,中医这个中国人独创的国粹之一与西医双峰并峙,成为人类文化史上的一大奇观。汉代为我们南阳贡献了一位大医学家,南阳为中国贡献了一位彪炳千秋的医圣。这个圣人没有得到过历代皇帝的敕封,医圣是他的后继者和人民送给他的盛誉。

遥想当年,张仲景先生可谓生于乱世,读书、拜师、学医、采药、炮制、诊断、研究、著述,再杂以为官,度过了自己清醒而充实的一生。想来他是没有时间垒方城、喝咖啡、唱卡拉 OK 的。他将他的生命献给了病人,化为了一本叫作《伤寒杂病论》的皇皇巨著,持久地造福着人类,也成就了一代巨匠,这里面一定有很深刻的道理在。作为他的乡梓后人,虽然是外行,也免不了打开《伤寒杂病论》,来一番探幽寻奇。

笔者以为,张仲景把中国医学做到了极致,做得极其精深、精致、精确,又大而化之,做到了科学的根本之处,也就是做到了文化和哲学的层面,可谓致广大而尽精微。我们可以从张仲景学说的三个方面略略探讨一番他的文化成就。

（1）科学精神

中国传统思想并不鼓励科学技术，常以“奇技淫”巧贬损之。按照《道德经》的观点，人有了智慧学识就有违自然远离大道了。所谓“人多技巧，奇物滋起”。《庄子·天地篇》里面的种菜老人用甕取水灌溉，用力多而见效少，子贡说：这里有一种机械，一天可以灌溉一百畦田，先生不愿意用吗？老者笑道：“有机械者必有机事，有机事者必有机心。机心存于胸中，则纯白不备……道之所不载也。吾非不知，羞而不为也。”子贡羞愧满面，低头不语。可见这种机械在倡言大道的庄子心中是何位置。孔孟强调的是伦理道德治国平天下之术，他们对科学技术似乎亦不感兴趣。民间又甚好巫祝之事。这种倾向似乎给这种观点提供了论据：人们常说中国人缺乏逻辑思维训练，不重视分析和量度，导致中国科学的落后。但这仅仅是问题的一个方面。这种观点我想在《伤寒杂病论》和其他中国古代优秀的科学著作面前应该偃旗息鼓了——只要你打开它们读上几页。须知，17、18世纪之前，中国人的科学技术是远远领先于世界的。

《伤寒杂病论》闪烁着著者强烈的理性精神，是一本严格意义上的科学著作而且达到了相当水准，这是确定无疑的。

科学最根本的方法是分析，是分门别类。我们且看《伤寒杂病论》对“脉”这一中国人发现的人体的玄妙现象的精微分辨：“脉有三部，尺寸及关”，“脉大、浮、数、动、滑”，“脉沉、涩、弱、弦、微”，“脉，人以指按之，如三菽之重者，肺气也；如六菽之重者，心气也；如九菽之重者，脾气也；如十二菽之重者，肝气也；按之至骨者，肾气也。假令下利，寸口、关上、尺中悉不见脉，然尺中时一小见，脉再举头者，肾气也；若见损脉来至，为难治”。书中所载方药几两几铢，如何炮制，怎样服用，都是很数字化的，想来是经过反复研究、试验才确定下来的。有人以现代科学验证后说：“其方剂所以愈病之原理，以现代科学解之，亦无不合。”

而且这种分析是极细微的，如太阳病表虚用桂枝汤，表实用麻黄汤，又有桂枝麻黄各半汤，桂枝二麻黄一汤，桂枝二越婢一汤，可以针对病情灵活应用。

张仲景及其前辈对人体的了解是如此深入，特别是对人的经络、脉络的发现和研究，对人脏腑间的各种关系的认识即使放在今天也应该是石破天惊的,获得一个什么什么大奖也应该不成问题。

当然,这种科学有我们中国的特色,这就是强烈的人文主义精神。理性的文字之中又蕴含着巨大的人文热情。看这一段话:“师持脉,病人欠者,无病也。脉之呻者,病也。言迟者,风也。摇头言者,里痛也。行迟者,表强也。坐而伏者,短气也。坐而下一脚者,腰痛也。里实护腹,如怀卵物者,心痛也。”这些文字不是冷冰冰的科学描述,它里面蕴含着著者对患者无微不至的观察和关心。

(2)艺术品质

笔者愿意把《伤寒杂病论》当作一本文学艺术作品去看待。

其语言为纯正的文人书面语言,洗练、准确而有意味,研究者称“其文辞简古奥雅”,“为文简严,而寓意渊奥”。如对“强”“望”及诈病者的描写:

> 寸口脉缓而迟,缓则阳气长,其色鲜,其颜光,其声商,毛发长;迟则阴气盛,骨髓生,血满肌肉紧薄鲜硬。阴阳相抱,荣卫俱行,刚柔相得,名曰强也。
>
> 语声寂寂然,喜惊呼者,骨节间病;语声喑喑然不彻者,心膈间病;语声啾啾然细而长者,头中病。
>
> 闻师到,不惊起而盼视,若三言三止,脉之咽唾者,此诈病也。

比喻恰切,描写简洁生动,很有节奏感。此等文字放在上乘文学作品里应是当之无愧的。

偶尔会超出文章主题,生发出一些人生和社会性的感慨,平添了浓厚的思想旨趣:

> 凡两感病俱作,治有先后,发表攻里,本自不同,而执迷妄意者,乃云神丹、甘遂,合而饮之,且解其表,又除其里,言巧似是,其理实违。夫智者之举错也,常审以慎;愚者之动作也,必果而速。安危之变,岂可诡哉!世上之士,但务彼翕习之荣,而莫见此倾危之败,惟明者居然能护其本,近取诸身,夫何远之有焉。
>
> 死生之要,在乎须臾,视身之尽,不暇计日。此阴阳虚实之交错,其候至微,发汗吐下之相反,其祸至速,而医术浅狭,懵然不知

病源，为治乃误，使病者殒殁，自谓其分，至今冤魂塞于冥路，死尸盈于旷野，仁者鉴此，岂不痛欤！

有的地方合辙押韵，可以当作诗歌来读：

察色观脉，大小不同，一时之间，变无经常，尺寸参差，或短或长，上下乖错，或存或亡，病辄改易，进退低昂，心迷意惑，动失纪纲……

即使是一个简单的药方，单是文字本身，亦有其欣赏价值。我们且不把它作为药方看，只欣赏其文字本身的美感：它的排列组合，它的节奏韵律。文字本身的美感有时候会让我们得鱼而忘筌。

吴仪洛曰："仲景书，一语可当千言，每令人阐发不尽。读者须沉潜往复，必于言外透出深髓，斯为能读仲景书耳。"（见《中国医籍考·伤寒论考证》）大匠必文，这没有什么好奇怪的。

（3）哲学境界

《伤寒杂病论》里面有哲学思想，这几成定论。说它是哲学性的医学著作似乎也没有什么不妥当的。

比如天人合一的整体观。张仲景继承了《易经》、老庄等中国传统哲学思想，把一切症候分为六个症候群，是谓太阳、阳明、少阳、太阴、少阴、厥阴六经；又把一切症候分为八类，是谓阴阳表里寒热虚实八纲，六经分症与八纲辨症，二者结合起来，构成了一个哲学性的诊疗体系，这个体系不单要考虑疾病本身，还要考虑人的身体的整体联系，考虑人的身体此时此地的特殊处境，因人而宜，因时而宜，辨证论治，方为仁术。其理论根据是："夫二仪之内，唯人最灵，禀天地精英之气，故与天地相参。天一生水，刚柔渐形。是以人之始生，先成其精，脑髓既足，筋骨斯成，皮坚毛长，神舍于心，头圆法天，足方象地，两目应日月，九窍应九州，四肢应四时……天有风雨，人有喜怒；天有雷电，人有音声；天有阴阳，人有男女；月有大小，人有虚实；万物皆备，乃名为人。"

如"变化相乘，阴阳相干"的联系观。事物既互相分别，又互相联系，互相转化，互为因果。"但天地动静，阴阳鼓击者，各正一气耳。是以彼春之暖，为夏之暑；彼秋之忿，为冬之怒。是故冬至之后，一阳爻升，一阴爻降也。夏至之后，一阳气下，一阴气上也。斯则冬夏二至，阴阳合也；春秋二分，阴阳离也。阴阳交易，人变病焉。此君子春夏养阳，秋冬养阴，顺天地之刚柔也。……是以春伤于风，夏必飧泄；夏伤于暑，秋必病疟；秋伤于湿，冬必咳嗽；冬伤于寒，春必病温。此必然之道，可不审明之。”

因此“上工治未病”：“见肝之病，知肝传脾，当先实脾。……勿虚虚，勿实实，补不足，损有余，是其义也。”

中医之学，乃文化之学，大矣哉。

周大新先生

周大新前些年一直在家乡南阳居住，南阳的文友们便全都与他做了“亲密战友”——这并不是一件简单的事——他似乎和谁都能处得来，处得愉快，处得毫无间隔。这恐怕主要是他的善良、纯朴、谦恭使然，当然还有他不凡的成就赢来的尊重。

我和大新年龄差不多少，但写作上我绝对是后学。80年代我正在做着文学梦，写不出来像样的东西，却很关注文坛，时不时翻翻各种文学杂志，忽然间不断看到周大新的名字，便认真拜读，从《“黄埔”五期》到《家族》《泉涸》《紫雾》《老辙》，以及后来获全国短篇小说奖的《汉家女》《小诊所》等，觉得作品写得大度、老到、有味道，充满了命运感，现实主义加上一点象征手法，把农民们的苦腮都挖出来了，很是心仪。后来又不断看到一些刊物为他开研讨会、他的某部小说获什么奖等消息。又知道他是南阳人，在军队里做干部，便想有机会结识他，也好向他请教。这里面肯定有追星的意思。大概是1989年，我才有缘见到了他，记得我当时有点会见名人时常有的紧张，但见他一点儿也没有成名作家的架子，便放松了心理，与他谈了我读他小说的感觉，也听他谈了不少文学方面的见解。他说，你应该写东西。

我对大新“豫西南有个小盆地”系列小说尤其感兴趣。他曾在《圆形盆地》中说：

> 在遥远的那个地质年代里，当伏牛山、桐柏山渐渐隆起，把中原西南部的这块土地变成一个盆地时，大自然还不知它要在这个盆地里养育多少人。后来是原本栖居在黄河岸边的一些部落人的南迁，当他们中的一些人发现这个盆地宜于生存停下迁徙的脚步时，便成了盆地人的祖先。接下来是世代繁衍直到今天，盆地已拥有了上千万的子孙。
>
> 我在这拥有上千万人的盆地里东游西逛。我见过很多的死人和活人，我同好些个男人和女人交谈，我到过乡村、小镇、县城

和州府，我进过茅屋、砖瓦房、洋楼、礼堂，我爬过山、涉过河、翻过丘。……

这些话我当时读起来心里感到十分亲切，也十分感动。于是我以上面这段话作为引子，参考名家评论大新的文章，加上我自己的采访和感受，写了一篇报道性的文章，叫作《周大新情结》，在地方报纸上发表，文章重点谈了大新小说中透露出来的对家乡的挚爱，没有什么创见，大新见我还说了几句文章写得不错之类的话，给我以鼓励。

他还建议我去读读鲁迅文学院，并主动去信联系。他还用别的办法鼓励我。如南阳几所学校编一本叫作"南阳籍当代作家作品选"的集子，由于大新的建议，我的一篇散文及与人合写的一部通俗小说的一章也被收入到这本集子中。看到自己的东西与大新等名家的东西列在一起，心里当然很得意。

后来根据大新的小说改编的电影《香魂女》获柏林电影节金熊奖，我们都为他高兴。在我的建议下，南阳地委宣传部为他开了个小小的庆功会，参加会议的领导由衷地称赞了他热爱家乡人民、描绘南阳盆地变革的感情和成就。那是一个游子对家乡深沉而尖锐的爱。

几乎每次去大新家，我都看见他在写东西，要么是读书。我便想：这么知名了，这么有成就了，还这么刻苦。那时候我还不明白作家们一种特殊的心理：总想写出来一部更好的东西。

大概是 1991 年夏天，在大新的支持下，我下决心摆脱一下比较繁忙的工作，去鲁迅文学院读读书，逼自己写点东西。做通领导的工作后，我刚好到北京出差，就请大新给何镇邦老师写了一封短函，到北京拜访了何老师。第二年年初，我收到了鲁迅文学院的入学通知书，赶紧报告给大新，大新说：你应该写两篇小说，到学校后请辅导老师看看。我就构思了两篇小说说给大新，他觉得可以，鼓励我写出来。但是我比较笨拙，两篇小说都只开了个头就写不下去了。后来我明白，这是没有找到适宜于我自己的写作方法之故。到鲁迅文学院半个月后，有一天我忽然有所悟，就把我最近做的几个梦写了出来，我觉得我找到了我自己。但我觉得我写的这种东西刊物上不容易接受，也没有拿给辅导老师看。鲁迅文学院放暑假时我还把这些东西挑几篇让大新指导。大新谈了他自己的意见，鼓励我继续写下去。他还介绍我把小说拿给《十月》的一位老编辑看一看，可惜那位老编辑不喜欢我这种东西。

1994年年初，我这种小说在大刊物上只发了五六篇吧，大新就写了一篇文章叫作“新拳法——行者小说阅读随感”，在《文学报》上发表，给我以肯定，说我修炼出来了一套新的小说套路和修辞策略，这让一个初学者感到十分温暖。

大新是个堂堂的男子汉，一米七八的个子，浓眉大眼，嘴巴也挺大，脸上棱角分明，但你分明能从他身上体会到一种女性的美，那就是善良。那是一种女性的善良，温和，体贴入微，那目光在关注着你，那话语是温暖的，那双耳朵在倾听。与大新交往，你觉得他是一个真正的君子，心里装着别人，唯独没有他自己。他把他性格中倔强的一面全用到写作上去了。

近几年，南阳的几位文友先后患癌症仙逝，如乔典运先生、孙幼才先生，大新都给了他们很多的关心和帮助。乔典运先后数次住院，大新多次去探望，还拿出来一笔钱送给乔的家人。孙幼才是南阳文学圈子里年龄最长的一个，大新为他小说集的出版费了不少功夫，还为他写了序。他患癌症时大新早已奉调进京，但时不时打电话问候，又寄了一笔钱给他。近十来年间，我多次听老孙说：大新真好。老孙去世后，大新在《人民日报》上写了一篇悼念文章——《挺立一生》，写得情真意切又充满着人生哲理，南阳文友们传看后无不唏嘘。相信老孙九泉之下读到这篇文章定会得到更多的安慰。他会再一次微摇着头，极认真严肃地说：大新真好。

想来大新小说多写南阳，又用自己的言行给南阳文友们诸多真挚的帮助，使南阳一些后学得以进步，这对南阳文气的聚集当有一份大功劳。

大新宽容。即使朋友们交往，时间长了，也会生出一些龃龉，某某或是出于嫉妒，或是出于误会，说几句不负责任的话也是有的，但大新从来都不计较。他总像一位宽厚的长者，含笑面对一切，化解一切。

大新通透。他对人生和社会思考得很深入，多次在文章中说到平衡、偶然这些哲理性的概念。他在写给一位姑娘的信中说：“我想告诉你的是，人世间有一条规律，这就是人们得到的快乐和痛苦差不多呈平等状态。”他也用这种认识安排他小说人物的命运。因此大新对荣誉看得比较淡。他得到过全国短篇小说奖等奖项。长篇小说《第二十幕》在茅盾文学奖初评中得票最高，这本身就是一种荣誉，我打电话表示祝贺，他只淡淡地说：那可不一定。这东西你不能十分看重。这部大新最为用功、写了十年的有关南阳盆地的长篇到底没有评上茅盾文学奖，他仍然是一种很洒脱的态度。不过《第二十幕》后来获得了人民文学出版社的奖，实至名归，这很让人高兴。在这里我要向大新表示我真挚的祝贺。

大新坚强。从出生至今，大新经历了诸如饥饿、贫穷、困苦、突然袭来的灾难等的打击，在一场大的变故面前，不坚强的人很容易被压趴。但他挺过来了，并将这种磨难所取得的经验转化到他的作品之中，小说写得更加老到了。

大新谨慎。记得有一次他要去郑州，我联系某单位，让他搭人家的车去，他开始同意，后来又改变了主意，买火车票走了。他说坐火车安全。他认为飞机和汽车太危险，但也担心火车会出事故，他估计他最终有一天会死于火车相撞的灾难中。这种心理大新在多篇文章里坦白过："我害怕的东西很多。我怕高，不愿登高，医生说这是恐高症。修理电灯，桌上再放一个凳子，我踩上去就有些害怕。1984 年在西安求学时，同班的人大都去登了华山，可我没去，我不敢。我缺乏冒险精神。我惧怕车祸。我每次坐车，不管是火车、汽车还是三轮车，我都时刻担心会出车祸。我每次离开济南的宿舍时，都把东西简单整理一下，以便家人日后来整理遗物。"想来这是大新对生命极端热爱的缘故。

但我弄不明白大新人与文之间的一个矛盾：个性的敏感和恐惧如卡夫卡，作品的博大、悲悯和地域特色却如福克纳。

大新有恩必报。他严守你敬我一尺我敬你一丈的原则，谁为他做了一件什么事，他必有回报，否则心里便会严重不安。记不清楚什么原因，或者他离开南阳之前，我请他和一些朋友吃过两次饭，每一次他都非要回请不可。如果我知道他生病去他家看望他，拿了一点儿水果什么的，过后他必会提着什么东西到我家来一趟。这些仍然是大新的优点，但未必是多么好的优点。

牛人尹朝阳

南阳出了个尹朝阳。1970年出生的南阳人尹朝阳，似乎是不经意间已成为具有国际影响的著名艺术家、中国油画界“70后”的代表性人物。他的一幅画能卖出上百万甚至数百万，近几年胡润艺术家排行榜上，尹朝阳总以五六千万元的成交额名列二十名上下，年纪轻轻的，就以自己的独创性崭露于国际艺术界，这几乎是一个奇迹。

尹朝阳早几年的青春残酷系列、神话系列，表达了一代青年人的迷惘、绝望、自我折磨和自戕心理，有强烈的表现主义色彩，颇有影响。近年来的佛像系列、山水系列等对传统文化的解构亦有相当深度。而最能引人注目亦可代表尹氏风格的是他的领导系列。

尹朝阳的领导系列多是对已逝的某位领导照片的复制，有接近于原作的，有稍加改动或变形歪曲原作的，有拼贴上画家自己形象的，如一领导坐在庐山一张藤椅上，目光向着远方，画家本人则坐在一侧地上看着领导；领导去安源，身后一年青人（画家）追逐、仰望着他；更有意思的，尹朝阳把领导戴八角帽的照片置换为画家自己，又把自己与领导的浅浮雕侧面头像并列在一起，这样一来，领导的崇高性、神圣性与神话性不见了，一种游戏性场景甚至恶作剧出现了。尽管总体上可以感到画家对某种神圣性事物的崇敬，但仔细想来，这种崇敬是虚伪的、游戏性的，里面埋藏着画家强烈的自我意识：将画家本人的形象与伟人并置一处，这是对时间和历史的强行介入，画家以自己强烈的自我意识，以自己的伟大性比附、挑战领导的伟大性。可以对比的是，画家复制的收租院、草原英雄小姐妹之类的作品，里面却没有画家形象出现，画家不屑于与这些小人物为伍。广场系列中天安门广场那些蚂蚁般的人群中有尹朝阳吗？我想在画家的意识里是没有的，也就是说画家有意无意地暴露了自己欲成为伟人，或者已经成为伟人的幻想，尽管这种幻想是游戏性的，画家用自己表面上的崇敬表达了自己的谦卑、高傲和大不敬。这种强烈的自我意识正是后革命时代——改革开放赋予艺术家的。

这也可以从另外一些作品看出。如表现领导晚年的凄凉与孤独感的,有的领导面露凶光,有的十分模糊,暗示着时间对领导的形象的抹杀。顺便说一句,画家独创性地用锯状圆规在有的领导形象上制造了细密的螺纹,以此虚化领导的形象,但我以为,这种对时间和历史记忆的表达或曰抹杀显得过于技术了些。

画家对时间和历史的破坏性介入毕竟是观念上的虚拟的,因为领导已成为历史,这种强行介入又是画家缺乏正面介入能力(或不愿意正面介入)的证明,他只好用这种游戏性替代性的笔墨满足一下自己的伟人欲和窥视欲。

阿根廷作家博尔赫斯有篇小说叫《吉诃德的作者彼埃尔·梅纳德》,写梅纳德要写一部包括了《堂吉诃德》部分章节的无可比拟的作品,他的雄心壮志就是写出一些篇章,与塞万提斯的作品逐字逐句完全相符。博尔赫斯说梅纳德用一种新的技巧,一种有意制造时代错误和胡乱归属的技巧,丰满了处于停滞状态的读书艺术。这种技巧使最最平淡的书籍充满奇闻。

我思考的是,这种在美国著名艺术家沃霍尔等人的强烈暗示下根据照片复制的作品,经历了原始事实、图像再到图像的转化过程,即使忠实地复制,那个原始事实也已变质,起码时间和空间已经错位了,时空的错位肯定导致原始事实的变质。原始事实成为了复制出来的伪事实,存在变成了非存在。以前人的作品为蓝本进行复制性创作,成功者多为破坏性复制。如文学上美国小说家巴塞尔姆的《白雪公主》对经典童话《白雪公主》的重新书写,美术上杜尚等人为蒙娜丽莎加上胡子等。尹朝阳复制的聪明之处在于,他抓住了最具中国特色的一个政治和文化符号,并让画家的形象加入进去,改造了这个符号,唤醒了人们的某种记忆。虽然原始事实经过几重转折和社会的物换星移,时代已剥去其身上神圣的光环,画家偏要在此时此地竭力地试图复原这种神圣性,这有点梅纳德的味道;但这种典型的符号意义仍然赋予了尹朝阳画作以强烈刺激性,让尹朝阳如此地与众不同。而究其实质,尹朝阳表达的历史只能是一种从图像到图像的变质了的历史,一种伪历史。

画家声称自己反对观念性的东西,可我们从尹朝阳的领导身上看到的仍然是观念性的东西、虚拟的东西,它不是现实存在,如果是现实存在的话,它只是画家创作那一刻的现实存在,这样的现实存在,仍然是观念性存在。这种观念性存在说明的是画家强烈的自我意识,一种精神贵族的自我表达,一种异质的表达,在中国底层群众和老干部的共通感里撒上一把盐之后所出现的异质性。从另外一个角度说,正是领导这个政治符号玉成了画家的个性,抛却了这个符号,这种复制就是无意义的。比如画家对收租院和草原英雄小姐妹的复制就没有多少意义。其广场系列,画家画出了天安门广场的各种建筑和雕塑、广场上蚂蚁般的群众,画家有意把天安门压低,俯视之,蚂蚁般的人群似乎盲目地为空洞的天安门所吸引,作品似乎更为直接地反思、表达了时代的政治文化,但这种反思亦是游戏性的,中国人目前复杂的生存状态和深刻的存在困境被回避了。

这些话表达的是对尹朝阳创造性工作的尊重。尹朝阳是一个思想者,艺术上多变,一派大家气象,笔者期待尹朝阳继续他不懈的探索,成长为一个真正的伟大者。

田瑛的湘西

从沈从文先生笔下，我们知道湘西是一个文学的湘西，它似乎天然地具有文学性，值得几代作家反复地去描摹它。

田瑛的湘西自然不同于沈从文的湘西。沈从文的湘西是古朴的，从根本上说是平和的轻逸的抒情的醇美的，田瑛的湘西是蛮荒的，也是尖锐、沉重而残酷的。

这是一个现实的湘西，一个政治化的湘西，也是一个野性、血性尚存的湘西。这个湘西没有多少人们日常理解的真善美，有的是残酷之真、野性之善、血性之美。田瑛是将他发现的某种程度上也是他发明的现实第一次揭示出来，呈现在人们眼前，给人以新异而强烈的感觉刺激。无疑，他对沈从文及其他许多乡村小说实施了革命性的颠覆。

一生谨小慎微的父亲坚守着他的道德信条，坚决不做土匪和偷盗之事。但当他得知儿子是为了女儿临死前吃一把粮食的乞求而行窃之后，他决心做一回贼。(《风声》)五十个巴洞人住在山洞里，过着原始的生活，由于祖先留下的一句话，没人走出过大山。某一年，他们被外面的人弄到省城开了一回眼界，不想又被送回了家。于是这五十个人都跪在山垭口，面朝公路，等待着再一次接他们的车。后来的人们看到的是五十具白骨。(《仙骨》)矮子孤苦伶仃，没有人能看得起他。老寡妇死后他充孝子为她送葬，享受了一回做儿子的感觉。不想这个萎缩不堪的人终究学会了阴毒的报复。(《独木桥》)小鼎罐是家族械斗唯一的幸存者，他逃到深山，建造了属于自己的领地，过与世无争的生活。然而世道变了，人们通知他入社，他不愿意，结果是一系列的屈辱，这屈辱把一个人彻底地征服了。(《龙脉》)一个叫作干朝的小山村，缺水少田，当年彭田两家为水而生纠纷，田家杀了彭家所有的人，只留下一个看水的小孩。这小孩后来当上了局长。为感谢“文革”中田天福阻止扒彭家祖坟的行为，彭局长向田天福表示愿意出钱帮村民们修一个大水池，解决用水问题，但被田天福拒绝了。他的逻辑是：一件事情自家受益再多，只要有一点好处给了别人，他也是不会干的。

“父亲首先想到的不是自己得好处，而是如何不让别人得好处。”《干朝》这类小说让人想到《阿Q正传》，它们共同破译着中国农民的精神密码。

这个如此现实的湘西又具有强烈的传奇性。《金猫》里的王挖了一只金猫，被向发现了，向要用一坝田换他的金猫。向是当地的霸主，养了一群割掉舌头的狗，经常买孩子吃。王将金猫掷于山坑，将自己三个月大的儿子送给向，逃走了。做到营长之后，王回来实施了血腥的报复，做了新的霸主。他的儿子土接受了他寻找金猫的悬赏，被一根绳子送入山坑，不见了。他不知道土是他的儿子。另外如《炊烟起处》彭田两个家族残酷的冤冤相报，《沉棺》中驼子的提前死亡，《独立生涯》中父子兄弟的冷漠关系，等等，这些小说无不实践着田瑛的残酷美学：人物和故事皆被推向残酷、血腥、恐怖的深渊。

这传奇也是寓言。《大太阳》中，龙洞人五十年前因为酋长的一个梦而迁移此处，过着封闭的生活。山外一个牛贩子让老酋长认识到了金子的价值，于是，他让全寨人砍伐树木炼出了一座金山，但瀑布干涸了，河水断流了，龙洞人终没能逃出他们自己制造的劫难，成为化石。《早期的稼穑》叙述了母系社会到父系社会的演化过程，女酋长名大，永远不能满足的情欲让她在与男人太的较量中总是甘拜下风。其中的种种事迹满足了我们对于祖先生活的想象。《悬崖》里人与猴的斗争与恋爱也象征着人与兽的根本关系。

田瑛的湘西当然是一个美学的湘西，一个纷繁诡异的小说世界。写实？寻根？魔幻？表现？哥特式？田瑛的小说难以归类。难以归类源于他不重复自己。这本名为《大太阳》的小说集只收入田瑛十六篇小说，几乎每一篇小说都有不同的艺术取向，丰富驳杂而难以概括。这当然是一个作家卓异的创造力的表现。把每一篇小说都写得不一样，这太难了。

田瑛的叙述石头般质实。他只是一味地叙述，鞭鞭见痕地叙述，如长跑运动员穿上带钉的鞋子那样抓地奔跑。他感兴趣的是事物的事物性而不是事物的故事性。其情节内部埋藏了很多细节，如道路两旁一片片可观可赏的风景，阻延着旅人的脚步，故事便越发黏稠滞重起来。其中有些场景本身就具有典型的思想意义。比如《独木桥》开会的场面，对会的无聊和与会者的冷漠作准确而深刻的描绘，具有持久的象征意义。不少场面和细节仿佛可以独立存在的艺术小品。这种场面和细节俯拾皆是。且看这一段：

> 他饥不择食，忙乱中凭空抓得两把葡萄，一粒粒晶亮如珍珠，隐隐又微带紫红。他抑制不住狂喜，舍不得即刻吃，便如数家珍般细数起来，数一遍十个，数两遍十多个，连数几遍数不准确……先吮一吮，吮得津津有味。他依稀记得小时候吸吮过这类东西，能吮出甜甜的汁水，细想那东西长在女人的胸前，叫奶奶的，光吮不过瘾，便要吃那葡萄。一咬，皮破了，一股咸液潺潺流入嘴里。手心里蓦地针扎般疼痛，一惊惊出满手血水。吃了半天，原来吃的是自己手上的血泡。但他仍然把它们当做葡萄一一送入口中，咀嚼着他的用血泡凝成的日子。

小说对话很少，故事的起承转合也少有交代。没有什么心理描写，人物偶尔的心理也被转化为实体化的叙述。比如《大太阳》中酋长的心理：

> 他已朦胧，全然混淆了梦和现实的界限。但尚存一点理智，那就是对水不可磨灭的印象。他以为自己眼睛看虚了，便反复擦拭眼睛，仿佛如此，就可以擦出一条河流来。擦拭的结果是绝望。他仍不死心，非要再看一眼他亲身经历的那场大水，便使劲一睁眼睛，睁出两颗晶亮的眼球，水珠一样坠落在地，碎了。

田瑛的小说里有不少此类句式："假设他们不认识的话实在说不过去，因为那一怔等于已经替他们做证，证明了一种熟人关系。"但这不能证明田瑛的叙述有多么主观。这种主观性的介入，反使其叙述越发显得冷静和狠毒。

人们说成熟的作家都是风格家，信然。

张宇结绳记事

大概是2011年八九月的某一天,《大河报》在南阳卧龙岗搞了个前往南极的出发仪式,我也应邀参加了。记得张宇先生的发言仍然是那种幽默自嘲的口气,说要把中原文化带到南极去云云。仪式结束,他还为武侯祠的人写了一阵子书法,我觉得他的书法大有长进。当时我只是羡慕,为什么好事都让他遇上了呢?不过这句话我没有说出来。对他将要面对的那个神秘而危险的旅程,我相信他的身体和心理意志。

后来听说他回来了,生死般的人生体验让他心理上很沧桑。再后来听说他完成了他的有关南极的文字般若——《对不起,南极》,一部长篇小说。我对他这本小说的写法尤感兴趣。近日拿到《作家》杂志,一口气读了,果然不出所料,正是我期待中的东西。

之所以喜欢他这种写法,是我认同美国人希尔兹的观点。希尔兹认为,以弗兰岑的《纠正》为代表的所谓"现实主义"小说,是假的现实主义,是已经无法再反映现实的现实主义,因为我们所生活的世界已如此表象化,而这个世界的真实,用以前那种现实主义是根本捕捉不到、穿透不了的。希尔兹理想中新的小说形式是与回忆录、随笔有着更近的亲缘关系的那么一种文体,在那里,现实与虚构、纪实与创造总是形成相互勾连的紧张关系,经过主体反思的客观经验将达至更高层次的现实性。用多少万字的篇幅,虚构一个故事,描摹几个人物,表达一个主题或者意念,这是我们写小说的基本套路,这种企图以虚构达至真实的操作方式,固然可以貌似"真实",甚至"比真实更真实"(它还有一个好处,避免麻烦,少生是非。作者可以在书前书后声明:本书纯属虚构,切勿对号入座),但它毕竟是虚构,一种假定的真实,那条虚伪的尾巴时隐时现。我们这个时代是一个信息泛滥的时代,也是一个热衷于真相的时代。我们这个时代更需要的恐怕是那种直面真实的作品。与其阅读一般的虚构之作,倒不如阅读那些揭示真相之作来得痛快。

张宇试图用他的《对不起，南极》来改变他的小说套路。在我看来，张宇是把南极之行当作一根绳子，他在结绳记事。他向着这绳子的终极方向南极行走，一路上见识了种种的人和事物，并随时结下一个又一个绳结，以记其事。这样的事主要是由他的见和识组成的一个个鲜活的细节，这细节是生活的表象，也是生活内部生长出来的植物，开花或者不用开花的植物，是作家遭遇到的种种的此情此景，他的见与识瞬间交合——这产生于高潮之中的细节性情景一如女人般美丽。作家记者一般把他的所见所闻所思所感裸露出来，与记者不同的是，记者关心的是一般性的话题，他们要照顾广大的读者，而作家关心的是个性化问题，也是更为本真的问题。譬如他第一次去旅行社，看到其办公室的格局："这种目前比较流行的中小公司的格局形式，使人能想到学生教室，甚至也能够想到农村分格喂养的猪圈。唉，你看农村人永远是农村人，走得再远也抹不掉我的童年记忆。"去北京面签看到眼下的北京："北京虽然越来越大越发现代和繁华，在感情上却越来越远，特别是这些年每次到北京来，心里就难过，不明白北京到底要大到哪里去，只是觉得按照老话讲，北京再也聚不住神气了。"一个作家，码字的，为北京之越来越大而心里难过，真是看戏掉眼泪。一个书生的匪夷所思，又是多么珍稀可贵。这就是作家笔下的存在，也是最为纯正的文字。"心里就难过"这五个字不起眼地、内在地、顽强地呼应着之后他将要到达的那个终极之地。

第一章主要写作者出发前的准备，写他如何被选中，如何办更换护照、办理签证之类的琐事，但正是这些琐碎屑微的事儿在考验一个作家的笔力。如写到郑州市公证处办理公证时的烦琐和无奈，直到找熟人打通关系才得以顺利办下去，前后用去了八天时间，作者不免感慨：

> 我开始想，那么我们在公证处到底公证出了什么成果？不用说首先是公证出了公证处的经济收入，然后就是公证出了公证处自己的合法性权威性！折腾来折腾去，也只是说明这天下最公正的就是公证处，最有公证权威的就是公证处！
>
> 我忽然有了作为一个普通公民的自豪感。
>
> 好像平时也没有觉得自己怎么样，这样联想起来，原来由于

我的存在，需要这么多的社会管理体系和组织管理形式来管理我呀。这么一想，我自己还真是越发重要和伟大起来了。因为如果再切换一个角度看呢，我就为来自三个方面的庞大社会管理体系提供了那么多的就业岗位。如果忽然没有了我呢？还真是不敢往下想。看起来我任重道远，真得大公无私，活得长生不老。

再抄一段作者的神来之笔：

返回候机大厅的时候，看到老倪终于来到了。我莫名其妙地心里一喜，看到老倪就像找到了组织。一辈子习惯依赖组织和领导，就像哈巴狗看不到主人就迷失了方向。

这东西不是惯常的小说叙述，那种情节化的悬念中的语言推进，那种叙述表面上的动感是为那个悬念的最终解决服务的，落实到一个确定性上，最后的谜底有经验的读者大致能猜测出来。张宇的叙述比惯常的小说叙述有更多的不确定性，那些一个个的结由一条线穿着，但其实它们不在一个体系之中。它们互不勾连。这样的叙述更有味道。它是当下的存在。它是作者与当下的此情此景交合达至高潮的产儿，因而，它是真实的，真实得那么可信，那么可以触及，那么鲜活，那么有文化含量，有时候，也那么可怕。

在这本书里张宇一直在裸奔——把自己的伪装剥下来，不要任何的文饰。他勇敢地嘲弄自己，说自己浅薄、俗、脸皮厚，有意显示出自己的“小”来。只是进入南极之后的高寒让他不得不穿起了衣服。这种自省自嘲的态度，不管在现实生活还是在作品里，都是稀缺的。这态度比那种一贯正确要可爱一百倍。作者办理护照因人太多还是厚着脸皮找了熟人：“我送走小伙子往回走时，心里开始舒服。同样是一个事情，因为动用了特殊关系，就能够办得又快又好。在我们这个社会，这年头能够享受到特权的照顾，感觉真好。”反讽的笔调恰好说明了他内心复杂的感受：反感、排斥又亲近、喜欢。果然，他接着反思道：“车窗外仍然风景如画，我坐在出租车上往回走时，忽然觉得自己也不是什么好鸟儿。就一个更换护照的小事情，也连忙托人走关系。事情虽然很小，却也反映一个人的思维方式。继而去想这年头在社会上行走，不论办什么事情先想到托人走关系，恐怕不只是我一个人，基本上已经形成了人们普遍的思维习惯。这种普遍的思维习惯如同是土壤，那么这种土壤上能够长出来什么样的庄稼呢？”其后果自然是：“于是呢，越证明你越觉得自己渺小，每证明一次你就得接受一次大大小小身心的折磨摧残。等到你证明了一辈子，基本上已经矮小到看见别人甚至看到一根电线杆都忍不住点头哈腰的程度，完全没有了做人的自由和尊严感。”在一本长篇小说里，哪怕只是在这小说的一部分空间里，能够这样把自己裸出来，这感觉真好。

只是写到后来，由于目的地越发迫近，那个确实让人感伤的南极，尽管充斥着风险，但事情毕竟在向着确定性方向发展，作者把主要笔墨收拢在了这个确定性的方向上，如对企鹅生活的天才观察，把读者带入天地人神的深刻反思之中，文字上更加惊心动魄了，但也多少丢失了前半部分的驳杂和尖刻。

所谓“对不起南极”大概有打扰了南极的自责在内。不过有了这部书，张宇就绝对地对得起南极了。张宇不虚此行。

看来人是需要冒一点儿险的。作家尤其需要。

二月河的毛笔字

二月河讲随缘。所谓随缘，不刻意、自然、随机缘发之谓也。这是一种艺术化的人生态度。比较起来，那种刻意的、安排的、理念化的人生态度虽为生活所需，绕不过去，但未免显得呆滞而易于功利化。

二月河有一篇文章叫作"字的缘"，收入他的《二月河语》里，意思是他并不认可自己的毛笔字，但无论写字赏字只要随缘就好。有些求字的人得了字不免啧啧称赞一番，作字的人明知是假言假语，偏偏听了高兴，因为逢场作戏也是蛮有趣的。

这篇《字的缘》排除了二月河书法的真诚的欣赏者。

我曾经向二月河求过字，且当场表示过我的赞赏——我是由衷地称赞，由衷地喜欢。

二月河的书法充满了童趣，稚拙得很，歪歪扭扭，大大小小，如同三岁小儿所书——这是一种极高的境界，非人人可为的。有的人怕是写一辈子毛笔字也达不到这般境界。不信你看看小学生们写的字，大多小学生都在写方块字，把字写得方方正正的，规范得很，那种童趣荡然无存了。记得毕加索说过一句话："我十八岁就画得如伦勃朗一般好，但我想像儿童那样画画却花了六十年时间。"中国清代有一位叫赵之谦的大书法家也如此说："书家有最高境，古今二人耳。三岁稚子，能见天真，积学大儒，必具神秀。故书以不学书、不能书者为最工。"

二月河书法的线条很有质量。粗细不一，长短不论，但有力量感。练过毛笔字的人都懂得，没有几个月工夫，这毛锥是拿不动的，写出来的线条软绵绵的，毫无质感。我多次问过二月河练过字没有，他说没有，我总也不信。这篇《字的缘》却透露了其中的消息：二先生是练过的，只不过他没有规规矩矩地练罢了。正因为他写过几年大字，才有了他线条的质量，正因为他没有规规矩矩地写字，才保留了他的童趣。

尽管二月河在这篇文章里贬损了自己的字，但我有感觉，我觉得二月河内心里对他的书法是颇为自负的。记得我曾问过他："你觉得自己的字写得咋样？"二月河回答："可以吧。"

我对中国书法多少有一些了解，对中国清代以来的书法发展轨迹也多少有一些把握。中国书法从清代崇碑到后来崇尚流沙坠简是有其必然性的，原来的帖学已经走到了尽头，康有为等人推动着书法面貌大变，直到谢无量的孩儿体、徐生翁的丑拙，以至于当代书坛的流行书风，这是书法在为自己创造生存空间，有其必然性的。二月河作为书坛的局外人，其书风却与当今的时代书风相吻合，就是把他的优秀之作放在当今顶尖的书法作品里也毫不逊色，这就奇了。我想其中的原因就是随缘——二月河是一个不守规矩的人，他坚持自己的自然与天真，从不拿什么概念去规范自己。

我没有说二月河出手就好。他写字不经构思，随意写来，有的章法上天机玉成，有的就不大协调。他的字二三寸见方的比较好，用侧锋抹出来的大字就有了恶趣。我建议二月河先生少用侧笔，不知二月河先生以为然否？

转换：面向现代的中国书法艺术
——张韬创作的时代命题

一

艺术这东西将一个品种做精到，做出自己的个性和风格就很不容易了，数艺兼善则是难上加难。但有些艺术家野心勃勃，恨不得把天下所有的艺术样式都收入囊中，十八般武艺样样精通。应该说，这样的野心是成就大艺术家的必要条件。我们看看黄宾虹、张大千、齐白石、毕加索这些人的艺术实践就会明白这一点。对于艺术家来说，这是个综合素质问题，也是个创造力问题。有了这种素质和创造力，他会不断地尝试新的领域，占领新的山头，以表示自己的强大存在。

从南阳走出来的张韬就是一位书画印皆有成就的全能选手。

到目前为止，书法仍是张韬创作的主体样式。在书法领域之内，张韬是篆隶真草行五体同时操作，且皆已成熟，都达到了相当的高度。书法界公认他的篆书为其代表性书体，其原因在于其篆书在广泛吸收传统的基础上，形成了自己独特的面貌，不同于古人，也不同于时人。中国美术学院教授、西泠印社副社长刘江说他“写金文洒脱不羁，法内求法，篆外求篆”，什么是法内求法、篆外求篆？他没有具体论述。窃以为，所谓法内求法，可以理解为张韬对传统法度的尊重和探求，篆外求篆则可以理解为他的篆书又吸纳了其他书体的营养，也就是说，他的篆书既符合传统篆书的法度，又不同于传统篆书。如“花错尊垒参画趣，光生璜璧见文章”一联，线条坚挺爽利，多写折笔，细微处时见牵丝映带，有百炼钢化为绕指柔的功力。结体上多作新构，章法上又把行草书的随心所欲水墨的干湿浓淡再加上大篇幅题跋和朱笔修改这些手段结合起来，形成了笔法别致气息高古的张氏篆书。其实他并非篆书一枝独秀，在全国首届楹联展，全国第五届、第六届、第七届中青年书展，中日书法交流等大展中，他的小楷、隶书、草书都先后获奖。刘江说他的小楷“爽利斩截中追晋人风韵”，“隶书崇尚势与韵的融合”,草书“法《书谱》而又喜徐青藤的冲突与狼藉”。对照书坛上专事“二王”或魏碑或汉隶或王铎的创作模式,刘江称赞张韬创作观念的前瞻性,说他“非常喜欢他这种富于探索的殉道者精神”。

刘江没有讲张韬的行书,但笔者觉得张韬的行书亦颇可品味。他的行书创作也有多个方向,有的有浓厚的篆隶味,有的近乎简牍书,有的又可见徐生翁、谢无量这些现代书家的法乳,但又非模仿之作。如其对联“识密鉴亦洞,意惬理无违”,线质高妙,一股狷介生拙之气扑面而来。原联为徐生翁所作,不能说没有徐生翁的影子,但面貌又绝对是张韬的。

我看过一些书法家的画作,总觉其为书之余事,无可称道者,但张韬的画让我眼前一亮。说到底是他画中有我。其山水、人物、花鸟皆吸收了西方现代绘画的精神成果,有很强的现代感。如菊颂系列之一,满幅由红色的黄色的花朵堆砌而成,不见菊之枝叶,似花而非花,构图十分大胆,透射出强烈的精神性。这是张韬心中的菊,是张韬主观精神的写照。

张韬的书画印整体上表现出一种大的气象,如大江东去,浩浩荡荡,而非小桥流水浅吟低唱之类,笔墨上又偏于生拙,自成一套家法,又与二十多年来中国传统艺术的发展遥相呼应,把一个现代南阳人的豪爽、朴拙、智慧和勇毅活灵活现地展露出来。

二

书法篆刻水墨画这些本土艺术是中国优秀的文明之花,积累了一大批优秀作品,也成就了一大批名家大师。千百年来,作为文人士大夫心摹手追和案头赏玩之物,它承担着逃避尘嚣、慰藉心灵的功能。但显然,它已经老了,老态龙钟了,以致不断有人宣判它的死刑。

时光推移到了21世纪,中国的改革开放已经二十多年,全球化的浪潮咄咄逼人,中国社会、中国的世态人心也发生了前所未有的变化,面对这个全新的时代,书法何为?

说传统艺术已经死亡显然过于偏激,问题是它的生命延续、它的焕发青春需要新的动力,需要根本意义上的革新,需要直面眼下这个时代,进行大幅度的调整。这是一个跨越,由传统向当代的飞跃。显然,写写

“二王”或某碑某帖，画画从古人一直画到现在的梅兰竹菊，是十分高尚的文化娱乐方式和消遣方式，但从艺术创作、艺术史这个角度去说，有价值的作品必须与当代人的精神生活发生关系。你必须介入当代人的精神生活，你必须创作出只有当代人才能弄出来的具有“新理异态”的作品。若不如此，人们就有理由漠视它，它就是虽未死而犹亡。

这就需要一个转换，包括观念的转换，模式、手法、内容和面貌的转换，最终是文化符号的转换。

张韬的书法创作起步于20世纪80年代，伴随着中国改革开放的步伐一路走来，不曾稍有停歇。他感受着这个时代，感受着这个时代人们躁动的心理和呼啸而出的欲望，感受着中西文化的交流、交织、矛盾和冲突，内心里一定有一个强大的命令：如何让古老的书法生成当代书法？如何完成这种转换？他在犹疑中前行，百折而不挠，试图抵达这个问题的核心，问题的解。

张韬的转换是从两个层面开始的。一个是传统层面。张韬反复地广泛地临摹古代碑帖，以百倍的努力打入传统，年复一年，日复一日，在深刻地理解、把握了传统之后，在传统内部左冲右突，试图打出一片新天地。在强大传统的夹缝里希图找出一条生路，没有深厚的功力是不行的，没有创造力更是不行的。整个追求过程是悲壮的。张韬因此取得了众多的成果，他的篆书以独到的语言为书界所公认，行草真隶也各有擅长，整体上形成了高古峻利朴茂洒脱的自家面貌，这种个性与开放、进取、崇尚力量的时代精神相呼应，因而具有了时代意义。综观中国书法界，张韬虽不能说是风云人物，但他的创作实绩是坚实而不可忽视的。

如果说张韬第一个层面的转换是属于“遗传”的话，他的第二个层面的转换就是“变异”了。这是传统书法之上的更为内在的转换。这后一个层面的转换更需要一种殉道者精神。这个转换亦需要用百倍的努力从传统里打出来，用一种全新的观念审视传统，批判传统，发扬传统，创作出富有革命意义的作品。作为学院派的主要干将，他创作的《青铜时代》有着很高的知名度，可视为他的代表性作品。这件作品由四块纸浆板组成，以古代青铜器雕刻为背景，上面书写古典形态的青铜器铭文及明清时代文人风的梅兰竹菊，又用金粉书写宋版刻字传达现代人的理念，以对中国文化的思考为主题，综合了书法、绘画、雕塑等多种艺术手段，以多种文字手段为表现，糅合为一幅曼妙的书法作品。是书法，又不是一般意义上的书法。近期创作的《新六书系列》，分“文字起源考·陶符刻划说”“八卦说”“新六书系列·会意形声”“新六书系列·象形”四个块面，用古代不可识读的文化符号、八卦原理自造文字、自造象形字等对中国文字的起源与演化进行了思考。上述文字符号加上其中穿插的标题和说明文字以及作品之上的长篇序文组成了一幅复杂而又深刻的书法作品，表达了具有时代意义的新的审美观。这样的作品只能由站在历史和文化的高点上的现代人所创作，是唯这个时代才可能有的作品。

从文化转换的意义上说，中国书法还有无限广阔的发展空间。张韬的探索虽然是初步的，还谈不上成熟，但无疑具有启迪意义。

徐松波的符号装置

一个巨大的钢铁制品，一个类似宇宙飞船的东西正在天空中飞行。这飞船上装置着许多超意义的元件：巨大的齿轮、工业管道、线路、烟囱、炮台，已生锈磨损的零件盘根错节。有一些小零件正分裂飞散出去。其中有一个两条腿呈钢管状的偶人。看不到真实的人。人可能都是乘客。每一个人都不可能置身于时代之外（《大时代系列 2号》）。显然，这是这个时代的隐喻。钢铁工业、高科技、高消耗、工业垃圾和废气、GDP、国力、无孔不入的竞争正挟裹着人类高速运行。它不会稍稍停留，除非到它自行解体那一刻。事实上《大时代系列 3 号》那架飞船正趋于解体，它周围游走着一些充满着生命力的蝌蚪般的黑色精子。是人的欲望让时代的飞船趋于解体吗？也许是的。

另一条飞船船舱里站立着著名的唐三藏，这位去西天取经的圣僧从遥远的唐朝来到这个喧哗与骚动的时代，仍然是气定神闲。想来他对时事的变化应大为不解吧。（《道问系列 1 号》）

这是徐松波的文化焦虑。这种焦虑更多地被表现在所谓"道问"的追思之中。此追问往往以两种极端对立的形象展开对话。唐朝和尚玄奘充任了这个追问者，他被置于不同的场景中：一朵硕大的花朵般美丽的蘑菇云（《道问系列 10 号》），一朵已化为巨大的罗马柱般的蘑菇云（《道问系列 13 号——凝固的核爆》），一个巨大的有烟囱的玉米棒子（《道问系列 6 号》），一堆巨大的生着尖刺的细胞，唐僧木然而立在其中一只细胞之上（《道问 8 号》）；即便再现了原始场景的《道问 5 号》，身背笨重行囊的唐僧坚定地行走在山水之间，他头顶也被置以几个金属色的飞碟——现代人观念的造物。这只能是画家之问，因为画面上的唐僧只是一个符号，一个探求真理的象征。这种追问因此是没有结果的。他找到的可能就是《大时代》里面那个高速飞行的工业与科技怪物。

事实上，画家需要一种结果。他呼唤一个英雄，这个汉唐装束的武士跃马而飞。一个开裂的山体上露出脑状物，其中伸出两支冒烟的烟囱，武士飞跃其上(《长风系列3号》)；黑烟和脑状的云彩之上，武士策马而飞，右边是一架战斗机(《长风系列7号》)；一排钢铁怪物之上布满了烟囱，乌云般的浓烟之上，武士跃马飞奔(《长风系列2号》)；一个类似火车的怪物在几根钢筋水泥柱间飞行，一水泥柱中部的一团云彩之上，红衣武士持笛吹奏(《今世心语3号》)；几位骑马的武士在由红色的球体、建筑材料和兵马俑所组成的梦境之中穿行(《今世心语2号》)。当然，这些武士们只是在飞行而已，他们只是幻想性的存在。画家选择遥远的汉唐武士来承担他的英雄主义梦想，只能说明一点：画家的英雄主义只是一种内心的冲动，一种内在的英雄主义，一种堂吉诃德式的幻想。民族、传统的文化和精神价值面对这个时代的象征物只能是轻飘飘的，羸弱无力的。

徐松波的绘画是一种符号装置。这符号是经过他精心生发、选择、提炼、培育出来的一个个典型的文化意象，是由徐氏工厂生产加工出来的，比如巨大的生着三角形尖刺的细胞，是他对生物学成果的夸张运用，比如丛林般的巨大的铁蒺藜，是他对西域军事史上铁蒺藜的夸张运用。也有进口的零件，如美国的蝙蝠侠、日本动画中的孙悟空。他用武士、唐僧之类的中国传统文化符号作为常项，用当代的工业机器、烟囱、人脑、细胞、飞船作为变项，拼接出一幅幅画面，组成一个个系列，完成他的意义装置。他用异质的跨时空的越界的矛盾对立的符号装配成他怪异的机器。西行中的唐僧，道路上满布着铁蒺藜，空中飞奔着马匹，有点怪异，但依然“真实”，而一辆辆抬起炮筒的坦克车宣布了这个场景的荒诞性(《道问系列4号》)。唐僧还是唐僧，又不是唐僧，他异化为面对着坦克的唐僧，坦克仍然是坦克，又不是坦克，它们异化为面对着唐僧的坦克。本然的唐僧和坦克、变异的唐僧和坦克交响出一种新的意义。西行探求真理的唐朝和尚陷入了一个由抵御匈奴骑兵的铁蒺藜和现代坦克所组成的战场丛林之中。这些“现实”的具有文化能量的符号一旦组装起来，甲还是甲，乙还是乙，但甲与乙相遇之后，一个新的东西，一个第三者出现了：一幅画面，一个力场，一个超验的场域，一个大于甲和乙的东西。这是一个非真实的场景。这非真实场景并不荒诞，它具有非真实的真实性，超真实的真实性，“比真实更真实”。异质的符号偶然相遇，惯常的逻辑和理性被中断了，符号的所指发生了变化，它们既自指又指向他者，它们互相诘问，互相说明，历史、现实，人文、科技，中国、西方，封闭、开放，辉煌、屈辱，光荣与梦想，种种的信息众声喧哗，这是因为“意义……只能在超验用法中言说被说之物”（吉尔·德勒兹语）。于是，瞬间的化学反应发生了：矛和盾撞击在一起，催生出一声巨响，一片火光。一种新的东西开显出来，一种被称为思想性的东西从中油然而生。这正如海德格尔所说，作品原本是真理发生的场所。

但徐松波是温和而克制的。他不愿意让他的符号发生正面冲突。西行的唐僧对巨大的蘑菇云似乎视而不见，他跨上新时代的飞船似乎也不觉诧异。倒是站在一只巨大细胞上的唐僧若有所思。还有那个武士，他只是在工业与后工业的建筑、烟囱和废弃物之上飞奔，并没有抽刀一搏的意向。画家选择了真实的唐僧，而没有选择《西游记》里那个有三位神通广大的徒弟护佑的唐僧，除了画家内心的现实主义态度，不能不说是对现代科技怪物无边法力的正面回避。这就使徐松波的作品复杂中透出单纯，非理性中显露着日常的理性。徐松波的唐僧找到的只是问题，这问题是再勇敢的武士也不能撼动的，再多的佛教真理也不能化解的。按照缺少深厚宗教感的中国人的性格，民族的传统价值观与西方高度发展的科技文化尚构不成真正的冲突。也许世事的变化自有规律，不必劳驾他们大战风车，如《塞上曲》所表现的，几个武士勒马而立，望着一堆由大炮和机器组成的钢铁废物。那大概是一个劫后余生的世界。

徐松波是否有一点出世之思我们不得而知，但他的作品中充满了飞翔的意象。他的画面留有大块的虚空。大时代塑造的飞船自不待说，骑马的武士大多呈腾飞状，正面表达唐僧西行的作品也要添上几只飞碟、飞机或者蝙蝠侠。武士的飞翔仅仅是飞翔而已。他们不是为了战斗。他们只是一个旁观者，顶多是一个异域来的过客。《道问系列11号》唐僧身后一只圆球上坐着一个日本动画片中的孙悟空，他手搭凉篷望向远方，作品对后现代文化工业进行了反思，但亦是对中国人家喻户晓、神通广大的齐天大圣的回避。即使把那个齐天大圣招回来，他对当今那些高科技怪物也是无能为力的吧。对现代事物的压迫，徐松波尚找不到一个解决之道。飞翔，只是表达了画家遥远的田园牧歌般的回想，表达了他对失落了的民族文化价值的忧伤和无奈。

因此，我们可以认为，徐松波是纯洁而仁慈的。他不表达人内心那些丑恶颓废的东西:压迫、侵犯、征服、占有、权谋、杀戮、毁灭、嫉妒、疯狂、力比多。徐松波的符号夸张而不扭曲变形。他只揭示而不表现。(迄今为止)他的作品中没有女人,也没有欲望中的男人。他的男性轻逸而圣洁。他不表达具体的人的生存状态。他的人物没有个性色彩,只是一个符号意义上的存在。从这个角度说,徐松波多了一点枯涩的飘逸,少了点深入事物内里的沉重。他贪恋着正在消失的价值,敏感着时代的变化,蘑菇云、细胞、大脑、建筑结构、烟囱、动画、先进武器,这些时代的符号与历史对接,它们接近着,对话着,又疏离着。如果说徐松波是一个超现实主义者的话,不同于契里柯、达利、马格里特等那些尼采和弗洛伊德意义上的超现实主义者,不同于他们混乱的无意识、形而上的晦涩、邪恶的巫术气息,徐松波是一个社会学意义上的超现实主义者。他的作品是开放的、宽容的。他尊重观众。他有近似于米罗的温暖,与米罗不同的是,他是一个本质意义上的现实主义者,或者说他是一个超现实主义的现实主义者。准确地说,他是一个非理性的理性主义者,非现实的现实主义者。他以中国画家的身份向当今重大的时代问题发言。徐松波的个性就是他鲜明的时代性。

与尹朝阳侃大山

（2013 年 5 月 11 日，北京蜂巢当代艺术中心为南阳籍著名当代艺术家、中国“70 后”代表性艺术家尹朝阳推出为期一个月的“出山：尹朝阳个展”。此次展出的是尹朝阳近三年来创作的 20 余幅山水风景系列，这是当天晚上笔者与画家的对话记录。）

行者：说一下我读画的感受。过去你画风景很少，主要是画人，画青年人的生存状态，这一次突然转向风景，这恐怕会让长期关注你的人感到意外和吃惊。你这个《出山》，规模不大，一共二十多幅画，都是画的山水，下午参观时我的直感是，有冲击力，强烈的视觉冲击力。里面有好几个类型，比如《悬空寺》《松风谷》等，红色的赤裸的山，几乎没有树木，没有其他的东西，那种坚硬而火热的质感，我感觉是一种原始的力量，这种纯粹的充满着原始力量的自然，似乎在诉说着什么。我感觉你对宇宙洪荒的表达有原始主义的味道。再如《汉柏》《黑松》，画幅特大，画的是山的局部，特别是《汉柏》，笔触很厚，简直已经成为浅浮雕了，色彩及造型很狂放，有很强烈的抽象性，非常有冲击力。山石被表面参差的树木覆盖着，汉柏立于画面中心，整个画面由以红色为主调的色彩氤氲而成，形象在似与不似之间，具象的东西引导着、表达着抽象的东西。我觉得朝阳的山水是一种现代东方的抽象，一种新的抽象。旅法画家赵无极、朱德群他们试图达到东方的抽象，是一种类似于中国画泼墨写意那种境界，但缺乏朝阳的力度。朝阳这种狂放、强力的抽象，和西方塞尚他们的风景画有质的区别，又和传统的中国山水画有大的区别，是属于尹朝阳的现代东方抽象。为什么以前关注的是人，现在转向了山水？

尹朝阳：其实这个系列已经画了三年，今天是第一次成规模地在这里展览。画不是说太少，按照我的想法，还想删掉三分之一，会感觉更集中。像 2010 年、2011 年、2012 年、2013 年，每一年都有一种变化，是一种深入的变化。你的话有一部分我同意，视觉艺术本身有独立的一面，用文学语言去描述有时候是困难的。中国画的笔墨怎么转换到现代，赵无极的成功只是把东方的一种气质用到了油画中，西方对它的定位是在西方超抽象系统里。在这三年里，我觉得我摸到了一些特别根本的东西，狂野，狂放，其实不是，中国绘画里面除了有阳春白雪，特别是文人的一面，在元代以后，也有表达力量的东西，如髡残等。今天我和张立辰先生讨论的就是什么是绘画的"黄金时期"，绘画里面强有力的东西，也就是结构。我们一只脚要踏到中国传统里去，另一只脚要踏到西方传统里去，两手都要硬你才能成为一个完整的人。前几天我和邱振中聊，自从董其昌分了南北宗之后，一直以来中国画充斥着南宗的柔媚。今天这个画一定要有骨架，内在的骨架，一定要撑得住。张立辰老先生从这里面看到一种可能性，这个可能性，我用了三年时间。现在仅仅只是第一个阶段，我现在还需要时间，再给我十年时间，才能够把它做完，我现在好像在做科研、探索、试验，这个时候不是一般人能看得明白的。

行者：你过去画的有这么厚的吗？

尹朝阳：没有，这个不是单纯的厚。我要解决油画技术上的问题。绘画是什么，是一种不可替代的东西，不是靠语言描述，必须靠你视觉的感悟，能给人瞬间的震惊。我们的优势就是我们已经有一百年的积累，我们对西方的了解更多，我们有可能打开一个新的东西。我一直拒绝被界定。我画这个有非常大的压力，有人可能会认为你搞的是前卫艺术，现在突然画这个，首先政治上不正确，我觉得这三年我把这个事情想得很透彻，我现在是无所畏惧。这个展览结束后，我要和他们进行一个对话，老中青三代，去印证我对这个事情的思考。我还有一个非常大的野心，三年之后我会推出我的水墨作品。

行者：开始听说你画山，我没感受的时候，想你为什么画山，会画成什么样，我觉得你不会表达传统的文人趣味，表达无为啊，避世啊，乌托邦啊。看到展览之后，我知道这是中国当代画家才能画出来的东西，和古代山水画有很大区别，和西方风景也有区别。作为当代油画家要画"山水"的话，非得有中国当代人的审美意识不可。从我有限的阅读中去看，我确实感觉到你这种对力量的表达，很有力量的抽象，是属于你的创造。李可染、张大千等人的山水，是他们那个时代的代表之作，比如李可染的"黑"和"红"（《万山红遍》之类）是属于他的创新，但你表达的更有力度、更现代。西方艺术有冷抽象和热抽象之分，我觉得你的抽象是硬抽象，是力的抽象。

尹朝阳：我相信把这画扔到一万张画中，也一眼能看出是我的。这批作品怀有一种非常大的想法，我要给自己生活的环境还有自身一部分历史，比如视觉的历史，一个交代。山水画，或者风景，是当代艺术圈很多人不愿意去触碰的，这个真是太难了。

行者：古人说“异色成彩之谓文，一色昭著之谓章”，用“异色成彩”“一色昭著”这八个字说你的色彩很恰切。比如《汉柏》，各种色彩都有，很复杂的色彩组合，是异色成彩，但又突出了红，那种由黄、红、橙红色所组成的色彩的旋流，是谓一色昭著。这让你的汉柏与时人眼中的古柏和古人笔下的古柏拉开了遥远的距离。你这种对色彩的大胆使用，有表现主义味道，可以强名之曰抽象表现主义。让人联想到凡·高。当然造型上你没有凡·高那么主观。

尹朝阳：这不仅仅是一个大胆的使用，尤其是画家，色彩是非常重要的一个媒介，它本身是有表情的，是靠颜色之间的变化，是体现艺术家的一种美学追求。不仅仅是抽象表现主义，是要通过颜色本身，来塑造自己。颜色的使用，我基本分了一些阶段，2010—2011 年相对来说古典，相对红的是去年和今年。我想试试它究竟可以跑多远，颜色我几乎都是挤出来不调和，但是有技术，它不能显得火，显得燥，它得均衡。在中国传统绘画里，有一种表现手法叫长卷，是散点透视，在西方绘画中，他们不会那么观察这个事物。这恰恰是我们的优势。

我自己的作品被他们（评论家）装在某一个抽屉里，贴上某一个标签，就被他们给消解掉了。到目前为止，我一直拒绝这样做，拒绝这样评价我。拒绝这样做你就得不停地变换姿势和态度，把他的那个标准给消解掉。我重新建立一个系统。艺术是什么？艺术就是一面镜子，不会给你预设答案，但会照出你现在的整个现实。

行者：我在尤伦斯画廊看了杜尚什么什么的展览，很感兴趣。里面有杜尚那个著名的小便器的图片（这件著名作品的革命性意义当然不能抹杀），有当今中国追随者的模仿之作，如用女人的乳罩、袜子之类的衣物制作的一个旅行箱，一个形似女人体的挂衣钩，但和你这种很有技术、很有力量的东西比较起来，还是感觉他们有些小打小闹。我更欣赏你这种有难度的技术，比较复杂的东西。你的东西是沉甸甸的东西,不是玩小技巧。

尹朝阳:或许有轻浮这回事,这个社会就是一个轻浮的社会。山野是什么感觉?整个它有温度、有空气,它是原始的,会让人有一种感同身受的感觉,是中国人对待自然的一种态度,重量和温度是被当代艺术忽略的。我们整个社会越来越不喜欢刨根问底,大家就是表面化,媒介带给你的东西太快了,这种东西是可怕的。很多英雄不是死于枪林弹雨之下,而是死于诱惑之下、轻浮之下。今天的这个展览,让我觉得我过去的选择是对的。

行者:朝阳这个展览用了两三年的时间做准备,这与你的文化责任心有关。你的艺术在不断变化之中,一个大类是从自己的生活经验中生发的作品,青春系列作品,《神话》《失乐园》都是。另一类是对中国文化特别是传统文化的反思,红色文化系列,包括对中国佛教文化的反思的"佛像"系列,现在又把触角伸到中国古老的山水文化之中。中国山水画传统十分强大,是一个难啃的骨头,往前走很难,创新不易。

尹朝阳:说难也难,说不难也不难。要向纵深发展需要有非常大的一个储备,这个储备得有才气、技术,很多条件缺一不可,开始的站位不能仅仅针对某一个事件。这个不是以你作品卖多少钱为标准,是你的作品可以放倒几个人,历史会给一个评价。

行者:我接受你对吴冠中、徐悲鸿的看法。吴冠中的作品整体都轻。徐悲鸿的东西技术未必很成熟,但他有大作品,如《愚公移山》《田横五百壮士》之类。

尹朝阳:中国人对形的那种复杂程度的体会非常厉害,我最近在体会,一笔画过去就是千变万化。在吴冠中的画里,形都简单。齐白石有一类画人的画非常好,他笔力扛鼎。比如你画的这一笔,二十年或者五十年,还能记得,就成了,让历史去淘汰。我需要时间再来检验。我原来所有的系列,我完全可以继续走下去。山水对中国人来说相当于宗教,它还不是遁世、逃避,它有价值观在里面,跟西方的不一样。中国人和自然和谐相处,西方人是要战胜自然,一开始就有这种差别。对于现在的人来说,我给它加了两个东西,一个是西方的人文传统,另一个是理性精神。

行者:对于大家来说,其创作一个阶段一个阶段地需要变换,需要表现手段的探索和配合。你转向山水,把中国山水这个硬骨头给啃了,这是不是表明你对眼下现实、对社会生活的一种厌倦和逃避?

尹朝阳:艺术不是新闻报道,即使和政治有关。我排斥艺术对某一个具体的事件发言,它很快会被时间消解。站在一个更高的地方看这个东西的时候你找到的是一种共性。艺术的魅力在于它承载的文化更多,对于艺术家来说语言含金量更重要,只有少数人会领会到。越往后走越孤独。我没想我第一,说实话,我需要的就是时间,我攀爬得非常有兴趣。

我今年6月份开始继续画人物,两条线同时走。我通过画山水,开始对人有一种新的体会。在山水的系统里,面对一个新的题材时,你不可能是一个愤怒的状态。你去看凡·高的画,他有一类画非常安静,比如他画一个盛开的玉兰花,非常美。我觉得有一个误区就是认为中国当代艺术里所有的人必须每天都张牙舞爪,跟吃了药一样。艺术不是光有愤怒。当代艺术一定要把某一个东西推向极致,其结果是走到抽象以后,就是黑白画,或者什么也不画,就画一道,这样一个轮回。

我原来那些东西,青春也好,政治也好,与我个人的成长、变化有关。有人认为,我当初愤怒,好像没有愤怒就没有爱,这种看法比较片面。在那个阶段只不过是通过艺术作品,把当时最让人纠结的地方表现出来。现在的命题不是愤怒,现在是关于文化的命题。我体验一种悲悯,可以认为是一种特别开放的人道主义,甚至是宗教核心的东西,放在这个框架看,人也好,山水也好,生命的全部东西就是这些,画到最后那一幅画的时候,我用了两个字就是"旷达",必须让自己的胸怀是这样的,我可以容得下一切,这个时候就看到自己青春期的愤怒也好,血脉偾张也好,是可爱而真诚的。你在这个时代,这个地域,你如果没有那种反应,说明你是不对的,没有感觉的。

所谓"出山",我觉得有点像释迦牟尼出山,有一种证悟。这些东西和宗教无关,是对自己本性的一种了解,这个阶段你对你的生活、人文、山水的思考以及作为一个个体在这个阶段你所有思考的总结。"这盘菜"已经端上来你们也看到了,很多人可能只是从中拿走一部分,品尝到你愿意品尝的,但是对于我来说,我已经有了前面那么多,我要做的就是排斥简单,我不会为某一个观念而工作,如果为某一个观念而工作就把艺术做小了。艺术应该是浩瀚博大的,整个对你的生命匹配的一个东西,只有这样,这个东西才值得做,不会为了某一个主因、某一个点子、某一个灵机一动而去奋不顾身了,你必须呈现出这个时代的复杂。我们处在这么大的一个国家,正处在一个转弯当中,生活在这个时代的人,如果你是从事创作的人,如果还有勇气,就要尝试着去搏一搏。就像莫言,写那么多的书,一本本他也是在尝试不重复,用书写证明着我活在这个时候,我觉得这就是一种态度。但相比较我更喜欢贾平凹,就好像茶叶泡了一杯水,贾平凹是第一道水,莫言就是第二道水,我认为他已经被稀释了。现在评一个奖,在这个时候就不是特别让人信服,好像他更符合西方口味。他们会把他放在魔幻现实主义的潮流之中,魔幻现实主义其实是拉美那些作家的天马行空。我觉得他有些突兀,所以我更喜欢贾平凹。我也希望我的作品出来后,不会被一眼看穿,而是在不断地追究、研究、解读。我今年下半年可能会出书,去年我回南阳写过一篇文章,我能够找到当时看贾平凹文章的感觉。《HI 艺术》杂志邀请我开了个专栏,每个月都会写一篇。在现在中国的文化圈,好像有点共识了,就是我们要做我们自己,因为中国人不笨,要做一种跟我们传统有关的现代画,我认为生逢其时,我们是参与进来了。

行者:我也看了佩斯画廊的毛焰画展,毛焰把人的惊恐的状态画出来,挺有意义,但是他的作品风格一直差不多,大同小异,缺少变化。

尹朝阳:尤伦斯是欧洲人,佩斯是美国人开的,背后都有一股实力在支持,而毛焰整个的作品有些青春期的叛逆的味道,属于摇滚文化。我认为做摇滚文化适宜 30 岁以前,那时候你怎么做都不过分。在对人的挖掘上,当代最优秀的不是他。这个很可怕,是一个极其专业的问题。对于人的挖掘你要进入一个更深入的层次。我看八大山人的画,四张,福、禄、寿、喜,我当时看了鸡皮疙瘩都起来了。他对形、对整个画面的控制,不是能用自由形容的,完全是一种境界,他不是一种苍凉,我觉得是一种悲悯。中国绘画到最高境界,比如范宽、关仝,到最后那个时段的绘画,我感觉就能映照出一个人的宗教情怀来。

行者:周春芽画的桃花,我觉得看不太明白。他给人以充满着创作活力的感觉,但是他的桃花画得那么艳俗,也许是有意表达什么。

尹朝阳:他其实是一个很好的画家,到了 50 多岁还敢变的一个画家。他是中国当代艺术里面真正靠技术立身的人，到晚年画桃花，他有变化。

到现在为止，我还没用薄涂，因为我觉得时间不到，我就像识字、数数一样，我一定得去背会，现在我下的是硬功夫，不是说我不会，我只是希望把前面的路走得更扎实，虽然现在可以看出我有写意的东西，但是我还是要保留后路。它一定要有种质量，这质量到后来的时候，它都可以一笔带过，到那个时候它的质量是不一样的。

一个“专制主义者”的自我批判

——与行者对话周大新新著《安魂》

第 19 届国际图书博览会“中原作家群崛起”主题展期间，主办方为南阳籍著名军旅作家周大新的新书《安魂》举办了发布会。这一场没有作者出席的新书发布会、这一部作者不愿多谈的长篇小说，因反映“失独”之痛而引发文学界、社会学界的广泛关注。

周大新之子周宁军校硕士毕业后参加工作，不久即患脑瘤，在和癌魔搏斗 3 年后，于 2008 年 8 月 3 日去世，时年 29 岁。其后，周大新开始创作《安魂》。

《安魂》一书采用对话体，内容分为两部分：前一部分回忆儿子从出生成长、发病治病到去世的过程；后一部分则想象儿子去世后在天堂的所见所闻所思，并融入作者对人生和人性的思考与分析。《安魂》扉页上有两行字，一行是“献给我英年早逝的儿子周宁”，一行是“献给天下所有因疾病和意外灾难而失去儿女的父母”。

周大新近期拒绝接受任何媒体关于《安魂》的任何形式的采访。为解读这部热点书籍，9 月 4 日，记者采访了精读《安魂》并在图书博览会期间与周大新有过深度交谈的作家行者。

记者（周若愚）：你在“中原作家群崛起”研讨会上介绍《安魂》时，说自己边读书边掉泪。这是一本什么样的书，让同为写作人的你也泪湿衣襟？

行者：我在看书时确实不停地流泪，倒不是因为和大新是朋友、见过周宁多次，而是因为书里面两个灵魂之间的碰撞、冲突、宽容、和解，是里面刻骨铭心的爱、绝对的真实和真诚打动了我。这是一本揭示作家本人和儿子关系真相的书。

记者：你说周大新谦虚、温和、低调、善良，是非常好的一个人，但看书后认为他是个专制主义的父亲。“专制主义”这个定义是否武断？

行者：中国古代讲究“父为子纲”，父亲在儿子面前有着至高无上的尊严和权威。在儿子的学习和恋爱上，大新曾横加干涉。儿子去世后他痛定思痛，对自己的专制行为进行自我批判，他的深刻忏悔，是一种对父子间真相毫不隐讳的揭示，同时也是一种自我鞭挞。譬如书中这样写道：

> 在这件事上，我显得执拗而凶恶，比我在小说中谴责的那些破坏爱情的人物还卑鄙和不可饶恕。我在文学世界里扮演的是一个赞美爱情自由、主张爱情自主的清明人士，但在实际生活中却是一个破坏自由爱情的恶煞。我这是怎么了？

大新十分清醒，而且勇敢地承认自己是一个专制的父亲。他的真诚令我感动。中国许多家长以爱的名义对子女的成长横加干涉，而且意识不到这种行为在子女身上造成了创伤。我们的家庭关系、父子关系，是一种涂满了爱的色彩的等级关系，家长容不得子女说不。如果子女不按自己的意志行事，有些家长甚至大打出手。其实子女是有着独立人格的人，子女有自己的权利，不是父母的私有物。这本书是一本忏悔录和批判书。

其实大新对儿子是非常疼爱的，也是非常细心的，小时候常把儿子驮在肩膀上，和儿子一同骑车总是走在外面，生怕汽车碰了儿子。儿子生病后治疗的每一个环节他都亲力亲为，把高大的儿子每天从四楼背上来背下去，厚重的父爱从书里面的点点滴滴都能看出来。问题是我们不能以爱的名义去干涉儿女的自由。我们应该尊重他们的选择，给他们一个自由生长的环境，而不是一座爱的牢笼。

我最感兴趣的是，在目前的环境下，整个社会都缺乏自我批评的氛围。大新勇敢地拿起笔，向自己的专制主义行为开火，这尤其令人敬佩，即使在目前的整个中国文坛上也属空谷足音。

记者：作者在书中虚构了一个天国，希望儿子在天国快乐幸福。如何理解这一文学构思？

行者：他让儿子的灵魂进入了天国，而且详细描述了天国的情景。书中虚构的天国有作者的创造性，但总体上说，里面仍充满了因果报应的观念。譬如在尘世作恶的人，在天国会进入惩域受到惩罚，灵魂永不得安宁等。在我看来，这种观念有点过时。这是大新表达对儿子的爱的幻想化的一种描写，这种爱超越了现实世界，跟踪着儿子的灵魂，走过几个域，最终看到儿子在天国很幸福，父亲在这里得到了一种安慰。从根本上说，这是父爱幻想化的极端的描述，是失去儿子的父亲的自我疗伤。

记者：与周大新以往的著作相比，《安魂》有什么不同？

行者：一是真实。书中前半部分记录的都是儿子成长到患病的点点滴滴，真实而可信。二是让儿子的灵魂开口说话，对大新来说是一种文本上的创新。用这种写法可以有两个视角，更方便对父子关系某些侧面作自由而生动的叙述。三是虚构了一个天国，这在大新过去的书中前所未有。

比起大新过去的作品，《安魂》中一个突出的成就是自我批判。过去他写平凡人、写英雄等，作家是个法官，是个审判者；而这本书，作家本人在自我批判，在分析自己、批判自己，而且比较残酷无情地批判自己。一般人写这种父子关系，可能会回避一些东西，把父亲写得比较温和，但大新不，他直面自己的“暴虐”，直面自己的“残酷”，写出自己的忏悔。大新的勇气让我敬佩。这本书因此而征服了读者。我觉得这本书的价值几十年后会更为清晰地呈现出来。

从某种意义上说，周宁是幸福的，他在父亲的笔下复活，得到了永生。

王俊义之于时间

在日常生活中,时间是一个明确的问题,但在精神生活中,时间却是一个说不清道不明的问题——特别是在柏格森和海德格尔之后。这个问题考验着物理学家,考验着哲学家,也同样考验着文学家。文学史上的一些著名人物,比如张若虚,比如普鲁斯特,比如布托,比如马尔克斯,比如博尔赫斯,正是因为对时间问题做出了自己独特的表达,或者较为深入地触及了时间问题,使自己的有关作品成为经典。

有人甚至这样说:“时间意识是20世纪现代主义小说家一种极端自觉的意识。没有自己独特的时间感受和体验,想在20世纪成为卓越的小说家几乎是不可能的。”

前不久,笔者在威尼斯一家商店里,看到了达利的一尊铜雕,一棵没有叶子的小树,一段平伸过去的树枝上,耷拉着一只钟表,时针和分针分别指着一个数字。确切地说,那只钟表挂在树枝上,耷拉成为很长的椭圆形了。这机械钟表大概是柔软的。这钟表代表的时间大概也是柔软的。我眼前一亮,心想:应该把它买下。我过去曾经从画片上看到过这件作品,对达利对时间的解构十分钦佩。我知道它是复制品,不可能是原作,但一看价钱,仍然吓了一跳:三千多欧元。买不起还看得起。我一边欣赏一边安慰自己:达利的东西,即使是复制品,也应该值这么多的吧。

看到王俊义《村庄与时间》一书的清样,我才知道这个人近来在探讨时间问题,不免有些吃惊——这可是文学中的一个尖端问题,属于高科技领域。

这本书分为两个部分:一部分为散文,称之为“村庄”,其内部隐藏着时间问题;另一部分为有关时间的随笔,称之为“时间”。把这两个部分合为一体,当然就叫《村庄与时间》了,一隐一显,一阴一阳,互相阐释,互相生发,颇有意味。

应该说,我对“村庄”的兴趣正在于它与“时间”的联系。因为对于王俊义来说,正是时间因素的引入使他的“村庄”非同一般了。时间就像一位女妖潜伏在这些文章的深处,只偶尔泄露出来几丝春光,以显示或者掩蔽着她的真实存在。这里笔者不妨引用其中的两段以彰显其对于时间的智慧思考。

“时间没有根。”作者写道,“掩埋在泥土的深处,其实是掩埋在时间的深处。时间在土地的表层,是一切生命体和非生命体的君王,而在土地深处,时间已经没有太大意义。或者说时间没有根,它没有力量达到土地的深处。”(《漂在时间河流上的船歌》)

关于永恒,作者写道:“永字上面的一点,是高山,或者长满了奇石,或者覆盖着森林,或者云雾缭绕里流出一眼汩汩的泉。中间的一短横是大地,老榆树站在村庄的一隅,麻野雀在树洞里注视蔚蓝色的天空……下面是水,是湖泊的清静的蓝……永恒,是高山、大地、河流之间的时间默契……相反,人类在自然里构筑的东西,是不会走进永恒的……”“一个人的一天和一群人的一天,都是时间的叶子。”(《悄然飞逝的永恒》)

作者关于永恒的观点颇为新颖:“化石是永恒在土地深处的,我们一旦找到它,变为我们的珍藏,它就相对地短暂了。”“现在它被发现了,它的永恒就在发现的时刻,悄然地消失了。”文章最后,作者列出自己新写的一首叫作“永恒”的诗。这着实是一首好诗。我们可以摘引其中的一段:

山冈上的橡树
相对永恒
船顺着水走了
树顶着风站着

后半部分是十篇有关时间的随笔,依序为《存在与感觉的时间》《理性与人性的时间》《物质与生命的时间》《梦想与现实的时间》《经典与浪漫的时间》《记忆与遗忘的时间》《落寞与忧伤的时间》《悖论与否定的时间》《柔软与流淌的时间》《模糊与复原的时间》。作者试图从多个角度多个方面对时间进行分析与观照,触及了时间的形象样态、时间的虚幻不真、时间的不可预料不可把握、时间的多面性及不同心境中的时间。因为时间问题的复杂性,我无力用理性的文字对这些理性的文字予以评骘,虽然这些随笔更多的仍然是一种情感型的感悟。看起来我最好的做法还是将其中的一些精彩段落罗列出来,以表达我对这些智慧的敬意:

在作家的眼光中,时间原来是这样的:“时间是朦胧的没有重量的物体,没有影子的物体。”“时间本身是一个不规则的飘忽着的链状物体,去掉一个链环,另一个链环又繁衍出来。”作者又用达利的名作来刻画时间的柔软无骨。时间,让达利的创造成为不朽。但时间也是坚硬的。它有坚硬的瞬间。作者在前面《弦师的哲学》和《捏一把苍凉的泥土》两篇散文里就表达了时间这种坚硬的样态。

大概我们每个人一生都会遇到一两个这种坚硬而尖锐的瞬间,它极大地改变了我们的人生轨迹,然后顽强地存在于我们的记忆里,像达利的钟表一样有了几乎无限的长度。比如歹徒的刀尖,纳粹的枪口,或者刻骨铭心的相遇与分手,心灵与肉体的高峰体验。博尔赫斯有一篇小说叫作《秘密的奇迹》,写犹太人拉迪克被纳粹逮捕,定于3月29日执行枪决。行刑的人扣动了扳机,但那子弹进入他的肉体之前,上帝给了他一年的时间,以便让他完成他的著述。直到他找到了最后一个形容词,子弹才把他打倒。小说的结尾是“拉迪克死在3月29日上午九时零二分”。也就是说,即使这样尖锐而坚硬的瞬间也是柔软的,可以拉长的。

在《物质与生命的时间》中,王俊义一开始便是一连串的天问:“时间是从哪里来的?时间是乘坐哪个星球的飞船来到地球上的?天地一片混沌的时候有没有时间?人类开始记载生命的时候是不是时间的开始?物质存在着物质感觉不到时间的流动,时间是不是相对于物质而不存在?一块石头有没有时间概念的界定?”作者的意思是时间只相对于人类而存在,相对于生命而存在。“人类不去验证石头已经存在了多少年,石头就是一个没有时间的固体物。”

那么,时间到底是一种主观存在还是一种客观存在?过去、现在、未来是历时性的,是否还有其共时性?这里笔者还想替作者添加两问。

时间包围着我们撞击着我们:“谁能说我拥有这一分钟时间你没有呢?谁能说一个朋友昨天敲打你的门窗就是永远敲打你的门窗呢?时间在门内也在门外,时间在树荫下面也在街道的路上,时间在吊兰的叶子上也在人的衣襟上，时间在教堂的塔尖上也在乡村的屋檐上。你一不小心，时间就会推倒你，像儿童推倒一座积木那样轻松，像朋友推倒最后一排麻将那样容易。”

但时间有着不同的面目，“一个村妇一生都在村子里生活直到生命的终结，那么她对于伦敦、巴黎、北京这些城市的距离就只是存在的距离，她的时间是没有任何速度的时间，也可以说她的某些日子的时间就近乎不存在，物理学的时间和速度也就在农妇这儿失去了意义。”

这段话照应着中国古代作家苏轼《前赤壁赋》中无穷与须臾的话。

正因为此，时间之于王俊义，就有了特别的意义。

正因为此，王俊义这本书就有了思想的美、哲学的美这样一种深刻的性质。

梁鸿之梁庄

今年十月份，梁鸿回邓州她的家乡梁庄，中间来南阳看汉画，我们匆匆见了一面，因我对她理论的欣赏，力邀她与南阳文友一聚，她以时间为由拒绝了。这时她的《梁庄》已经在《人民文学》非虚构栏目里发表，我孤陋寡闻，自然没有向她说起这个话题，她也不告诉我。

一些时日之后，我从报刊上看到人们对《梁庄》如潮的好评，才想，梁鸿好生了得，评论家刚做得令人刮目，又开始做作家了，而且出手不凡。

梁鸿的家乡那个梁庄我没有去过，但南阳其他的村庄我是去过一些的，想来差不了多少。如今梁鸿把梁庄搬到了纸面上(成书时名之曰《中国在梁庄》)，让读者有机会去这个纸面上的梁庄游览一番。我用两个晚上的时间把它给读了，我不得不说，它对我是新鲜而沉重的。挑动我神经的不单是书中那些令人心酸的故事，还包括作者对眼下农村的发现和揭示。诸如农村的全面溃败，农民的政治冷漠症，政府、村庄、农民三者之间的交错与脱节，农村家庭关系的世俗化，农民对这种世俗化的无奈接受，一些事情比如责任事故的无主性——大家都说不清道不明，因而找不到应该负责任的人，这些都令人深思。想来这就是真实的力量。真实本身就是一种发现、揭示与批评。

我们大多都有一种体验，即使是熟悉的事物，哪怕是自己，其了解也是有限的。这源于我们的忙碌，也源于中国人多秉持一种模糊的思维，满足于大略的印象，而不愿下功夫观察、分析、研究，得出一个科学意义上确切的结论。梁鸿这样做了，她用五个多月的时间，打量她那个村庄，抚摸她那个村庄，用类似卡尺、温度计、X 光这一类工具度量它的形状、它的宽度和深度、它的体温、它的骨架、它的肌肉、它身体表面和内里的伤痕。梁鸿是把梁庄当作一个研究室，像科学家那样一一探查、测度、分析，然后把它描摹在纸面上，这就预先保证了这本书的典型意义。于是，我们看到了梁庄眼下的生存环境，村政权的运作方式，各阶层人等的文化道德心理，其中的固守与新变，他们的生产和生活方式，外出打工的村民、留守的村民、正求学的少年村民的喜怒哀乐，他们的得意失意困惑与挣扎——就真实、真相意义上说，这个梁庄就是中国的农村，就是现时的中国。与其说这本书是文学，不如说它是一本社会学著作。

梁鸿并不排除感情。毕竟是她的出生之地，她在这村庄生活了二十年，她排除不了，她索性用第一人称叙述，把自己放进去，把自己对这个村庄的感情也放进去，但这个“我”的目的是揭示真相，所以她更多是把自己作为观察工具放进去，有时候也作为观察对象放进去——作者因而感觉到了自己与乡亲们的不可沟通，认识上的沟壑，面对父子分离、家庭割裂、情感伤害这些作者感到很悲剧的东西，乡亲们却是泰然处之，“所谓的悲剧与痛苦只是我们这些参观者和访问者的感受”。面对奸杀八十老太的王家少年，她谴责自己对这少年的同情：看来“在根本上，我也是轻视生命的”。这场调查本身也让作者感到了某种痛苦，书尾这段话十分纠结：“不知道为什么，当故乡以整体的、回忆的方式在我的心灵中存在，我想回来的愿望就非常强烈……然而经过几个月深入肌理的分析与挖掘，故乡在我心中已经面目全非。当爱和痛不再神秘，所有的一切都成为功利的东西，再回来的愿望和动力就没有了。或许，是我的功利破坏、亵渎了对它的神圣情感，我对五奶奶，对清道哥，对我故乡的人们的感情不再纯洁。”这就使这本书在主观与客观、观察者与观察对象之间建立起某种张力，同时又取得了某种平衡——批评家梁鸿毕竟对作者、叙述、元叙述这一类东西玩味已久。

我相信这纸面上梁庄的真实性，但不能说梁鸿已经穷尽了真相，因为她这个“我”毕竟是用她社会学、人类学、文化学知识及作家的热情包装出来的，仍然是一个“他者”，学者化的眼光尽管深刻，但也只是眼光之一种。

《中国在梁庄》不是书斋里的文学。而现今的读者更需要的恰是那些揭示真相的田野、公司和街头调查，那种具有社会学意义的文学。如果说现代主义文学更哲学的话，那么，后现代主义时代的文学应该更社会学一些，更科学一些。

小说里的李天岑

包法利夫人就是我

李天岑写小说,最有影响的是人字系列:《人精》《人道》《人伦》。作家在这三部长篇小说里虚拟了三个小社会,铺陈了三个故事:一个是会说书的精明的青年农民成长为企业家的故事,一个是两个女医生竞争官职的故事,一个是两个家族在修建公路上的利益厮杀。这些故事中活动着数十个大大小小的人物,这些人物仿佛就生活在我们身边,我们熟悉他们,知道他们居住在哪一栋楼哪个单元,说不定哪天会在街头碰到他们。这些人物和故事不同程度地感动着我们,不可否认,他们身上也泄露着他们的制造者的一些秘密。有经验的读者可以从这些故事和人物中隐隐约约看见站在其背后的那个手执钢笔的写作者。

法国作家福楼拜被称为西方现代小说之父,他在小说《包法利夫人》中塑造了包法利夫人这样一位堂吉诃德式的人物,有人称之为女堂吉诃德。福楼拜有一句名言:“包法利夫人就是我。”这部长篇小说以客观、冷静的笔调,表达了法国 19 世纪中叶人们思想观念和风尚的变化。包法利夫人对自己当乡村医生的平庸的丈夫、对自己刻板的家庭生活不满意,于是追求浪漫和冒险,可她的两度偷情非但没有给自己带来幸福,反倒使自己陷入困境之中。浪漫是需要经济基础支撑的,为了增加自己的吸引力,可爱的包法利夫人需要不时地购置一些时髦的衣服,因此欠下了高利贷,被逼无奈,擅自抵押了家里的房产,走投无路之中,她喝砒霜自杀了。福楼拜说包法利夫人就是他,一方面是说包法利夫人是作家用他的感情和语言塑造出来的,他把她比喻成自己;另一方面,包法利夫人确实是福楼拜本人的一部分,他为什么不把包法利医生作为主角而把他的夫人作为主角?他为什么写包法利夫人的通奸而不写她的贤淑、她抵制诱惑守住贞节?他写她通奸导致悲惨的结局,为什么不写她赢得了真正的爱情?他要写出属于他的包法利夫人,他要把自己的某些观念注入到包法利夫人身上去。他用那么多的语词、形象和感情塑造出来这么一个人物,写出来的就是作家自己,起码是他自己的一部分。

作家和他的作品是一体的,作家就是他的作品。当然也不能像“80后”某作家,为了写妓女就去当嫖客,作家完全可以挪用第二、第三手资料以想象来建构人物——不能把作家与其作品中的人物等同起来,他与他作品中的人物是有种种区别的——但这个出自他手笔的人物毕竟带着作家本人的体温、好恶和幻想。什么样的人写什么样的作品。每个作家写出的作品都有着作家的真性情在。合同可以作假,文件可以作假,会议发言可以作假,检讨书可以作假,但虚构的文学作品不应该作假,或者说作假的成分和必要性比较小。我相信,只要不是命题作文和应付之作,作家会使出吃奶的力气,把自己对这个世界这个社会的认识,把自己的才情,充分地毫无保留地坦白出来,发挥出来,贡献给他的读者。他不可能有意留下一手:这部作品我留下了百分之五十的形象思维能力,以便写下一部作品。

《人精》中赖四这个人物很有意思。他生于穷苦农民家庭,说书的出身,见多识广能说会道,改革开放之初勇敢地下海试水,不惜坑蒙拐骗赚得第一桶金,成功之后他一方面玩了一房又一房“姨太太”,一方面又做慈善事业。官场历练多年之后,李天岑第一部长篇小说给读者弄出来的竟是这么一个人物,不由得让人刮目相看。赖四这种人物勇敢而有民间智慧,又缺少道德修为,身上有很强的流氓无赖性。比如第三者问题,我们中国人多数是只做不说的,官员们可以包养好几个情人,可以有很多个红颜知己,但不要说出去,赖四的可爱之处在于他这样做了,也不怕别人知道,且总是找机会向别人叙述自己的浪漫故事,津津有味。不可否认,中国从农村开始的改革开放,其中坚力量正是一大批赖四这样的企业家。毫不夸张地说,他们身上有原罪,但他们是当代英雄。哪个社会是由一群道德模范建立起来的?世界上没有纯粹的人,没有绝对的好人坏人。赖四这样一个复杂的人物,比那些简单的“正面人物”有更强的说服力和典型性。作家为什么不塑造一个纯粹的“正面”人物,或者写这个有缺点的人物最后转化为一个道德家?赖四这个形象说明作家对近几十年来的社会发展史有一个清醒的认识,读者也可以从中感到作家的宽容。这个形象说明,作家对人、人性的看法是立体的复杂的,不是非黑即白善恶分明的。《人道》中的官迷马里红是一个有点赖四味的女人,她可以不择手段向上爬,作家没有把她的对立面杨晓静写成一号人物,恐怕也是上述原因所致。不过马里红和杨晓静这一对冤家过于泾渭分明了。杨晓静是一个几乎没有缺点的人物,就显得不太真实。赖四这种人是中国改革开放的探索者和最大获益者,但他们不可能成长为现代化、国际化的伟大企业家。他们还不具备成长为柳传志、马云这种人物的素质。

小说的价值主要表现在人物身上。小说的一个作用就是给读者提供一个个个性鲜明的人物,让读者借此更好地了解社会、启迪自我。严肃的读者读小说应该把目光聚集在人物身上。

现实主义的胜利

评论家吴秉杰以“现实主义的胜利”称赞李天岑小说所取得的艺术成就。所谓现实主义的胜利,源出于恩格斯。恩格斯在致玛·哈克奈斯的信中以巴尔扎克创作为例,揭示了文学创作中的一个现象:作品的客观意义有可能和作者的政治立场相对立。巴尔扎克在作品中违背了自己的阶级立场和政治偏见,把他心爱的贵族们描写为不配有更好命运的人,这是现实主义的伟大胜利。也就是说,真实的生活会纠正作家的偏见。作家眼中的生活是黑色的,但现实主义方法让他描写出来的却是白色的。这是生活本身的胜利。

安娜·卡列尼娜这个形象的变化过程也挺有意思。这个形象的原型是生活中一个真实的贵族夫人,托尔斯泰本来是把她作为上流社会的失足女人、一个负面形象来写的,但写着写着安娜的形象逐渐高大起来。她成了妇女解放的先驱者,比她丈夫卡列宁那些道貌岸然之徒要伟大得多,纯洁得多。这就是叙述的力量,说到底是具体化的力量,我们在概念化地思考一件事情时也许是反感的、厌恶的,比如我们看到电视上一个妓女被处罚会心生厌恶,但如果我们进入这个事件之中详加了解,或者像写小说那样进入一个虚拟情景之中,进入到这个女人的生活逻辑之中,生活和人物本身的逻辑就会产生作用:这个妓女面临着生活和社会压力,她内心存在着巨大的自卑感,嫖客和警察不尊重她的人格,随着叙述的展开,这个妓女肮脏的形象会向着另外一个方向转化,一个下流的妓女也许就幻化成为一个茶花女。社会现实和具体场景让你看到了一个被种种社会力量挤压着的有生命的，也应该有尊严的女人，她的挣扎、无奈和短暂的欢愉，会改变你的抽象认识。

读人字系列小说，我发现李天岑身上有两重错位。一是官员与作家身份的错位。一般来说，作家的两个身份会重合在一起的，他的作品应该有强烈的职业痕迹。官员们写小说，里面少不了一些大话官话套话，主要人物要高大全，忠奸分明，结尾一定会惩恶扬善，但不是这样，作为官员的李天岑与作为小说家的李天岑似乎是分裂了，只有一个李天岑用他的作家之眼在看，他观察着表现着这个繁华世界芸芸众生，他调动着他笔下的词汇大军，描摹出一个个故事和人物。他的小说不受官场思维的束缚。在这种情形之下，他丰富的为官经历反倒会正常地进入他的作品之中，化为其中的血肉。如《人道》第二章开始一部分写医院行管科长郝明为给新提拔起来的马里红和杨晓静两位副院长安排办公室和住宅的犯难心理，官场外的人是很难写出来的，官场内的人又容易把它过滤掉。

二是形象与理念的错位。这三部小说，《人精》中的赖四遇到问题用农民的智慧和金钱开路就行。作家结尾时安排他似有所悟，说了一段醒世歌，但读者知道，赖四这种人物他不会醒的。《人道》中的马里红与杨晓静是暗中斗法，最终的决定权在她们的上级手里。而《人伦》展示的是一个突发事件，两个家族两股势力为争夺现实利益引发的斗殴事件，这种突发事件需要最终解决。怎么解决？作家试图用权威和道德的力量去解决。故事发展到最后，米家的冤屈似乎已成定局的时候，被北京记者视为青天的县委书记梁春秋适时介入，犬子被释放，米兰兰当上镇委书记，正义宣告胜利。张五爷的规劝又让道德的力量促使田米两家轻易地和解了。事情就这样迎刃而解皆大欢喜功德圆满。笔者也觉得这种解决办法是孱弱无力的，作家的善良愿望而已。我说李天岑形象和理念的错位，是说他整部小说，小说的主要故事和情节，田戈、田捍卫、米兰兰、犬子、顾一安、闪高全等这些人物不认可作家最后给出的理念和逻辑。这些人物在反对着他这个匆忙的结局。劝诫的力量存在于生活本身而不在几句老生常谈正确无比的道理。生活本身才是人们最终的老师。

我们可以认为，作家这两重错位，正可归因于现实主义的胜利。

《无名桥》:乡村农民的乌托邦冲动

一、农民的乌托邦冲动

乡村有乡村的孤独,农民有农民的理想,不同于鲁迅嘲弄阿 Q 之流的国民性(然后给以适当的怜悯),韩向阳似乎不批判什么。他着力表现乡村农民的"理想",他们那些光怪陆离的梦,诸如:会背《资本论》的萧大春一心要为村民修一座大桥;山村美人王桂彩使用自己的身体挣钱,但她极想见一见伟大的领袖毛主席,哪怕这美好的愿望让她发疯;国铭、国生要造一架飞机然后驾驶这飞机飞到美国去;支书赵玉府愿意建立一个属于赵氏的千年王国;会写大字报的李保山觉得自己如此重要,恐怕马上就可以进中央政治局了。这些奇异的想法不一定现实,未必科学,但并不可笑,也不可怜,却极为浪漫。谁说农民鼠目寸光只知道柴米油盐?他们心底里装着一个广大的世界,他们超凡不俗,他们野心勃勃。这些标准的芸芸众生,他们不奉行精神胜利法,而追求真正的精神和意志上的胜利。没办法,人们总要找出一点儿生活的理由,所谓的意义,哪怕是一个不可能实现的梦,哪怕这个梦陈旧、迷信,没有根基,它也是可爱的。《无名桥》里的农民真有一些顶天立地的味道。为了实现这些个崇高的理想,他们固执,甚至偏执,一根筋,撞了南墙也不回头。

当然大沟村不只出产精神和理想,和其他地方一样,这里面权力的力量,宗族的力量,金钱的力量,本能的力量,搅和一块,合谋制造了一个小小的社会。他们就如此这般地在时代、历史和他们自己共同搭建的舞台上生活着,追求着,并接受着时代、历史和他人的塑造与制约,他们互相制约,使这些不同的欲望和理想发生交叉、黏合、矛盾甚至冲突。

应该说,用这样的主题,表达这样的农民是新鲜的,值得思索和品味的。

二、他我视角

新鲜的主题总是需要新鲜的表达。《无名桥》总体上是一种全知全能视角,但第一人称"我"时隐时现,乡党委书记、作家韩向阳直接出场介入故事之中,这就让第三人称带上了主观化的色彩,也就是说,小说中大量的第三人称全知全能视角其实带有相当的主观性,其中的"他"是"我"眼中的"他",或者说这"他"里面原本是"我"的虚构,是"我"在用第三人称讲述"他"的故事,"我"有意隐去了"我",貌似客观地讲述他们的故事,第一人称与第三人称的界限因此而模糊不清,或者说两种人称被巧妙地结合为一了。这种视角无以名之,权且称之为他我视角。写"他"时明显有"我","我"的直接介入保证了小说的真实性,使小说有了自叙和眼见为实的味道。这样做的意义非同小可:作家韩向阳时不时跳出来讲述他与故事中的人物的交道,述说自己的理想,那就是参与竞争,当上副县长——这个理想可能是小说中最为现实也最为可靠的理想了,只可惜韩向阳最后没能实现它——小说因此带上了回忆和自叙的色彩,小说虚构与真实的界限因此也模糊不清了。面对眼下复杂而深刻的现实,一本长篇小说,只是虚构的人物,虚构的冲突和故事,让人觉得太巧合太小说了,而这种太小说的东西往往无力介入眼下的现实。而这种把真实与虚构混搭揉搓,带有回忆录、传记和历史性质的东西,不那么小说化,更自由地勾连起历史和想象、纪实和虚构,更方便把作者的疼痛哀伤和思考写出来,而且,真实与虚构之间因此而新生了一种紧张的关系,这种关系是极有文化意义的。我们可以说,这样的小说反有助于读者更深入地多角度地面对现实,这样的小说也就可能更小说一些。

三、片段化叙事

《无名桥》叙事上还有一个特点,可称之为片段化叙事。作者试图全景式反映大沟村数十年各色人等的生活,但他并不设计一个中心故事,也没有悬念之类讨巧的东西,可称之为三无小说:无主角,无悬念,无故事。或者再加上无诗意,四无小说。作者不抒情,不追求诗意。

叙述上作者想起谁写谁,从张三写到李四,从李四又说到王五,似乎是漫无边际。把人物和故事粉碎了写,诸如战争、革命、土改、集体化、“文革”、改革开放、近期的官场等等糅到一块写,线性时间被改变了,纵的历史被平面化了,事情的先后并不重要,需要的时候可以一锅烩了。这种片片段段跳跃性的叙述,反倒给人以生活的整体感,似乎生活就是如此,这就是生活的原生态。

一个片段既是片段,又是独立的单元,某一个片段又可以与多个片段发生关系,它与其他片段并置,它们相近又相异,它们可以随意组合,这样,时间被重叠一处,事件便有了多元性,而众多的片段连接起来就呈现为连绵起伏的生活之流。

捕梦者苏菡玲

一个人一辈子大概会做无数个梦，有些梦我们记得，更多的梦被我们遗忘了。这么说吧，我们之所以没有用笔记下自己的梦，不是我们懒散，也不全在于我们不愿意公开自己最为私密的东西，而是我们没有意识到它们的价值。

这想法是青年作家苏菡玲这本记梦的新著所带给我的，这本新著的名字叫《一个女人的梦》。

苏菡玲肯定爱做梦，和一般人尤为不同的是她看重她的梦，她对她的梦情有独钟，梦醒之后的第一件事是抓住她的梦，如同抓起一把鸟的叫声一样，免得这无色无香飘逸无羁的东西转瞬即逝没了踪影。她猎人一般将她的梦捕捉起来，关进她梦的花园，让这些梦继续它们的存在。她把这些无形而有象的东西转换成文字，排列成一支长长的队伍，一支梦的大军，贡献给我们这些不懂得珍惜梦的人（我想这也是一种马太效应，对梦持续的关注会强化她体内做梦的机制，促使她做更多更有意思的梦）。这是一项充满诗意的工作，起码在她做梦之时及醒后记述之时，她变成了梦的工具，变成了梦的记录者，同时，也是梦的主人。

苏菡玲只是记录，不加修饰，不加整饬，这是一种科学和实验的态度。她不用清醒状态下的意识形态去改造它们，分它们为三六九等美丑贵贱，她平等地尊重它们。也就是说，这些梦就是她梦中的影像，哪怕它们过于简陋或者过于晦涩，哪怕它们恐怖得过分或者温柔得没有道理——这正是我最感兴趣的，如果她按某种固定的概念或因某种避讳而随意取舍、歪曲、重构，那就不是真正的梦了，那就失去了科学的意义（当然，可以看出来，苏菡玲这些梦亦是拣选后的成品，有些不那么完整的、在她看来没有多大意思的梦怕是被她舍弃了。唉，没有办法，事情一进入社会层面，你就要遵从其中的成规）。我看重这些梦的原始性，它们不单可供我们欣赏，亦可供学者们做心理学、生理学、社会学、文化学方面的研究。

按照弗洛伊德的说法，梦是人的潜在的意识，人（特别是童年时代）在清醒状态下有很多东西（如本能性的东西）被所谓的超我（如道德之类）压抑在内心深处，形成了潜意识，一种情结，它会用梦的形式表现出来。要我说，梦是人的生理（眼之所见、耳之所闻、身之所感）、心理、经验、幻想、社会现实等等揉搓搅和出来的一个集合体。它是生理现象，也是文化现象。它是上帝在人的大脑里创作的文学作品，或可叫影视作品。它只有一个读者或者观众，那就是做梦者自己。我说梦是作品，不是比喻，真的是这样。20 世纪初法国等地一些作家、艺术家搞超现实主义，试验自动写作，即一种排除理性的下意识写作，不构思，不设计，只是把自己脑子里即时出现的东西记录下来，他们认为这种东西才是更好的文学。如果这是更好的文学的话，那么梦，就是尤其好的文学了，它更天然，更本色，更原汁原味。原汁原味的东西往往成分复杂，包含着更多的能量和信息。

一个人的梦是一个人的心智和人格的密码。如有人对苏菡玲的梦做一番研究，分析其成分，看哪些社会生活、家庭生活，哪些人和事进入了她的梦，这些东西在梦中以何种程度何种色彩何种形象示人，社会、体制、文化如何携起手来塑造一个女人的心智、人格和文化观念，以及这个女人对这塑造的服从、接收、改造或许还有反抗，相信从中可以得到一些有意思的发现。

苏菡玲没有做过诸如贾宝玉太虚幻境那样的梦，没有用黄粱米饭尚未蒸熟的工夫梦见自己高中状元或者做了国王，更不会曹孟德般梦中杀人，梦中的苏菡玲大多是一个被动的角色，一个听命于人的人，没有强大的主体性，但我们不能说她的梦格局太小，气派不大（那些胸怀天下的人做的梦也未必都如庄周的鲲鹏，其翼若垂天之云，抟扶摇直上九万里）。她毕竟有本事在梦中生出双翅，且确如庄子的蝴蝶那样翩翩起舞。不管怎么说，梦中的苏女士不是一个有野心的人，这说明她不追求地位和权力。不是梦中的她不追求权力，而是权力总是向她张开血盆大口，令其疲于奔命。看来，就是做梦，我们平民百姓（包括苏菡玲这样的政府部门低级别的公务人员）也只能做属于我们的梦。因为现实中，我们的地位、身份，我们周围的环境，社会赋予我们的思想观念限制着我们，哪怕是梦中的我们也只会屈居人下点头哈腰，不被官兵或者强盗频频追杀就是幸运的了。正因为此，苏菡玲的梦倒是有流行小说的成分,打打杀杀闹得昏天黑地。这大概与苏女士的作家身份有关。她阅读过大量的文学名著,看过不少流行电影,对佛学之类的传统文化也颇有兴致,这些东西中的某些元素免不了会曲折地进入她的梦境。

作者生于60年代末,所谓的毛泽东时代,从其中的几个梦中可以看出来当年的毛泽东对这个女童烙下了多么深的印痕,领袖人物的影响是多么强大而内在。梦中的毛泽东与梦者的父亲总是重合一处。他既像一位慈父,又有着无上的权威,又似乎正在远去:“后来,主席站起来。我和父亲一左一右两边搀扶着主席,他走出我家大门,沿着路向北走去,看上去个子很矮。”有趣的是,送走了主席,梦者又与奶奶观看一部男人爱上妓女的电视剧,这应该是后毛泽东时代的事物了。

翻阅苏女士这些梦我感到震惊的并不是领袖在她梦中复活了,也不是梦者的被动角色,而是另外一种东西:恐惧。原来这位温和而阳光的女士内心里充满了强烈的焦虑感、不安全感,就像卡夫卡《地洞》里那些鼠类一样,梦者惶惶不可终日。其绝大多数的梦就如同卡夫卡的小品一样,演绎着这种恐惧,真个是如临深渊,如履薄冰。这些梦里充斥着诸多令人恐怖的事物:鬼、水鬼、怪兽、食脑巨人、歹徒、凶手、追兵、色狼、蛆虫、定时炸弹、悬崖、陷阱、棺材、死尸,这些东西都欲置梦者于死地。梦者最为纠结和忧虑的是三种事物或曰三个主题:一是儿子的安全(诸如儿子小鸡被人割了,导游杀死儿子等),二是自己的安全,三是考试——读了苏菡玲的梦,我才意识到社会上那些无处不在的考试对人的影响是如此之大,它怪兽般决定人的命运,令人避之不能。中国古代用科举考试规训士子,现代社会则用各种各样的考试来规训每一个人。其中一个梦较为反讽:国王制定一条法律——凡是考试得100分的学生统统杀死。父母因此从小就教儿子装傻,考试成绩不能好了。不幸的是14岁那年,孩子考了100分。卫兵提着刀追杀孩子,父母拉着孩子的手逃亡。从这梦中能感觉到梦者对眼下以考试成绩为中心的教育制度何其深恶痛绝,又何其无奈。可以想见,苏菡玲期盼着儿子考试每每得到高分,但又知道可能性不大,于是产生了这种阴暗的心理:凡考得100分的学生都会被追杀。

这些梦简直是卡夫卡情景之再现。所谓的卡夫卡情景,是指人生存的那种没有多少道理的危险性和没有多少逻辑的荒诞感。在卡夫卡的长篇小说《审判》中，一个寻常的没有什么过错的银行职员突然被逮捕了，他被宣布有罪，一场荒唐的审判之后，他被秘密处决，“像一条狗”。

危险无处不在。有些危险来自权力和科技怪物。梦者正在与李敖谈婚论嫁，一个原子弹爆炸了，整个村庄的房子都化为粉末。

有些危险来自男性。如梦者被色狼追杀如蚯蚓遁入土中才得救；一个男人实施性侵犯，梦者咬掉男人手指后逃走之类。

这个梦是典型的男性恐惧：

我穿了一条长裤，左右两边裤袋里各有一条又粗又长一模一样的大蛇。

我害怕极了！小心地用手按着口袋的封口处，不让蛇跑出来。我既怕它们在裤袋内咬我，又怕它们跑出来咬我！啊，真是怕极了，四处求救。

后来，Z拿来一把斧头。左边口袋里的蛇出来了，他一下子把蛇头给剁了。右边那条蛇还是不出来，我只好把裤子脱下来，那蛇才掉出来。

死亡因而成为事实。

一个女人从后面抱着我，从她的肚子里伸出一把刀来，一下子插入我脊柱骨的骨缝里，一种钝痛几乎置我于死地。

很多人在抢衣服，一堆旧衣服，翻到下面，露出一个死尸，只有腹部和腿，看不见头，上半身有血，浸在水里。脚还在摇。尸体躺在腐朽的大棺材里，啊，那是我自己。

生存的恐惧转化为死亡恐惧。看来苏菡玲比较怕死。凡热爱生命的人都比较怕死。按照梦是相反的说法，梦见死亡说明梦者正活得有滋有味。不过，无忧无虑的得意的人不会常想到或者梦到死。除非你的生命受到威胁，除非死亡已经梦魇一般抓住了你，你才会遭遇到这个黑色的荒诞的东西。所以，我断定，在内心深处，苏菡玲是一个悲观主义者。她对佛教、瑜伽这些东西的热衷，许是对这悲观主义的平衡。而这些梦,她做了,且把它们发表出来,任凭好事者进行精神分析,无疑会掩盖甚或平息她的悲观主义伤痕——在某种意义上,文学确有治疗作用。

不管怎么说,苏菡玲这些带有强烈卡夫卡色彩的超短小说似的梦的确值得一读。

一部警世小说
——刁仁庆的欲望城堡

有时候爱可以很方便地转化为恨，这源于爱的自私：一个小三尽管很爱她的情人，但她天然地有一种要求，她希望她热爱的男人抛弃元配扶她为正室——她在争取自己的权益。其实这想法可以理解也应该得到尊重，可事情往往非其所愿，爱与恨之间最容易就此转换，她不但没有得到妻子的名分，反搭上了卿卿性命。

刁仁庆《一个人的爱欲城堡》虚构了一个天啸市，这个市的书记、副书记、局长们，以及一些漂亮风流的女干部，企业家，他们激烈的、某种程度上是真诚的，却不那么光明正大或者说是偷偷摸摸、鬼鬼祟祟因而充满着快感的爱，让他们的生活丰富了许多，但爱背后那些东西，权力、地位、金钱等等，又不断地让这爱向它的对立面转化，结果往往令人不寒而栗——这是因为，在现代社会中，比起金钱和权力来，爱只能是第二位的东西，它有时候简直不堪一击。小说中好几对婚外情侣结果基本上都是恨，女部长杭航是市委常委，后升任市政协主席，她先是告倒了她献身多年的前副书记桂中原（桂书记的遗孀因而奋起报复），后来又对她的年轻情人丹阳落井下石；美女科长桑丽兰深爱包中年主任，她想保住她肚子里的孩子，想得到应得的名分，但情人包中年却不支持，无奈之下她给包中年夫人下了战表，要求她让位，包中年终被激怒，先是设计弄掉了她肚子里的孩子，后来又动了杀心，决意要除掉她，因冉大海等人的同情和提醒桑丽兰逃过一劫，她的汽车却被定时炸弹炸翻了（小说中包中年由爱到恨终至杀人的逻辑性似乎不足）。只有市委书记刘成玉的婚外恋还算有了正果，他辞职下海办了企业，与老婆离婚之后，与情人金维善结合了，两人过上了普通人的生活。可见作家试图表达这样一个主题：这种非常的爱像城堡一样把它的主人们关了进去，从而酿出一个个令人唏嘘的悲剧来。

当然还有权力。包中年本来有望升任副市长或者副市级干部，但他最要好的朋友丹阳却在关键时候告了他一状，自己当上了副市长。老美女杭航更是把权力看得高于一切，至于爱，至于容貌和身体，只是与权力交换的筹码而已。晋升为市委常委之后，她把老情人送进了监狱，升任正厅，她对市政协主席这个闲职并不满意，怀疑市委书记刘成玉没有尽职尽责，便想对刘成玉下手，但最终，她自己被双规了。这叫聪明反被聪明误。

《一个人的爱欲城堡》给人的教训是：对权力和女人正常的追求天经地义，但不可过分，过分追求就是为自己建造了一个城堡，你可以在这城堡里面享受一时，但弄不好它也会转化为监狱，它让你的爱变质，你收获的不是爱而是恨，你手中的权力说不定会因此而被剥夺，转移到他人手上，更可怕的是，你自己甚至像丹阳那样失去了自由，这是很不划算的事。

从这个意义上说，《一个人的爱欲城堡》是一本警世小说。

十棵树，一片森林

南阳文学在平稳地发展着。检阅南阳青年创作队伍，我欣喜地发现，南阳已经新生了一片林子。这是一片青枝窈窕、绿叶纷披、生机盎然的林子。作协将这十位青年作家拿出来研讨，其用意也在于做一番催生的工作，给他们施施肥，浇浇水，让他们更加健康地生长。

这十棵树形态不同，面貌各异。刘正义的小说多写 70 年代自己亲历的农村生活，作品坚实而厚重，他的长篇报告文学《南阳突破》近距离地反映南阳的改革开放和经济建设。朱景涛的散文突入人生的底里，充满着哲思，其评论文章也多有理趣。石丹的长中短篇小说专注于自己熟悉的金融领域，有强烈的反讽意味，南阳过去还没有类似的文本。李雪峰八面出锋，什么都写，作品整体上呈现出平易而灵动的特点。周岩壁少年老成，散文和随笔有浓烈的书卷气，其小说又十分地生活化。苏菡玲的散文着力挖掘人性之美，有温暖人的力量，其随笔禅意颇浓，不少文章被广为转载。段舒航的小说奇异诡谲，有魔幻现实主义色彩。蒙蒙的小说着力于当下尤其是青年人的日常生活，以冷静、客观的笔调叙述之，有明显的现代感。徐文与周岩壁一样，年轻而博学，小说及随笔中充满着智慧。水兵早年写诗，现在专治散文，也有不错的成绩。

这十个人中间，有的坚守传统，有的热衷于借鉴西方现代经典，有的偏重于个人经验的描摹，有的追求飞扬的想象力，有的崇尚思想，用艺术演绎智慧，有的试图用自己的视角整合文化、重组知识——对于我市来说，不少人的文风具有开拓的意义，填补了南阳的空白。这是最可珍贵的——文学本质上就是个性，就是创造。这使得南阳文学真正地有了百花齐放的迹象。他们的意义不单单在于他们创造了自己，证明了自己，更在于他们承续着南阳的文脉，发扬而光大之，从而促进着南阳 21 世纪的文化建设。

这是十棵新生的树。他们还不够高大。他们的影响还不能说已经走出盆地之外。他们自身还有缺陷。他们需要扬长避短——发展、膨胀自己的特色,广泛地吸收营养,修补或规避自己的缺陷,努力在中国文坛上一争高下。

这里我想强调一下文学作品的敏感性和文化能量问题。文学必须对时代生活和艺术形式有着双重的敏感,这就是所谓的现代感问题。我们的时代是一个中外联结在一起的信息化的时代,我们的社会是一个日益秩序化和合理化的社会。这个时代的文学应该不同于别的时代,不管是内容还是形式。这种具有现代感的作品应该内含着强大的文化能量——作品可见的形象之下涌动着海洋一般的文化液体,不管是儒释道、柏拉图还是别的什么东西。

我写《对话别廷芳》

20世纪二三十年代的内乡(含今西峡)俨然是一个国中之国,别廷芳先生俨然是这个国中之国的小皇帝。这是当时中国社会一个颇为奇特的政治现象。这与孙中山先生的地方自治思想有关,也与当时国内的军阀混战、国共对立以及日本侵华有关。作为南阳近代史上最为知名的事件和人物之一,宛西地方自治及其代表人物别廷芳身上蕴含着诸多的政治、文化信息,自然成为学者研究当时的农村社会和地方自治的绝佳材料,也是文学创作的关注对象。

笔者早年曾与他人合作过一本通俗小说《乱世枭雄——别廷芳传奇》,这本书对别廷芳的生平事迹进行了肤浅的通俗化的演义,使故事稍稍可读,而忽略了这个人物的文化和思想意义。这本书先由《南阳日报》连载,然后由黄河文艺出版社出版,倒是有一些读者。大概是1988年,省作协在南阳宾馆召开二月河小说研讨会,我将《乱世枭雄——别廷芳传奇》送给河南省著名的评论家孙荪先生一本,第二天孙荪先生告诉我:如果能深入挖掘什么什么,写成严肃文学的话,就好了。我明白他的意思,他嫌它太过浅俗了。因此,2009年市文联组织南阳历史人物长篇小说写作,笔者便想在别廷芳身上再做一篇文章。

但别廷芳这样的人物如何进入小说作品,笔者颇费思量。胡耀邦视察西峡时曾说别廷芳是小阎锡山,姚雪垠将别廷芳定位为一个小独裁者,而民间传说中的别廷芳则是一个说一不二、心狠手辣还有点儿土老帽的传奇式人物。胡耀邦说别廷芳是小阎锡山,这是一种描述和比较,姚雪垠的"小独裁者"之称则带有批判性。

一开始曾想把别廷芳塑造成一个小独裁者的形象。拟参考别氏事迹,进行大胆的虚构,把这个小独裁者如何独断专行草菅人命的一面典型化,同时也顾及到他善良和开放的一面,写出一个复杂的地方统治者的形象。

但又觉得这种写法不够新鲜,也难言深入。比如,为推行其自治理想,别廷芳枪毙偷玉米的小孩这个情节,作为一个21世纪的人,应该怎样理解它？民间的传说缺少警醒，一般的情节叙述恐怕也难及根本之处。所以，我把上述这个写作方案否定了，决定另起炉灶。

因为别廷芳的意义在于：他身上具有中国农民，特别是武装夺取权力的中国农民的典型文化特征，是中国20世纪二三十年代一个政治、文化的标本。把这种标本的意义揭示出来，深入地描写宛西地方自治的发生、运作和消亡过程，这对于当今社会的自我管理可能会具有参考意义。而前面那种虚构的方案恰恰忽略了这个题材的独特性。笔者将这种想法求教于理论家耿占春先生，他表示支持，并给出了他的意见。

这就形成了一个新的写作方案。笔者曾经将这个方案形之于文字：

> 笔者试图找到一种新的写法，一种实录加上作者虚构的写法，尽力复原宛西地方自治的整体面貌。全书可分为实录部分，包括口述、文献、调查过程、作者的分析，以及再现部分，作者进行虚构性的形象复原，以期让人物和故事生动起来。文中可吸收罗兰·巴特符号学方法和近年来流行的文化批评方法，对别氏的事迹进行分析和批判，叙中有议，议中有叙，力求文本有一定的文化意义和社会意义。
>
> 具体可大致分为这些部分：当时农村社会的破败景象，别氏取得政权的过程，政权的架构和运作，如官僚制度，经济（如植树养蚕、工厂桥梁等），军队，司法，监狱，教育，民事，意识形态（包括婚姻家庭制度，人与人的关系，各阶层的人格特征，当时的一些典型人物等），政权的层级、依赖对象和运作方式，乡绅的作用，人才的使用，自治消亡的原因等，以及别廷芳本人的性格、人格、文化观念等。某些问题可深入到细部，如教育制度方面学校的建设、教师的聘用、课本、教员对乡村管理的介入等。如有必要，可注意到社会的异质者，如流氓无产者、吸毒者、盗匪、小偷、妓女等。再现部分可涉及以下主题：旷野的呼喊，跪着的人，斗争哲学，制造敌人，防止暗杀委员会，生命、人格与自由等。对别廷芳的精神分析可涉及：其吃穿用度日常生活，文治武功，文化构成及文化心理，如帝王将相意识、乌托邦理想、人性观、社会观、男女观、治人之道、关系学等。

笔者也清醒地认识到，这种写法的缺点是牺牲了故事的热闹与连贯，可读性不强，激发不出一般读者的阅读欲望。想来，笔者无力炮制出雅俗共赏的精品佳作，又想写出点思想意义，只好如此构想。这就是写作中的两难处境。

不过，成稿中这个方案中的想法并未完全兑现。如官僚制度、司法监狱制度等，由于缺少资料，笔者无力深入、具体地描摹、分析。再如，笔者本想深入地调查一番，取得新鲜的资料，但时过境迁，这种调查要么是没有条件，要么是没有意义了。

进入文字操作之后，笔者设计了一个虚构的对话场景，让别廷芳复活，与笔者和另一位不存在的评论家对话，但对话的内容却是真实的，起码是史料和回忆录中有记载的。也就是说，在具体的内容上，笔者彻底摒弃了虚构。别廷芳先生的事迹等主要来自陈景涛先生的《别廷芳传》及西峡、内乡一些研究者的作品和回忆文章。

笔者感到，这种写法在一个方面实现了笔者的初衷，就是对别氏言行事迹的文化分析，且涉及了那个时代的重大问题，如独裁问题、暴力问题、民主问题等。为了这种文化分析，笔者阅读了一些中外哲学、政治学名著，如阿伦特的《极权主义的起源》和我国古代法家的代表性名作《韩非子》等。耐心的读者当可借助于这些分析反思现实政治的某些现象。

《对话别廷芳》出版后有一些正面反应。在郑州召开的研讨会上，李佩甫、李静宜等论者对这本书有所肯定。去年 3 月这本书被评为河南省近年来二十部优秀长篇小说之一。但笔者知道，这本书写法上的探索只是对本书的操作有个案意义，谈不上什么创新。

而且，它牺牲了长篇小说应有的紧张的情节、热闹的故事，一般读者很难有兴趣翻阅它。

我想，不管从哪个角度述说别廷芳，赞美也罢批评也罢，都是在向别廷芳先生致敬。别先生或许正站（或坐）在历史的某个高地上，笑眯眯地看着你。你总要仰视他。他任你笑骂。

《非斯》访谈录

问(梁毅,下同):《非斯》写的是中国远古神话人物,似乎是一部中国的《创世记》。是什么激发了您要创作这部小说的热情的?是对人类历史的重新思考还是偶然的一个奇思妙想?这一想法是如何构思的?写作的初衷和最终的作品有没有游移或者背离?

答(行者,下同):中国神话比较零碎和片段,我的初始想法是把这些片段串联起来,将其系统化,但动笔时意识到这样做没有太大意义,因为时过境迁,神话的土壤已经不存在了,我所能做的只能是现实主义地处理它,这样,我就想把伏羲和女娲作为人类始祖,写他们以及他们对世界的认识和把握,我想这也许有助于读者对人本身的认识和思考。因此这部小说是以中国神话为背景的现实主义小说。

这样,作为小说故事的背景,盘古开天辟地的传说就成了一场游戏,一个虚构的逻辑化的游戏。其游戏性与伏羲女娲故事的严肃性和真实性形成对照。不过,天然的神话因素仍然渗透在小说内部。说它是一部中国的《创世记》亦无不可,但笔墨的重心在伏羲、女娲这些人物身上,在他们的生活与感知上。

问:小说中的叙述者非斯是一个无所不在但并不存在的人物,他承担了整个小说的很重要的叙述者的任务。您对于他在小说中所起到的作用有没有更多的寄托?

答:我在非斯这个人物身上确实下了不少功夫。非斯凝聚了我文本上的用心。非斯是洞察一切有上帝眼睛的人,又是故事的讲述者,而这又出自作者的安排,这样非斯与非斯所讲述的故事、与作者的观点形成了诸多的矛盾,时不时在文本之内爆发出来。他在讲述中又时不时说到当今的人类现状,这就使文本复杂了一些、丰富了一些,也有了更强的现代感。另外,作为一个人物,非斯有着强烈的创世欲望和干预现实的欲望,但他没有任何的行动能力,形而上学冲动让他臆想出了很多荒唐的主义。这是一个形而上学狂人。我相信,在中国目前的社会中,非斯类型的人还是有的,他们总想用一个主义去改造社会,去创造一番事业。其实社会并不需要过多的主义。

问:您的小说在开拓小说写作视野和领域方面不同于以往所看到的小说,这里边寄托着您怎样的美学观念?

答:伏羲和女娲作为人类的始祖,或者叫作原人、初民,他们担负着认识天地宇宙,认识自我,把握世界,给世界以秩序,确定人类发育方向的任务,本书以较多篇幅写他们对世界的认识和感知,包括伏羲试图用八卦去条理化这个世界,包括女娲试图用艺术去把握世界。从这个角度说,《非斯》算得上是一部认知小说。

伏羲对世界和自我的认知包括他对他的感官的认知。他竭力地看、听、闻、触、思,他疯狂地使用他的感官包括他的生殖器官,膨胀他本能的力量,乃至炫耀他丰盈的生命力,这应该是理所当然的。他天然地是一个创造者。

我把伏羲写成了一位平衡大师。他用他的阴阳平衡理论去解决社会纠纷,去平衡人与人之间的关系。这正是中国文化的特质所在。

我坚持认为,小说应该给人以愉悦,也应该给人以新鲜的认知。小说的写作方向和文本都应该是个性化的。只有个性化的艺术才可以与模式化的社会生活相平衡。

问:以前鲁迅曾写过《故事新编》,也是对中国神话的一种再创造,您觉得您在这一方面有什么继承或者说突破?在小说的结构上您觉得这部《非斯》和以往的小说有什么本质的区别吗?

答:鲁迅《故事新编》里面的《补天》和《奔月》写的就是女娲补天和嫦娥奔月的故事,不过这两部短篇小说表达了鲁迅先生对人、对中国文化的极度不信任、极度厌恶。我的出发点与鲁迅先生不同,我写的是大写的人,我的野心是想把中国文化的根基甚至中国文化与西方文化的比较都装进小说里。在表达方向上,我多写伏羲、女娲的感官运动,他们用他们的种种感觉去探索世界、社会和自我,他们是思想者,也是身体意义上的探索者和创造者。中国过去的小说深入于这个写作方向上的似乎还不多见。

结构上,正文叙述了伏羲对宇宙基本元素的探查,以及洪水、地震等灾难(隐喻世界各民族初创时期的有关神话),八卦的创作,社会的形成与管理,写至伏羲死亡,附文里又让非斯观照了整个人类的历史,非斯每一段讲述之后就来一段“非斯曰”,他东拉西扯,自说自话,加大了故事的张力。非斯对整个人类历史、人类命运的臆想又与其讲述的故事形成了某种张力,这样写来故事的空间会更大一些。但这仅仅是一种安排而已,谈不上有多少创新。真正的创新在于非斯这个人物,他绝对是一个“新人”。

另外,这本长篇小说从发表到出版(该书还获得了河南省优秀作品奖),得到了诸多师友的帮助和支持,特别是《花城》的田瑛先生,河南文艺界李佩甫等诸先生,河南文艺出版社及王书贵、陈静、杨莉,等等,作者在这里一并表示感谢。

行者访谈录

张钧:读你的小说我吃了一惊。本来在阅读之前,我先读了陈晓明和李洁非的有关评论,心里已经有了准备,但在阅读的时候还是吃了一惊。你的小说中似乎有一种魔力,说不清楚的魔力,使得读者在阅读的时候瞪大眼睛。这是一种什么样的东西在起作用?是真空式想象的放诞性,还是你所创造的那种超验的意象在具象与抽象之间所形成的那种特有的语言张力?请就这个问题谈谈你的原始用意。

行者:我写小说的一个基本想法是有意追求一点神秘性。几年前我曾经在笔记本上抄录过美国一位小说家的一段话,意思是短篇小说最适宜表现事物的神秘性。生活本身就有一种神秘感,包括宿命感、虚无感、超验感、机缘感、不可预料感,这种感觉是更接近于艺术的感觉,诗的感觉。不过在强大的现代工业生活的统治下,这种感觉越来越微弱了,我们的生活越来越程序化、逻辑化了,什么数字化生存、数字化管理,一切都可以度量,一切都在预料之中。仔细想来,这种生活是很可怕的。而艺术正应该将“去魅”了的那种生活魅力召唤回来,因此我在一些篇什中着意发掘这种神秘的感觉,当然我做得还不成功。

对我来说,要表现这种感觉,主要靠那种放诞式的想象。我小时候听大人们讲过不少神鬼故事,晚上一个人在田野上走,总觉得有什么鬼在后面追着我,不过学习了唯物主义以后不太相信了,但是我相信生活还是有神秘性的,如维特根斯坦所说:“确实有不能讲述的东西。这是自己表明出来的,这就是神秘的东西。”“神秘的不是世界是怎样的,而是它是这样的。”这样的一种神秘性,还有别的样态的神秘性。

因此我的写作中基本上没有鬼神了,有的是一种神秘的东西,如《恒子》里面那个恒子,它可以什么都是,具有上帝的某些品质,但不是人格化了的神,有时候就是一种纯粹的想象。“一在一切之中而一切在一之中,草木和石头上闪烁着上帝的形象。”《两棵幻想中的树》里那些树、石头、人,不断发生变化,都是作者想象的产物,是一种伪神话。

张钧:对于你的小说,陈晓明认为是一种寓言式写作,或者是对于生活的寓言式重写;而王鸿生则在一篇名为《他们,或四个四重奏》的文章中说你的写作是“根植于虚无,根植于内在语言的神话性质”。这两种解读方式我认为指向的是事物的两极:前者,倾向于形而上学意识形态领域,虽然陈晓明在文章中解释说你的这种“寓言式写作”是对杰姆逊第三世界意识形态的消解,是一种超越性的寓言,但归根到底它还是指向意识形态的;而王鸿生的解读我却觉得似乎更能指向写作的内部,指向心灵和人性的深处,因为虚无是一种绝对意义上的心灵境界,而语言的神话性质则是由虚无演化而来的纯粹的叙述。

对于这两种不同的解读,你作为小说的作者,更倾向于哪一种?

行者:他们是从两个方面说的,立足点不同。从文本本身来说,我更倾向于王鸿生的说法。鸿生在 1995 年《花城》小说的年评中也说到这一点。你说的语言的神话性质是由虚无演化而来的一种纯粹的叙述,我也很认同,我觉得我就是用较为纯粹的语言和叙述去表现这种神话色彩的。

张钧:李洁非在《行者提供了什么?》一文中认为你在创作谈中频频谈引外国小说大师的语言经验是一种障眼法,因为你的小说在语言方面似乎另有来源,那就是庄子。他说:“庄子在语言上的悟性实实在在可以称作亘古第一人。而行者的小说,我以为恰恰很得庄子的真髓。”对此说法,你是否同意?

行者:我也听到别人说到过这种感觉。我觉得这种说法是对我极大的褒奖,因为在我看来,庄子是不可企及的。我崇拜庄子,尤其在阅读了一些外国小说大师们的作品之后。也就是说,外国小说大师帮助我更好地理解了我们的庄子。

张钧:我认为,你的小说实际上是一种以变幻莫测的幻想为叙述基础的诗性小说,这种“诗性”带有神秘的浪漫色彩,它本身就像一个形而上容器,大多带有超验性质,而它在感受层面上又是那么逼近人的形而下感官。正是在这两者之间,你创造了行者小说既大又小的“阿莱夫”——这个希伯来字母中无限纯粹的神,于不可能中进行着种种可能的叙述。

行者:是这样的。我承认我的小说里面有一些属于诗的东西,我想着力表现人的那种诗意的存在状态,追求神秘和超验这些形而上的东西,但小说这种体裁本身又要求你写得感官一些。就小说语言本身来说,我也想把它操作得更抽象一点,也更具象一点。物象本身透出一点物象本身之外的意义,一点哲学感。我不想让小说语言线性地向前行走,而想让它做非线性发展,两句话之间有一定空间。叙述中我总是抓住一些局部的东西比如一棵树的某一片枝叶、人身体的某一个部位,做特写式的描摹。

张钧:这就涉及一个你的小说的想象之核的问题。我所说的"想象之核"是指小说在叙述过程中隐含着的某种核心意象,它与你所说的小说之核有相通的地方,但不是一回事。小说之核是小说的灵魂,它是构成一篇小说的最终的理由;想象之核呢,我认为是想象的灵魂,它是叙述得以进行下去的理由。小说之核是照亮小说的神秘之光,而想象之核则是这光的源泉。所以,如果说小说之核是一种实实在在的虚无的话,那么想象之核就是从这"虚无"里流出来的实在可感的世界图景。它既可以是一本书,也可以是一片树叶,还可以是一缕阳光、一滴水、一块石头、一个意念,等等。但是,它是有生命的,可生长的,这就是我对于你的小说中的"想象之核"的理解,实际上也是对所有成功的小说的想象之核的一种理解。

行者:想象之核,这是一个很好的说法。它适用于一些意象性的小说。

张钧:如果这种理解可以成立的话,那么我想,你小说中的想象就有一个"生长性"的问题。这个问题实际上你在《新浪漫小说》一文中已经涉及:第一个想象引发第二个想象,第二个想象引发第三个想象,直到第N个想象。而在第一个想象与第N个想象之间,如果抽掉其中的某一个或几个环节,也许它们之间的联系就难以找到。这种想象方式与博尔赫斯的想象方式实际上是一致的,但博尔赫斯往往迷失在自己的想象里,所以他的奇迹往往是"无可奈何的奇迹",而你的想象虽然天马行空,但最终还是能够走出来的。我想,这是否同你的想象有那么一个无所不在的"核"有关呢?正是这个"核"统率着原始想象所繁衍出来的想象大军。

行者:对,我的一些小说多是由一个核心意象引发开去,然后它生长、变化。有时候这个核是一个中心,再遥远的想象也脱离不开它;有时候这个核仅仅是原始的想象,或者说是一个想象的原点,它与别的想象是平等的关系。不过有时候它显得重要一些而已，如《琴台》《负石女》等。有朋友说我有些小说中的想象像山坡上一群吃草的羊，它们没有什么中心，没有多少联系。想来，博尔赫斯的想象多是线性的，朝向一个方向；我有时候弄一些圆形的，甲乙丙丁是平行的。

张钧：谈到这里顺便问一下，你的笔名“行者”是否取意于你的小说的自由想象如行者般天马行空？

行者：写这种小说之前写过几篇平实的小说，还写过一本通俗小说，用的就是这个笔名，取其行走者的意思，来自早年一封书信偶然的落款。

张钧：我感觉你的小说就是行走的小说，语言在小说中行走，同时小说也在语言中行走。

行者：这是一种诗意的说法。语言和小说是二而一的东西。

张钧：能够谈谈你写作的文化背景吗？包括你的出身、生存的文化环境、阅读以及对于西方文化和东方文化的理解等等。

行者：我出生在一个农民家庭，当过兵，当过工人，大学毕业后长时间在地方宣传部门工作。记得小时候借到一本《红旗飘飘》，反映红军长征生活的，大概是我阅读它耽误了什么活儿，被我父亲一把夺过去撕了，扔在我家房梁上存放红薯干的顶棚上。那时候找不到什么书读。当兵后我在当地图书馆借过一些书，如浩然、贺敬之、郭小川的书，因为看书被副团长狠狠批评了一顿。直到上大学才看了一些中外名著，毕业论文我写了一篇《梦与现实》的文章，被指导老师判为“一般”。后来我阅读了一些哲学方面的书，老庄、海德格尔、维特根斯坦等，也读了几本宗教方面的书。我喜欢霍桑、卡夫卡、博尔赫斯、卡尔维诺、史蒂文斯等人。

我想我对中西文化理解得很肤浅，虽然也读过《拯救与逍遥》《乡土中国》《菊与刀》一类比较文化和文化学、人类学方面的书。19 世纪以后，中国文化显然落后了。不管是文学还是音乐、绘画，西方都极具创造力，大师如云。我想 21 世纪应该是中国文化全面复兴的世纪。

张钧：根据我对你小说有限的阅读和有关资料所提供的信息，我觉得你的小说写作似乎包括这么三个阶段：写实—写虚—写虚/写实。1992、1993 年前，似乎走的是写实的路子；之后，直到 1996 年之前，走的是写虚的路子；1996 年以后到现在，似乎在写实与写虚两方面同时并进。

当然，这仅仅是我的感觉，不一定准确。

行者：是这样的。1992 年前写过诗和小说，都不像样子，只有一本小小的散文集《灵石不言》还有点意思。

张钧：你在《艺术：在远方》一文中谈道，艺术诞生于无限，诞生于远方，它是“人与上帝之间的一段路程”，因为我们在走向未来的某一瞬间就潜藏着永恒。你的小说似乎就是你的这种艺术观念的注解或者说实践，它们似乎总在寻找、在奔向某一个虚无的远方。它们是不定的，如幻影一样，你无法找到它们的意义，但意义似乎就潜藏其中。

行者：这仍然是一种形而上的追求。事实上现在没有了那个明确的人格化的上帝了，但人这种东西总有一种对于无限、对于遥远的事物的敬畏和追求，人总要抬头仰望一下星空，便把说不清的无限和虚无作为上帝的代用品。人是一个有限的有死的生物，人与无限和永恒的矛盾决定了人总要向无限和永恒进发，千方百计接近它，看来，人永远也接近不了，但这就决定了人是一个半神，和一般的动物不一样。当然，在市场经济的环境里，说这种话有点不合时宜了。

张钧：如果说李洱的小说要创造的是一种世俗意义上的神话，那么你的小说就是纯粹意义上的神话了。李洱的世俗神话建立在对于世俗的叙述基础之上，在超越世俗的同时是为了批判世俗；而你的神话它们本身就是一种超越，它们是建立在超验的基础之上的，神话本身是自足的，这不需要与经验世界对话，所以也就无所谓批判不批判。

行者：是这么回事。事实上我也是或者曾经也是一个思想上的批判者，民主啊，自由啊，呼唤市场经济啊，但邓小平南方谈话之后，我与美籍画家、冯友兰的侄子谈到艺术，他说商业对艺术的破坏比政治更甚。那时候我可能会想，商业社会不是你批判得了的，躲进象牙之塔里去吧。我这种超验的东西与经验世界的联系确实比较微弱，真的无所谓批判不批判。但我想它与世俗也构成了一种意义，这就是远离它，不言说它，这种不言说亦是一种言说，是用一种遥远的东西与它构成对抗。说到底它还是有一种批判精神在。

想来与现实世界不是没有直接联系。如我在几篇短文中写到过人或者动物的自戕行为，他们竭力把自己肉体上多余的东西切割下来，这可能表达了我对物质性的东西，对人们富裕之后的某种状态的恐惧。

张钧：我感觉，你在小说形式上走的是一条折中主义的道路，既悖离传统又躲避先锋（所谓实验主义）。请你谈谈这方面的想法。

行者：这方面我思想上没有明确的想法。我愿意吸收一些新鲜的方法，如随笔、散文、论文式的写法，最好是有一点个人的创造，但我意识到我总是用全知全能的视角去写，这是很传统的。我想最关键的还是你对这个世界独特的认识和把握。我幻想着我某一天做梦会得到一个全新的不同于任何人的思想，一种世界观，然后会写出来一部全新的小说，但我知道我没有这种本事。

张钧：你在不止一个地方说过这样的话：写作就是对于自己的挑战，对于自己能力的挑战，写作者要用自己的全部力量去与文字搏斗。按照你这种说法，你的文字应该是一种搏斗的文字。然而，我在读你的小说时没有一点儿你与文字“搏斗”的感觉，反而觉得你与你的文字相处得很和谐，很平静。也许，这是搏斗过后的平静？

行者：这是引用别人的说法。我是想强调一下，不要写得太光滑太流利了，要增加一点写作的困难。每一句话下笔时，我都想让它与生活中的实用语言有一点区别。我猜想，维特根斯坦说语言是一座路的迷宫，主要地应该从艺术语言这方面去理解。还有一个原因，就是我写得很慢。一般没有像样的计划和构思，让文字像一摊水一样在平坦的土地上流，随机缘发，下一刻流到哪里我也不知道，似乎文字自己在生长。写现实的东西要快一点儿，而且有明确的目标。

张钧：《写作者说》是一篇关于写作的小说。它写出了写作者的精神状态和生存状态，即读书和写作。写作者对于文字有一种近乎变态的痴迷，他孤独地在文字里前行或哀伤，他用他所写出的文字创造一个新的世界，并且统率和管辖着这个世界，所以他在这个世界里是一个将军或者王——虚构之王。他的王国的疆土有多大，他的王国的生命有多长久，这取决于他的心灵有多开阔有多深刻，以及他在统治王国时也就是写作时的艺术感觉。实际上，所有的写作者都是赌徒，他所率领的文字大军能否征服天下他也说不准，但是只要他想这么做了，他就要去做，这是没有办法的事，这是他的宿命。

这篇小说，可不可以理解为也是你的精神自传？

行者：这篇小说确实表达了我个人的某些想法某种状态。写作者只有在面对稿纸的时候才是强大的。在目前的商业社会里更是如此。

你前面说到纯粹的叙述,什么是纯粹的叙述？我想,比如中国书法作为一种纯粹的艺术,它与它所书写的内容没有多少关系。两位书法家写同一内容的一首诗,或者一个道理、一个故事,写出来的仍然是两幅作品。人们欣赏书法欣赏的是那些点线的姿态、结体、章法、布白等等,它的内容是在字里行间,而不在那首诗、那个道理之中。也就是说重要的是文字的“能指”而不是“所指”。正是书法家创作时的那种状态,那些点线的运行轨迹,显示了人的创造力、人的存在。对于小说,为什么不可以这样去认识呢？小说可以说故事、讲道理,但两个人写同一个人物同一个故事,写出来之后肯定有所不同。这个不同很重要。小说的小说性是在语言之中,是在那个“说”之中。因此,人们读小说,应该读小说语言里面的那种韵味、那种情调,而不仅仅去阅读一个故事。所以对于作者来说,小说的意义全在于写之中,正是写,显示了作者的存在。我相信瓦雷里所说的纯诗,也相信有纯粹的小说。

张钧:下面我们来谈谈你的具体作品。我觉得,你的《最后一幅作品》通篇流动着一股子照亮天地人心的神韵,这种神韵沟通了博尔赫斯和庄子,以及蒲松龄的一些东西。博尔赫斯那种神奇的迷宫般的叙述和庄子那种天籁般的语言意境和瑰丽的想象,在这里被你轻轻松松地糅到了一起,而蒲松龄小说中的那种怪异色彩如游丝般贯穿始终。

谈谈你这篇小说是怎么写出来的。

行者:我认识几位书法家,他们对艺术的执着令人感动,我感觉他们终生的目标是创作一幅绝对的作品,天底下只有这么一幅,就把这种感觉写出来了。

这种感觉可能与我对这几位大师的阅读有关。不过我觉得蒲松龄的东西仍然多在社会这个层面上用力,那些狐鬼地狱无非是人间社会的一种代号罢了。而博尔赫斯等人却把自己的笔触伸展到了文化的哲学的层面上。也就是说,我喜欢那些有文化和哲学追求的作品,不怎么喜欢那些简单反映社会生活的作品。

张钧:你是否想在这篇小说中表达你的某种艺术观？

行者:文学上有没有这种绝对的作品？对于文坛来说是没有的,但对于作家个人也许有。恐怕每一个写作者都有这种愿望:一辈子只写出来一部全新的作品就心满意足了,哪怕只是几十个字的一首小诗也行。仔细想来文坛上也是有的,《红楼梦》对于作者和文坛来说都是绝对的,只有这么一部。当然我明白,这种绝对的东西只有大才才能完成,不是我辈所能望其项背的。

张钧:小说中关于河与山的对话,或者说对于它们互渗关系的描绘,我觉得就是一个非常形象和精彩的世界与艺术关系的隐喻。

行者:资料上说怀素的狂草得法于嘉陵水声、夏日白云、残垣裂隙,苏东坡从逆水行舟体味书理。天地山川有方圆流峙之常,日月星辰有经纬昭回之度,虫鱼禽兽有屈伸飞动之理。小说中的河与山被书法家精神化了,是天地氤氲而成的一点灵动之气进入他的艺术,帮助他创作了他的最后一幅作品。

张钧:你认为,世界与艺术之间的关系应该是一种什么样的关系?

行者:我觉得把世界与艺术看作两个各自独立的不同系统要好一些。有形的世界主要是物质的世界,只是它的气象、韵律作为一种精神因素,作为人的一种感知,方与艺术创作者形成一种互动关系,而艺术,艺术的制成品,作为人的一种精神表达,它首先是非物质的,况且,艺术也根本不能表达世界,除非你用一块石头去表达另一块石头,不,除非用一块石头去表达它自己。因为两块石头是不一样的。用某种颜料去画一棵草,即使现实主义地去画,也不是自然界那棵有生命的草了。与其如此,倒不如画出一棵现实世界所没有的草来,让它与那些真正的草相对照,看哪棵草更有意味。

张钧:你的写作资源主要来源于什么样的仓库?它们是书本还是对于现实的感受抑或纯粹就是想象?抑或这几者的综合?

行者:我想这几个方面都有。有时候想象和书本的成分可能更多一些。

张钧:《寓言》似乎是关于人生境遇的某种象征或隐喻:河并不宽,也不深,只需一顿饭或者稍多一点儿的时间就可以由此岸到彼岸,并且彼岸有构成诱惑的漂亮女人。但是,小说中那个要过河的小伙子就是过不去,需要过去必须付出代价,即先跟一个丑陋的老女人睡一觉。这就构成了一个残酷的人生境遇:要想追求美丽,必须先与丑陋做伴;而一旦你与丑陋做了伴,你将产生心理阻隔,以至于丧失再享受美丽的能力,也就是丧失生命。生命在这里显现的是悲剧性的本质。

我这种分析不知有没有道理?

行者:《寓言》这篇东西确实有一点寓意。彼岸是一个理想的境界,要过去必须付出代价。不过乌托邦式的理想往往是悲剧性的。即使你顺利地过去了,它马上就会失去它的美丽。

张钧:《一棵变化中的树》似乎是一篇不可能的小说,同时又是一篇最可能的小说,正像小说中所描写的那棵树一样,是生长于不可能之上的可能之树。那是一棵神奇的变化中的树,它向死而生,从小说中"他"的妻子的坟头拱出泥土,并且迅速生长成一棵大树,变成独木舟,载着"他"驶向朦胧月光下的湖泊,与"他"梦中的女人相会。然后,女人消失,"他"回到岸上,把独木舟再立于妻子的坟头,再复活为树。树在重新获得生命的同时,也迅速萎缩,被阳光和土地吸收,于是"他"的死期也就到了。那棵树,实际上就是"他"的妻子,妻子死后因树而再次获得生命以此来安慰"他"因她死去而变得孤独的生命;当"他"的生命到了尽头的时候,妻子的再生生命也完成了使命,重新回到死亡,将丈夫的生命带走。小说的生死转换富有一种浪漫的诗意。这种诗意使不可能变成了可能,因为灵魂不死,悠悠然在天地间永存。正是这种永存的意志,才得以使人间的艺术成为可能。

行者:神话中什么都可能发生。人的幻想本身就是诗意的东西,就是艺术。那种揭露了造化秘密的艺术,其伟大之处就在于,它可能比人更有生命力,比它的作者更有生命力。

张钧:我发现,你非常喜欢用"鱼"这个意象,而"鱼"的意象一出现,总要有"女人"这个意象,并且二者总要相互转换,比如在《一棵变化中的树》和《诗人的一首消失了的诗歌》中就有这种意象转换。甚至,你还在《红鲤鱼》这篇小说里干脆通篇就以这种转换为叙述的主体。请问,你为什么这么喜欢这种叙述模式?其实,我认为这种叙述模式很陈旧,在中外许多文学作品中早已成了经典模式,比如安徒生的著名童话《海的女儿》就是其中的一例。

行者:在中国古典文化中,鱼似乎就是女人的象征。这种叙述模式是很陈旧了,孙悟空七十二变,《聊斋志异》中的狐鬼变化故事,远古那些神话,还有不少民间故事,但孙悟空不管怎么变化,变成一座房子,变成一只虫子,还是孙悟空自己。卡夫卡的甲虫还是那个叫作格里高尔·萨姆沙的推销员。海王的小公主吃了巫婆的药,鱼尾变成了一双漂亮的腿,但她还是那个小公主。我有意让这些变化没有多少联系，孙悟空变成一座房子就是一座真正的可以住人的房子而不是孙悟空了。这种变化是更少社会性的也更加幻想化的变化。我想这种变化是根本性的变化，更加非理性，更加没有来由。

张钧：既然提到《红鲤鱼》，我就要谈谈它。正如上面所提到的那样，读《红鲤鱼》的时候，我想起了安徒生的美人鱼的故事。也就是说，这篇小说有点像童话。其实，那个与鱼游戏的男孩是可以与安徒生笔下的王子互换的。但是，安徒生写的是一个美丽的悲剧，而你写的则是一个无可奈何的宿命。与鱼的游戏折磨着孩子，他决心摆脱这个游戏，但这种摆脱反而使他陷入了更深的游戏，他与那条由仙女演变出来的叫作李姑的红鲤鱼的关系似乎是一种永远摆脱不掉的宿命般的关系。这里，游戏变成了地狱。他摆脱不了鱼的纠缠，最后只好自己变成一条鱼，跃入河中。

你似乎对于宿命的主题很感兴趣，而这篇小说则似乎通过戏仿童话，切入这个主题。也许，这篇小说本身就是一篇命定的童话？

行者：我对神秘的东西感兴趣。童话般的想象往往是很神秘的。

张钧：《诗人的一首消失了的诗歌》本身就是一首边诞生边消亡的诗，它像博尔赫斯的《沙之书》一样，不断地出现不断地消亡，没有一个持久的生命，每一个生命似乎都只是一个瞬间的事件，连缀在一起，汇成一种变幻不定的河，但却是没有来路没有归宿的河，就像那本沙之书一样没有开始也没有结束。

分析到这里，我突然跳出一个感觉：你的东西与博尔赫斯的东西好像成了一个东西，分不出你我。不知这是我的错觉还是你的问题。

行者：与博尔赫斯相仿这是无可奈何的事，恐怕也是宿命。不过博尔赫斯着力写的是奇迹，一本没有开始也没有结束的书，一座宇宙似的图书馆，一些数目可以随时改变的小石块，他写得妙极了。而我愿意在这种变化上用力，把这种变化极端化。王鸿生、耿占春等人认为我写了中国古典哲学“空”“无”“变”等概念。陈晓明、曲春景认为我小说的一个显著特点是从本土文化资源中发掘文化代码，这些代码在叙事中呈现为一种有意味的物象，这些物象植根于本土文化记忆，由一些浸含着文化母本记忆的字词铺展出来。

我还可以用苦瓜和尚的话来自我解嘲：“我之为我，自有我在”，“纵有时触着某家，是某家就我也，非我故为某家也”。

从另一个方面去说，老老实实地学习大师也是值得表扬的事。为什么不向大师们学习呢？大师们几乎在所有的小说领域里取得了专利，贴上了商标，作为一个一般的写作者，想在这个坚固的城池里占领一块地盘，没有那么容易，可能性不是太大。多少有一点自己的想法就算不错了。我想，把我的小说与博尔赫斯的小说混合在一起，分不出来你我，这也不失为一个美好的梦想。面对自己写的一篇小说，问：这篇小说是我写的还是博尔赫斯老人写的？有点庄子梦蝶的味道。就像彼埃尔·梅纳德改写堂吉诃德一样："他的可敬的雄心壮志就是写出一些篇章，与米格尔·德·塞万提斯的——逐字逐句——完全相符。"这也许是一个十分美好的想法。

张钧：我认为，梦，似乎构成了你的小说的叙述支点。你为什么对梦这么感兴趣？比如《黑日》的三个部分，就分别叙述了三个不同的梦。（1）黑日：一条黑蟒的梦。黑蟒想超越自己的生存局限，于是咬住自己的尾巴，旋转着飞入高空，成为一轮黑色的太阳。（2）老竹：一棵老竹与一位老人互为梦境，老人进入竹子的世界，竹子进入老人的世界，最后，他们成为一体，他们的生命和历史重叠为一。实际上，他们本来就是一体的。当初，老人种下这棵竹子的时候也就是种下了自己，他为它浇水施肥也就是为自己浇水施肥，他把梦想给了竹子而竹子也支撑了他空荡荡的灵魂，他们共同从青年时代步入老年。现在他们的生命和梦想都快到了尽头，都需要一个了结，于是他们最终结为一体，共同完成了他们的生命和梦境。（3）缠绕：小说的作者与主人公相互缠绕。行者在写一部叫作《心之狱》的小说的时候，与他的女主人公茑萝相遇，他们互为梦境。

可以不可以认为，这篇叫作《黑日》的小说就是一部"梦之书"？

行者：我几年前开始写这种纯幻想小说的时候是从写梦开始的，我将我做的几个有意思的梦积累起来，记在笔记本上，然后写了几篇很短的小说。《黑日》可能就是其中的一部分。

张钧：梦是一种精神漫游，无意识漫游。但漫游者需要勇气，就像那条黑蟒一样，敢于面对自身的痛苦和局限，这样才能使生命变得顽强，变得辉煌，变得虚无，也变得宽广。人生就是一个个顽强而荒诞的梦。

行者：庄子善于做梦。他的文章也似乎是一个个梦幻。还有《红楼梦》。博尔赫斯也是写梦的大师。好像朱光潜也说过，要把人生和社会作为戏剧去欣赏。这是一个很有意思的想法。把梦境看作实境，把现实看作梦境，这就改变了人的生活：梦幻介入了现实，现实又为梦幻提供了养料。一个觉悟了的智慧老人回过头来观察自己的一生，才会从心底里感慨：人生如梦。他说这句话的时候，他的一生确然羽化为一场梦了。他成为梦中的一个人物。

张钧：我可不可以认为你的小说就是关于梦境的诗学？

行者：我前些天翻过一本书，加斯东·巴什拉的《梦想的诗学》。"当梦想把梦想者带往另一世界时，就使梦想者成为相异于他本身的另一个人，然而这另一个人仍然是他自己，他自己的化身。""它赋予我一个非我……正是这我的非我使我体验到生存于世界的信心。"

张钧：除了梦，还有比较突出的特征，就是迷宫。《白色的歌谣》就是关于迷宫的叙述。诗人孟谷来到一座陌生的城市，走进一座迷宫式的宾馆，发生了迷宫一样的故事，然后走出迷宫，写出一篇迷宫式的小说。

这里的迷宫是双重的：世界是迷宫，人生是迷宫。其实，关于迷宫的主题并不新鲜，博尔赫斯就是人人皆知的迷宫大师，孟谷在迷宫宾馆里转悠找不到自己的房间的那段叙述就是对博尔赫斯的巧妙的复制。但是，你这篇作品之所以最终得以成立，我想，可能与你对孟谷在宾馆的房间里遭遇女人（赵晓昕）的三种不同叙述有关。这三种不同的叙述每一种都不可靠，都不能肯定，又都有自己的道理，它们共同构成了孟谷生命的灵魂的迷宫。

生命是一座迷宫，又是诗性的存在。

行者：这篇小说来自现实。大概是 1987 年 5 月，我们去黄山，住在山里面的一座宾馆，好像叫云谷山庄，清华大学建筑系设计的一座迷宫式建筑，真的总是找不到自己的房间。但这篇小说没有多大意思。包括其他一些小说中偶尔透露出来的迷宫感，明显地来自博尔赫斯，显得没有出息。不过博氏写的是虚幻的迷宫，我写的倒是一座实在的迷宫。因为博尔赫斯已经把迷宫写绝了，我不可能从他的迷宫里走出来。我想还是谈我那些写变化的小说坦然一点儿。

张钧：《乌何有之书》也有迷宫色彩，但它似乎更侧重于存在与虚无的探讨。乌何有那部关于女人的书既是存在着的，又是不存在着的。当它存在着的时候，它变成了虚无；当它虚幻无比的时候，它又实实在在存在着了。生命是虚无的，女人是虚无的，同时，他们又是实实在在的。

《乌何有之书》，就是一部真实存在着的虚无之梦。

听说你读过几本西方现代哲学著作，能够结合这篇小说谈谈怎样地把你所感悟到的那些人生的哲理性内涵糅进小说里去的吗？我想这种对于哲学的沉思与你的默想型写作肯定有着深刻的内在联系。

行者：我读过几本叔本华、尼采、海德格尔、维特根斯坦、萨特等人的书，尤其对海德格尔的艺术思想感兴趣。海德格尔把诗、语言与思看作一个东西，艺术即真理的发生，而他所谓的真理是一种存在的澄明状态，也就是诗的状态。他欣赏荷尔德林等人那些高度智慧的作品。他的思想与中国的老庄有相通之处。读一点这种书可能在观念上会受到一定影响。前面说过，我有发明一种新思想的梦想，但没有这种能力。我不是一个合格的思想者。至于具体的写作，我追求抽象与具象、理性与非理性结合起来的那么一种语言，那么一种诗的状态。《乌何有之书》亦是这种追求的产物，它试图描写人的诗性的存在，一种非常空灵的境界。

乌何有是一个不存在的人，是一个我的非我。

张钧：我想，你的这种写作肯定是寂寞的，边缘性的，同时也是极其个人化的。你想过没想过，面对今天的商品大潮，你在这种写作方式里能够坚持到一种什么程度？写作在你的生命中所占的地位是否是核心地位？也就是说，写作是否与你的生命互为梦境，像你小说里所写的那样？

行者：对，我的写作肯定是边缘性的，我从来没有获奖的想法，也没有获得众多读者认可的奢望。在目前的中国文坛，坚持这种玄虚的写法的人是不太多。市场是个太现实太强大的东西。我曾经想写一篇有关市场的小说，这个市场是一只巨大的野兽，也是一个美人。

写作在我的生命中应该居于核心地位。偶尔翻看杂志，我觉得我的生命已经化为一堆汉文字，我觉得它在文字中生活得很好。除了写作，我不知道我会干别的什么。一个人一辈子总要干一件可以安身立命的事。穷其一生，能写出三两篇自己满意的小说，就很幸运了。这是我的宏伟目标。

张钧：在我读到的你的近期小说里，我发现，有一些篇章超验色彩淡了下来，甚至有的已经没有了超验色彩，成了可感的现实经验的一种表达了，比如《处女一勺》《三角板》《有关七奶奶的回忆》等。这是否预示着，你的小说写作要逐渐从超验世界向经验世界转化？

我觉得，总在超验世界里转悠，搞久了会变得很无聊的。闹不好，还会自我复制，故弄玄虚。实际上，我感到你有的篇章已经开始自我复制了，同时，也或多或少地复制了别人。

行者：清代书法家傅山说过这样一句话："学书之法，宁拙毋巧，宁丑毋媚，宁支离毋轻滑，宁直率毋安排。"我想把小说写得困难一点，晦涩一点，玄虚一点，不要那么光滑，不要那么一览无余。当然故弄玄虚不好，复制别人、复制自我更不好。这种想法没有改变。但目前我的写作，写写虚的一路，一扎笔就是过去那种味道，自觉无聊了，所以就写了一些比较现实的东西。但我想，如果有更好的想法，我还是要写这种虚幻的东西的。

世界上有两类作家：一类如卡尔维诺，每一本书都不同于前面的一本，起码形式上如此。另一类如博尔赫斯，卡夫卡也勉强是，他们一生实际上在写一篇文章，其他文章都是它的变体。

张钧：最后一个问题。《有关七奶奶的回忆》是建立在回忆基础之上的怀旧式小说。小说将七奶奶的回忆与小说作者的回忆重合在一起，既渗透着一种人生的苦难的深度又带有某种虚构的想象，小说最后将七奶奶与基督相比，这种比附的用意似乎不难理解，但是否有点牵强？

行者：这篇小说最后，我随意写下了这句话："十三个孩子，与基督的门徒相等。不过，重要的是耶稣而不是他的十三个门徒。"这句话写得太随意了。

张钧：七奶奶的故事有没有一点现实生活的影子？

行者：我小时候常看到五十岁以上的老太太裸着上身干活或者在树荫下乘凉。不过七奶奶那么长的"布袋奶"我是听我的一个同事说的，他说他小时候常与七奶开玩笑，拉起她的"布袋奶"玩。

关于虚构

我是我自己还是另外一人？
我们是否只是想象的我们。

——热奥·利布雷施特

1.谁说太阳不是虚构出来的？天上那一轮太阳果然是一个客观、真实的存在,但我们人类,总是不断用观念去虚构它,每一个人都有每一个人自己的太阳。它不仅仅是那个圆圆的火球,我们把太阳人化了。

2.我几乎每天都能看到太阳,只要它出来,即使我看不到它,我也能感受到它的光芒。比如这一刻,我可以看到太阳散落在窗外的光,它在我阳台上的那一盆兰草上颤动,微风与阳光合谋拂动着兰草的叶子。这种植物一定也在贪婪地吸收着阳光,它有关于太阳的观念吗？我想它意识中的太阳也一定是一个美好的存在,只要不是另外一个情景:它过于暴烈地榨取它的水分和生命,它快要枯萎了。

这样它会抱怨它的主人的:是我忘记了给它浇水。

3.走到大街上,能看到阳光在马路上闪烁,像一片片树叶一样。偶尔有几个人匆匆走过,那些透明的树叶被他们搅动起来,附着在他们的衣服和手臂上,也在他们的面部闪烁。

田野上的阳光像一片片透明的瓦片,不停地颤动着,一个孩子从一棵树下走出来,企图捡拾一两片,但是他并没有弯下他的腰。走了一段路,他抬头望望天空,眯起了眼睛。他只穿了一条小裤头,汗水从他脸上流下来。也许他觉得这太阳太毒了。他想起来冬天与小伙伴们挤在墙角晒暖的情景。听一位大人给他们讲完一个故事(也许是一个后羿射日的故事),他们就分成敌我双方打起仗来。但有一个小个子的孩子,站在一旁,用一截树枝作弓,向太阳瞄准。那正是他。此刻他意识中的太阳是什么样的？我们不知道,但可以猜测:神话中的那只阳乌。

4.某一个早晨，看到那一轮又大又圆又红的太阳，一个小伙伴对我说：毛主席出来了。

后来我与他谈起这件往事，显然他早已经淡忘了，抬头看了看天上那一轮太阳，他摇了摇头：极左！个人崇拜！

我也抬头看了看太阳，现在这太阳是灰黄色的。

可你那时候是很真诚的。我说。

其实我才是红太阳呢——在你嫂子的心目中。

我同意他的话：我们每个人都是一轮太阳。

天文学的太阳观念总是破坏着人们对太阳的诗意遐想，但在人们的诗意遐想里，太阳依然是人心目中的太阳。它是善、正义、光明、真理、神、炎帝，是英雄、王、男人、父亲，等等。它是个性化的。

5.这是一种虚构。虚构是人的一种天生的能力，人的天赋。我们眼下这个世界就是人们用意识虚构出来的。人们虚构了各种观念，虚构了国家、宗教、各种制度，虚构了自然和社会，虚构了人自己。英雄是英雄自己用英雄的观念虚构了自己。他因此排除了他另外的可能性：狗熊，强盗，平凡的人。

6.人一出生就进入一种虚构之中，他接收现成的观念并生成自己的观念，父母们总是竭力用文化把他包装起来，填充起来，让他尽快地融入社会，让他接受虚构并进行自己的虚构。

7.我爱你。一个男人对一个女人说。他用的是电影中的腔调，表明他开了一句玩笑。或许他是认真说的，但是一句谎言，他仅仅拿这样的话作为接近并占有这个女人的一种方式。第二天他又对第二个女人说：我爱你。

或许他说“我爱你”的时候他真的爱这个女人，他接近第二个、第三个女人说这句话时也真的爱她们，但过后他就忘记了。

这是一种真正的爱吗？

或许他在与一个女人谈恋爱，他真的喜欢她，很真诚地说：我爱你。你是我心中的红玫瑰。等等。女人也回答她：我也爱你。他们拥抱在一起。

这是一种真正的爱。但这种恋爱方式是社会教给他们的。过去的人们并不这样恋爱。社会虚构了他们的恋爱方式。

8.我看着岩石上生长着的一株小草,感慨它的生命力。这一刻,我的意识进入小草之中,我成了那株小草。在我的意识中,那株小草因此已成为一株虚构的小草。

9.有人骂一个贪吃的懒汉:一头猪！他虚构了这个懒汉:猪的形象与这个人的形象重合在一起,这个人成为一个会说话的猪。

10.一位领导让秘书虚构了一篇讲话稿,在会场上大声宣读。一位听者打起了呼噜,周围的几个人笑起来。这个会场还是原来的会场吗?这个领导的讲话还是领导讲话意义上的讲话吗?

11.张三上任伊始,设计了一套严格的制度。实践证明这套制度是可行的。外地的经验、张三和他下属们的经验虚构了这套制度。

他们或许没有认真坚持,一段时间之后,这套制度成为废纸。张三自己和他的下属用行动虚构了他的制度。他们形成了另一套有利于他们的不成文的制度。

12.我参观一个画展,匆匆地看了一遍,将目光停留在其中的三两幅作品上,列于前面的布展者强调的东西我似乎没有看见。我用我的目光重新整理和虚构了这个展览。

13.虚构是人的根本性的存在状态。人是一个可能性的存在。虚构将人的可能性召唤到眼前。初生的婴儿几乎面对着无限的可能性,他的生命、工作、事业、人格等等都是一个未知数。他将面临着一个个可能的境域。但人面对着许多的可能性,他现实化的可能性只能是一种。接着仍然是一种。可能性的现实化限制了他的可能性。而虚构,却可以是诸种可能性的敞开。

人有时候真的不知道庄周是蝴蝶,还是蝴蝶是庄周。庄周成为蝴蝶那一刻,他就真的是一只蝴蝶。它在花丛间飞。

如果说人生本来是虚幻的,那是因为人所面对的世界是别人虚构出来的世界。只有自我的虚构才是真实的:我应该生活在我自己虚构的世界里。我的虚构就是我,就是我的生活。我的生存质量决定于我虚构的质量。我之为我即我之虚构。虚构把我与别的人和事物区别开来了。虚构使我自己站立在这个世界上。虚构烘托起我的存在的合理性。虚构使我与宇宙天地相交接:我站立在宇宙天地之间,块然而崇高。

道在虚构。

14.我正坐在窗前读书,我的意识忽然脱离了书页,伸展开去,伸展到一个童话里。清澈的小溪流两岸开满了鲜花,一只老虎向一位少女走来。我就是那只老虎,我驮着少女向远方飞去。——这就是白日梦吧。

在这个白日梦里,一种可能性敞开了,诗和真理发生了:在这种诗的意境里,事物被重新结构起来显示给我们。

虚构即思想。梦是人天然的虚构方式和思想方式。

性灵出万象。幻想是虚构的翅膀。

15.在这个白日梦里,窗前读书的我渐渐隐去,我成了轻逸的东西,像一阵风。

虚构使人摆脱了实用的胶着状态,跃入真实的存在中。虚构使人超越了自我,从大地上飞升起来。

人身上的神性在虚构中被唤醒。神圣的事物从虚构中到来。

16.我驮着少女飞向另外一个地方。风的快乐、飞翔的快乐就是我的快乐。这种快感没有别的东西可以比拟。

虚构的快乐即诗意的快乐。

17.我们总是在无意识地虚构着什么。做一件什么事情,我们要有所打算,制订计划,并修改我们的计划,以应对新的情况。女人们要用时髦的衣服和脂粉包装自己,好给人一个可爱的或者不同于别人的形象。这种虚构可以说是一种假说,当这假说实现之后,新的虚构又到来了。人要不断地虚构自己,从一个虚构到另外一个虚构。

人居住在虚构里。我们虚构了一座房子,并且建筑了它,然后我们居住在其中。建筑的实用性容易让人忽略它的虚构性。

我们在阅读《红楼梦》的某个时刻,不是进入贾府,居住在大观园里吗?

文学艺术是有意识的虚构,是想象的形式化。

18.我将阳台上的这株兰草画在熟宣上,我用工笔的画法,照相般地画下了它的叶子,叶子上的阳光,但它是那株真实的兰草吗?它仅仅是纸上的兰草,它仅仅是兰草的一个影像,一幅用墨水画出来的线条的组合而已(我把它拿到阳台上的兰草旁仔细对照一番,发现这幅画并不忠实于它的原型,它叶子的色泽、长度、宽度和倾斜度与它的原本有着本质上的差别,而且我只画了有限的几片叶子,那些小一些的叶子和几片败叶被我忽略了),已经脱离了它原来的环境,阳光和水分对它已经没有意义了。我只能说,这幅画是一株虚构的兰草。

19.事实上在这之前我拍了一张照片。我用我拍的照片对照这株兰草,照片十分逼真地再现了兰草,但当我试图用照片取代这一株真实的兰草时,我发觉我不能把它栽种在花盆里:它是一株虚假的兰草。

20.现在我用生宣画这株兰草,原本与摹本的差别似乎更大,我用笔的迭宕顿挫和纸张的渗化效果强化了这种差别,我意识到墨线的美与兰草本身的美重叠在一起。仔细想来,墨线本身的美有时会脱离兰草而成为独立的存在。它仅仅是借兰草的外形表达了自己。

21.如果我用抽象的画法画这株兰草,这株兰草在画面中的存在更加隐晦。有人问我:你画的是什么呀?我说:兰草。他摇摇头:不像。我说:这是一株虚构的兰草。他又摇摇头:我看不出来。只是几条弯曲的线而已。

但其实这是一株真实的兰草。是我对兰草的理解。因为它独立于那株自然的兰草。我期望人们从我的画作中读出来我心目中的兰草。我期望有人这样称赞说:笔势飞举,凝霜傲雪,你画出了兰草的精神。

我画出了我自己的精神。

虚构是对原始结构解构之后的建构。

22.如果让凡·高画这株兰草,他可能依然画出了一团火焰,正如他画出来的那些火一般的树木和火焰似的向日葵,我们可以说凡·高的向日葵是不真实的,但我们承认那是他目光中的向日葵。

这用得上中国古代画论中的一句话:“一草一木,一丘一壑,皆灵想之所创辟,总非人间所有。”

23.里尔克对豹子的写生:

> 它的目光被那走不完的铁栏/缠得这般疲倦,什么也不能收留。/它好像只有千条的铁栏杆,/千条的铁栏后便没有宇宙。
>
> 强韧的脚步迈着柔软的步容,/步容在这极小的圈中旋转,/仿佛力之舞围绕着一个中心,/在中心一个伟大的意志昏眩。

这是那头真实的豹子,但它被诗人悄悄地动了手术,他塞进了自己的货色，豹子便成了非豹子的豹子，成为一个精神性的存在。

虚构是人对事物的一种理解。每一次虚构都是对事物和世界的新的理解和解释，在这种解释中，真理发生了。

24.一幅油画本就是一个实体，是用画布、颜料和画框组成的实在的东西，因而我可以再仿制一幅，按照我的理解。我虚构了它吗？可是我虚构出来的仍然是一个实体。虚构的结果是一非虚构。可它在无着。虚构是一非虚构的虚构。

25.山间有这样一块石头，长宽各有数丈，呈暗褐色，上面分布着一些不甚清晰的纹路，似乎有深意在。我长久地面对着这块巨石，想弄清楚它要告诉我什么。我终于弄明白了，它像一幅画，画的是一个隐约可见的形状极其奇特的人。这个石质的巨人似乎在向我诉说着什么。我将目光专注于石头的时候，这块石头便从宇宙万象中抽身而出，与我交流于一处。我的意识与这块石头接通了，这石头因此而成为一个显著的存在。

（我做了这样一次写作练习。但我真实地描写了这块石头了吗？它是那么沉重，我这一页稿纸上的一百多个文字负载不了它的重量。不，正因为这个石头在，我这一页稿纸沉重起来）

虚构是对原始事物的虚构，是对原始结构消解之后的重新构成。它是一种建设。人们通过这种虚构居有了它们。山间的石头因此从隐匿之处走出来，发出了光芒。它通过我的目光进入我的内心，流变出一百多个文字，那些文字使它飘浮起来。但它的影子仍然像石头一样盘踞在我的内心深处。

26.吴承恩是如何虚构一块石头的？

> 其石有三丈六尺五寸高，有二丈四尺围圆。三丈六尺五寸高，按周天三百六十五度；二丈四尺围圆，按政历二十四气。上有九窍八孔，按九宫八卦。四面更无树木遮阴，左右倒有芝兰相衬。盖自开辟以来，每受天真地秀，日精月华，感之既久，遂有灵通之意。内有仙胞，一日迸裂，产一石卵，似圆球样大。因见风，化作一个石猴。

天底下有这样一块石头吗？我们可以说，石头也许是真实的，但石中的仙胎肯定是虚假的。说到底这块石头也是虚假的。那么讲究的尺寸，显然是用中国文化虚构出来的。但我们仍然问：天底下有这样一块石头吗？有的。要不就没有降妖伏魔的西游壮举了。有的。这是一块虚构的石头，文化的石头，因而是一块真实的石头。

也许我们根本就不应该问什么真实和虚假，如歌德所说："并非总是非得把真实体现出来；如果真实富于灵气四处弥漫，并且产生出符合一致的效果，如果真实宛若钟声庄严而亲切地播扬在空气中，这就够了。"

虚构有着顽强的生命力：虚构的原本消失了（或者根本不存在），但虚构仍然存在着。

27.曹雪芹写石头当然是另外一种景象：

> ……又不知过了几世几劫，因有个空空道人访道求仙，忽从这大荒山无稽崖青埂峰下经过，忽见一大块石上字迹分明，编述历历。空空道人乃从头一看，原来就是无材补天，幻形入世，蒙茫茫大士渺渺真人携入红尘，历尽离合悲欢炎凉世态的一段故事。

这是一块会说话、写满了文字的石头。一部感天动地的《红楼梦》竟是写在这样一块石头上的，够神奇的了。有人竟找到了它的出处：北京西郊的樱桃沟。

也许真的是樱桃沟那块石头给了曹雪芹灵感，但他彻底地虚构了它。在这种虚构中，原有的那块石头几乎不存在了，存在的是这石头上写着的一部《红楼梦》。

虚构是在原有结构一旁的另外构造。它是全新的，世界上从此平添了一个原本不存在的东西。它又那么真实地存在于我们眼下。

28.蒲松龄的石头叫石清虚，有 92 孔，正是邢云飞的寿数：

> 邢云飞……偶渔于河，有物挂网，沉而取之，则石径尺，四面玲珑，峰峦叠秀。喜极，如获异珍。既归，雕紫檀为座，供诸案头。每值天欲雨，则孔孔生云，遥望如塞新絮。

此石被一势豪强夺，坠入河中。势豪百寻不得。后邢云飞至落石处，却见这石头正好端端立于水中，即抱之而出，藏于内室。却有石之原主找来，邢谎称早已丢失。哪想此石此刻正兀自陈列于案几之上。邢执意不还。待此人走，那石头却没有了踪影。邢急追之，好言好语请求割爱，此人方点头答应。回家看时则石仍在故处。后此石又被当朝尚书夺得。邢梦中一丈夫来，自称石清虚，言明年八月二十日可到某处赎回。果然，第二年，尚书获罪致死，邢以两贯钱购回。

此石"能自择主"。蒲松龄感慨道：

> 而卒之石与人相终始，谁谓石无情哉？……石犹如此，何况于人！

29.美国作家霍桑的《人面巨石》不见得比我们的石头高明：

> 这块人面巨石乃威力无边的自然母亲一时兴起，在一座陡峻的山坡上，用许多巨大的岩石堆积而成。……远远看去，酷似一张人脸，仿佛一位巨人或泰坦把自己的相貌刻上了悬崖峭壁。有宽大的额头，足有一百尺；有挺拔修长的大鼻子，有巨大的嘴唇。这张嘴倘张开说话，发出的声音肯定如雷贯耳，响彻山谷。

神奇的是，古老的预言应验了：正是经常观察巨石的孩子欧内斯特自己，成长为人面巨石一般的伟人。

30.亿万斯年之后，吴承恩或者曹雪芹或者霍桑的那块巨石也许会风化出一些小小的石片。阿根廷作家博尔赫斯把它们抓在手里：

> 我弯下腰，把手伸进裂缝，拿出了几片石片。我感到一阵轻微的振动。……我抓了一把，觉得口袋里还剩有两三片。一种痒痒的感觉，一种轻微的激动，使我几乎感到手有点热。我摊开手掌，看见小石片有三四十片。我可以发誓，原来不会超过十片，我把它们放在桌子上，再去掏那剩下的几片。我没有准确地数一数，证实石片是不是繁殖了。……我牢牢地看定一片石片，用食指和拇指把它捡起来。明明捡起来的是一片，然而却是许多片。

博尔赫斯用这些不可理喻的小石片挑战了人类的逻辑和数学。

他就这样把这些神奇的小石片放置在我们面前，我们可以伸手抓起来两个，看它们能不能繁殖出无数片，或者化为空无。

虚构向无限敞开。它的起点、方向、过程和结果都被置于无限之中。我们沿着一个起点，可以走向无数个方向，得到无数个结果，甚至起点也可以是无限的。它回报给人的几乎是绝对的自由。

31. 这些石头都是有生命的石头：一块石头为什么不可以有生命呢？它有自己的生命，而且有自己的灵魂。

不可避免地，人的意识会进入植物、动物或者别的东西之中，进入他人之中。或者说它们进入人的意识之中。但它们还是它们自己。它们因此而更加独立地与人为伴：相看两不厌。

儿童是拟人化的天才。他们天生地赋予无生命的东西以生命，虚构出自己的童话，诗意弥漫在他们的虚构之中。

艺术家必有赤子之心，像儿童那样，以初生的目光观察事物，赋自然以生命，虚构出自己的艺术。

奇迹就这样发生了。事实上平凡的事物中充满了玄机——它们被梦想推入非现实的边缘：

> 我把遥远的奇迹和梦想/带到我的疆域边缘。（格奥尔格）

32. 虚构似乎是从神话开始的：

> 天地浑沌如鸡子，盘古生其中。万八千岁，天地开辟，阳清为天，阴浊为地。盘古在其中，一日九变，神于天，圣于地。天日高一丈，地日厚一丈，盘古日长一丈。如此万八千岁，天数极高，地数极深，盘古极长。后乃有三皇。数起于一，立于三，成于五，盛于七，处于九，故天去地九万里。（《艺文类聚》卷一引《三五历纪》）

这位伟大的盘古是真实的吗？是虚构。但他是真实的。我们可以看到他开天辟地的过程。人们甚至用确凿的数字来证明这一点。人把他的环境、把自然万物神化了，也就是把自己神化了。

虚构天然地具有神话色彩：你虚构了世界上本来没有的事物，这只能是神的作为。你虚构出来的东西自然是一种神话。

虚构为神圣备好了住所。

33.《黑日》可说是作者对太阳的一次虚构：

> 这只黑色的太阳并没有在我的梦里陨落。但我想象得出，他一定会精疲力竭，石块般坠落下来，钻入一个土丘之内，或者从尾巴到身躯，他将自己一点一点地吞噬将尽，以维持自己的精神自由，直到最后，剩下一颗孤零零的头颅。他盘算着怎样消耗掉这颗头颅，并常常为此而寝食不安。
>
> 之所以仍然在高速旋转，是意念中他仍然紧咬住自己的头颅，牙齿在暗中咀嚼不已，这种咀嚼使他获得了延续不断的力量，这力量又使他顽强地坚持他那个荒诞的意念。
>
> 这是一条神秘的蛇。一个黑色的太阳。

虚构的神秘性：人把自己不可能的能力虚构出来，让它变为可能，这种可能就是神秘。“神秘的不是神本身，而是神的显现”，是把隐藏在背后的东西显象出来。

34.文学是有意识的虚构。文学艺术的潮流总是在模仿和虚构之间摇摆。现实与文学之间如有一条横向的轴，不同的文学品种与现实距离不同，呈横列分布于轴线上：一端是模仿，一端是纯粹的幻想。从实到虚，抟实成虚。外实内虚，内实外虚。以虚构虚，虚构虚构（元虚构）。读者也呈横列分布于这条轴线上。从模仿到幻想，他们的数量呈下降趋势，但质量有可能呈上升趋势。

模仿给人以逼真的感觉，但它容易使事物僵化：你把某一件事物从它原来的地位抽取出来，只关注这件事物，从而忽略了其他的事物，忽略了事物的生命和运动的发展空间，因而也使读者无由发挥自己的联想能力。事物其他的可能性被压制了，被消灭了。而纯粹的幻想不困囿于事物之中，不把事物孤立起来以损害别的事物，能提供给读者最大的想象空间。它模仿了事物的无限可能性。它超越所谓的典型，向典型之外延伸。

艺术存在于虚构之中。

35.有时候，改变一下事物的位置，事物的性质就有可能发生变化。如史蒂文斯的诗：

我把一只圆形的坛子/放在田纳西的山顶。/凌乱的荒野/围向山峰。

荒野向坛子涌起，/匍匐在四周，不再荒凉。/圆圆的坛子置在地上，/高高地立于空中。它君临四界。/这只灰色无釉的坛子。/它不曾产生鸟雀或树丛，/与田纳西别的事物都不一样。

把一只灰色的坛子放在田纳西山顶，这只坛子便成了诗的坛子，它不是原来的坛子了。四界接受它的君临，荒野不再荒凉。

36.深入事物的内部。

这一片番茄真是完美无缺，它是用机器从一个组织结构对称完善的果实切下来的。

它四周的果肉紧密匀称，具有像化学剂中那种鲜艳的红色，夹在发亮的果皮和子房之间，既肥厚又匀称。子房里的黄澄澄的种子，按着大小排列，层次分明；一层绿色透明的凝固物使种子黏附在果心鼓起部分的边沿。那浅粉红色的、表面微呈颗粒状的果心，从底部陷处伸出来一束白色的条纹，其中的一条伸至种子附近——但它伸延的方式有点难以明确。

在这片番茄的上面顶端，发生了一种几乎无法察觉的意外情况：有一小块皮离开果肉一两毫米，现在微微地翘起。

罗布-格里耶在《橡皮》中描写了这样一片番茄。我们不要指望可以从中看出什么深意。不过，“一向如此司空见惯之事物均由于作品变成了非存在者”，成为无。有这样的一片番茄，这就是真理。作家逸出主题之外，对物的这种新鲜的打量，亦企图让我们关注其写作本身。

37.博尔赫斯曾经谈道，荷马在《伊利亚特》里描写海伦编织的壁毯表现的正是特洛伊战争的战役与灾难，维吉尔在《埃涅阿斯纪》里写主人公在迦太基港看到大理石浮雕上的战争场景中有他自己。这种虚构之中的虚构其深意在于：“如果虚构作品中的人物能成为读者或观众，反过来说，作为读者或观众的我们就有可能成为虚构的人物。”

蒲松龄亦善于从虚构之中虚构：

> 东壁画散花天女，内一垂髫者，拈花微笑，樱唇欲动，眼波将流，朱注目久，不觉神摇意夺，恍然凝思。身忽飘飘，如驾云雾，已到壁上。见殿阁重重，非复人世。一老僧说法座上……过曲栏，入一小舍，朱次且不敢前。女回首，摇手中花，遥遥作招状，乃趋之。(《画壁》)

艺术中什么事都可能发生。

38.人有创世的欲望。人或许是上帝的一个梦，一次终极的虚构。人无可奈何，只好对这种虚构再来一次虚构，另创一个世界，来抗拒上帝的虚构。比如博尔赫斯的特隆世界、扎米亚京的大一统王国，还有桃花源、乌托邦，等等。在扎米亚京这个未来的国家里，没有了"我"，每个人都只是一个号码，有的只是"我们"，大家吃同样的石油食品，住同样的玻璃房子，有同样的思想，甚至性生活也是统一安排的。最后是号码们的一次象征性造反。

《创世记》无非是人的一次伟大的虚构：

> 起初，上帝创造天地。地是空虚混沌，渊面黑暗，上帝的灵运行在水面上。上帝说：要有光。就有了光。上帝看光是好的，就把光暗分开了。上帝称光为昼，称暗为夜，有晚上，有白天，这是第一日。

上帝创造的这个世界只能是一个人文的世界。

这位上帝对莎士比亚说："我不是我，我可能是一个梦，但我也做梦，梦我的世界，一如你梦你的作品。"

39.人物：千百万中的一个，天地神人四元环舞中的一元。即使荒岛中的鲁滨逊也是众人中之一人，天底下的一个事物。此一人也是众人，宇宙社会精神的一个凝结之物，一个精神的象征。

怜香惜玉、不务正业的贾宝玉原来是当年娲皇废弃未用的一块石头，警幻仙子命其为赤瑕宫神瑛侍者，他却常在西方灵河岸上行走，看见那三生石畔有棵绛珠仙草，娇娜可爱，遂日以甘露浇灌。此草便决意他日下凡用一生之眼泪报答他。宝玉一落胎嘴里便衔着一块五彩晶莹的玉,玉上还有许多字迹,贾雨村听说后道:“果然奇异!只怕这人来历不小!”

不要小看这种来历,它把贾宝玉植入一个深厚的背景之中,那个浑然一体跟着他到来了。

事实演变成为幻想。幻想以事实的形态存在。

40.虚构的人物可以是可能的,也可以是不可能的。一个天外来客。孙悟空出自一块灵石。一块白骨也可以成精,化为一个美女。在《圆形废墟》里,博尔赫斯让一个巫师在梦中创造了另外一个人,他用他的梦让他生长,从拳头般大小到一个完整的有血有肉的人。最后,这巫师明白了一个道理:他自己也是一个幻影,一个别人在做梦时看见的幻影。

更为有趣的是,博尔赫斯还虚构了另外一个博尔赫斯,让他们两个进行一场对话。在另外一篇文章里,这另一个博尔赫斯向读者大谈博尔赫斯,结尾的一句话是:“我不知道我们两人之中是谁同你谈话。”

这个在梦中创造的人“是一个值得分享的宇宙的灵魂”,他似乎在用他的虚构性嘲笑着现实生活中的人们、他的每一个读者:你们是不是一个梦呢?另一个博尔赫斯也让我们分裂出了另一个张三李四,我们自己的灵魂正在注视着我们:或许这客体化的张三李四才是真实的我们。这些虚构的人物诞生之后,世界已不是原来的世界了。

41.故事:让隐蔽的事物显象。所谓故事其实是新事,是即刻发生的事。它在作者的笔下即刻发生,也在读者的目光中即刻发生。

打开一本《红楼梦》,一幅幅画面向我们展开:灵石、空空道人、警幻仙子、绛珠仙草、甄士隐失女、贾雨村沉浮、宝玉神游太虚幻境……它不是故事,不是几百年前的旧事,也不是新闻,而是假语村言,是虚构的新的发生。

所谓叙述,即用语言招呼那个浑然一体的到来,迎接神圣的出场。

42.语言:对那个浑然整体的召唤。幻想改造着语言,它言说不可言说的东西,言说无。法国学者弗朗索瓦·于连称赏庄子的荒唐之言:“创造一种能够冲破语言规限并脱离其模型的‘言’,一种一下子把我们从对立中解放出来的‘言’,这种言成功地使我们立足于观点的片面性之外;这还是一种不固守于任何一方而又能够说出诸物的永恒转换，并且能够‘注焉而不满，酌焉而不竭’的‘言’。”这种言不停留在固定的位置上，不断变化以顺应形势，克服了单一性，中止了是与非的对立，使事物向虚空敞开，而不使其僵化，从而达到事物的根本。物象被解放出来，向浑成开放。

语言的柔软流动状态天然地为虚构备好了婚床。

43.以虚构的态度对待事物，关注事物的虚构性，我们的身心就得到了解放，事物便展示出另一种境界。这种境界赋主体以自由，也还客体以自由，主客游戏其间，互相虚构，互相发明。那些巍然的概念倒塌了，其细微幽渺之处反呈现出无穷的魅力。比如某些宗教著作，比如《圣经》，作为虚构的文学作品去读，我们欣赏它的神话故事，欣赏它塑造的人物，欣赏耶和华和耶稣制造的奇迹。我们既是观赏者又是评论者，既可接受他们又可被接受，既可仰视又可俯视。其中的不可理解之处容易理解了，可以理解之处却不那么容易理解，阅读的快感随之增加了。我们能够看到上帝背后隐藏着的东西，上帝威严面目下隐藏着的幽默。上帝在笑我们，我们也在笑他。上帝虚构了我们，我们也在虚构着上帝。我们同样会称赞这部作品的伟大：正是虚构的伟大。如此，我们会觉得我们读到了《圣经》的根本之处。

44.虚构：虚其构。构其虚。

虚其构。虚，即翻动，使原来的结构松动起来。显在的东西归于隐匿，隐蔽着的成为显象，像新鲜土壤一样发出光芒。事物迎来了一次新的发生。翻耕土地，种上庄稼，真理种子一般发芽了。让象从隐象之中绽出。这个构是不断被虚不断到来的构，按中国人的天道观，它自己虚构自己。虚构之后的构是一个超验构造，是人的“生存之核心之可能性”（海德格尔）。

构其虚。即构其无。此“无”让“有”与自己一块儿显现。这个无不是没有的无，不是一个一般的否定。与“有”比较起来，它是更为玄妙的东西：“视之不见名曰夷，听之不闻名曰希，抟之不得名曰微，此三者不可致诘，故混而为一。……复归于无物，是谓无状之状，无象之象，是谓忽恍，迎之不见其首，随之不见其后。”它是可能，是那遥远的东西，正在到来的东西，正在消逝的东西，正在出发的东西，原始反终的东西。有与无二面一体：“故常无，欲以观其妙；常有，欲以观其徼。此两者同出而异名。”比如：“埏埴以为器，当其无，有器之用；凿户牖以为室，当其无，有室之用。故有之以为利，无之以为用。”

用海德格尔发扬老子思想的话说，就是让天地神人聚集到此构成上去。虚构的结果是一个聚集的构成。

45.一株兰草，如果你的目光只停留在它的花朵这最为显在的东西上，它的叶片、根须便无了起来。它的立足之地，地上的水与肥，水与肥之所来，它叶片上的阳光，阳光之所来，则更为隐匿。

也许还有一只燕子的鸣叫声，这鸣叫声传达到它的花朵和叶片上，发出了更加幽微的声音，这声音又抵达一只蜜蜂的翅翼上，给了它采花工作更多的愉快，这情景被站立在它面前的一个写作的人劫掠了去，成为一首诗中的事物，多少年之后，一个遥远的读者读到了这首诗，这情景便在他心中复活了。

每一个事物都隐藏在无穷无尽之中，或者显象在隐蔽的无穷无尽之中。

兰草之有实有着无。

46.虚构，即把眼前的、背后的，过去的、现在的、将来的，现实的、非现实的东西综合另构出一个崭新的东西。这个东西显示着那个综合，那个浑然为一的整体。“因而使不可见者进入某个它所疏异的东西之中而构形。”（海德格尔）

47.套用王国维的境界说，本文作者拈出老子的一个无字，以估文章之大小浅厚。文学乃象，无象即无文学。但此象乃无中之象，天地神人运发中之象，一象既立，万象相随。它“以自己的方式把天地神人聚集起来”。宇宙天地社会人生氤氲摩荡通融变化之信息便含蕴于其中。或可说是天地神人拥举出这个象，让它代其发言。此无非他无，乃大象无形之象无，象中之无。象以出无。象中无无，此象必枯。文学以有无者为最上。有无，则自有境界，自有神韵，自成高格，自有趣味。

48.因有无，文学之象便具幽冥恍惚流动之状，只可以虚构得之：“惚兮恍兮，其中有象；恍兮惚兮，其中有物。”

49.文学之工与不工，亦视其象无之深浅而已。王国维所谓境界，犹不过道其面目。盖有境界，乃有无也。诗中的事物伸展到不可穷尽的隐蔽之物中，方显出境界。此境界乃无隅无域之境界。所谓言有尽而意无穷，其根底在此。“能写真景物真感情者，谓之有境界”之说便显不甚得当。故言兴趣、神韵、境界，不如言无。有无，而兴趣、神韵、境界三者随之。

50.无有常人之无、诗人之无。常人多用力于功利，胶着于实用，取对象化态度、计算性思维，“其耆欲深者，其天机浅”。功利者多视无为没有，没有得到。他对万物多问什么而少问如何，多概念理解而少形象观照。唯诗人与哲人专特于此，以诗之态度与万物兴会咏思，所感必微妙深邃玄远，“形诸于文字，故入于人者至深，而行于世者尤广。使读者得阅之，有高举远慕、遗世独立之意。而亦有得与不得，且得之者亦各有深浅焉”。

叙述问题

1.运用语言文字表现一个可感的世界，谓之叙述。叙述记录一个事件，描写一个场景，刻画一个人物，但又不只是这些——这事件，这场景，这人物，是一个世界中的事件、场景和人物，它们处身于一个世界之中，处身于各种关系之中。叙述，借用海德格尔的说法，是将一个世界带入文字之中，天地神人在这个世界里共舞，隐蔽的东西得以澄明，真理在这个世界中发生了，或可说世界在这叙述中发生了，此之叙述可谓揭示，把一个全新的世界揭示出来。

这就要求作家把叙述的触角伸入到人、社会和宇宙的底里，伸入于鸟兽虫鱼、花草树木的叶脉和神经末梢上去，网络在大地和天空之上。其笔下的每一句话应该既具体地表述着什么，又指向整个世界，含蕴着整个世界。

博尔赫斯在其小说《神写下的文字》中是这么说的：

> 即使在人类的语言里，也没有哪个命题不包含整个宇宙的。说“老虎”，那就是指它繁殖的所有老虎，它吃掉的所有麋鹿和乌龟，麋鹿吃掉的所有的草，草所生长的土地，以及土地受到光照的天空。

关键是你要让“老虎”这个词在你的作品中具有强烈的力量和意味，似乎它就是一只真的老虎，一只语言的老虎，一只文化的老虎，一只有生命的老虎。这只老虎可以膨胀为一个宇宙。这只老虎就是一个宇宙。

2.叙述在语言中发生。现实中的事物和非现实的事物进入语言，发生了一个质的转换：它们失去了它们本来的形象、色彩和重量，一切都成为非现实的了。事物以文字的形态进入纸张之中，轻飘飘的，只有一张纸那么轻，轻如鸿毛。纸上的文字是非现实的——不适宜现实衡器的度量。语言的本质正是诗。事物被压缩进一张纸中，化为诗，而诗,其思想的灵魂可以走得很远,却不可揣度。

此之叙述便以其自足性与叙述中触及的事物之原形世界保持着平行。有时候也有所交叉。但它们是两个不同的世界。因为它们有不同的逻辑和形态。它们对立着,呼应着,互相启发着,相看两不厌。

诗的世界有着自己独有的逻辑,诗的逻辑。

3.作为言说的叙述必然是诗意的。叙述触及的事物既是它自己,又不是它自己,它以它本然的状态述说着它自身,又以或然的状态述说着一个世界。它的光芒照亮着别的事物,并伸展向它背后的无限。即使是毫无诗意的事物进入叙述,它也成为诗的事物了。事实上没有毫无诗意的事物。当庄子说道在屎溺的时候,屎溺就具有了诗意。

这事物述说着它自身,也述说着触及它的人。它在作者的观念和想象中发生和成长。而作为"在世"的作者,其观念和想象正是现实中的事物,亦即我们称为真相或者真理的东西。此真相正是诗。此诗即谓之"存在之家"。作者用他的叙述看护着这个家,这个世界。他对我们说:"好好看,世界的全部秘密都藏在这些简单的形式下面了。"(安德烈·莫洛亚语)

真正的散文是诗,真正的叙述也必是诗意的。

4.再现一个经验范围内的世界,是谓经验叙述。表面上看来,经验叙述的经验是可信的、合逻辑的,但它的内存却应该是非经验的、新鲜的,而不是司空见惯的。叙述的诗意就存在于这个新鲜之中。即使叙述司空见惯的东西,也应该把这司空见惯的东西里面鲜为人知的东西揭示出来。因为挑剔的艺术家型的读者要求新鲜的经验,要求只有小说才能承担得了的经验,否则他宁可从新闻和其他媒体取得这种信息。这种要求是正当的。也就是说,经验叙述之经验是经过排列、分割、组合、畸变、重塑之后的经验,这经验已经不是原来的经验了。或可说它已经是经过艺术化的经验了。有时候,它已经接近于超验叙述。

19 世纪欧洲小说里面大量的环境描写我们现在觉得沉闷了,但在照相术、电影电视发明出来以前,这种描写是合理的。现代的小说仍然允许这种描写,但应该是经济的,更为别有用心的。

巴尔扎克可以把人物的房间、房间里面的木器家具、家庭的现金账目等等描写得巨细无遗,其目的是为了报告人物的财产状况,但他似乎不怎么注意人物的自然背景、山川草木。现代小说中类似的描写更具有精神性。现代作家更为看重观察事物的深邃目光和独特方式。比如普鲁斯特有时也写居室和室内的陈设,但都是一笔带过,十分简略。

我已经慢慢地把自我充实了这间卧室,以至于对房间本身早已置诸脑后,我总先想到自我,然后才会念及房间。……我的房门的把手,同其他房门把手不同之处,仿佛就在于它看来不需要我去转动便能自行开启,因为对我来说,把手的运行已经成为无意识的举动……

显然,普鲁斯特这种描写比巴尔扎克那种静止的描写更有意味,更具流动性和生长性。而下面这种描写可能是巴尔扎克更为疏忽的了:

那时我早已拿着一本书躺在我自己房里的床上了。几乎全都合上的百叶窗颤颤巍巍地把下午的阳光挡在窗外,以保护房内透明的凉爽,然而,有一丝反光还是设法张开黄色的翅膀钻了进来,像一只蝴蝶一动不动地歇在百叶窗和玻璃窗之间的夹缝里。

普鲁斯特注意到了这一丝反光。这真是一只诗意的蝴蝶。

但现代小说里面有一些叙述也是静止的,如同西画中的静物。海德格尔曾经称赞过凡·高的一幅有关农夫的鞋的画,这双鞋象征着农夫艰辛的生活。有关这幅画的描述完全可以移植到小说中。海德格尔有关这幅画的一大段宏论也完全可以移植到小说中(我们面对着凡·高这幅画,也许会不以为然:无非是一双破烂的农鞋而已。这就是创造性的艺术需要创造性的读者的原因)。

一本流动着的小说里穿插着一些个静物,这不是很有意思的想法吗?

5.觉得经验叙述不过瘾的时候,小说家会用经验分析来加强自己的力量,分析性地描写那些经验中的事物,给它们定位,让它们更为明确起来。

只是这些大段大段的理性分析,现代的读者也许有点不耐烦,他们往往跳过这些描写,去阅读他们感兴趣的东西。但其中有些经验分析是很耐读的,可堪品味。

道林·格雷感到人们对感官的真正性质从来就不理解。……

我们大多有过在几乎要使我们爱上死亡的没有梦的昏睡之后,或经过一夜恐怖和放纵的欢乐之后,在黎明前醒来的经验。那时比现实还要可怕的幻影和本能在我们的头脑里掠过——那是隐藏在一切离奇事物后面的活蹦乱跳的生命本能。白色的指头逐渐爬过窗帘,似乎在颤抖着;无声的阴影以各种奇怪的形象钻进了屋角,蹲着不动……朦胧的薄绡一层层揭开,事物的形和色逐渐恢复。……我们所知道的现实生活从夤夜不现实的阴影里回来了。我们得接着昨天中断的地方活下去。……或者,我们有一种疯狂的欲望:有一天早上睁开眼睛一看,世界已按我们的需要在黑暗里改造过了。事物有了新的形象和色彩,将要变化,或是有了别的秘密。……

道林·格雷似乎觉得创造这样的世界才是生命的真正目标,或是目标之一。在他寻找新颖、愉快的感官刺激的时候,他常常要使用一些他明知与自己的天性格格不入的思维模式,听任自己受到它们的微妙影响。

这是王尔德《道林·格雷的画像》第11章里面的一个段落。这整个一章全都是这种描写。应该说,这些文字有着浓厚的文化气息,十分理性,又十分诗意。

卡尔维诺的经验分析当然与王尔德的有所不同。《帕洛马尔》中有一篇文章叫作《无法计量的草坪》,其中这样写道:

这片草坪上混长着马蹄金草、黑麦草和三叶草……草坪是草的一个集合,它包括两个子集:种植的草和自生的草即杂草。这两个子集的交集则是自生的但属于种植品种的草,因此不能把它们从种植品种中剔除出去。这两个子集各自都包括许多品种,每一个品种又构成一个子集，说得确切些，每一个品种又构成一个集合，它也有两个子集：一个子集包括属于草坪的诸元素，另一个子集是不属于草坪的诸元素。风带着草种和花粉到处飞舞，各集合之间的关系又被打乱了……

这种对于草坪的追究似乎有科学的色彩，但我相信即使是植物学家面对一方草坪也大可不必进行这种无聊的毫无科学价值的分析。但作为叙述，它给人的是一种理性的游戏般的快感。

6.现在我们要说到超验叙述了。展现一个经验范围之外的世界，是谓超验叙述。事实上我们经验中会遇到一些非经验、超经验的经验，一些偶然性、不可解释的现象，特别是幻想和梦境，在梦境中，一个人忽然就变成了狗，我们并不觉得奇怪。其实这种超验的荒诞的东西并不荒唐，它正是人内心真实的反映。说到底，它仍然带有经验的性质。

最方便的例子是格里高尔·萨姆沙一天早晨醒来发现自己变成了一只巨大的甲虫。我们还可以从《聊斋志异》中找到很多这样的例子。这是变化的超验。

鲁迅《铸剑》中一段两只头颅互相撕咬的描写也超验得可以。这种超验赋予不可能以可能性。

意大利作家卡尔维诺是这方面的高手。他早年曾经描述过一个在战场上被分为两半的子爵，一半是善，多行善事，一半是恶，恶贯满盈，最后他又让这两半合为一体。卡尔维诺以此揭示了人性中深刻的东西。

还有另外一种超验，神秘的超验。博尔赫斯认为在一篇小说中描写牛头怪没有趣味，应该描写某种普通的东西，比如一枚硬币。于是他把这枚硬币神秘化了，看到它的人都会身不由己地发疯。

7.超验分析。分析的是非经验的东西，或者分析本身亦是超验的。卡尔维诺有一本书叫作《看不见的城市》，描写了50多座看不见的城市。且看书中这一段分析性的叙述：

灰色的石头城费朵拉的中心有一座金属的建筑物，它的每个房间都有一个水晶球，在每个球体里都可能看见一座蓝色的城，那是不同的费朵拉的模型。费朵拉本来可以是其中任何一种面貌,但是为了某种原因,却变成我们所见的样子。任何一个时代,总有人根据他当时所见的费朵拉,构思某种方法,藉以把它改变为理想的城市,可是在他造模型的时候,费朵拉已经跟从前不一样了。而昨天认为可能实现的未来,今天已经变成玻璃球里的玩具。

描写那种不存在的东西,给我们想象的快乐。分析那种不存在的东西,就给了我们双重的快乐:虚构的快乐加上理性的快乐。

8.我愿意把抽象叙述归类于超验叙述里面去。这种抽象叙述大体上可分为两类:一类为论述,讲道理的;一类为抽象,抽取事物的基本构成展示出来,就像西方的抽象画一样。卡尔维诺《看不见的城市》有一段很典型:

> 欧朵西亚这个向上同时又向下伸展的城,有许多弯曲的小街、梯级、穷巷和茅屋,城里保存着一张地毯,你可以在其中看出城的真正面貌。第一眼望去,你会觉得地毯的图案跟欧朵西亚一点也不相像,因为整张地毯的设计都是对称的图形,沿着直线或曲线不断反复,间以色彩鲜艳的螺旋纹饰。不过,假如你仔细审视,就会同意地毯的每一段都符合城的某个特点,同时整个城的东西也都包括在地毯里,并且符合它们排列的先后次序……它的几何图形绝对不遗漏任何一个最微小的细节。

前面所引关于草坪的一段描写也是这种理性的演绎,或曰理性的想象。

博尔赫斯是抽象叙述的大师。他的小说《接近阿尔莫塔辛》《赫尔伯特·奎因作品分析》表面上完全是文学评论,前者评论了一本不存在的小说。这是两篇独具小说性质的论文。

9.原叙述也可以算作一种超验叙述。因为在经验中一般人是不会去计较叙述背后的叙述的。原叙述的魅力在于,它使原有的叙述向反方向回溯,它质疑着原叙述,给人以揭老底般的快乐:原来你叙述的仅仅是叙述而已,仅仅是虚构而已,一切都是假的。假做真时真亦假,但假做假时假中就有真了。艺术，就是以虚构述说真理。

> 我最好还是说明一下，虽然以上描写确实在上两章发生过，但实际上它是一种想象，并非如你上面所听到的那样如实发生……（约翰·福尔斯《法国中尉的女人》）

这不单单是一种诚实的态度，更为重要的是，它超出了此叙述的边界，把这叙述的正常意义悬置起来，叙述本身便在这种悬置中升高了一级，它改变了整个叙述的性质，或者说它改变了整个的叙述世界。

10.装饰性叙述或者结构性叙述指向文本结构的平衡。就像画家画完了一张画之后，觉得某一个地方还缺少了什么，拿起画笔添补了几笔，以求得画面的均衡和完美。有些小说的某些风景描写起到的也主要是这种作用。昆德拉的小说总是写 7 章，每章都有自己的长度，如《玩笑》的长度顺序是：很短，很短，长，短，长，短，长。其中有些段落似乎纯粹是结构的需要，出于建筑学和几何学方面的考虑。

11.还有一种无意义叙述，它没有什么特别的目的，它是自满自足的。它不影响小说的整体构成，不影响小说的故事进展和效果，不影响上下文的意义，但有了它，这小说就不是原来的小说了。我前面说到的静物也有这个意思。中国明清小说中有很多游离于情节之外的宴饮描写，以及许多诗词和独立的小故事的穿插。乔治·奥韦尔说："狄更斯风格的准确无误的最高标志是无用的细节……谁也不会想到狄更斯万无一失的一笔，是在一层土豆上烘烤羊肩肉（在《匹克威克外传》里小男孩儿吞下姐姐手镯的故事中）。这能推动故事发展吗？丝毫不能。它完全没有用处，只是一页边角上的点缀，但正是这些点缀制造了狄更斯特有的气氛……小说的协调受到影响，但这并不怎么重要，因为狄更斯显然是作品中部分大于整体的作家。"（转引自热奈特《新叙事话语》，王文融译）

部分大于整体。这很有意思。如果每一个局部的叙述都既是整体的一部分，又有自己的独立性，自成一个世界，向外扩张着，那么，这个整体肯定是更为巍峨更为曲折丰沛的。

12.叙述应该是立体的，像铀 235 一样，有极高的能量。它既是经验的，又是超验的；既是感性的，又是理性的；既是具象的，又是抽象的；既有过去，又有现在和将来；既是整体的一部分，又自成一个整体，完满而自足。总之，它以一指向全，以有指向无。它似乎可以走出文本，与天地万物，与另外的文本相交通。可以拿博尔赫斯这段话体会一下这个意思：

诗人在倒数第二座塔下吟了一首短诗……原作已经失传，有人认为它是一句话，也有人认为它是一个字。千真万确，却难以置信的是，那座宏伟的皇宫完完全全、毫厘不爽地被包含在这首诗里，包括每一件精美的瓷器和瓷器上的每一个图案，每一个暮色和晨曦，以及远古以来在里面居住的各色凡人、神灵和真龙的每一个光辉时代的每一个祸福时刻。

……他的后代仍在寻找那个包罗万象的字，但是永远不会找到。（《皇宫的寓言》）

可能性与不可能性

可能性:事物伸展的方向。一个人站在一个地方,他可以向前后左右任何一个方向走去。他当然也可以继续站立着不动,或者向天空的方向蹦几蹦,蹲下来,躺倒。如果他的左手有一堵墙的话,他就缺少了向左方行走这一可能性。当然他可以克服困难,翻越这堵墙,如果他有相当的力量和意志的话。可能性是逻辑性的,可以成为现实而尚未成为现实的东西。

但这个人说:我可以飞上天。

我们都不相信,因为他没有长翅膀。我们知道他没有这种可能性。

我可以飞上天。这个人强调说。

我们对他这句话可以这样理解:这是一个隐喻性的说法。他指的是他可以走到机场,乘坐飞机上天。

不,我真的能飞上天,像一只鸟一样。这个人认真地说。

我们会笑这个人疯了,得了神经病了。

如果他加上一句:我是说在幻想中。

嘿,他是想象他像一只鸟一样飞上了天。

不,这是真的,我确确实实像一只鸟一样,长出了一对翅膀,向空中飞,在白云中盘旋。

原来这是一个小说中的人物。

我们读小说的时候使用的是另外一种逻辑,小说的逻辑:一切都是可以接受的。

现实中的时间是矢性的,有强烈的方向感。它的不可能性:没有方向,没有界限。过去、现在与未来混而为一,这正是小说中的时间。

我现在是一个婴儿。我现在到达了史前时代。这个人说。

我们应该相信他。他还会骑在一只恐龙背上玩耍呢。

逻辑性表现为原因和结果。有正当的原因才会有正当的结果。不可能的是,事物如此发生了。他无端地烦恼着。没有什么原因。不知道有什么结果。事物本然地非人化地存在着。

我现在有三个头颅,九只眼睛。

他为什么又生出了两个头颅?他后脑勺上的眼睛是真的吗?我们不去追究。因为他是小说中的人物。

原来小说中的人物可以为所欲为。对于他来说,没有什么不可能的。没有什么逻辑限制。他愿意生出一双翅膀,一双翅膀就生出来了。他愿意潜入海底,他就是一条鱼。

不可能性:事物的非逻辑性,非现实性。或者说,事物的非逻辑性的现实性。在小说中,事物的非逻辑性成为逻辑,顺理而成章。它自然而然地演绎着,自然而然地为读者所接受。

小说中的逻辑与现实中的逻辑不同之处在于:不可能成为可能,一切都是可能的,一切都可能发生。

这是一种轻,远离现实或者脱离了现实的轻,像一阵风,像天边的云霞,鸟瞰着大地和人群。有了这种轻,生命和苦难都是可以承受的了。现实中一切的不可能性我们都可以在小说中得到。你想当皇帝,你就读一本描写一个平民登上龙位的小说。或者你干脆写一本书,你设想你当上了皇帝,你把一个国家治理得井井有条。如果你觉得皇帝已经过时了,自古以来皇帝没有一个好东西,那么,你可以在小说中颠覆他,你建立起一套民主的制度。你想体验一下动物的生活,那么,你就化身为一只老虎,在一片山林中为王。

不过有时候,这种虚构的轻增加了现实之沉重。卡夫卡的推销员变为一只甲虫,明眼人一看就知道它是一种非逻辑的产物,一种不可能。但它是一只真实的甲虫,你看它在地上爬着,口中吐出一种虫子的黏液,父母和妹妹终于厌倦了它。它使这个推销员以及整个人类的生活变得沉重起来。

按照小说的逻辑,轻微马上就可能变为沉重,沉重顷刻间就可以转化为轻微。是的,它们本来就是一回事。正如云彩飘浮于天空之下大地之上一样:云彩是轻的,但它飘浮在沉重的大地上。

事物的可能性有时候是不可预料的,一个偶然,比如一阵轻微的风从远处飘来,忽然成为龙卷风,把一只大公鸡卷上天空。事物的不可能性也是不可预料的,一个好端端的推销员忽然就变为甲虫了,而且是一只真实的甲虫。小说中的事物遵从着小说的逻辑。反正格里高尔变为甲虫了,《变形记》开头就这样写着:“一天早晨,格里高尔·萨姆沙从不安的睡梦中醒来,发现自己躺在床上变成了一只巨大的甲虫。”信不信由你。

我们知道这完全是可能的。在巨大的压力之下,格里高尔变为一只甲虫才是正常的。

不可能中埋藏着可能性。

这就是小说(或者说一部分小说)的逻辑。

也是人观念和幻想中的逻辑。

人的意义,或者说人的根本处境在于,人是一个充满了可能性的生物,但人又幻想着那些不可能的事物。人从可能性和不可能性中来了解自身。人的存在不是被最后规定了的,它是一个个可能性实现的过程,在这个过程中,众多其他的可能性成为了不可能,而有的不可能性从遥远的地方走来,成长为一种可能性。人总是企图超越自己,超越自己的局限和境域,正是这种超越,赋予人一种悲壮和崇高,而小说,正是这种超越的一个美丽的成果:它使这种超越成为可能。

可读性问题

什么是可读性？

可读性就是好读、好看。我们一般所说的可读性，指的是故事情节一波三折，人物形象鲜明生动，读者的感情被充分调动起来，泪流满面、唏嘘长叹，等等。总之，让人一口气能把它读完。

但这种可读性仅仅是一种可观赏性，这种可读性尚缺乏深入真正意义上的作品内部的能力。

读有抽绎之意。《诗经·墙有茨》："中蒂之言，不可读也。"可读，可抽绎发挥之谓也。

朱熹讲读书三到——心到、眼到、口到，其中，心到尤为重要。

可读性乃可"读"性。读字的言字旁说明它直接与语言文字有关。人们把它引申出来使用，正是强调了读的特性，如读画，不说看画而说读画——不单单欣赏其整体的形象，还要细读其线条、块面、构成，体会这些东西所蕴含的独特的韵味——正强调了其用心用智这一面。和电影、电视这些图像性的东西比较起来，小说以及别的文学作品更需要读，用眼睛去阅读那些表面上静止的方块字，并且用心灵与这些方块字对话。这些似乎抽象的文字进入眼睛之后，一个个活动了起来，其本义、反义、引申义、表面意义、深层意义、意外之义等等从不同方向炸响，连成一体。它们互相串联、挤压、分化、对立、拉帮结派，有时候还自我瓦解、相互瓦解，方产生出意义、音响和图像。这意义、音响和图像与电影、电视不同的是，它需要一个瞬间的转化，仍然有其模糊性，不那么清晰，更多地需要读者想象力和心智的参与，因此它在读者的脑子里更多地停留了一会儿。有意思的就是这个转化过程。这就是读书要比看电影、电视更用心一些、更累一些的原因。

这正是文字（语言）艺术的特性所在。文学作品把自己的所有都储存在语言中。这些文字一个个孤零零地、没有什么道理地排列在一起，没有温度，没有色彩，没有声响，像一只只僵死的黑蚂蚁。它们等待着读者用自己的眼睛和心智去激活它们，转化它们。语言在向形象的转化中发散出可能比它自身更多的意义。但要获取这种意义就需要付出更多的努力。

一个个文字进入了眼睛,转换为图像或意义。这一个瞬间的转化很重要。这正是好的作品所要求的可读性之根源所在。

可读性即打破读者的阅读惯性,让读者时不时地停留下来,进行必要的思考和品味,让读者在读完一个段落或者终卷之时又回到从前,或者回到作品的初始部分。他可能在这里寻找到了一种新的感受、新的意义。正是作品中那些晦暗不明的东西吸引着读者重新开始跋涉,开始他的第二次、第三次、第无数次的阅读。在读者开始第二次阅读的时候,作品中那些故事、情节,那些表面化的东西已经退居二线了。

好的小说需要品味。含在嘴里,用舌头和口腔去感受和品评。舌头和双唇配合起来,发出啧啧的响声。把那种独特的味道吞咽下去,让它透入骨髓。此即为品味。

好的作品需要我们用思想去读思想,用灵魂去读灵魂,用智慧去读智慧。

好的作品具有挑战性。好的作品需要我们用我们的想象力去挑战作者的想象力,用我们的智慧去挑战文本的智慧。

好的小说不一定好读。好的小说不一定热闹。小说中最耐读之处也许不在那些热闹的地方,而在那些偏僻的地方,在人们不注意的地方。好的小说语言总能让人在顺畅的阅读中停留下来,停留下来思索一番。不能让人停下来思索的语言不能说是好的小说语言。

因此我们可以这样说:可读即不可读。

因此我们仍然可以这样说:可读性即可“读”性。

小说性与小说的边界

小说即小说。小说即非小说。

小说之为小说:不分行排列的有人物和情节的叙述体。

没有了故事、情节和人物这些东西叫什么都可以,但就是不能称之为小说。

这也就是小说意识。这种小说意识指导着我们的小说阅读和小说写作。读一本小说的时候,我们会用这种小说意识去要求这本小说。因此面对有些小说文本,我们会问:这是小说吗?

小说要有人物,人物要有性格。性格最好是既新鲜而又似曾相识,所谓熟悉的陌生人。小说要有故事和情节,这正是小说区别于散文的地方。小说开始时墙上挂着的那把刀结束时一定要取下来,染上鲜血。小说中的生活应该是真实而可信的。小说要有主题,一个明确的主题,明明白白,毫不含糊。我们可以举出很多很多例子来说明这些小说要素。我们读过的大多数小说都可以作为证明。这些小说人物是典型的,情节是系统的、完整的,主题是明确而不含混的。

但有人物和情节的叙事作品就是小说吗?

这个定义却也排除了数量不大的一些优秀小说,比如卡夫卡、博尔赫斯、卡尔维诺的某些小说。

小说意识还不是小说的本质属性。小说意识还不是小说性。小说性是什么?小说性是小说的灵魂。小说性并不是强烈的小说意识。情节和人物可以表现出来这种小说性,但情节和人物本身却不是小说性。小说性是更为内在的东西。小说性恰恰是不是小说的那些东西。小说性不在小说里面故事情节人物活动的热闹之处,它不喜欢热闹。它只在那些不起眼的地方生长着,在最平静朴素之处蹲着,谦卑地等待着解人。它有点可怜兮兮。它容易被人忽略。小说性是你转述一篇小说时总是过滤掉的那种东西,改编电视剧常常被改掉的那种东西。小说性不可改编。如果小说里面的事物亦可分为物质的和精神的,那么,小说性既存在于小说里面的精神事物里,也存在于小说里面的物质事物里——存在于物质事物的灵魂中。小说性潜伏在小说的形象背后,潜藏于小说的抽象之中,潜伏在小说语言的表现力和想象力之中。小说性蕴含在小说对人、对生活、对世界的某种可能甚或不可能的思考与表现中。那是一种内在的诗意和星空般的无限感和高远感,一种形而上的感觉。它藏而不露。

卡夫卡的长篇小说《城堡》的主体情节是 K 走近城堡,但终究未能进入城堡。这就赋予这部小说形式上的抽象意味:一个人向城堡走去。看起来他很快就可以进入城堡,然而他只能在靠近城堡的一个村子打转,他无力走进城堡。因为城堡是一个寓言般的存在。卡夫卡赋予这种平凡的生活以极限形状,一种可能性或者不可能性因此得以在小说中展开。

如果卡夫卡写这位 K 畅通无阻地进入了城堡,甚至做出了一番惊天动地的事业,那么,我敢说,这肯定不是卡夫卡的东西,这种东西里面的小说性肯定不会太多,而有可能太少。

如此我们可以说:那些有人物、有故事、有情节的作品未必是小说。

缺乏小说性的小说不是小说意义上的小说。

小说的灵魂是什么?一种自由的创造精神。有创造力的小说总是突破着原有的小说。它有很强的侵略性,肆意侵占着别人的地盘。或者说它的边界是开放的,甚至是没有边界的。

从这个意义上说,小说即非小说。小说是不是小说的小说。小说在坚执自己优秀传统的同时,应该开放自己,向其他文体开放,应该允许那些逸出自己规范的东西存在。不断地把不属于自己的东西盗取过来,据为己有,小说艺术才能不断地得到发展。

小说存在于它的边缘地带。

小说之小说性往往生长于它的边缘地带。

比如,小说可以是散文随笔。

小说本来和散文就是一家。

我们可以拿契诃夫的《草原》作为例子。9 岁的男孩叶果尔眼中的草原,草原上的庄稼、各种植物、鹞鹰、野雁,阴晴晨昏,在这部小说里发生着。大草原的生机和性格在叶果尔脑子里发生着。天人合一生出了诗。草原是这部小说的主人公。这已经成为主流意见：这部以描写草原风光为主体的小说没有多少故事性，没有什么悬念，但它比作者那些纯正的小说更醇厚更有味道，它是契诃夫最好的小说。

我们再看看卡尔维诺的《帕洛马尔》。一个叫帕洛马尔的人观察了多种事物，作者一段一段地把它们铺张出来：海浪、沙滩上的女人、草坪、正在交配的乌龟、星空、壁虎、动物园等，没有故事和情节，完全可以说它是散文作品，是散文短章的组合。关键是那新鲜的目光，新鲜的感觉，新鲜的思绪，从存在的最深刻细微之处散发着芳香。

我认为它是世界上最好的中篇小说，起码是最好的中篇小说之一。

小说可以是诗。

哪一本伟大的小说里面没有诗呢？无非没有分行排列罢了。我指的是较为纯粹浓烈的诗意。没有那种细微的诗的感觉，这样的小说肯定是没有味道的。这种诗意更多地表现在小说的闲笔中，也表现在小说整体上的诗的意象、诗的氛围中。如川端康成在《千只鹤》中对稻村小姐手巾上的千只鹤的描写：

> 作为茶室来说，当然是过于明亮，但它却使姑娘的青春焕发光辉，就连适宜姑娘用的红色小绸巾，也不显得柔弱而使人感到水灵灵的，小姐的手巾宛若开出一朵红色的花。
>
> 人们不禁感到，小小的、白色的千只仙鹤在小姐周围翩然起舞。

这部小说对这方印有千只鹤的手巾反复描摹，成就了它的诗意，此诗意成为这部小说成立的理由。

《红楼梦》第二十三回写宝玉坐在桃花树下一块石头上展看《会真记》：

> 正看到“落红成阵”，只见一阵风吹过，把树上桃花吹下一大半来，落得满身满书满地皆是。宝玉要抖将下来，恐怕脚步践踏了，只得兜了那花瓣儿，来至池边，抖在池内。那花瓣儿浮在水

面，飘飘荡荡，竟流出沁芳闸去了。

回来只见地下还有许多花瓣，宝玉正踟蹰间……却是黛玉来了，肩上担着花锄，锄上挂着纱囊，手内拿着花帚……“撂在水里不好。你看这里的水干净，只一流出去，有人家的地方脏的臭的混倒，仍旧把花遭塌了。那畸角儿上我有一个花冢，如今把它扫了，装在这绢袋里，拿土埋上，日久随土化了，岂不干净。”

诗和诗意的生活流荡在这些文字中。整个《红楼梦》被这种诗意所包围。整个《红楼梦》就是一部长诗。

小说可以是调查报告、文学评论和哲学论文。

为什么只能是那种有点陈旧的叙述呢？

卡夫卡《为某科学院写的报告》最为典型。除了故事内核的虚构性，这篇小说就像是一份真的报告，其格式和语调是规范而规矩的，内容是可信的，所不同的是这位人猿在报告中流露出了深广沉痛的怨艾和悲哀。开头是：

可敬的科学院院士先生们：承蒙诸位垂爱，邀请我向贵院呈交一份关于我过去所经历的人猿生涯的报告，我感到不胜荣幸之至。

当然，它毕竟是“小说的”调查报告。

《中国长城建造时》是卡夫卡的另外一篇小说，也是一篇报告，不过它的语言更理性一些：

可是，分段而筑仅仅是一种权宜之计，并没有实际意义，其结论是：领导者存心要干某种没有实际意义的事——奇妙的逻辑！——一点不假，而且他们还从其他方面为自己找理由。……竭尽全力去理解领导者的指令，但一旦达到某种限度，就要适可而止，进行思考。这是一条十分明智的原则，在尔后经常重复出现的比较中，它还可以得到进一步的解释：不要因为有害于你，就停止进一步思考，而且谁也没有把握说，将来一定会有害于你。这里根本不能说有害，也不能说无害。事情之于你，犹如春天之于河流。河流在春天里上涨着，变得更强大，更有力地肥沃着两岸的土地，并且获得它固有的本质，以一条真正河流的面貌继续注入大海，因而在大海里它与别人的身份更平等了，也更受大海的欢迎了。——你要把领导者的指令思考到这个程度。——但接着，河流泛滥于两岸，失去了它的轮廓和面貌，减慢了它的流速，违背了它自己的本质，在内陆形成一个个小海洋，毁坏一片片农田，但是这种扩展并不能持久，后又重新涌回岸内，甚而至于到了跟着来的炎热季节干涸枯竭，一片惨状。——你不要把领导的指令思考到这个程度。

这部小说没有什么故事和情节，也几乎没有人物，有的只是这种强烈的议论色彩。我个人把它看作卡夫卡最好的小说之一。

《接近阿尔莫塔辛》是博尔赫斯的一篇小说，小说评论了一本由孟买律师巴哈杜尔写的一本叫作《接近阿尔莫塔辛》的小说，包括它的版本、印刷、反响等等。评论者介绍了这部小说的故事情节：孟买一个学法律的大学生在一场宗教斗殴中逃上了一座圆塔塔顶，决定去寻找一个女人，因为一个盗尸贼恨她恨得咬牙切齿，被这个卑鄙的人仇恨的人一定是值得赞美的。后来在与这些卑劣的人的接触中，他忽然发现一个人变得温情了，他想他一定是受到了另外一个人的影响，他决心找到这个叫作阿尔莫塔辛的人。接下来评论家用评论的口气对这部小说进行了批评。

然而，这是一篇小说，也许是世界上第一部用文学批评的方式写成的小说。它批评了那本子虚乌有的小说。如果他批评的是一本真正的小说，那么，博尔赫斯这一篇小说就没有什么意思了。

博尔赫斯的《赫尔伯特·奎因作品分析》则比较散漫地分析了奎因的几部作品，并说自己的《圆形废墟》是从奎因的短篇小说《昨天的玫瑰》里面得到的灵感。

我们把《老子》《庄子》《圣经》《坛经》这些东西称为小说，也没有什么不可以的。如此，我们会得到一种全新的阅读经验。

《阿Q正传》《没有个性的人》《老人与海》对某种精神现象的揭示，《地下室手记》《魔山》《恶心》对人的某种存在状态的拷问，《追忆逝水年华》对失去的时间的找寻和研究，《百年孤独》对生活的某种循环性的描述,贝克特和皮兰德娄对自我的追根究底,恐怕比那些正经的哲学研究要深刻得多,也有趣得多。

小说也可以是绘画。

克洛德·西蒙把绘画方法借用在小说中,形成了自己独特的小说风格。我们看一下他的《农事诗》的开端:

> 在一个宽阔的房间里,一个人物坐在办公桌前,伸在座位下面的一条腿半曲着;脚后跟翘起,右脚伸在前面贴地平放,胫骨与横置的臀部形成四十五度左右的角度。

显然,作者在描写一幅画。他有一部小说干脆以《三折画》作为名字。西蒙在小说中成功地用场景和画面代替叙述,他注重空间和同时性,把和平与战争、静与动、光和影同时表现出来,给人异常强烈的印象。他获得诺贝尔奖的理由是:“通过对人类生存状况的描写,把诗人和画家的丰富想象和对时间作用的深刻认识融为一体。”

同样,小说也可以是音乐。

音乐,与中国书法一样,是真正纯粹的艺术。让音乐进入小说,把小说写得像音乐,接近于音乐,或者就是音乐,这对于小说家来说无疑是一种诱惑。

古巴作家卡彭铁尔对音乐有着特殊的敏感,作曲的原则极其突出地成为他作品的结构因素。他让他的小说《追踪》整个故事的发展,完全与贝多芬的英雄交响曲相吻合。音乐成为他这部小说的灵魂。

福斯特在《小说面面观》里分析了普鲁斯特的节奏:

> 我们又来到巴黎的一间沙龙里。有人正在演奏一首小提琴鸣奏曲。在缓慢的曲调声中,有一小片段传入了史瓦的耳际,并悄悄地渗进了他的生命之中。这个小片段经常以各种形式出现,像是有生命似的。有一次,它伴随他去向奥德蒂求爱。后来当他被妒忌心折磨时,这段乐曲又出现了,并立即为他分忧,使他想起过去的欢乐。

那段小乐曲具有自身的生命力，跟它的作者和听众的日常生活毫不相关，它几乎是一名角色。它拥有一种能把普鲁斯特的作品从内部缝合在一起，使它产生美感并勾起读者回忆的力量。

小说也可以是别的东西。

这别的东西使小说之小说性得以澄明。这别的东西促进着小说之小说性的生长。它从小说之内部发出光芒。

小说家贝克特说："只有没有情节没有动作的艺术，才算得上是纯正的艺术。"我们可以这样理解这句话：我们需要的情节和动作，应该是被小说的小说性照亮了的。小说性使得它们获得了生命和意义。外行看热闹，内行看门道。读出了小说的小说性的读者才是更为内行的读者。小说家应该把小说的小说性作为中心目标去关注，去经营。

小说性昭示着自由和创造。

何谓小说

小说到底是什么东西？文学到底是什么东西？这问题我写小说以来时不时会想起来，会感觉出来些什么，有时候竟然觉得想出来了自己的道理，但过后又免不了怀疑自己。小说是虚构之物，小说理论莫非也是虚构之物？我相信每个小说家都有自己的小说理论，每个小说家都是按照自己心目中最好的小说范本和小说观念写作的，他写的当然是世界上最好的小说。但他们对同一本小说的看法竟可以相差十万八千里。这是很正常的。他们都是对的。因此，写小说的人应该尊重其他每一个写小说的同志。

但何为小说？小说之为小说道理何在？小说怎样在一本小说里面存在着？我现在问我自己，仍然感到茫然。也许这个回答比较巧妙：小说即小说。小说就是小说。小说无非是小说罢了。这回答有点像海德格尔，但比海德格尔油滑一些。这问题，海德格尔也许可以这样回答：小说即非小说。小说是不是小说的那个东西。小说在小说之外。

但小说到底是什么东西？这问题没有“生存还是毁灭”那么严重，却仍然值得写小说的人花些脑筋去思考一番。

此刻我想到了赫尔曼·黑塞的“玻璃球游戏”。这东西大概是一种十分高级的思想和艺术游戏，目的是要将“时代的一切知识以综合和对称的方式排列组合在一个中心思想之下”，其中一类游戏致力于游戏形式上的严密连贯、完整和谐，力求让数学的、语言学的、音乐的以及其他一切因素成为同一游戏的组成部分。而另一类游戏则致力于宇宙性的圆满完美，而不十分看重内容的选择、排列、交织、联系以及对比。玻璃球游戏大师这两类游戏都玩得起，他以他出色的才华设计了别具一格的游戏，重振了这项庄严的事业。但他终于辞去了大师职务，回到了世俗生活中。因为他已经走到了自己职务能力的顶点，玩不出什么新花样了。他觉得一再重复空洞的演习，既不愉快，也无激情。读这本张佩芬译的《玻璃球游戏》，自然想到了小说这玩意儿。你需要用你一生的智慧和精力去玩弄它，无非是想玩出一点新花样来。或者是玩出来你自以为是的新花样来。一旦你玩不出新花样了，没有了激情，那就只好退回到非小说的生活中。

黑塞的玻璃球游戏就是他的小说，我们的玻璃球游戏是什么呢？小说存在的理由何在？小说怎样在一本小说里存在着？

我愿意朝拜古今中外所有的小说家，当面向他们请教：您心中的小说是什么？我想大多数人会拿出他们的作品回答我：我心目中的小说就是这样的小说。

他们说出来的肯定是真理。

因此，我们更应该珍视我们自己有关小说的见解，哪怕这种见解是肤浅的，感性化的，没有多少道理的。

对这个问题有所思索，免不了偶尔发而为文，或者应朋友之邀敷衍成文。翻拣出来，竟有了这么一本薄薄的册子（《有关小说写作的几个问题》），把它印出来，可能会有助于自己对这个问题的深入思考吧。

作为艺术的小说

小说作为艺术

所谓艺术,专业化、个性化的手艺而已。中国古代的艺术泛指各种技术、技能,《后汉书》注为:"艺谓书、数、射、御,术谓医、方、卜、筮。"亦多指典籍著述,当然包括文学之事,如江藩《国朝汉学师承记·王兰泉先生》:"又每人各寄《相忆》诗一首,一时传为艺林盛事。"今人以文学艺术并称,艺术之义越用越狭。

西方亦然。自柏拉图时代到 18 世纪末,典籍中的"艺术"指的是制造任何一样东西时所需的技艺——不论是一只鞋、一首诗还是一幅画,甚至一次演说。艺术家则是指掌握了一门专门技能的人。只是在晚近的演变中,艺术一词的意义才日渐缩小,甚至专称那些挂诸墙端、置于底座及陈列于展览馆中的作品。

康德把艺术与自然、科学、手工艺进行区别:"人们只能把通过自由而产生的成品,这就是通过意图,把他的诸行为筑基于理性之上,唤作艺术。"艺术是一种自由而愉快的工作,而手工艺作为劳动,多为它的结果(例如工资)所吸引。因此,艺术产品是圆满自足的,本身即为其终极目的,并不需要外来的力量来实现其目的。

值得一提的是,中国古代的艺字有一种特别的意义:种植。《书·酒诰》:"嗣尔股肱纯,其艺黍稷。"《北史·铁勒传》:"近西边者,颇为艺植,多牛而少马。"种植,就是培养一个有生命的东西。种下一粒种子,让它生长,焕发出生命的光彩。从艺的人就是要孕育出来一个个有生命的东西,就是把自己的气息贯注其中,让它长大,让它独立自主起来,成为一个统一的、能动的、不断成长着的有机体,让它在大地上行走,让自己神秘的生命在它的叶脉上流动,催开一朵朵"知觉形式"之花。

与绘画、书法、音乐一样,小说是一门专业化的艺术,就像通常说的，是一门语言艺术，它是用一定的物质手段（比如纸张和文字）由小说家制作出来的。小说是写出来的，这肯定是一个真理。说小说是艺术，这似乎是一个常识，但人们总是或多或少遗忘了这个常识。因此，重提这个常识，就多少有了一种新意。

小说是艺术，这样说时，很明显，我们已经把小说语言与日常会话的语言区别开来了。小说语言的造型能力与日常语言的通信能力不同，它不是陈述——小说家写一篇小说，不单单是为了告诉人们一件事情，而是想用某种特殊的方式谈论这件事情。

小说，即艺术地说，说的艺术。小说之小，是说它是一件小玩意儿，它承担不了那些伟大的任务：革命、政治、发展经济等。它更适宜言说一些鸡毛蒜皮的事情。不过这种鸡毛蒜皮被一种神性般的光牵引进了小说之中，成为不同于日常事物的另外之物，它们在小说中发光和鸣响起来，具有了另一种意味。小说是小说，是它自身，而不是其他。

当代秘鲁作家巴尔加斯·略萨问古巴作家阿莱霍·卡彭铁尔：你怎样给小说下定义？卡彭铁尔说："对我而言，小说比故事走得远，也比叙述走得远，直到它走向我们称之为风格探索或者手法研习的领域时，它这才真正进入了小说的创作。"

进入风格探索和手法研习的领域，也就进入了小说的职业领域。卡尔维诺在《未来千年文学备忘录》这本小册子里谈到作家的职业特点："从古代起，人们就一直认为农神气质适宜于艺术家、诗人和思想家，看来的确如此。当然，如果某些人士没有强烈地倾向于内省、对现实世界感到不满意，倾向于数天数小时忘掉自己并且全心凝望着静止不动的、沉默的文字，那么文学就不会存在。"

艺术品是自我构形的"纯然一物"，它与窗外一棵正在开花的树相似，这棵树就是自己的目的。作品是为自身而存在的，它不承担许多艺术之外的责任。如果说功利的话，它是用欣赏一朵花的目光（且把这朵花作为世界上唯一的一朵花），用特定的技巧使这朵花诞生，好让观赏者把一朵花像一朵花那样欣赏，而不必要为它概括和分类，更不要算计这朵花可以榨多少玫瑰油，值多少钱。或可以说，它的无用之用，在于它改变着我们的利益化的目光，让本真的事物（亦即贝尔说的"终极现实"——有意味的形式）裸露出来，为被当下功利追逼过紧的人们营构一个可供心灵游弋的天地,复原人们感觉的弹性和语言的弹性,恢复人们被遮蔽或者扭曲了的感觉力和知觉力。把语言或者说文字像揉面团一样揉出一些趣味来,捏成有模有样的东西,这东西不同于世界上原来就有的东西,这样的东西就是小说。专门从事这种手艺的人可以称作作家。说小说是一门艺术并不是贬低了它,而是抬举了它,因为作为文化,作为人的创造力的凝结之物的艺术,总是伟大的。它们把人们对这个世界独特的认识和想象物质化了、形式化了。它们甚至大于它们之所出,大于它们得以成立的物质条件,大于它们的作者,大于这个世界。

用艺术的眼光对待小说,容易减去覆盖在小说上的一些附加之物。一些非分的实用性的要求,有时候压得小说有些喘不过气来。将小说作为艺术去观照,其目的无非是:“若使作品达到自身成为可能,也许有必要从它自身之外的所有关系中解脱出来,让它根据自身并且为了自身而存在。而艺术家独到的匠心也在于此。”(海德格尔《艺术作品的本源》)

当然,我们也可以反过来说,艺术在本性上也是文学——诗。这正是海德格尔的思想:“那纯粹被说出的东西的反面,即诗的反面,不是散文。纯粹的散文从来就不是‘无诗意的’。它和诗篇一样充满诗意,因而也和诗一样罕见。”想来,如果我们把其中的“散文”换成“小说”,也不是没有道理。

我知道,比如眼下有一位中国画画家,他画马,画得像韩干、李公麟,或者徐悲鸿一样,算不了什么,因为那不是他自己的马,他需要画自己眼中的马,他需要让自己的真理在自己的马的形体之内发生出来。徐悲鸿的马是徐悲鸿的艺术,这不同于徐悲鸿的马才是他自己的艺术。因为,自古至今自然界中的马是没有什么变化的,正如小说素材无非是生活、劳动、爱情、命运、斗争等等一样,关键是你怎么使用它们,每一个当代的画家必须画出属于自己的唯一的马来。80 年代中,北京画院画家赵成民觉得自己的马画得太像,且总是画出徐悲鸿的味道来,便多次进行“破坏性试验”,废画三千,终于画出了属于自己的马:尖头大尾,外圆内方,钢筋铁骨,似有千钧之力向体外爆发,中国写意画的精神内涵,西方雕塑家马约尔的浑圆、布德尔的力度和亨利·摩尔的现代感与中国秦汉之际博大雄强的文化精神糅合在一起,成为一个崭新的存在。这一匹古铜色的天马才是一匹艺术之马。

也就是说，把小说作为艺术去观照，需要更加注意艺术的内在精神和创造性，而通常人们所要求的，比如时代精神云云是深埋在这马之内的不怎么惹眼因而更加耐人寻味的东西。正如名画《格尔尼卡》对法西斯“启示录”式的控诉是通过牛头马面似的东西来表现的，却更有力量。

把小说作为艺术，就要修炼一双艺术家的慧眼，就要讲究一些操作方面的技艺，讲究音色、线条、笔触、构图，讲究传承与创造。

用什么样的目光打量事物

海德格尔认为“艺”这个词指的是一种认识模式。认识指看见，而广义的看，指对在场者本身的理解。“艺”并非专指制作行为。

凡大艺术家都具有强大的足以包容世界的主观精神，独具只眼，能看到别人看不到的东西，并以独有的方式，把自己对这个世界的独特认识表现出来。

这只眼或者说慧眼看到世界万象，更能看到世界万象的虚幻之处，在有人看到幡动有人看到风动时，他看到的也许是心动。

据《西藏亡灵经》，除常人之肉眼，还有天眼，如天神的眼睛，可看到人间天道过去未来多年多世的情形；法眼，如菩萨和阿罗汉的眼睛，可以明见数百万劫前后的事情；佛眼，可以明见澈始澈终的永恒。

人们看到的只是人们愿意和能够看到的东西。不管是只眼、慧眼还是天眼、法眼，都需要修炼，认识自己的本来面目，明心见性，与宇宙精神相沟通，然后以这种深邃而博大的目光观照事物和手下的作品。作品的深度就是人的目光的深度，就是作者心灵的深度，也是人类生存和想象力可以达到的深度。只用常人或者别人的目光去打量世界，便只能“取次语”，说些别人说过或者已经知道的话。

用什么样的目光打量事物？

用常人的目光打量事物，容易被事物的表面所惑，忽略了它们细致的纹理，它们的个性所在；忽略了它们在整个宇宙中的位置，它们和大化万有的秘密联系。

用商人经商时的目光打量事物，容易把世界上的万事万物都看作天然的潜在的商品，计算它们的价值，而忽略了它们所发散出来的柔和而纯净的光，它们诗的成分，它们的结构和形式之美。

这多是因为，我们习惯于运用意识形态和各种媒介教给我们的思想去思想，我们的眼睛被罩上了一层薄膜。还因为，“我们现实生活中的需要是如此紧迫，以至于使我们的那种服务于这些需要的视觉感官变得如此专门化了，我们的眼睛学会了用一种极其经济的方式只去观看那些对我们有用的东西……一般人实际上只限于运用符号标记来分辨周围的事物，一旦分辨出它们是什么东西之后，便不再进一步对它们做更多的观察……只有当一件事物的存在是供人们观赏，只有当我们真正地观看它们……才能使所有的人（包括那些最普通的人）在这种观看中采取艺术的态度，即从日常需要中抽象出纯视觉表象的艺术态度”（罗格·弗莱，引自苏珊·朗格《艺术问题》）。

那么，要用艺术的目光去打量事物，打量它们那生生不已的生命，它们与人相遇、相激、相斥、相爱中所展示出来的独特的气象和轨迹，它们奇特的联系与构成，它们独有的精神，及其通过某种形式铺展出来的独特的美。正是这种艺术的美引人稍稍站立在事物之外和人的社会性之外去观照事物，获得纯然的体悟。灵魂从这样的眼睛里走出来，到那些事物上面游荡，然后把可见的存在提供给别人——也许他原以为这是不可见的东西。我看到的天空中的鸟只是一只飞鸟，而在唐代诗人王维看来，这鸟身上一定充满着禅意，而美国诗人史蒂文斯看到的鸟却同时是它的十三种存在状态（见《观察黑鸟的十三种方式》）。他写道：

一个男人和一个女人
是一个整体
一个男人和一个女人和一只黑鸟
也是一个整体。

用艺术的目光打量事物，事物便具有了原初性，即使你第一百次地打量它，它也具有永恒的陌生感，给你以原初的震惊，给你以诗的契机。

用艺术的目光打量事物，事物便超然物外，与最遥远的东西发生了联系，正是这种最遥远的东西成为最纯粹的人的一份保证。

用艺术的目光打量事物，便天然地获得了一份哲学感，一种叫作智慧的东西缓缓地在人的眼睛和事物之间流动。这就是人的本真的性情。缺少了这种东西的人便是一个不自由的人，容易为事物所束缚的人。

“一切万物皆是我自己的识心。”人的目光所及之对象就是人本身。我登上山顶，获得了脚下山谷和周围山峰的视野。我就是这视野。我只注意眼前岩石间的一株草，那些山谷和山峰都会退隐而虚无，只有这株草会在我的目光里膨胀起来，成为我的一个象征。我就是这株草。世界万物通过目光进入人身，从而增删、改变着人，人用他的各种感觉、意念塑造起人自己，塑造起一个不同于别人的人。

这正是艺术家的责任。如叶燮在《原诗》里说：“可言之理，人人能言之，又安在诗人之言之；可征之事，人人能述之，又安在诗人之述之；必有不可言之理，不可述之事，遇之于默会意象之表，而理与事无不灿然于前者也。”

更为重要的是，艺术家要用艺术的目光打量自己笔下的事物，揭示出它的诗的意义，给它一个适当的位置，让它升腾、氤氲、幻化出一片片奇境，赋予它某种形式感，让它为艺术和作为艺术而存在。

西班牙现代画家米罗看到了一个幽暗的世界，便把自己寄托在大地和天空的中介鸟儿与女人以及夜色之中；美国作家霍桑看到了一个神秘而又恐怖的世界，便采摘了一朵神秘主义的宝石花。霍桑的宝石花十分艳丽，又十分邪恶；米罗的夜晚既是死亡的象征，又是创造的母体，有着诱人的深度，他用他的画走到了一位印度古代哲人的身边：

> 大众的夜晚，
> 是诗人的白昼，
> 当所有的人醒来之时，
> 夜幕却为诗人降临。

昆德拉列举过这样一些慧眼：巴尔扎克揭开了人在历史中的生根，福楼拜勘察到了那时人们一直忽略的日常生活的土地，托尔斯泰关注着非理性对人的决定和行为的干预，普鲁斯特探索无法捕捉的过去的时间,乔伊斯捕获的是现在的时刻,而托马斯·曼询问的是来自时间之底的遥控着我们步伐的神话的作用,等等。

小说的笔墨

仍然是海德格尔的话:"如果他真要做一个名副其实的细木工,他必须使自己适应木头,对各种不同的木料以及潜伏在这些木料中各种不同的形式了然于胸,好像木头及其隐藏着的丰富本性透入了人的栖居。事实上,这种与木头的关系,正是维持整个木工技艺的东西。"

同样可以说,小说作家必须对小说语言以及潜伏在小说语言中的各种不同形态了然于心,正是这种与语言的关系,维持了小说的艺术。

把一枚手雷和一枚红枣放在一起,它们就变成了另外的东西,手雷不怎么手雷,红枣也不怎么红枣了,或可以说,手雷更加手雷,红枣更加红枣了。画家可以把毫不相干的事物并置在一处,作家也可以按逻辑顺序或者非逻辑顺序结构故事,当然也可以捉来史前的一只鸟在20世纪90年代的天空下放飞。有人曾经谈到托尔斯泰小说中因突出某个细节而改变通常的比例,例如在战斗的画面中,对咀嚼着食物的湿润的嘴的详细描写,这种情况造成了独特的位移。

我不怎么喜欢《安娜·卡列尼娜》这本书,但却喜欢书中一个小小的意外:

> 当他们这么说的时候,拉司卡(列文的一只灰母狗)竖起耳朵,仰望着天空,并且责备般地朝他们看着。
>
> "他们倒拣了个好时间谈话哩,"她(指灰狗)在想。"飞来了呀,的确飞来了呀。他们会不会射中它呢?"拉司卡想。

这只狗在这部书里出现了数次。在一个平实的甚至显得沉闷的现实主义故事里,出现了这么一条细若游丝的线,如此地浪漫主义,确为托尔斯泰的智慧之处。这是不是中国书画里的戏墨?用一种游戏的精神来操作笔下的事物,来运笔驰思,来经营位置,逸笔草草,天机勃露,斯乃为之天籁耳。关注一下事物的瞬间存在,改变一下故事流动的速度,改变一下画面的结构,事情真的就有些不一样了。我们可以像浮士德博士那样说：

> 让我对那一瞬间开口：美呀，你停一停。

书画家的文化与艺术的修养一定会表现在他的笔墨和线条上，通过用笔之方圆轻重，行笔之疾徐变化，墨色之浓淡燥湿，结构之疏密向背，来表现胸中之万象。“一墨而大千，一点而尘劫。”

小说的语言可以比附画中的线条与笔触：滞重的，灵动的，文雅的，粗俗的，老辣的，稚拙的。每位作家都有自己的招数，但不管什么样的语言，都要有神韵，神出鬼没。一纵一横，一转一束，皆有生机，皆成意趣。

如果画家的墨是指团块、块面的话，小说的细节、情节、某一个单元，甚至整个作业面都可以比附于它。何处渐渐渍成，何处淡荡虚无，何处沉浸浓郁，都需着意经营。或吹云泼墨，晕形布色；或墨华淡沱，清韵自足。总之要弄出新意，玩出特色。

卡尔维诺说到几个世纪以来文学语言的两种倾向，一种是致力于把语言弄成磁力线一样盘旋于物外毫无重量的因素，一种是给语言以沉重感、密度和事物、躯体和感受的具体性。

这使我此刻重新打开了《帕洛马尔》这本书，开始是写帕洛马尔想看一个海浪：

> 帕洛马尔先生望着一个海浪在远方出现，渐渐地壮大，不停地变换形状和颜色，翻滚着向前涌来，最后在岸边粉碎、消失、回流。他也许可以认为至此已完成了既定目标，可以开路了。然而事情并不那么简单：很难把一个浪头与后面的一个浪头分开，因为后浪仿佛推着它前进，有时却要赶上并超过它；同样，也难把一个浪头与前面的浪头分开，因为前浪似乎拖着它一同涌向岸边，最后却转过身来反扑向它，以阻止它前进。再从横的方向看一个浪头的幅度，它与海岸同宽，很难确定它一直延伸到哪里，又在哪里被截分成速度、形状、强度与方向等均不同的单独的浪头。
>
> 总而言之，如不考虑构成一个浪头的各种复杂因素以及同样的各种伴生现象，那就无法观察到一个浪头。这些因素与现象变化无穷，因此每一个浪头都有别于另一个浪头。不过……

这种文字具体、细微，密度很大，又让人觉得一片空灵，内藏某种寓意，一种思想的光芒贯注其中，更重要的是，它新鲜。我想这一堆文字肯定是有史以来第一次如此地组合在一起，可谓气韵生动，笔墨精妙，当为妙品。

词语的排列和碰撞，句式的变化，形象的选择和布局，语言的精确与模糊，细节的细微限定，贝克特通过把视觉因素和语言因素降低到最低限度的办法取得了超凡绝伦的成果，其作品好像是身处世界终结之外的另一个世界。

卡尔维诺还谈到，巴贝·道勒维故事的秘密在于它的肌理：情节无论多长，都变成了由直角块片连接起来的点形成的代表着无穷运动的之字形格局。他称赞另一位伟大的小说家："如果问哪一个小说作家在想象力和语言上完全达到了瓦莱里有关确切性的美学理想，创作了足以和结晶体严格几何图案与演绎推理的抽象思维相比拟的作品，那我就毫不犹豫地说，是豪尔赫·路易斯·博尔赫斯。"

传承与创造

中国书画家很讲究传承，师从何人，出自哪个门下，临摹、钻研了某碑某帖、某家某派，在谁身上用力最多，书画评论亦多从其出处入手，探究他个人的长短。从事书画的人都知道书画是一种技艺，需要拜师学艺。清代沈宗骞谈学画："其始也，专以临摹一家为主；其继也，则当遍访各家……初则依门傍户，后则自立门户。"而写小说似乎没有多么专门的技艺，不需要这样啰唆，因为谁都可以设计几个人物，编造一个故事，并名之曰"小说"。

其实应该重视临摹的功夫，应该有所师承，先有照猫画虎的功夫，然后再讲究异我者生，似我者死。当然，关键的是，对艺术应该有宗教般的感情，应该把艺术作为自己的终极目的。

圣地亚哥一位副主教非常渴望学会魔法，听说托莱多的堂伊列昂精于此道，就到托莱多来找他。堂伊列昂接待了他，说知道他是一位副主教，来向自己学习魔法的，但他怀疑他这种高官厚禄的人会忘恩负义。副主教发誓说自己决不会忘记他的恩惠，随时满足他的要求。

然后堂伊列昂带他到一个秘密的地方，并且吩咐女仆准备松鸡做晚饭，但在他没有通知之前先不要烤。在魔法之中，这位副主教很快就升任了主教、大主教、红衣主教、教皇。堂伊列昂再次提醒他，按照原来的约定，他应该把其空缺给自己的儿子了。教皇对他这种连续不断的请求早已厌烦（因为每一次他都把他的空缺给了自己的亲属），说如果他再这样强求下去，就要将他送进监狱，因为他知道得很清楚，他不过是一个巫师，曾经在托莱多教授魔法。可怜的堂伊列昂只好请求他赐给一点食物，好赶回托莱多，教皇又一次拒绝了他。于是堂伊列昂命令女仆赶快烤松鸡，教皇即刻发现自己仍然在托莱多的地下室里，仍然是圣地亚哥的副主教，羞愧得无地自容。这是博尔赫斯《达不到目的的巫师》里面的故事。我们可以认为，如果这位副主教虔诚一点儿，没有魔法之外的目的的话，或许就能学到这种神秘的魔法了。

《等待戈多》的作者贝克特年轻时曾经狂热地追随过乔伊斯，对乔氏顶礼膜拜，据说他曾模仿乔氏穿小鞋，尽管他的脚要比乔氏大得多。这位大师给他指出一条非同寻常的写作之路，令他获益终生。但他也不得不为摆脱乔的影响进行艰苦的努力，最终继承了乔的反叛精神和标新立异的精神，自立门户，形成了自己的风格。世界上又多了一个大师。

今天的作品是对过去作品的回答，又预兆了后来的作品。每一部小说都包含着以往小说的全部经验，也包含着它的未来。是的，小说有小说的前生和后世，有它的过去和未来。博尔赫斯在谈到霍桑时说："在霍桑写于 19 世纪的故事中，领略到卡夫卡写于 20 世纪的故事中的同一种滋味……韦克菲尔德的故事为卡夫卡预先提供了形象，但卡夫卡使人们对韦克菲尔德的故事的阅读做了改变并使之臻于完善。双方都为对方做了事。……要是由卡夫卡去写这个故事，韦克菲尔德最终一定不会回家。霍桑让他回到家里，但他的回归与他的长期离家相比较，并不见得少一些可叹，少一些残忍。"

拜在一位（或者多位）大师门下，然后再竭力地超越他（否则则被称为画奴），自立门户，自成家数，这是不是每一位艺术家的正途？

每一位作家都从传统中来，都将汇入传统。从传承中创造，在创造中传承，用自己的戛戛独造去激活传统，光大传统，应该是他们的文化使命。这使我想到了一个比喻：源泉和化石。

伟大的作品是一眼山泉，汩汩不竭，一泓清水一直向着时间的前方流动着，后来的作家都能得到它的恩惠。它是创造力的源泉，或者是一轮太阳，艺术的信息，生命的信息，真理的信息，以及别的信息不息地发射着，永恒地照临着人们，给人以多方面的启示。有的作品却只是一块化石，它们仅仅记录了当时当地的某些气象，某些浮华的虚伪的泡沫般的东西，它们已经死了。有的方生即死。只有当后来的人们想了解一下当时的某种资料或背景的时候，它们才存在着。因此，俄国画家康定斯基这样说：

> 有人说，艺术是时代的产儿。但是这种艺术，只能艺术地重复那些已被同时代人清楚地认识了的东西。所以它没有生命力，它仅仅是时代的产儿，无法孕育未来。这是一种被阉割了的艺术。它是短命的，那个养育它的环境一旦改变，它也就立刻在精神上死亡。

真正的艺术随时改变着、启示着、再创造或者预先创造着他人的艺术。

意识之象

1.我喜欢那些深入人的精神内部的作品。

2.一般说来,人的意识是晦暗不明的,也难以交通。我不能把我妻子的意识弄得很清楚,也不能把我儿子的意识弄得多么清楚,虽然我最了解的是他们。也就是说,意识这东西天然地具有深度,天然地具有某种朦胧的特征。何况弗洛伊德弄出来了个潜意识。把那些容易表达出来的意识与那些不容易表达出来的意识分割开来,这是一个不错的主意。但我想有时候它们是难解难分的。幸而我们可以通过某种特殊的东西深入地了解它,比如谵语,疯话,梦,一幅超现实主义的画,音乐,特别是某些文学作品。“去年今日此门中,人面桃花相映红。人面不知何处去,桃花依旧笑春风。”这情景,这 28 个字所传达和没有传达出来可以让我们想象的东西,显然,把作者某种意识和潜意识告诉给我们了。作者去年今日那时候有没有力必多似的冲动?我们不得而知,但可以想象。“空山不见人,但闻人语响。返景入深林,复照青苔上。”这首诗传达给我们的东西似乎更少一点儿,也似乎更多一些。我们一般人是不大有机会认真观察青苔上的一抹霞光的。可能就是这抹光把王维的意识照亮了。

如果那发自这盏灯的
光芒是真的,那写作的手
是真的,那么那看着我
所写之物的眼睛是真的么?
从一个词语到一个词语
我所说的话消失
我知道我生活在
两个圆括号之间。(帕斯《必然》)

这是写作者对于写作的意识,被某盏灯照亮了。诗人的这句诗

“我独自一人迷失在/我大脑中的一个平原上”，也很好地刻画了意识的某种面貌。

3.设想意识是一个黑暗的深渊，一个黑暗中的迷宫，深入它的内部，我看不到什么，但也能看到一些东西，听到一些东西，感觉到一些东西。因为我会迷失于其中。它是一个原点：爱恨善恶女人战争与和平，多少人间秘密就在这里萌芽、发生。

人的精神的内部，意识的内部为黑暗所统治，有很多事物在黑暗中孕育、诞生、变异或者消失。它们等待着一缕阳光的照临。但黑暗也是一种光，一种黑色的光，照亮了它自身。

4.意识是对某物的意识，亦是对意识的意识。我意识到我刚才的意识，刚才那个意识就有点变质了。它成了一个第三者。同时，意识中的某物，比如一棵树，只能是我意识中的这棵树，我的意识超越了它，走向它的意义，它的符号性存在。当我转身面向另外一物的时候，它会顿然虚无。意识让客体虚无化了。

5.意识不是人存在的整体，而是人存在瞬间的核心。“一切都取决于我的注意力的方向，”萨特说，“当我走进这座咖啡馆去找皮埃尔时……一些人的面孔在一瞬间吸引了我，并且正因为他们不是皮埃尔的脸，才立即消逝了。”这就是萨特说的：意识在它的存在中是其所是，同时又是其所不是。

6.意识把广阔的世界聚集过来，同时使它显象，并且隐蔽着它。我的目光占有了一棵树，也就是我的意识占有了这棵树。它在我的意识之海里占有一棵树那么大的空间，或许更大一点儿，也许更小一点儿。树上同样落着一只黄鹂鸟。然后，黄鹂鸟飞走了，这棵树也会隐藏起来，或者归于虚无。一旦我回忆起它，它就会浮上水面，恢复为一棵树的形象。必要的话，连同它所在的地方，一片森林或者一座山也会同时到来，黄鹂鸟急不可耐地鸣叫了一声。孟子的“万物皆备于我”，陆象山 14 岁顿悟出来的“宇宙便是吾心，吾心便是宇宙”，王阳明的“心外无物”“意之所在便是物”，聂双江的“此心真体，光明莹澈，万物皆备”，这些都阐明了意识的聚集作用。所谓胸怀世界包容宇宙是也。这真像有人说的：心灵比大海和天空更广阔。一切已有的、正有的、将要到来的包括无中之有在这里都有自己的位置。但世界进入人的意识之后就成为不断生灭着的无质量的东西了。仅仅是一棵树和一只黄鹂鸟的影子,甚至谈不上影子:影子亦是意识之外的东西。意识的方向性和流动性既可使万物显象,又可遮蔽着它们。

心外无物,不是说世界万物不存在,而是对世界万物重新发现,直接地、当下地、原本地把握它们,在意识中重新构造它们。

人的意识能力已经内在地包含了世界的结构。

7.一缕阳光从窗子照进来,我意识到:太阳出来了。也许我没有意识到这一点,但又隐隐有所感,一种没有意识的意识。这时候如果有人问我:太阳出来了吗?我会回答:太阳出来了。因为他已经把我的注意力转移到了这个事实上。

但我现在意识到的这个事实是刚才我潜在地意识到的那个事实吗?

8.我意识到,我看到了一棵树,但它只是一棵树而已,并不是我。一面陡峭的山壁似乎要倒下来,它压迫着我。存在物对立于我,包围着我,缠绕着我。我意识到,这正是我的意识。我在意识我的意识。我的意识横亘在我和世界之间。我想把握这个存在而只是发现了我的意识,发现了我自己。

9.意识是生成性的。它随时发生又随时消亡,随时在场又随时隐藏起来。意识永远是一个可能性。它的结构和质量都是不确定的,变化着的,像是一盘正在下的棋。它也有休息的时候,但即使在睡梦中,它也会不停地分裂、繁殖,如果它兴奋起来的话。

10.青苔的存在在于那抹光,更在于照看着它的那个人。王阳明《传习录》云:"先生游南镇,一友指岩中花树问道:'天下无心外之物,如此花树在深山中自开自落,于我心亦何相关?'先生曰:'你未看此花时,此花与汝心同归于寂;你来看此花时,则此花颜色一时明白起来,便知此花不在你心外。'"

叶朗主编的《现代美学体系》肯定了王阳明这个观花问答:"由于我的投射或投入,审美对象朗然显现,是我产生了它,但是另一方面,从我产生的东西也产生了我。"

11.意识的私人性:它是个人的一己之私,个人的内政,内部事务,不好与他人分享。X光和B超奈何不了它。孙悟空可以钻到铁扇公主的肚子里,我们没有这个本事。世界上有两个有着同样形态、同样水平的意识的人吗?我想没有。即使是孪生兄弟,他们在意识上也是一定程度的陌生人。这就保证了它的不可重复性:完完全全的这一个。

12.这些深渊中的意识试图诞生于世。它们在寻找光明。它们想展示自己的魅力。像泉水一样汩汩涌出的时候,我想,它们一定在享受着一种生命的快乐。

道可道,非常道,这是人类一次伟大的意识冲动,是一次人类企图将意识概念化的伟大冲动。老子的高明之处是他尊重它的原生形态,没有把它说出来,这个神秘的东西便永远成为人的内部精神的未完成的表达,给人以继续表达的冲动。

庄子的大鹏是一个象征。人的精神力量幻化为一只巨大的鸟,作逍遥之游。这只鸟就是庄子,也是面对庄子的每一个人。

13.人的意识具有一定的危险性。它不可意料,不加伪饰,不讲规则,而且具有神秘的揭示力和发动力。人们需要把它束缚起来,或者做出把它束缚起来的样子,其工具是理性,凡是不合理性的东西都是非理性,都是不合理的。把世界概念化、规范化的好处是我们可以面对一个稳定的安全的世界了,直到碰壁的时候,我们才想到命运或者上帝。但我们忘记了我们也把上帝和命运概念化了。这就是尼采以来西方一些大哲要颠倒形而上学传统的原因。

其实意识正是我们的命运。命运恰恰是概念化的敌人。

14.人在意识中存在。意识是思想和艺术的家园,是人的存在的诗篇。

想象与梦是意识最为显著的存在方式。有人说:意识是大海,幻觉是它的水平线。

15.人的自我总想找到一种表象自己的形式。把朦胧混沌的意识表现出来,澄明出来,有一个方便的渠道,这就是艺术。

把手中之笔扎根于意识的层面,扎根于意识的底层,就从根本上表现了人,表现了人本身,表现了人的处境,以及人的世界。

吴尔夫曾经批评有些不关心灵魂的作家为物质主义者,他们写了些无关紧要的事情,把应该由机构承担的工作承担了起来。哪怕他们写起书来鬼斧神工,无懈可击,合款合式,恰到好处。而乔伊斯这样的精神主义者,他们担负起另外的工作:不惜任何代价来提示内心火焰的闪光。

16.确实,那些精神性的作品总能给我们这样一种感觉:文字来自作家意识的最深刻之处。

> 他的眼光落在石坑旁边的最高一层屋子上。屋子里有人拿着摇晃的灯走上去,窗户忽然给打开了;有一个人影,那么高又那么远,看上去模模糊糊,不像是真的,那个人影突然探出身子,双手伸得更远了。那是谁呢?朋友?好人?是个同情者?……可是它不能阻挡一个希望继续活下去的人抱有幻想。他从来没看到过的那个法官究竟在何方?他从来没有机会进去的最高法院又究竟在哪里?他举起双手,张开十只指头。

这是卡夫卡《审判》末尾的一段文字。这十个指头毫无来由地张开着,似乎要把读者抓在手里。小说中每件事都是具体而现实的,然而把这些事合在一起却是匪夷所思的,是作家深层意识的外化。

我们看鲁迅《死火》中的两段:

> 我拾起死火,正要细看,那冷气已使我的指头焦灼;但是,我还熬着,将他塞入衣袋中间。冰谷四面,登时完全青白。我一面思索着走出冰谷的法子。
>
> 我的身上喷出一缕黑烟,上升如铁线蛇。冰谷四面,又登时满有红焰流动,如大火聚,将我包围。我低头一看,死火已经燃烧,烧穿了我的衣裳,流在冰地上了。

这种东西不是"意识流"。它更多的是一种意识之象,一种象征,一种隐喻或者神话,而不是心理主义的东西,也不是客观主义的东西,不是对现实事物的模仿,也不是内心独白。

17.事实上,那个混沌整一的意识是拒绝表达的。你只能抓住它浮在水面上的几根稻草。所谓自动写作法的不成功就在于此。那么,我们只能曲线救国,张开网,让它即时发生,捕捉它。这张网其实是一缕光,它与写作者此刻的意识化合成为另外的一种东西。

不过,这种东西,说到底还是意识,是意识的某种制成品:得意之后所忘掉的言,乃非常规之言,以非常规的方式来到笔下。

18.让意识客观化,亦即让意识成象,让意识之光像一抹晚霞一样照亮青苔,照亮写作着的那只手和那一页白纸。客体进入意识之后,又氤氲幻化为纸面上的东西,成为一种崭新的存在,一种中介,这种东西指示着世界万有,但并不就是世界万有。它成为一种能指,所指不存在了。

意识与作品的中介是形式,是如乔伊斯说的那种无外在目的、非功利性、不含欲念的形式,是事物的结构和关系。

19.写作者此刻的意识与他此刻之前的意识交合一处,让奥秘不可测的意识一瞬间诞生出来,被显现成象,这个象大于它自己。它宣示着万物存在的真理。

20.雷韦伦德这段话大概泄露了意识成象的一个秘密:

> 在我面前先出现了一把弩以及与它相配的箭,一双看不见的人手出现了,它把箭射出去,整个室内充满了箭的嗖嗖声,紧接着这些箭就变成了落下的星星,随之又变成了碎块。雪覆盖了田野,披满白雪的教区仍然清晰可见。这时春天来了,阳光照耀在郁金香的花圃上(这花圃他童年就很熟悉了)。郁金香很快消失,变成一朵双倍于它的花……它们经过各种变化,从钻头变成平针,甚至变成完全无法认出的东西。

他把这变化着的意识从最终的形象带回到最初的形象,带回到最初那一瞬,画下了这幅画。

(附记:近日诗人臧棣在一篇文章中说,90 年代诗歌完成了一个极重要的审美转向:从情感到意识。人的意识特别是自我意识,开始成为最重要的诗歌动机。我想这是一个极根本的概括。90 年代的某些小说是不是也在完成着这种审美转向?)

神秘之境

阅读的时候，我总是被那些具有神秘意味的作品所吸引。卡夫卡的K永远走不进城堡，霍桑的韦克菲尔德在街角租房离家“出走”二十年，以自绝于原来的世界。它们让我拍案惊奇，让我掩卷沉思，让我放下书本，抬头望向窗外的高远之处。

特别是夏夜，我们抬头望向天空，总有一种浩瀚而神秘的感觉，即使我知道一些天文学的知识，这知识似乎在驱赶着其中的神秘感。

神秘是一种认识，是一种拥抱世界的热情，是近乎一种宗教感的东西。

请观察一只鸟、一棵树或者一片阳光，或者一件人造的东西：一把椅子，一张桌子，一张白纸，甚或一本书。

人们容易习以为常。一只鸟从天空中飞过，留下一声鸣叫，你听见了，似乎没有听见。一棵树在你面前生长着，你只在需要遮阳或者背雨的时候注意到它。一张桌子，无非是一张桌子而已。如果是一件古旧家具，还值得你计算计算它的价值。但这张桌子俨然存在于你面前，需要你给它以专门的关心，而不只是利用。休谟坚持认为：桌子的存在，就是说整个现实的存在，是个信仰问题。

而你手里的这本书简直是一个奇迹，一位陌生的作者的智慧通过这本书中的文字或图片传递给你。其实他是集中了他的前辈们诸多的智慧。那些前辈似乎是为他而存在的，他们像一缕缕的光，把他们终生的智慧输送给他。他把这些光汇聚成一束光的花朵照射给我们。书里面每一个字都是奇妙的，都是一个小小的世界。

丧失了对生活的敏感和诗意的发现，人们就容易习以为常，人们就容易把这个世界看作一个惯常的世界，平面化的表面化的逻辑化的陈旧的世界，毫无新意和深度。太阳底下无新事。

什么样的东西是神秘的？村姑的一个微笑是神秘的，路边开着的一朵野花是神秘的，雾中的鲜花是神秘的，镜中的映象亦是神秘的。有是神秘的，无亦是神秘的。天空星辰是神秘的，遥远无限是神秘的，古代与未来亦是神秘的。实在是神秘的,幻想与神话亦是神秘的。合理逻辑是神秘的,反常荒诞亦是神秘的。可能是神秘的,不可能亦是神秘的。直线曲折是神秘的,循环圆圈亦是神秘的。区别是神秘的,同构亦是神秘的。他指是神秘的,自指亦是神秘的。

世界是神圣的。万事万物都是神圣而又神秘的。这种神秘的感觉大概来源于人们的神话感和宗教感,即使人们对科学的探索也来源于这种感觉,虽然科学提供了另外一种思维方式和观察方式。模式化的科学思维限制和打击了人们的诗意思维,使人们的目光陈旧起来。我们来去匆匆,没有工夫抬头望向夏夜的星空。或者我们抬头看了一眼,心里想起来一个概念:银河系。我们感觉不到星星们发射在我们头顶上神秘的光,这种光如此神秘地照耀着我们。它简直照耀着我一个人。

我们甚至也缺乏对自己的观察与欣赏。作为一个人,一个众多生物中的一种生物,众人中的一个,恰好生活在目前这个世界上,这有多么不可思议。看看我们的身体,其结构和组织多么美妙,美妙的肉体里还包裹着一个灵魂,这灵魂如此地轻逸、复杂、多变、善良、自私,还有点邪恶。

人生在世,需要和别的人打交道,和社会打交道,和自己打交道,和物质性的东西打交道,和平凡的事物和平凡的生活打交道,同时还要和神秘的事物打交道。

人生本就是神秘的。想想吧,人毫无来由、毫不知情地诞生了,并且终究要走向死亡,有时候是毫无来由地终结了。即使是正常死亡,也携带着人生的巨大神秘。出生和死亡本身提供给人生以巨大的神秘,生死之间一天一天的日子带给人隐蔽的神秘感。正是在这些日子里,我们恐惧,战栗,迷狂,欣喜,惶然,惑然,豁然,或者无所事事,无动于衷。那些刺激着我们生存状态的东西存在或者消失。我们悟到了什么,从迷宫里走出来,有可能是进入了一个新的迷宫。

人总是要和神秘打交道。是神秘要和人打交道,因为它是生存的另一维,是生存的本真状态。

如果一个人一生中根本没有遭遇过神秘,没有体验过神秘,这简直是不可思议的,亦是可悲的:那就太过单调薄弱,过于机械化、逻辑化了,也太没有意思了。正是神秘,使人生充满了意义,那些偶然、宿命、不确定性、可能性与不可能性让人生充满了挑战意味,让人生丰富起来。

上帝死了,但神圣还在。宇宙的精神、理想主义的境界、英雄主义的气概还没有死。目前只是萎靡一些罢了。头顶上的天空和心中的道德律还在。它们不会死。即使它们死了,神秘还在。它们为何神秘地死亡,留下一地鸡毛?

好的文学作品提示着这种神秘。此神秘也使作品获取了诗意和深度:它可堪品味了。

神秘之境是一种诗意的境界。它充满着诗意。

神圣的东西,离我们遥远的东西当然是神秘的。我们身旁的事物也是神秘的,如果我们有一双同样神秘的眼睛的话。

因为神秘的东西遍布了这个世界。只要你用陌生的眼睛,用神秘的眼睛去打量这个世界。

上帝当然是神秘的。道当然是神秘的。天地宇宙当然是神秘的。上帝说要有光,就有了光。他的神秘表现为创造的伟大以及无上的权威。高高在上的上帝俯瞰着人生,让我们敬畏。因此我们宣判他死了。但是他没有死,他只是暂时地遁入了黑暗之中。

我曾在一座深山里看到了一顶竹编的帽子,尖顶的那种,也可以称之为竹笠,在一棵树上挂着。是谁遗失在这里了呢?方圆几十里内是没有人家的。它悬挂在一棵松树的枝杈上,似乎在等待着一个人。说不定正是在等待着我。可我不是这顶帽子的主人。帽檐上墨写的名字已经被雨水弄得十分模糊了。我取下这顶帽子,想象着主人的模样,却见帽窝里有一个小小的鸟窝,是一只麻雀的窝吧?我怎能随意地移动这只小鸟的家呢?我把它重新挂好。林子里有很多种鸟,我试图观察鸟窝的主人入巢,然而我失败了。也许它就在高枝上站着,警惕地望着我。它对我不信任。它没有理由相信一个陌生的人。为了不破坏它惯常的生活,我离开了它。离开的时候,我几次回过头看它。谁说它是一顶一般的帽子呢?它联系着树和鸟,联系着它脚下和周围的山,联系着它原来的主人,也联系着我。陌生人,由于这顶帽子,我们已经相识了。我们已经成为了朋友。这顶竹制的帽子,即使我没有看到它,即使我没有来过这里,它也会通过这树,这鸟,这山,以及山上的风云与我发生联系。谁说这里面没有一种神秘的东西呢?

走近海德格尔

——我读《拯救地球与人类未来》

海德格尔作为人类智慧的一个高峰耸立在那里，发散着神秘的光芒，令人望而生畏。他的著作《存在与时间》《诗·语言·思》既抽象又晦涩。所以，我一直幻想能遇到一位专门研究海德格尔的专家并向他当面求教。

今年春节前夕到北京出差，我在一家偏僻的书店里一眼就看见了宋祖良先生的新著《拯救地球与人类未来——海德格尔的后期思想》——它似乎在我眼前闪着光——就毫不犹豫地把它买下了。

是的，“拯救地球与人类未来”，这就是我可以把握住的海德格尔。宋祖良先生从海德格尔谜团中抽出一根线，一把钥匙，抛给了我，它牵一发而动全身。现在我可以说，我对海德格尔终于有了一个大致的了解。

正像著者所说的：“从海德格尔的技术批评理论入手，这是步入他的后期思想的唯一可行的通道，因为他的一切努力都旨在解决西方技术世界的重大现实问题。如果不抓住海德格尔的技术批评理论，那么，必然在读海德格尔的后期著作时会感到不知所云，如坠云雾之中。”

海德格尔的“技术”这个东西，《诗·语言·思》里面有些地方说到了，但我当时没有给予注意，我以为这本书说的就是纯粹的艺术。《拯救地球与人类未来》这本书刷新了我对海德格尔的认识，且改变了我对一些社会现象的认识。我看到滚滚而来的商业浪潮已经使人们的欲望极端地膨胀起来，人们都在向自然界、向社会算计，乱砍滥伐，乱开乱采，乱放乱排，资源和环境问题日益突出，你争我夺，斤斤计较，神圣真的已经死了，人们的目光都胶着于眼前的利益上，金钱几乎已经成为上帝。城市里楼房越盖越高，但人们的目光却附着于地面上，想捡到一块金子；人们食物的质量越来越高了，但一些人的思想却越来越贫乏，信仰越来越浅薄。这集中表现在技术方式对人们的统治上。宋祖良先生的解说使我对海德格尔的这段话有了深切的理解：

“技术统治的对象化越来越快,越来越无所顾忌,越来越充满遍及大地,取代了昔日所见和习惯所为的物的世界的内容。这不仅把一切物设定为在生产过程中可制造的东西,而且它通过市场把生产的产品发送出来。在自我决断的制造中,人的人性和物的物性,都分化为一个在市场上可计算出来的市场价值。这个市场不仅作为世界市场而遍及整个大地,而且也作为意志在存在的本性中进行交易,并因此将所有的存在物带入一种计算的交易之中。这种计算在最不需要数字的地方,统治得最顽强。”为什么说“水电厂不像几百年来连接两岸的旧木桥那样,被建造于莱茵河水流中。宁可说,水流被误建到发电厂中。由于发电厂的本质,水流是它现在作为水流所是的东西,即水压提供者”? 宋先生解释说:“在现代技术中,莱茵河也在技术上被预定了,被纳入了预定的发电和输电的整个技术系统,仅从技术运用中取得自己的地位,失去了自己的独立性,失去了自己曾有的开垦土地、供人居住的作用。”海德格尔企图证明技术不单纯是手段,不单纯在人和事物之间起中介作用,而且改变了事物的面貌和地位,使天地万物在技术世界中只呈现为技术生产的原材料,把自然状态系统纳入人的技术生产系统,蕴藏着毁掉天然的自然的巨大的危险。这是因为“新时代的人已成为绝对的中心和主宰,他向存在者提供尺度,决定什么东西是存在的”。不仅人限定了事物,而且人本身也完全受制于技术的视野,自觉或不自觉地总是按照技术的需要去行动。现代技术不只是手段,不只是人的行动,可以由人加以控制,反倒是人陷入了技术的框架,由技术控制了人。人已由理性的人变为技术的人,因为“只追求和从事在预定中被展现的东西,并从这里得到一切尺度,因此,其他的可能性,即人宁愿更多地和始终更原始地探讨未隐蔽物的本质和它的未隐蔽状态,就被关闭了”。

著者用海德格尔所举的一个例子,把这个道理讲得很清楚:“假定我们面对一棵开花的树,开花的树用两种面貌出现在我们面前。首先,开花的树代表着我们人类所赖以生存的自然环境,它是我们人类生存的基本条件,没有这个基本条件,我们人类就无法生存。这是开花的树所呈现出来的一种面貌,一种未隐蔽状态,由于这关系到人类的基本生存,所以,这种未隐蔽状态是更本源的展现和更原始的真理。其次,开花的树又可以被看成林木加工业的原材料,人们可以把开花的树砍倒，以满足一种技术需要，例如造纸。它在技术生产中有这样一种用途，这就是它的另一种未隐蔽状态，另一种面貌，另一种展现。技术世界中的人由此获得一种技术上的真理观，即开花的树有技术上的效用。现在的问题是：开花的树有两种面貌，我们该如何看待开花的树？技术时代中的人认为，在技术时代以前，开花的树才有面对我们而生存的权利，自生自长，开花结果，而在技术时代，对开花的树的这种权利的承认就成了一种幼稚的意见，只有把开花的树砍倒，纳入技术生产系统，取得某种效益，才是最实在的事情。这样，开花的树的第一种未隐蔽状态，它对人的生存所具有的基本价值、更本源的展现和更原始的真理，都成了隐蔽状态，都被技术时代的人遗忘了，都被技术的效益完全掩盖了，完全遭到破坏和毁灭。当人囿于技术的框架，只从技术的视野去看待一切自然事物，把天地万物只看作技术生产的原材料时，那将意味着对自然环境的全面破坏与毁灭。所以，海德格尔把技术的框架看作最高危险。”

当然，著者正确地指出，海德格尔只强调科技对自然的威胁，没有对科技做出全面评价。他看出了西方技术世界蕴藏着的巨大危险，因而想促使西方技术世界产生转折，但他对实行这个转折基本上只有一些暗示和隐喻，缺乏很具体、明朗的说明。他企盼企业和宗教（神话）在技术世界中能起拯救作用，但在我们看来，这毕竟不是一条现实的道路。

海德格尔有一篇文章，叫作《物》，很诗意地描写了陶壶，如他在《艺术作品的本源》中对凡·高的农鞋的描写一样。海德格尔在文章中数次追问：在物中什么是物性？什么是物自身？“如果我们允许物世界化世界而以其物性现身的话，那么，我们让自身由物的世界化存在而得到关涉。以此方式思考，那么，我们就把物作为物来思考。以此方式思考，那么，我们由作为物的物而召唤。”这些话太晦涩了。我一直没有把海德格尔的“物”与“物化（异化）”这个概念中的“物”区别开（现在才明白它与庄子“物化”的“物”几近相同）。宋先生将海德格尔这个报告标题译为《事物》，他的一段话让我顿感释然：“技术生产的产物已经取代了昔日的事物。从前成长着的事物迅速消失了。它们因对象化而不再显示它们自己的东西。在一封1925年11月13日的信中，里尔克写道：‘甚至对我们的祖父祖母来说，一座房子，一口井，一座他们信仰的教堂尖塔，甚至他们自己的衣服，他们的大衣，都是含义上无限地更多，无限地更熟悉亲切；几乎每个事物都是容器，他们在这容器中发现人的东西，并在其中寄托着人的东西。现在从美国方面涌过来空洞的无所谓的事物……美国人所理解的房子、美国的苹果或那里的葡萄树，已与包含着我们祖先的希望和沉思的房子、果实、葡萄树毫无共同之处了……'”著者继续阐释道：“技术世界是世界之夜，人失去保护，美妙事物躲开了，世界成为不美妙了。不仅神圣的东西作为通向神性的踪迹仍然隐蔽着，而且甚至连通向神圣的东西的踪迹，即美妙的事物，也似乎灭绝了。”顺便说一下，读完这本书我才知道，海德格尔《事物》中的陶壶原来借用的是老子“器”这个概念（德语中没有抽象的“器”），老子的“道”“无”“域”等思想对他都有影响。

从上述问题可以看出，宋祖良先生正本清源，把海德格尔的《论人道主义的信》重译为《论人类中心论的信》，把一个长期的误译改正过来，它的意义在于，海德格尔不满意的是人类中心论，而不是什么人道主义。

海德格尔的全部后期思想分为两极：一极是他对西方现代技术的批评，另一极是他用以克服西方现代技术的天书般的艺术、神话和语言诸方面的理论。

面对技术世界中的严重威胁，海德格尔号召，把艺术召唤到诗意般的展现中。在海德格尔的目光中，艺术（特别是诗）肩负着在技术世界中进行拯救的重任。

著者认为，海德格尔的艺术沉思，确如他本人所说，涉及艺术之谜，艺术本身是一个谜。他的有关思考，也简直像谜一样。对海德格尔的艺术沉思有两种介绍办法：一种是连篇累牍地逐步跟踪海德格尔有关艺术和诗的各篇章各段落，重现海德格尔艺术沉思的漫长道路。虽然这种方法在专门研究海德格尔的艺术论时很有必要，但是，这种方法所导致的篇幅的冗长会使绝大多数读者感到晕头转向，摸不着头绪，而且这种方法也会使海德格尔的一些重要看法淹没在对一般读者来说生僻的天书般的语言中，分散了他们的精力，抓不住主要的东西。另一种方法是就后期海德格尔关心的居住问题和人属于大地等问题，提纲挈领地揭示海德格尔艺术沉思中的一些重要看法，以便读者抓住主要的东西。从纯学术、纯理论的角度是无法理解他的艺术沉思的。

宋先生正是用后一种办法，从海德格尔鉴于技术世界的严重危险而去思考艺术这个角度，引领读者探险，为读者展示一幅幅清晰而又确切的精神图画。

海德格尔在《艺术作品的本源》中所列举的一个著名例子是希腊的庙宇。庙宇位于多裂缝的岩石上，汇集了生与死、不幸和赐福、胜利和耻辱、坚韧和衰败的民族命运。庙宇打开了一个世界，但它在建立世界时，它明示大地，它让大地被看成是涌现，这种涌现把自身往回掩藏到自身内，并往回掩藏自己的不可耗尽性，因而，艺术品让大地是大地，科技对大地的算计性的强求和浸透，都未能真正了解大地，因为科技这种对大地的浸透表明科技未把大地看作居住地和家园的基地来保护大地，而是在毁灭大地。人的一般的实践劳动，都从有用性的目的出发，消耗自然的事物，例如工匠制成一把石斧，石料就被消耗了，木材消耗在建筑物中。但真正的艺术品不是这样，它没有消耗在有用性的目的中，凡·高的画和希腊庙宇，它们显示出大地是居住地，是家园的基地，它们显示出大地的本来面貌，显示出本源的真理，存在的真理，所以，海德格尔说，艺术品才让大地是大地，而不像科技那样掩盖了大地的本来面貌。

在海德格尔那里，艺术作品的本源不在于通常所说的美、体验、美学，而在于本源的真理，存在的真理。艺术是置真理于作品中。在他的艺术沉思中，核心的问题是拯救地球（大地）和自然，维护大地的本来面貌，维护人类的基本生存条件。海德格尔借艺术这种形式，阐明了他后期所谓的存在的真理。这个存在的真理也就是：大地是万物之母，人也从属于大地。

《艺术作品的本源》是海德格尔后期著作中最难懂的篇章之一。他在 1927 年《存在与时间》中，把“存在于世”作为生存的基本结构加以分析，而这篇文章完全突破了这种基本结构，不再单考虑世界，而是把世界和大地合在一起考虑，在真理的结构中新加入了大地，并把“存在于世”的问题改变成他后期的主要问题：“在地球（大地）上的居住。”这篇文章暗示式的笔法，使得不了解后期海德格尔的独特思路的读者在读此文时，必然如坠五里雾中。但是正如宋先生所说，如果从其强调大地是居住地，强调在技术世界中应该保持地球和自然而言，从这篇文章的宗旨而言，它又是最容易理解的，因为它重申了大地是万物之母的古老而朴素的真理,因为它涉及的是在技术世界中完全现实的问题,这个现实问题是当今的每一个读者都能感觉到的,毫无费解之处可言。

海德格尔的艺术沉思决非在探讨和建立通常的艺术论或美学,这一点是十分明显的。他只不过是借一些艺术作品和少数诗人来强调大地,强调人生存的基地,强调人只有在大地上才能居住和生存,借艺术来保护大地和自然,正像他常常借神话中的神灵来保护大地和自然一样。在艺术和神话中重建人的居住地,保护人的居住地,这就是海德格尔艺术沉思的真正意思。皮之不存,毛将焉附?所以,海德格尔很真诚地相信大地的真理就是本源的真理、存在的真理,人只有让自然事物存在,人才能得以存在。这就是海德格尔在后期主要强调的"存在的真理"的含义。艺术是置真理于作品中,艺术是存在的真理的生成或发生。只有发生了存在的真理,人才有居住和生存的基本保障,人才有可能去从事科学、技术、艺术等。而诗人的任务在于:给死者带来神灵的踪迹,并把神灵的暗示继续暗示给民众。"诗人了解到,只有词让一个事物作为事物所是的事物而现,并因此让其在场。词作为把一个事物保持和保存在这事物的存在中的东西而向诗人说话。"这也就是海德格尔所说的"语言是存在的家"的含义:人居住在语言的住处中,思想者和创作者是这个住处的守护人。人不是存在的主宰,人是存在的看护者。此即诗人和思想家的任务。

读完《拯救地球与人类未来》,我有了一种强烈的柳暗花明之感。海德格尔从阴暗的迷宫中走出来,站立在我面前的阳光中。原来哲人们都是相通的,海德格尔与我们的老庄,与我们的陶渊明、王维、苏东坡、曹雪芹并没有多么遥远的距离。

总之,宋祖良先生把海德格尔后期思想暗含的一条主线彰显出来,以拯救地球为经,以其众多的观点为纬,编织出一幅清晰的地形图,且这幅地形图本身也以其严密的逻辑、富有创意的解说成为一个思想的旅游胜地——虽然著者拈出这条主线时也许没有照顾到海德格尔艺术沉思中一些细部的更为微妙的东西。

从书中得知著者原是一位黑格尔专家,后到德国从师于黑格尔兼海德格尔专家珀格勒教授,回国后又广泛阅读海德格尔原著和西方学者的研究专著,阅读近千万字,做笔记二十多万字,又翻译了西方学者两本海德格尔研究专著,才用“牛刀”杀了这只“鸡”,炒出了一盘漂亮的中餐。这对热爱海德格尔的中国读者来说,无疑是一个善举。

现在我可以说,通过《拯救地球与人类未来》,我已经面对了海德格尔。

超越现成的东西

一

所谓现成的东西，是指那些眼前在场的东西，已经确定了的东西，或者逻辑预期中的东西，比如明天早上太阳照样会升起之类。一般来说，我们比较容易注意这些显眼的东西，我们的思想也比较容易现成化，用惯常的思想和逻辑去判断事物、规范事物，为的是给自己制造一个较为安逸的心理状态和生活环境。

我们眼前的东西，目之所遇、耳之所闻、身之所感的东西（有的东西我们视而不见，或者只给以瞬间的关注，它只瞬间性地存在于我们的意识里），我们把它们现成化之后，这些东西似乎没有了时间和历史，也就没有了那种出外入内的过程感。对于一些人来说，它们只有使用价值，似乎随时可以上手，要不可以花钱买过来。山间之明月、江上之清风、一件家具、一幅画、一本小说，都可以被视为这种东西。仅仅为了寻找故事结局和新闻性的读者当然应该视小说为现成的东西，作为一次性产品用了就扔掉。对于另外一些人来说，这些东西却有可能作为他面对着的一个生存境域里面的事物。在这个境域里，总有一个什么东西即将到来，总有一个即将到来的发生。

现成化的东西具有严格的逻辑性、可重复性而非随机性，它是一种常识、常理、常规、常态。它已经概念化了，已经进入到了人们的无意识之中。人们天天与它打交道，不需要特别地关注它了。

现成化的东西是确定的而非可能的，它斩钉截铁，确定无疑。1+1=2，2+1=3，没有任何商量的余地。

现成化的东西是实用的而非审美的，它可以招之即来，挥之即去，完全听凭我们的需要。我们实用性地对待世上的某一件事物，就是把它现成化了。清风使人凉爽，明月可以照明。如果我行走在有路灯的大街上，月亮对我是没有什么意义的。有时候我愿意把月亮想象为一枚金币(不过这种实用化的想象本身并不那么实用),而不是那么玄远的一个神话性或者诗意性的存在,在我需要的时候,它最好能飘然而至,充当我商品交换中的一个中介角色。

现成化的东西当然是成熟了的东西而非生长着的东西,它瓜熟蒂落,功成名就,不需要生长,不需要寻找新的可能性了。

精神和灵魂是一个动态的东西,活生生的东西,不断构成着的东西,天真的东西。它喜欢观照事物自身显现的纯粹现象,这种观照是先于概念的,相互生发的,相摩相荡的。这种现象构成了一个充满着张力和危险的境域①,面对这种境域,它总是任势乘时,临机而发,出其不意,自张天机,而与物有宜,与时俱化。它的静止就是它的现成化,也就是它的死亡。

死亡是人的现成化。唯有死亡使人得以最终完成,所谓盖棺定论,不盖棺永不好定论,因为他还面对着发生,他还有保持自己或者改变自己的可能性。

当然,优秀的人即使躯体死亡了,他的精神和灵魂却没有死,而且在继续生长,与人的概念化、体制化进行着顽强的斗争。

人面对着他的死亡,要让自己像一个真正的人那样去死,必然要用毕生的力量去寻找一条道路,一条使自己不断获得再生的道路。

世界是由现成的东西组成的,但世界的内部却是随机原发性的,处于紧张的情境中,不可测度。世界是人的世界。人,人的本身,人的思想,人的信仰和追求,驱使人不断发生。人是不断发生的人,生成着的人,但人较易看到事物确定性的一面,对它紧张的境域态势却往往视而不见,对眼前的情势也往往视而不见。也就是说,人更愿意现成化一些。因为安逸和稳定要更为诱人一些。做八旗子弟要更省心一点儿。但作为一个真正的人,一个有信仰有追求的人,一个不愿意现成化的人,必须与这种现成化的力量进行斗争,必须面对他处身的境

---

① 金岳霖先生将它称为几:“我感觉几字带点子未来而即将要来未去的即将要去的味道。”(《论道》)这大概来自《易·系辞》:“几者,动之微,吉之先见者也。”张祥龙先生用海德格尔的“境域构成论”反观中国传统文化,视天道为纯构成的本源状态,接通了海德格尔与中国天道观,令人耳目一新(见《海德格尔思想与中国天道》)。

域,必须以不断的决断和行动来保持自己的生机。如哲学家所说,人生来就被抛到了一种生存的情境中,有无数个可能性等待着他去选择。上帝还时不时拿战争、洪荒、地震、烦恼、失败、绝望、哀伤、疾病、衰老、死亡等来考验人,所谓生于忧患死于安乐,置之死地而后生,都是对这种情境的领会。人要不断面对着新的情境发生着自己,他因此而与别的东西区别开来了,也与别的人区别开来了。

这个情境是不断发生着的,将要到来的,随机的,不可蠡测的,前途未卜的,人是面对着这个境域发生着自己,人要以自己的变化去挑战情境的变化。人的变化与他面对着的境域的变化往往是同时发生的,从根本上说,它们是一体的。

现成化的力量是十分强大的。我们希望自己的生活,衣食住行,休息和娱乐,越现成越好,不必劳神费力。吃喝拉撒这些平常的东西,更应该是现成的,只要它还没有上升为一个思想和灵魂方面的问题,我们就没有必要让它紧张起来,虽然这里面也有禅机——非现成的东西。我们还希望思想、观念这些东西也尽可能地现成化起来,用别人给我们准备好的思想去思想,用别人教给我们的经验去经验,现成地接受过来,现成地支配使用,省得思考与选择的麻烦。这样一来,它也就成为我自己的思想了,我可以把它作为一把标尺,去衡量别的人和别的事物。我们还希望自己永远生活在一个恒定的环境里,一切都透明,一切都可以预测,一切都按照自己的计划、意愿有条不紊地进行,结局肯定是一个大团圆。谁愿意永远面对着一个前途未卜因而令人畏惧的境域呢?谁愿意做一只永远的惊弓之鸟?

超越现成的东西,也就是要不断地站在十字路口,不断地判断、选择、决断,不断地超越自己、改变自己,这并不是一件容易的事:墨子见到素丝而泣,因为它可以黄可以黑;杨朱遇到歧路而哭,因为他可以南也可以北。

丧失了思想能力、行动能力和艺术感觉能力的人容易现成化。他用现成的概念去确定自己,对正在发生的东西无知无觉,让自己时时刻刻舒舒服服地保持为一种现成,即使强大的外力也改变不了这种现成状态。我们只能说这种人的生命已经丧失了生机,他已经成为一个现成化的存在了。

二

作为一种文化产品，小说生产需要经过编辑、印刷、装订、运输、销售等环节——是一种惯常的商品。一本小说可以印刷成千上万本，也就是说，它是一种工业化生产，是一种现成的东西，在一本书确定的印量之间，这本书与另外一本书毫无区别。

已经出版的小说，它的内容，从某些方面来说，已经被固定起来了，已经现成化了，除非再版时作者再进行某些方面的修改。

即使是小说原本，作者完成之后，也就成为一件现成的东西。

即使是源远流长的小说传统，似乎也是现成化的东西，它被装进一本或冗长或简洁的文学史里面，像一条冻僵的蛇那样，需要不断有新的东西、非现成的东西去激活它，需要开辟新的生面。

同样，艺术要用自己的构成发生来参与人的生存境域的构成发生，以盎然的诗境来激活现成状态。苏格拉底视自己为一只叮咬雅典城邦、使它脱开现成状态的马虻，作家也应该是这样一只马虻，他最好时不时用自己的戛戛独造去咬人们一口。

但面对已经赫然在世的无数个现成的小说文本，要寻求变化与超越，谈何容易！

问题是小说（艺术）要求的就是这种超越：超越现成的小说文本，超越自我。一个作家总要写出一点与别人不同的东西，总要有所创新，这是他的天职所在，也是他的个性所在。如物理学家海森堡认为，如果他海森堡不曾存在，别的人将会发现不确定原理，但如果贝多芬不存在，就没有人能够创作出他的交响乐。

这也正是大艺术家与小艺术家的区别。意大利作家卡尔维诺似乎是个低产作家，作品并不多，但他的几乎每一部作品都是独一无二的，全新的，不可替代的，因而是伟大的。须知，一个作家哪怕只写出一部真正有所创新的小说也就可以了。

三

小说毕竟不是现成化的东西。精神文化产品的特殊性就在于，它们有鲜明的个性,它们是活生生的。一本有品格的小说,作者完成了它之后,它就取得了自己的生命,并且会静悄悄地生长。固然,读者可以随意地拿起一本小说阅读,也可以随手把它扔下,但同样一本书对于不同的读者来说,却是不同的东西,诚如鲁迅所说,同一本《红楼梦》,经学家看见的是易,道学家看见的是淫,才子看见的是缠绵,革命家看见的是排满。有多少个读者就可能有多少本《红楼梦》。伟大的小说气象万千,蕴含了多种的可能性。阿根廷作家豪·路·博尔赫斯甚至说卡夫卡造就了他的先驱,"韦克菲尔德(霍桑小说中的主人公)的故事为卡夫卡预先提供了形象,但卡夫卡使人们对韦克菲尔德的故事的阅读做了改变并使之臻于完善。双方都为对方做了事。一个伟大的作家造就了这个作家的先驱,他创造了他们并且从某种意义上说也证实了他们的价值。"

对于阅读者来说,小说不应该是现成化的东西,它应该进入读者的境域,它本身就是一个境域。而对于一个小说写作者来说,当他们面对一张白纸的时候,那些无数个已经存在着的小说文本,都成为一种背景,它们呼唤着一个新的境域的出现。一篇小说,必须是一篇新的小说,不同于它的所有的同类。它是一个处在发生状态中的东西,一个发生器,其内部是一个不断被构成、消解而又重构的境域,处于紧张的状态中,不断地发生着什么。小说的非现成性源于它的原创性。每一篇小说都要不同于其他的小说,不可以复制现成的小说文本——那是印刷厂的事,作家必须创造出一个或者又一个全新的文本,为小说注入新的活力。

有趣的是,博尔赫斯让一个叫作梅纳德的作家新写了一部堂吉诃德,"他一生就是用来写出一部当代的堂吉诃德的,但他并不想写出另一个堂吉诃德——这是很容易做到的——而是就写出堂吉诃德,他的可敬的雄心壮志就是写出一些篇章,与米格尔·德·塞万提斯的——逐字逐句——完全相符。"为写这部小说,梅纳德做了充分的准备,一字不差地重复了塞万提斯的作品,"然而几乎是无限地更为丰满"。博尔赫斯写道:

> 塞万提斯这样写(《堂吉诃德》,第一部,第九章):
> ……历史是真理的母亲,是时间的对手,是行为的仓库,是过

去的见证，是现在的典范和警诫，是未来的教训。

这些话写在17世纪，出自“精明的外行”塞万提斯之手，纯属玩弄辞藻，把历史吹捧一顿而已。而梅纳德则恰恰相反，他是这样写的：

> ……历史是真理的母亲，是时间的对手，是行为的仓库，是过去的见证，是现在的典范和警诫，是未来的教训。

作者称赞了后面这段话令人惊讶的思想、实用主义的品质和不同于塞万提斯的风格：仿古的风格。这是丝毫不差的仿制，是抄袭和复写，但博氏却赋予主人公梅纳德一种创造的意义，一种虚假的创造的意义（虽然读者已经有几分认同了），但这种虚假的创造不失为一种真正的创造——梅纳德用自己的创造嘲弄了别人的创造（起码他“用一种新的技巧，丰富了处于停滞状态的基本读书艺术”）——说到底是一种真正的创造：真实的博尔赫斯通过虚构的梅纳德虚假的创造真实地创造了一篇世界上独一无二的小说。这种小说，读者每一次进入，从每一个方向进入，都会得到不同的体验，都可以不同程度地与作者共享创造的快感。

四

小说是叙述，是故事化、情节化的产品，而这种故事和情节亦不应该是现成化的东西，那种惯常的因果和逻辑化了的东西。小说的故事指向未知的情境，所谓出人意料之外，正像乔伊斯说的，“情节的实质就是永远不导向实现”，小说的魅力就在于不可预料的情境在不断发生，形成一个链条，一个发生链。卡夫卡的《城堡》《审判》典型地体现了这一点，它们的没有结局恰是最高明的结局。这种情境的不可预料性不单单在于故事的新颖、情节的突如其来，很大程度上还决定于它的言外之意，它表达了一种新的景象，作家独特的立场，他的智慧，他对这个世界、对人的生存状态的独特认识和领悟。

我们可以拿格非的小说《青黄》作为例子。青黄是一个漂亮的女人还是一部有关妓女生活的史书？总之是一个有魅力的东西。“我”

到麦村去寻找，各种各样的人和事发生了，男男女女，不测的命运，名字叫小青的妓女，棺材，等等，但青黄仍然是一个谜，一个不确定的东西。几年后，“我”偶尔在图书馆翻阅一本明代的《词综》，才看到了“青黄”这个词条：

> 多年生玄参科草本植物。全株密被灰色柔毛和腺毛。根状茎黄色。夏季开花。

这个词条落实了青黄，但也使青黄具有了更多的不确定性：它是不存在的。正是这种主体的不存在——非现成化的情节使这篇小说特立独行起来。

博尔赫斯喜欢在小说中插入一些与故事不大相关的东西，一些言论或者别的事物，可有可无的补记，似是而非的脚注，等等，让这篇小说发生质的变异。《小径分岔的花园》中的迷宫（或者称之为小说）就使这篇侦探小说异化为一篇充满了真理意味的小说。而以伪评论为小说的伪小说，如《赫尔伯特·奎因作品分析》，则使小说在理性化的表面之下，酝酿出一种更为别致，因而也更加紧张的小说情境，这种情境更富于挑战意味。

五

小说写作的趣味也在这里，小说，包括别的艺术，典型地再现了人的这种生存境域。作家永远面临着一个个新的情境的到来，他呼唤着这样的境界。面对稿纸的时候，世界上一切东西都失去了现成存在性，都被诗化了，把它落实到纸面上之后，在它已经现成化了之后，他就把它抛在身后了。他永远在面对着一个未知的世界，他的笔永远指向一个新的境域，这个未知的情境逼迫着他向前走，在一片无人的旷野中前进。那种似乎是随机生成的，没有固定的方向，不那么确定，有一点神秘因而充满着张力的语言也在牵引着他向前走。他是把自己生存的紧张感转移到小说中了，小说成为他生存中的特殊情境，成为他的生活方式，他把世境、时境和诗境合而为一了。执笔为文的时候，他总是如履薄冰，如临深渊。它逼迫着他，撕咬着他,要他全身心地与它搏斗,他知道,即使两败俱伤也没有什么,因为他们是互相生成着的。小说家和他的小说是一对难兄难弟,又互为父母。

一篇小说完成之后,在它已经现成化了之后,他又要构思一篇新的作品,一个新的发生域在等待着他的进入。把写作看作自己生命的人,是小说在写他,而不是他在写小说。

《费尔迪杜凯》

《费尔迪杜凯》是波兰作家维托尔德·贡布罗维奇1937年发表的长篇小说，译林出版社2003年10月出版中文版，译者为易丽君等。“费尔迪杜凯”是作家自创的新词，象征着作家反传统、反媚俗的创作思想和美学理想。

这是一个囚禁与逃避的故事，一部可转述的作品。

变　小

“我”，尤齐奥，一个30岁的作家，其作品《成熟期的日记》出版后无人问津，心理灰暗。对于一个30岁的不成功的作家来说，将自己缩小，缩小为一个16岁的中学生，过上中学生的生活，想来也是可以接受的。这样，在平科先生的胁迫下，他去一家学校当了插班生，做了一群顽童的同窗。

当然，此事是建立在尤齐奥心理恐惧的基础上的：是对琐碎性和渺小性的恐惧，是对“什么事也不会发生，什么变化都不会出现，无论什么事永远也不会到来，无论想干什么都干不成，无论想采取什么步骤都是徒劳”的非存在的畏惧。他忧郁、灰暗、无奈，没有目标，与主流社会格格不入。一次梦醒之后，他看到的是自己十五六时的模样。他意识到自己还不够成熟。姑妈们多次嘟嘟囔囔要他有个明确的身份，他应该宰杀掉内心里那个不成熟的小男孩，转移到清晰透明的晶化定型的模式中去，进入成年人的社会生活。成年人的社会生活是成熟因而安全的生活，但尤齐奥内心里抗拒这种成熟。

尤齐奥过去的老师平科先生与姑妈们的想法不一样，他乐于承认尤齐奥这种不成熟，他愿意让尤齐奥回到不成熟状态。他适时地给他以教诲，效果是显著的：“他突然从夹鼻眼镜下面宽容地瞥了我一眼——我立马就变小了，脚变成了小脚丫，手变成了小手儿，人变成了小人儿，整个身心都变小了，作品也变成了小小的习作，就连身体也都缩小了。”平科先生向尤齐奥发出了一连串诸如语言变格变位规则的问题，并掏出记分册，给尤齐奥打了个不及格。他一路上嘟哝着“小家伙，小不点儿，尤齐奥，小屁股”之类的话，将尤齐奥挟持到学校，将小尤齐奥登记到六年级学生的花名册里。

学校的教师都如校长所说：“这是在首都能找到的一批最聪明、最听话的脑袋。”“他们中任何人都没有一丝儿自己的思想；再说，要是某个人的头脑里产生了自己的思想，我便会立即或者清除那思想，或者对那位思想家下逐客令。这是一批完全无害的窝囊废，他们教的只是教学大纲里有的东西，不，他们不会在教学大纲里发挥自己的思想。”这就对了，平科先生正是要用这种模式化的教育把尤齐奥培养成“天真无邪”的人。

学校“环绕院子的围墙上有许多缝隙，有许多母亲和姑妈透过缝隙向院子里张望。她们永远也不能充分满足自己追求无尽慰藉的欲望”。谁说西方的家长与中国的家长不一样？他们对孩子们同样关心备至。学校和家长合谋把孩子们囚禁起来，囚禁在他们的天真无邪之中。中国的家长们同样拥有这种强烈的责任感，他们更愿意把孩子们紧紧地置于自己成熟的羽毛之下。这个时候的家长们有着强烈的首长意识。有意思的是，一旦面对成人社会，除了皇帝一类的人物，大伙儿也倾向于让自己变小，变得与他人没有区别。据说黑格尔曾说过这样一句话：在中国人的意识里，人生下来就是为给皇帝拉车的。这句话形象地摹写了中国人的自我意识。当然中国人也会造反，也会闹出一点儿动静来，但套用平科先生的观点，这种偶尔的反抗恰正说明着他们的小，他们的不成熟。

尤齐奥被囚禁在这个环境里。他的同学分为两派，以塞丰为首的天真无邪派坚持做小男孩，以敏透斯为首的反对派嘲笑小男孩。事情发展到决斗，塞丰与敏透斯用表情和反表情决斗，他们做东张西望翻动眼睛张大嘴巴龇牙咧嘴挖鼻孔吃苍蝇手指沾痰盂等表情与反表情决斗，最后发展成为暴力袭击。想来平科先生说得对，这场表情与反表情的决斗确是孩子气的恶作剧，愈加说明孩子们的天真无邪。

恋爱的悲剧

为了治愈尤齐奥爱装成年人的毛病，让他变小，极负责任的平科先生安排尤齐奥寄宿在工程师家里——此之谓进一步囚禁。工程师及其夫人具有现代派思想，提倡新潮流，善于拿腔拿调，他们可爱的女儿祖塔属现代派一族，工程师夫妇认可这一点："如果你想有个非婚生的孩子，那就请便！处女崇拜已经过时！"他们以此表示自己站在时代的最高点。平科先生特别祈望这位现代派的寄宿学校女生将尤齐奥拉向年轻化。如果他爱上了她，他就不可能逃跑了，他就不愿意再去当什么成年人了。不可避免地，尤齐奥恋爱了。看来此人不怎么现代，不善于讨女人欢心，祖塔视其为小丑，对这个痴呆呆的家伙不屑一顾。痴迷的爱使他甚至产生了从肉体上毁伤祖塔的计划。听说他的现代派同学科佩尔达在追这位现代派小姐，他醋意大发。他要向寄宿学校女生的现代派发动魅力进攻。

尤齐奥开始反抗。他从钥匙孔里偷窥祖塔。他将一只苍蝇丢进祖塔的网球鞋里。他躲在浴室外面过道里一个挂衣架后面偷看一家人的排泄和洗浴。他在浴室墙上写了一句拉丁文：我见到了，我胜利了。他拉开祖塔的抽屉，偷看追求者献给她的诗集，偷看检察官政治家军士地主等人写给她的又长又酸的情书。里面竟有一封平科的约会信，当然也有科佩尔达的情书。灵机一动，他从祖塔的练习本上撕下了一页纸，仿照小姐那清秀的笔迹写道："明天，星期四，午夜十二点钟，你来敲我外廊的窗子，我放你进屋。祖。"他将它装进信封，写上了科佩尔达的地址。他又写了一封同样的信，写上了平科的地址。可爱的尤齐奥干这些不成熟的事情倒得心应手。

这就使恋爱的悲剧变成了闹剧。入夜，他偷窥祖塔的卧室，他偷窥工程师夫妇的性生活。工程师抛出一连串的做爱词汇。他在粗鲁的抚弄中把自己变小。十二点，传来轻悄悄的敲窗声，科佩尔达终于被祖塔放了进来。他们接吻，他们倒在沙发上。终于又响起了救命的敲窗声，这是平科，一大把年纪的平科老先生爬进了房间。尤齐奥不失时机地在门外喊：有贼！有贼！平科钻进壁橱。科佩尔达躲进另一个壁橱。尤齐奥推开了门，工程师夫妇也过来了。尤齐奥拉开了壁橱，露出了科佩尔达的腿和脚。工程师夫妇大笑起来。他们十分宽容。这时候尤齐奥拉开了另一个壁橱。工程师夫妇脸上的笑容凝固了。他们容不得一个老头儿钻进女儿的闺房。在尤齐奥的挑拨之下，四个人打作一团。可爱的中学生尤齐奥趁机逃出了这座囚室。他意识到自己既不是成年人也不是未成年人，既不是现代派也不是旧派，什么也不是。平科利用祖塔让尤齐奥继续变小的计谋失败了。

看来男人们难逃男人的法则，平科先生也不例外。其实平科先生倒也十分可爱。他将尤齐奥送进中学，这没有任何私利存在。他喜欢现代派祖塔，与她约会，想更为亲近地教导她，这也是一个男人正常的心理反应，不必过分苛责。尤齐奥也无非是幽他一默而已，并没有上纲上线。平科的意义在于，包括这种极端成熟、极负责任的人，一个高明的成熟社会的维护者，他们和别的男人差不了多少，其长衫下面也有一个“小”，也并不那么成熟。

长　工

尤齐奥从工程师家里逃出来，与敏透斯一块去寻找长工。敏透斯是个单纯而阳光的人。与科佩尔达、尤齐奥等人喜欢知识小姐不同，他有民粹主义思想，他喜欢的是女仆和长工。长工是敏透斯们反抗成熟社会的一个不成熟的理想。他们逃向郊区，他们看见好多管理人员、政府官员、女主人，全是“受过教育的愚蠢的便宜货”。还有好多理发师、女裁缝、洗碗工等，全都高人一等的样子，矫饰而自命不凡。他们都不是敏透斯眼中的长工。还有农民，为了防范城市知识界的伤害，他们都装作狗，像狗那样狂吠，向他们两个进攻。这时一辆小汽车救了他们，尤齐奥的姨妈请他们上车，拉他们到了姨妈乡间的府邸。尤齐奥小时候曾在这里住过，姨父一家的贵族做派仍然让他感到新鲜和难以适应。庄园主府第的家具陈设，仆人们的小心翼翼，客厅里的无聊谈话，让尤齐奥觉得“某种古怪的、不真实的地主习性由于某种原因受到纵容、姑息和精心呵护，不断地膨胀，发展成了不可思议的空虚、冷漠、懒散、娇气、好挑剔、和蔼、客气、文雅、自大、敏感、温存和夸饰”。吃饭间，敏透斯一眼就发现了一个端盘子的小厮正是他梦想的长工，他用目光吸吮小厮那乡下人没有变形的嘴脸，以至于小厮慌了神，打了个趔趄，被老仆扇了一耳光。餐后冗长的客厅谈话之后，二人来到自己的宿舍，敏透斯按门铃喊来了小厮，他要与这位叫作瓦莱克的长工拜把子。但瓦莱克只能像长工那样毕恭毕敬地执行他的指令。他们分属于两个阶级。于是他让长工为他洗脚。于是尤齐奥狠狠地给了长工一个耳光，赶走了他。敏透斯大为光火，他到备餐间说服瓦莱克，他命令他扇自己耳光以挽回影响，博得平等地位。他们，还有后来的厨房打杂婢女三个人终于朋友般交谈起来。其实他们心里不相信也看不起这位不像公子哥儿的公子哥儿。接下来事情发生了变化，忠实的老仆窃听了这场谈话，他先是说给姨妈，第二天早晨又报告给姨父。规矩被破坏了，这还了得！他们怒火中烧。但他们表面上若无其事。他们只能将愤怒和疼痛掩饰起来，他们只能以贵族的方式处理此事。他们找到敏透斯，挟持他到一片幽暗茂密的小树林里，按贵族的方式训斥了他。他们没有触动他的贵族血统。理所当然的，长工瓦莱克受到辞退处理，第二天早上卷铺盖滚蛋。是夜，姨父终于忍耐不住内心的暴怒，向长工们开了一枪。

敏透斯的长工理想破灭了。他这个幼稚的理想终于被淹没在模式化的社会生活中。所谓的长工，模式化社会中的一个模块而已。

长工事件导致的混乱让尤齐奥感到恐怖、绝望、幼稚。他需要再一次逃跑。他答应敏透斯劫持瓦莱克，但他更愿意劫持表妹佐霞。他与佐霞向火车站方向私奔，但他们走了半天，仍然在佐霞的领地之内。他陷入了贵族子弟偷情的传统模式之中。这是贵族文化可以容忍的浪漫行为，因而是安全的。平科先生的诱拐让他变小，他对佐霞的劫持却让他暂时地进入了成人社会。

尤齐奥遇到了数重囚禁：平科先生的囚禁，学校的囚禁，现代派家庭的囚禁，姨父家贵族文化的囚禁，最后又遇到了佐霞爱情的囚禁。他不断地用孩子气的卑劣和堕落行为反抗成熟和教养，不断地挣脱与逃避，终于没能逃脱这张模式化社会生活的大网。

两个短篇小说

贡布罗维奇不顾小说的惯例，擅自在其长篇小说里插入了两个独立的短篇小说，这两篇小说情节上与其母体毫无关系。大概是为了缓解它们所带来的突兀感，他又在这两个短篇之前写了两篇前言。

贡布罗维奇被称为波兰文坛标新立异的大师，他这种后现代主义式的并置当然是刻意安排。

《〈孩子气十足的菲利陀尔〉的前言》用第一人称介绍作者的用心："如果有人认为，我将短篇小说《孩子气十足的菲利陀尔》塞进我的这部作品，目的并非仅仅为了填补纸上的空白，略微缩小我面前这些白纸的巨大空隙，这个人或许就会大错特错。""我的构思在严密性和逻辑性方面都绝不逊于那些最严密和最合逻辑的构思。"作者在这篇前言里大谈所谓的艺术、形式、结构、风格以及成熟与不成熟，可以看作元小说式的插足。《〈孩子气十足的菲利贝尔特〉的前言》则大谈作品的起源和形成过程。

短篇小说《孩子气十足的菲利陀尔》写的是高级综合学家菲利陀尔博士与高级分析学教授莫姆森（反菲利陀尔）的竞争与争斗。前者是借助于加法+无穷大、乘法+无穷大来进行的，后者是借助于刮人家鼻子的方法唤起鼻子的自主存在意识，将人分解为诸多部分。两位学者及其夫人、学生等在华沙一家餐厅里相会了，他们先是用目光决斗，然后用单词决斗。在反菲利陀尔的攻击下，菲利陀尔夫人逐渐丧失了自己的内在联系，只是呻吟着"我脚，我耳朵，脚，我的耳朵、手指、脑袋，脚"，仿佛是跟身体的各个部分告别。她精神崩溃住进了医院。为拯救夫人，菲利陀尔设计用一大堆硬币诱使反菲利陀尔的情妇说出了一句综合性的话，反菲利陀尔因而对准菲利陀尔的脸扇了重重一记耳光。博士夫人因此开始康复。最后的持枪决斗开始了。关于决斗，菲尔陀尔博士说："问题不在死亡本身，而在于死亡的性质，而死亡的性质将由一种综合的结果所决定。如果他倒下，就是他用自己的死亡对综合表示敬意——如果他打死了我，那也是用综合的方式把我打死，因此也将是我死后的胜利。"菲利陀尔的第一枪打偏了，反菲利陀尔打中了菲利陀尔夫人的小拇指，手指头掉了下来。综合学教授第二枪亦打偏了，射中了反菲利陀尔的情妇的小拇指。对射一直进行，两个女人的手指头、耳朵、鼻子、牙齿树叶一样纷纷飘落，她们为她们男人的学说而牺牲了。事情的结果是：决斗结束，两位教授都返老还童了，他们打路灯，猎青蛙和麻雀。菲利陀尔说：一切都有孩子的一面。

《孩子气十足的菲利贝尔特》同样十分荒唐。网球赛场上，一名上校出于妒忌，一枪击中了飞行中的网球，子弹继续飞行，命中了对面看台上的海船船主，其夫人无力报复上校，便朝邻座的脸上狠狠扇了一巴掌，挨打的人羊痫风发作，观众鼓起掌来。附近一位先生惊慌失措，跳到了前面低一排的女士的头上，女士背负着先生跳到球场上奔跑。在榜样的激励下，一位退休者毫不犹豫地跳到前排一位女士身上，这位刚从非洲来的女士以为这举动是符合大城市上流社会风气的，便入乡随俗，也背着先生在球场上奔跑。观众中有文化的部分有分寸地鼓掌，为的是在在座的外国人面前掩饰这种丢人现眼的事；没有文化的部分以为这种行为得到了肯定，纷纷骑到各自的女人身上。为了让别人无法辨认出自己，有文化的部分别无选择，也同样骑在自己的女人身上。就在此时，菲利贝尔特侯爵质问众人：有谁想当众侮辱他的妻子？骤然间三十六名骑士骑着优雅的女人过来了，侯爵夫人被吓得当场小产，侯爵突然感到害臊，便回家去了。

这两个插曲是对弥漫着全书的“孩子气”的嘉奖。

生　活

这就是生活，社会沿着一个如此沉闷凝滞的轨道运行，一个新鲜的事件发生了，甚或是孩子式的恶作剧，同志们会立即行动起来，用社会的公约数、用时尚把它拉入到大家熟悉的轨道和模式上。这种转化是那样地自觉又是那样地非理性。这样的机制保证大家都安定在一个正常的生活逻辑之中，安定在各自的模式之中，其乐融融。

塞丰、祖塔、科佩尔达、姑妈们和姨父们在社会主流和时尚潮流中幸福地生活着。平科先生们自觉地维护着社会主流，责任感让他们体验着无上的幸福。敏透斯们属不安定分子，但社会有能力吸附他们躁动的能量，让他们回归主流，过上幸福的生活。尤齐奥们心理灰暗，多愁善感，孩子气十足，脱离主流社会，视社会的规训手段为劫持和囚禁，不过不必担心，几番蹦跶之后，他们终究会明白锅是铁打的这个道理，终究会被社会所驯服，从而得到自己的安逸和满足。综合学家和分析学家敢于为自己的学术观点而战斗，最后“复归于婴儿”，得到了孩子般的快乐。社会真的像一张巨大而无形的黏蝇纸，具有极强的黏合力，一切脱轨的行为、一切变化都会被吸附回来，从而维护其正常运转，维护社会成员的幸福感。

作家发现并揭示了这种模式化生活的强大力量，用的是疯狂的荒谬的非模式化的情节和手段。读者因此而对社会的媚俗、社会的非存在有了更为深入的认识，这就是小说的力量。

小说需要故事，小说更需要新异的属于作家发现或发明的故事。这样的故事读者读来才没有丝毫的陈旧感，才能受到不断的美学刺激，得到不尽的阅读享受。

吊诡的是，作家本人在小说发表后两年被当局驱逐出境，来到远离欧洲的“不成熟”的阿根廷，由出身名门、写过一本被很多人奉为经典的小说的著名先锋派作家，变成一个陌生人，一个无以维持生计的流亡者，这样的经历就像小说中30岁男人忽然变成小男孩一样可怕。作家因而得到了一个丢失自己的千载难逢的机会，玉成了他的另一部伟大作品——三卷本《日记》。

帕慕克拼盘

个性与风格

诺贝尔文学奖新贵奥尔罕·帕慕克《我的名字叫红》(沈志兴译,上海人民出版社 2006 年 8 月版),描写的是 16 世纪奥斯曼帝国细密画画家之间的一场谋杀。细密画大概是源于中国画的插图装饰艺术,重写意而不重写实。与中国画不同的是,细密画画师着力表现的是安拉眼中的事物。所谓安拉眼中的事物,其实是传说和典籍中的东西,是前辈大师已经表达过的程式化的东西。

苏丹画坊总监奥斯曼大师认为,优秀的细密画大师,一次又一次复制出同样书籍里相同的书页,临摹同样完美无瑕的图画,他总是描绘费尔哈德对席琳的痛苦爱恋,或是胡斯莱夫与席琳在寓言中天堂花园里的四目相投。如果他忘记了自己的完美图画其实是前辈大师的恩赐,加入一点个性,在他人看来,这加入的东西只能是瑕疵,而画家的签名不但是瑕疵,背离了前辈大师的谦卑态度,也容易把观赏者引入现实。所谓的签名和风格只不过是画家对瑕疵作品愚蠢而无耻的沾沾自喜。绘画就是记忆。绘画家的责任便是记住安拉看见并留给我们的辉煌美景。比如画马,画师甚至不需要看见真的马,“他们知道眼前最后一匹有血有肉的马,将只会玷污保存在他们心中的完美的马匹形象。一匹马被一位细密画画师画了千万遍之后,终将接近真主眼中的形象,经验丰富的艺术家知道这一点。他不假思索凭着经验画出来的马,其实充满了画家的才华、努力和见识,如此产生的一匹马,才最为接近安拉的马”。这解释了为什么会有如此不可思议的现象:两位年代相隔上百年且从未见过彼此作品的前辈大师,奇迹似的以完全相同的手法,画出了相同的一棵树、一只鸟、一位王子在公共澡堂沐浴的姿势,或是一个窗边的忧愁女子。大师最大的特色是没有特色。一位插画家绝不可以在作品中流露他的灵魂。可以想见,奥斯曼大师对姨父大人雇用他手下的画师画什么威尼斯风格的画作，是如何地深恶痛绝。

虔诚的奥斯曼大师在受命鉴定画作寻找凶手时，借机在苏丹的宝库里贪婪地欣赏了许多前辈大师的精美画作。他残忍地剜掉了几幅画里面人物的眼睛。为了免得曲迎附会改变自己的世界观，为了维护奥斯曼画风的尊严，他用毕萨德大师刺瞎自己眼睛的那支金针刺向自己的眼睛，提前召唤终将来临的失明。因为失明并不是一种苦难，反而是安拉为褒奖终生为真主奉献的绘画家们而赐的最终幸福。

姨父大人两年前曾作为苏丹陛下的使者去过威尼斯，震撼于当地的肖像画，“他们画他们所见的，我们则画我们所想象的。一看他们的作品，你立刻就会明白，唯有通过法兰克风格才能让一个人的面孔永垂不朽。……只要看过那些图画一眼，你也会渴望这么看自己，你会想要相信自己与众不同，是一个独一无二的、特殊而又奇怪的有生命之物。要达到此种效果，画家不能以心灵所见的相貌来画人，而必须呈现出肉眼所见的形体，以新方法作画”。“以至于身处这些画像之中时，有那么一阵子，我觉得自己并不完美，并不强壮。好像只有当我也被用这种方式画下来的时候，我才能更好地明白自己为什么在这个世界上。”他忽然明白，前辈大师们那完美的伊斯兰艺术，将随着对肖像画的热衷而走到尽头。他期待着用法兰克大师的风格来画一幅自己的肖像，尽管他知道这是魔鬼的诱惑：“这就像是一种欲望之罪，像是在真主面前自我膨胀，自以为是个了不起的人物，把自己放在了世界的中央。”他知道他没有这种资格，应该被如此描绘的只有苏丹陛下。经游说，他受命为苏丹绘制一本图书，包括用威尼斯画风画一幅个性化的苏丹肖像。他雇佣苏丹画坊的画师，也写信让自己的侄儿黑回来帮助他。

姨父雇佣的画师们愿意得到姨父大人丰厚的报酬，但他们对自己使用威尼斯画风也心存忌讳。此时自称穆罕默德后裔的努斯莱特及其信徒正在用《古兰经》教义匡正时俗，包括宣布饮用咖啡是一项严重的罪行，制造了一起咖啡馆血案。就连英格兰国王奉送的带雕像的时钟，由于象征异教徒的力量，也被继任苏丹本人砸了个粉碎。这样，谋杀案发生了，先是姨父雇佣的镀金师高雅先生被杀，因为高雅先生说姨父最后一幅画中厚颜无耻地使用了欧洲的透视法，是对安拉的亵渎。凶手正是姨父雇佣的画师橄榄。但杀人者内心里也正遭受着背叛安拉的痛苦折磨,他要看姨父的最后一幅画,以证明他们的画是正常的,姨父没有拿出来,他又杀死了姨父,盗走了这最后一幅画。他不得不杀死他们,这是因为:“在《古兰经》里,创造是安拉的属性之一。只有安拉才能创造,只有他才能无中生有,只有他才能给无生命者赋予生命。谁都别妄想与他比试。画家们试图做出他所做的事,妄想像他一样成为一个创造者,这是最大的罪孽。”也就是说,他因高雅的责难而杀死了高雅,又以高雅的立场,为维护奥斯曼画风而杀死了姨父大人。

为了寻找杀人凶手,宫廷侍卫长以比赛的名义请画师们每人画一匹马,命奥斯曼大师和黑从中侦查凶手。其中橄榄画的马鼻子是裂鼻,根据“风格法”也叫“侍女法”或者“瑕疵法”,他们从一幅来自撒马尔罕的迎亲图上的一匹马上找到了一个裂鼻,奥斯曼大师认为橄榄可能就是凶手,因为他最服膺前辈大师,他的师学家世可以溯源至撒马尔罕。橄榄辩解自己根本没有风格:“拥有独特风格的人是撒旦。”“对我而言,拥有风格比身为一个杀人凶手更大逆不道。”他说他杀死姨父是因为姨父诬称他拥有个人风格。

这确实是一个严重的立场和世界观问题:安拉的信徒是不能说“我”的,他们只能用安拉的眼睛看世界,他们只能生活在安拉的观念中。在小说中,就连魔鬼撒旦也认为,法兰克肖像画是对安拉的挑战:“人类重要到应当被画出每个细节,包括他的影子吗?如果街上的每栋房子,都依照谬误观点描绘,随着距离越来越远而逐渐缩小,那么人类难道不是实际上僭越了安拉的地位,站到了世界的中心?”

然而橄榄杀人还有更为深刻的动机。

橄榄最后供述,其实他在姨父最后一幅未完成的画作上按照威尼斯风格画了自己的肖像:“我仍然感到难以言喻的狂喜,因为在图画中,我不只是位于广大世界的中央,而且基于某种奥妙而邪恶的理由,我看起来比真实的自己更为深沉复杂而神秘。……我不得不是万物的中心,好像一位君王或国王,同时又是我自己。这样的处境一方面满足了我的自傲,另一方面增加了我的尴尬。慢慢地,这两种对立的情绪终于互相平衡,我平静下来心情,享受图画带来的眩晕快感。不过我也知道,若要这股快感臻至顶点,我必须彻底呈现脸上和衣服上的每一个痕迹,所有皱纹、阴影、痣和疣,从我的胡髭到衣服缝线的种种细节,所有的颜色和阴暗,都必须精雕细刻到最琐碎的细节,这种细腻也只有通过法兰克画家的技艺才能得以呈现。”“我不怕拥有特质或个人风格,也不怕别人弯腰低头崇拜我;恰恰相反,我渴望得到这些。”“我能感觉到心中的魔鬼不是因为杀了两个人,而是我画出了如此的肖像。我怀疑我之所以杀死他们,其实是为了创作这幅画。可是如今,孤独让我感到恐惧。如果一位细密画画家在掌握他们的技巧之前就去模仿法兰克大师,那就会让他更像个奴隶。现在的我想尽办法要逃离这个陷阱。当然,你们也明白了:我杀死他们两人,是为了让画坊像从前一样延续下去,安拉也必定明白这一点。”

橄榄杀人是为了杀死自己内心里的魔鬼。他是在两种世界观的激烈搏斗中杀了人。

事情的结果是,姨父的画终究没有完成,奥斯曼大师失明两年后与世长辞,鹳鸟接替他当了画坊总监。细密画艺术如一朵灿烂的红玫瑰凋萎了。究竟要依循赫拉特前辈大师还是法兰克的风格,这个导致细密画画家们争论不休的冲突,始终没有得出什么结论。因为绘画被彻底地遗弃了,画家们画得既不像东方也不像西方。多年之后,黑的妻子谢库瑞说起她两个从未向人提起的心愿:用法兰克风格画自己的肖像,保存自己年轻时的美貌;用赫拉特前辈大师画风画一幅幸福之画,孩子在吸吮母亲的乳房,一旁的哥哥以略为嫉妒的眼神与母亲四目相对。她就是画中的母亲。儿子奥尔罕提醒她:能停止时间的赫拉特画师绝对画不出她的模样,善于描绘母与子肖像画的法兰克画师则永远停不住时间。谢库瑞将这个画不出来的故事讲给她的儿子奥尔罕,希望他把它写下来。

风格与个性原来是如此复杂的一个问题。教义不允许它存在,画师们内心里又想拥有它。即使使用纯正的赫拉特画风,画家们的个性仍然顽强地存在着。杀人案的侦破仍要借助于此,奥斯曼大师还是要用侍女法或者瑕疵法来寻找凶手。他承认画家们都有“隐藏签名”。

这里面还有一个物象与意义或者符号与本体的问题。细密画中的“树”之所以反对新风格的画法,是因为“这么说不是害怕如果我如此被画出来的话,伊斯坦布尔所有的狗都会以为我是一棵真正的树,跑来往我身上撒尿,而是因为我不想成为树本身,而想成为它的意义”。撒旦也认为:“在我们的世界里,意义胜于形式。但是,若我们开始模仿法兰克和意大利大师,用他们的风格绘画……这时候,意义的支配将会终结,而形式的统治就此开始。”细密画中的“马”却持另外一种观点:“大家都知道天底下没有长得和我一模一样的马。我只不过是一位细密画画家想象中的马,被画在了纸上而已。”“他们画我奔跑的时候,两条腿同时向前伸长。天底下没有哪一匹马是这样像兔子一样奔跑的。……我们从来不会像画中那样,摆出雕像般的庄严姿态,优雅地等待。为什么每个人都不好意思画我们吃东西、喝水、拉屎和睡觉?为什么他们不敢画出我身上这个真主赐予的奥妙物品?女人和小孩,偷偷摸摸地,特别喜爱盯着它瞧,而这又有什么坏处?”“安拉,最伟大的造物主,独一无二地创造出了每一匹马,然而为什么所有的细密画家都借由记忆,用同一种方式描绘所有的马?他们有什么好骄傲的?他们为什么从不认真观察我们,而只是用同一种方法重复描绘成千上万匹马?因为他们试图描绘真主眼中的世界,而不是他们亲眼看见的世界。难道这不等于挑战真主的唯一吗?”为了说明这个观点,这匹马还讲了一个故事,说很久以前一位君王囚禁了王子,等父亲阳寿已尽,31岁的王子登上王位,他宣布:“快给我牵一匹马来。我经常在书本上看到它们的图画,很好奇它们到底是什么模样。”一匹最俊美的灰马被牵过来,然而,新国王发现这匹马有着烟囱般的鼻孔、不知羞耻的臀部、粗鄙的下体,失望之余,新国王下令屠杀了王国里所有的马,以致土库曼首领率军攻打时,他最后被砍成了八块。看来细密画画风与欧洲画风孰对孰错,用安拉的眼睛看世界还是用常人的眼睛看世界,这确实是一个问题。

而奥尔罕·帕慕克本人则用“欧洲”小说手法描写了这么一个有着浓烈的伊斯兰味道的有关风格和个性的故事。据介绍,帕慕克是一个欧洲派,当他还是一个孩子的时候,他“渴望并相信国家可以比实际上更加西方化”,他对欧洲文明充满了感激,“提起欧洲就不能不说到小说。在世界上很多地方,孩子和年轻人第一次深入地接触欧洲就是通过小说。我就是他们中的一员。捡起一本小说,然后慢慢走进欧洲的疆界,来到一个新鲜的大陆,进入新文化和文明中去——学习,在这些小说的发展过程中,找到一种新的方法表达自己,并且相信自己就是欧洲的一部分——这就是我最初的感觉”。但帕慕克是一个热爱自己民族的欧洲派："欧洲对于土耳其来说是一个非常敏感脆弱的话题。我们站在门口，充满希望和善意却忐忑不安地敲打着你们的大门，期待着你们批准我们的加入。我和其他土耳其人一样怀着热切的希望，但是我们都有种沉默的耻辱感。土耳其敲打着欧洲的大门，我们等了又等，欧洲向我们许愿后又忘记了我们。"这种沉默的耻辱感逼迫着作家执着地追寻家乡忧郁的灵魂，那东西方文明冲突之中的民族精神。

这个生活中的欧洲派似乎是用赫拉特画风写下了这本《我的名字叫红》。他让他的法兰克世界观隐于幕后。当然小说中为细密画传统所不齿的东西也随处可见：便溺，淫秽，男风，还有自我本位。当今的法兰克画风已经不是16世纪的法兰克画风了，欧美现代文学亦有用上帝的眼光看世界的传统。不管是《城堡》还是《等待戈多》都有人从宗教的立场去解读，无非是这位上帝更民主了，他们用上帝的眼光看到了更多更新鲜的东西。想来帕慕克写作时不会有橄榄们那样激烈的内心冲突了，冲突更多地转向了社会。将中国作家张承志的《心灵史》以及《心灵史》的社会反应与之做个比较，可以看到其中的巨大差别。

《我的名字叫红》深见写实功力。作家复活或者说创造了一个充满魔力的细密画世界，那些画师深厚的专业修养、广博的专业知识、虔诚的工作态度、微妙的心理感受、精湛的艺术作品，如一幅幅细密画徐徐展开。他们，还有官员、小贩一类边缘人物，其圣洁、执着、坚韧、保守、腐败、罪恶，其深刻的宗教感、教条主义的生活态度、极端化的处事方式，的确凸透出一个民族"忧郁"的灵魂。作家又借助欧洲画风的渗透把这个细密画世界推入东西方文明冲突之中，挑起一场"撼人心魄的内在的东西方战争"（美国作家理查德·伊德尔语），从而触摸到了当代世界一个重大的问题，并给予艺术化的"象征"性回答。据说瑞典学院关注这个世纪冲突的国际现实，希望找到一个能体现这种冲突的作家，认为帕慕克是最合适不过的人选。他们给帕慕克的获奖理由是："在追求他故乡忧郁的灵魂时发现了文明之间冲突和交错的新象征。"而帕慕克本人则在土耳其遭到起诉，据报道，起诉他的律师卡莫·克斯在接受美联社采访时说："这个奖不是因为帕慕克的作品而颁给他的。颁给他是因为他的言论，他对亚美尼亚屠杀的言论，因为他轻视我们的民族价值。作为一个土耳其人，我感到耻辱。"他说的也许不对，因为，起码这本客观而又冷静的小说不足以以轻视民族价值的理由被起诉。但不管怎么说，帕慕克连同他的作品还是深深地卷入了这场外在和内在的东西方文明冲突之中了。

帕慕克拼盘

《我的名字叫红》是个性和风格之作。身处东西方文化的交汇地，身上流淌着土耳其的血液，热情拥抱法兰克世界观，具有普世眼光，如此的帕慕克端出来的自然是多种文化元素的一个拼盘。

民族文化元素。小说描写的是一个民族文化事件，充斥着有关细密画的典籍、逸闻，小说中又插入了许多独立的传说性故事，如“像秋天的落叶般从我的故事中飘落的故事”“失明与记忆”“三个关于风格与签名的故事”“三个关于绘画与时间的故事”，还有大量的阿拉伯风物以及有关前辈大师们的类型化描述：“很久以前，在赫拉特北方一座高山城堡里，住着一位着迷于彩饰及绘画的年轻大汗。这位大汗只喜欢后宫的一个女人。他疯狂爱恋着的这位美艳无双的鞑靼女子同样深爱着他。他们翻云覆雨地做爱，汗水淋漓直到天亮，他们是那么幸福，唯一的愿望便是生活能够永远如此。很快地，他们发现要实现这个愿望，最好的方法是翻开书本，连续好几个小时、好几天，一刻不停地看前辈大师们所绘的完美无瑕的图画。……”随处可见的此类描写自然让人想到《天方夜谭》《古兰经》之类的民族文学传统。

通俗小说元素：谋杀和爱情。谋杀和爱情是小说贯穿始终的情节骨架，它们推动着故事的进展，给读者以悬念。谋杀把两种画风的冲突推向极端，推向宗教和世界观问题，进而导向东西方文化的冲突。正因为如此，与通俗小说不同的是，帕慕克的谋杀仅仅是一个手段，他笔墨的重心在于文化和观念，他的谋杀本身文字简省，常常被淹没在有关绘画、典籍的大篇幅对话和描述中。帕慕克的爱情是一场不那么纯粹的犹疑的爱情，谢库瑞有条件地爱黑，黑爱谢库瑞则是为了圆自己少年时的一个梦，他卷入谋杀案中身心疲惫，以至对谢库瑞失去了热情。

欧洲现代小说的客观与内省。帕慕克的故事是犹疑的。他不给出结论。他不表达自己的倾向性。黑与谢库瑞的爱情并不纯粹，橄榄的谋杀没有寻常的金钱、权力、情色方面的动机。姨父引进西方画风、奥斯曼大师坚持细密画传统都有他们的道理，整个故事的进展也迟疑不决。“我是一个死人”“我的名字叫黑”“我是一条狗”“人们将称我为凶手”“我是你们的姨父”，每一个人物都以第一人称说话，树、马、红、死亡、撒旦，都以第一人称发言，整部小说就是一个个自白的组合体。仔细读来，可以从中联想到托尔斯泰、陀斯妥耶夫斯基、托马斯·曼对民族精神的探索，康拉德、纳博科夫、奈保尔的跨文化视野，博尔赫斯、埃柯等现代作家对文化问题的热衷，可以感受到普鲁斯特的细腻和诗意，卡夫卡的阴郁气息，罗布-格里耶、西蒙等人对物的繁复表达。其叙述语言则表现为内向、黏稠、滞涩，充满着智慧，令人想到博尔赫斯、卡尔维诺。如本书开篇部分黑对恋人的回想：“离开伊斯坦布尔仅仅四年之后，当我走遍波斯国那广袤无垠的大草原、积雪覆盖的山脉、哀伤忧愁的城市，递送信件并收集税款时，我发现，我已渐渐淡忘了留在伊斯坦布尔的小恋人的面容。惊恐中，我努力地试图记起她，但终究发现，无论你多么爱她，人是会渐渐忘却那张久未见面的面孔的。在东方，当帕夏的秘书、受帕夏之命东奔西跑度过的第六年，我已明白我幻想中的面孔已不再是我留在伊斯坦布尔的恋人的脸了。之后，到了第八年的时候，我再次忘记了自己在第六年心中误认为的那张脸，于是又编织出了一张截然不同的面孔。到了第十二年，我以三十六岁的年纪回到这座城市时，痛苦地察觉我早已如此这般地把我的恋人的容颜忘却了。”

帕慕克志在写一本文化小说。多种文化元素的冲突与融合特别是谋杀与文化的天然距离，导引出帕慕克叙事的辩证法：

快与慢。一般来说，谋杀应该是有速度的故事，但帕慕克的目的不在于此，他要讲述的是绘画创作问题，这就需要娓娓道来。他不惜重复，大段大段地讲述细密画的传统与画师们的创作，用缓慢和迟滞的叙述来平衡那个有速度的谋杀，用绘画的诗意中和谋杀的残酷，某种程度上颠覆了谋杀的核心地位，让谋杀的故事变质。故事因此由沉重趋向轻逸，由热闹趋向静寂，由表面趋向内在。谋杀演变为人心灵上的自我冲突。

内与外。小说有一个紧张的外向型的故事框架，但帕慕克却用内省来平衡它。他向内用力，向人深层的文化观念钻探。他有些机械地以咖啡馆说书人的口气，将故事切割成块状物，由第一人称吐出一堆堆黏稠的物质，组成一个自白性的众声合唱。此种切割加上某些章节的节奏性重复，使小说具有某种音乐性。如“人们都叫我蝴蝶”“人们都叫我鹳鸟”“人们都叫我橄榄”三个章节在本书前中后出现三次，如音乐中的主题变奏，由舒缓转向激越；“人们将称我为凶手”这个不祥的乐段前后出现六次，调整着整个乐曲的结构和气氛。

合与离。骨干情节与大面积的细节及填充性描述呈若即若离状态。强行插入的独立故事，让一棵树、一匹马、一块金币、一块颜色说话，这些东西与骨干情节关系不大，即使是在骨干情节的流程之中，即使是谋杀、包围、搜查、侦破，也用冗长的关于细密画的知识和典故，将情节的紧张性抹平。中心收缩边缘膨胀，每一章与中心既联系又分离，其引力和离心力在一个趋于散落的点上实现了消极的平衡。这使得小说中的每一个章节都可以作为独立作品去欣赏。

在小说的最后，奥尔罕·帕慕克又解构了自己。因为说到底这本小说也是文化观念和符号化的产物，是马的意义而不是现实生活中的某一匹马。谢库瑞的儿子奥尔罕也许就是作家奥尔罕·帕慕克。谢库瑞让奥尔罕把这个故事写出来，不过她对奥尔罕又不大信任：“奥尔罕总是十分急躁，脾气也不好，他过得并不快乐，也从来不怕冤枉他不喜欢的人（据报道，生活中的帕慕克确实如此）。因此，如果在奥尔罕的叙述中，夸张了黑的散漫，加重了我们生活的困苦，把谢夫盖写得太坏，将我描绘得比实际还要美丽而严厉，请千万别相信他。因为，为了让故事好看并打动人心，没有任何谎言奥尔罕不敢说出口。”

这是一个极其内省而漂亮的结束。

训练自我，享受人生

读书是一个古老的话题了。书中自有黄金屋，书中自有颜如玉；世间唯有读书好，天下无如吃饭难，饭不可一日不吃，书不可一日不读；学好数理化，走遍天下都不怕。中国人对读书有根深蒂固的情结。作为人类最基本的文化活动之一，读书这个话题一直是知识界热衷谈论的，但又不容易谈出新意。

我以为，不管现代传媒如何发达，书籍及其阅读仍然是传承和发扬人类文明的最为基本的手段，仍然是提高个人素质最为有效的手段。这里我就读书的意义、读什么书、如何读这三个问题谈一点个人的粗浅认识。

贾平凹说过这样一段话：美可以使一个猥琐的小人变成高尚的君子，可使自卑的人有气魄，可以改变一个人的命运，也可以改造整个世界。

第一个问题是读书的意义，我把读书和写作放在一块说。

了解时代和自我。这个时代是个什么样的时代？这个社会是个什么样的社会？我们这些在时代潮流中浮沉的人，所谓的芸芸众生，很难站在第三者的立场上，像上帝那样去俯视。几千年的传统文化，西方文化的不断引入，文化潮流和时代心理的惯性运行及其移易变化，一些新鲜事物的频频出现，政治经济文化的绞结缠绕，社会上人与人复杂的关系，种种明规则和潜规则，让这个时代极其复杂，极易让人产生困惑。狄更斯在《双城记》的开头说："这是最好的时代，这是最坏的时代；这是智慧的时代，这是愚蠢的时代；这是信仰的时期，这是怀疑的时期；这是光明的季节，这是黑暗的季节；这是希望之春，这是失望之冬；人们面前有着各样事物，人们面前一无所有；人们正在直登天堂，人们正在直下地狱……"这是他对他那个时代的复杂性的一种感受。我相信我们这个时代同样复杂，这个时代为何是天堂，又为何是地狱，这需要我们追问。对时代的认识和把握，除我们日常的观察和思考外，一个重要的途径是通过阅读去理解。《金瓶梅》《红楼梦》有助于我们对中国晚期封建社会包括当今社会的理解，札米亚金的《我们》、奥维尔的《一九八四》、赫胥黎的《美丽新世界》有助于我们对现代乌托邦的理解。匈牙利理论家卢卡奇曾经批判过卡夫卡，但布拉格事件之后，他被苏军关起来，出来之后说："我理解了卡夫卡。"也可说是卡夫卡的《城堡》《审判》等作品让卢卡奇理解了自己的遭遇。

我们每一个人，在时代大潮的挟裹下，在生存竞争压力之下，都会面对一些丧失方向感、困惑不安、矛盾悖谬、荒唐神秘等生存处境，我们会烦，想不开，有时候心里有解不开的结。即使我们这些普通的渺小的人，我们的自我也是极其复杂的，我们的生理、心理、欲望、冲动，复杂而难解，有不可控制性。我们在社会上的位置如何，心理感受如何，我们有资格颐指气使，还是事事受制于人，我们过的是有尊严的生活还是卑躬屈膝的生活，这些问题我们往往不甚明了，我们对自我也未必有全面正确的认识。经典文学形象之所以能引起我们的共鸣，就是因为他们的境遇、他们的心理拨动了我们内心里的琴弦，我们可以从他们这面镜子中看到我们自己，我们可以从他们身上得到教训。比如，贾宝玉和林黛玉、浮士德、哈姆雷特等人的命运有助于我们对自己命运的理解。

关于问题意识。读书是与高人与智慧对话，能获得更为深刻的信息，有助于我们深化对时代的感知，让我们对社会的运行方向有个大致的判断，对自我、对自身的长短优劣有较为清醒的认识，有一个更为合理的自我设计和目标追求，更好地把握时代和自我。这就说到了问题意识。我们可以通过阅读认识自身和社会、工作、业务方面的问题，然后带着这些问题再通过阅读和思考去解决。设计人生要有问题意识，搞政治、经商要有问题意识，做学问更要有问题意识。我们这个世界是有问题的，社会是有问题的，某一门学问是有问题的，某一门技术也是有问题的。看得出问题，才有可能解决问题。带着问题读书，并通过艰难的努力解决这个问题，就形成了我们自己的创新。把世界问题化，这是一个希求在政治、经济、科学和文化艺术领域有所作为的人必须具备的素质。

锻炼思维的逻辑性。所谓独具慧眼，就是能看到别人看不到的东西，能生发出别人不知道的道理，这就需要一种思维能力。我们一般人不大注意系统思维能力的训练，面对社会问题或者心理问题，比如听到别人背后说坏话了,领导批评了,受人指责、受人欺负了,研究项目泡汤了,做生意赔钱了,倾向于即时反应,而不善于系统化思维。我们遇到一件事,要学会把这件事、这个细节放在一个大的系统中去观察和思考,举一反三,进行逻辑推理。一些作家和思想家就善于观察分析生活中出现的小事件,并以此创作自己的作品。阅读和写作正可以训练我们这方面的能力,如老子的以小见大。建议青年朋友们形成思考的习惯,每天给自己半个小时时间,早上或者晚间抽支烟,喝杯茶,专门思考问题。

感觉的敏锐性。人的感觉力也很重要。人是思维动物也是感觉动物,人生的享受主要的是感官上的享受,正是丰富的感觉让人生更有意义。人应该有丰富的感觉能力,全面开放自己的感官,眼耳鼻舌身意全面开放,感觉这个社会,感觉社会和自然的丰富多彩和千变万化,感觉自己周围的人,感觉他人目光的温度、语言的力度、皮肤的温度,这种感受本身就是一种享受。人是社会雕塑。一个麻木的人,感官常常处于睡眠状态的人,他的人生也是干瘪无味的。文学追求感觉的陌生化。所谓赤子之心,其实是赤子之眼,婴儿看到的都是第一次看到的东西,陌生的东西。通过陌生化抓取万物,把握和感受世界。文学和艺术作品能带给我们新鲜的感觉修养。如《追忆逝水年华》《项狄传》中诗意的、陌生化的感觉。本人的小说《非斯》亦试图描写初人面对世界的陌生感。

激发想象力和创造力。所谓灵感,就是你突然悟到了什么,突然有了一个好的构想,这其实是想象力和创造力的结晶。想象力也需要开发,要把自己的胡思乱想引导到灵感创意的生成上去,让想象生成灵感,让自己经常地充满创意。比如,把两种不同的事物联系到一块,就会产生一个新的东西。笛卡儿说:“如不与其他事物相遇,决计无任何事物的改变。”如王阳明的龙场之悟:明武宗正德元年(1506),王阳明因抗议宦官刘瑾专政,被廷杖四十,贬往贵州龙场驿为驿丞,遂于正德三年某夜顿悟。其弟子就他的“心外无理,心外无物”请教他:南山里的花树自开自落,与我心有何关系?他回答说:“尔未看此花时,此花与尔心同归于寂。尔来看此花时,则此花颜色,一时明白起来。便知此花,不在尔的心外。”龙场悟道的根本在于,王阳明意识到“得君行道”之不可能,转向“觉民行道”,强调人人皆具内在良知,可通过唤醒良知方式,达成治天下的目的。王氏因此有名言“满街跑的都是圣人”。

文学和艺术追求的是个性化、创新性，通过想象力来达成。我以为，可以把创造理解为设计。创造即设计。思想方法可借鉴沙盘思维。

我把这四个方面概括为四句话：思维逻辑化，感觉陌生化，想象灵感化，世界问题化。我们通过阅读和思考训练自己这四种能力，同时也是在享受自己对自我对社会的把握和挑战能力。

读书总体上可以归结为一个意义：维护人的独特性。人是唯一的存在，你就是你，你和任何人都不一样，你有自己独特的价值，别人不可替代。我们身处复杂的时代，生活在一个狭小的空间里，容易忽略自己的唯一性，容易把自我渺小化，容易随潮流浮沉，容易浑浑噩噩，这是一种退缩的人格，这种人格容易导致失败，导致一个灰色的人生。人生在世，生命短暂，几十年的光景，人的前途往往晦暗不明，不能准确地预测。人不可能一辈子生活在温室之中，总要用积极的态度去面对。有时候需要一点老庄精神、阿Q精神，但转过身来，我们就是尼采的狄奥尼索斯。李叔同逃避到寺庙里，那逃避其实是挑战，同时他以自己孤高的书法表达倔强的自我，据说蒋介石想讨他的书法，他没有答应。人要活出意义来，活出个人样儿来，需要有清醒的筹划和不断的选择。按照海德格尔的说法，人是被抛入世，向死而生，从根本上说人是不自由的，时时处处会受到社会和人自己心理和观念的束缚。人生和社会是一个动态的不断变化的情境化的境域，需要人随机缘发，不断地应对与调整，这就需要生存的大本领和大智慧。这种大智慧主要体现在把握社会和自我的能力。人应该是一个主动的人，起码在思想上做一个主动的人。所谓主动，是指主动感受、主动思考、主动反应、主动调整、主动进击。一个有追求的人，就应该站立在巨人的肩膀上，用人类创造的所有的智慧来丰富自己，营养自己，认识自己，成为自己，而不致被动地沉沦于常人之中，导致一个概念化平均化的人生。中国传统社会倾向于压抑人的创造性，但目前是一个竞争性的社会，青年人应该追求个性化的人生，要成为自己，而不要成为他人。这种个性不是一般化的脾气性格之类，而应是个性化的智慧和创造。好的文学和哲学其作用只有一个，那就是告诉读者，人要成就自我，成就自己的唯一性。克尔凯郭尔的个人、尼采的超人、鲁迅的狂人都说明了这个道理。本人的小说《盛西门》亦试图塑造一个敢于塑造自我的人。

马克思说，文学是把握世界的一种方式。在这个大时代之中，在这个熙熙攘攘的世界之中，如我们这般渺小的人是随波逐流还是试图掌握这个世界，从而站在一个主动的位置上，这是衡量一个人有出息还是没出息的一个基本标准。一般人有羊群效应，别人咋着咱咋着，大家都差不多，趋向于同质化，缺乏个人风格，缺乏人生深度，没有自己的核心竞争力。所以，我们最好练就一双慧眼，能从高处俯视社会，多少超脱于时代之上。如青年诸葛亮“草庐对”对天下大势的把握。阅读和写作正可以帮助我们克服这种同质化，求得自己生存的深度和个性，修炼自己的核心竞争力。所谓核心竞争力，就是把自己的所长极端化、高端化，让自己这方面的优势超越周围的人，超越这个地方的人，甚至超越全国的人。所谓一招鲜吃遍天。把人生艺术化，把人生当作一部艺术品去创作。建议青年朋友们每个人都构思一部小说，以自己的理想及追求为线索，想象性的，沙盘思维，但风格是现实主义的。这是一种思想操练，写到脑子里就行。用文字把它写出来更好。

读书大致有这样几个目的：一是功利的实用的目的；二是休闲的消遣的目的；三是无目的，无用而用，为读书而读书。我把它们概括为这样几个境界：

一是功利境界。如考试、文凭、技术、好奇、谈资。这是读书的主流，即读即用，马上就能见效。

二是人生境界。为探求真理，启发智慧，把握社会，完善自我而读。这种境界仍然有一定的功利性，但着眼的是人生的长远利益。

这里面有一个文化背景和知识结构问题。即使从事专业性极强的工作，如果要把它做到最优异的程度，也会触及人类文化的根本问题。要做通人。通古今之变，才能成一家之言。

三是天地（自然）境界。没有什么直接的目的，纯粹是为了满足自己的精神需要而读书，这是一种出世的态度。出世可以解释为一种灵魂出窍感，在与书籍的交流中，自己的灵魂忽然离开了自己的身体，跑到书中那个世界里去了，跑到云彩上去了，忽然明白了一个道理，忽然悟到了一个技巧，有一种大彻大悟后极为畅宕极为快乐的感觉。法国思想家罗兰·巴特把阅读与性高潮相提并论。这种读书已经内在化了，成为人本能的一种需要，成为人的一种生活方式，成为你工作、生活，吃喝拉撒中的一个部分，而且成为其中一个最为自由、最为自在、最为快乐的一个部分。这种快乐与数人民币、打麻将、打游戏机，甚至谈恋爱的快乐比起来毫不逊色，甚至更快乐。它没有任何的后遗症。如王国维所说，其快乐非南面王所能易者。这样读书的人是最为通透脱俗的人。有人每年读一遍《庄子》，有人每年读一遍《红楼梦》，有人每年读一遍莎士比亚，大概他们已经到了天地境界了。

四是创造境界。这个境界可以合并到第一、第二个境界中。它是功利境界中的一个高级境界。

第二个问题是读什么书。

什么书都可以读，信息类的，知识类的，实用技术的，思想性的，艺术性的，生活类的，流行的，不流行的，与自己学业有关的、关系不大的都可以读。

但要做一个清醒的、特立独行的、有大追求的人，则应该多读那些伟大的经典性的书。什么是伟大的书？诗人西川说：凡好诗人必须具备文化推动力，凡好作者必须使我们获得再生之感，他必须从有意义处看出无意义，从无意义处看出有意义。也就是说这本书要对这个领域的文化有所推动，有所创造。这样的书凝聚着人类思想和艺术的精华，敏锐、深刻、细腻、玄妙、浩瀚博大，有着卓异的芳香、永恒的魅力。这些书如山峰般沉重而复杂，它们记录了人类智慧的闪耀和升华，捕捉了人类生命中深刻的颤动和感悟，有着太阳般的思想光芒，可输送给我们奇妙的智慧，拓宽我们的精神空间，可恢复我们麻木的感觉，让我们活得更有滋味，如黄宾虹所说可医俗病。

这种书表现为人类文化源头的经典，如孔孟老庄，《易经》，古希腊哲学，《圣经》，《古兰经》，佛教经典等。也表现为某个领域的开创之作、高峰之作、集大成之作，如康德、黑格尔、司马迁、李、杜、曹雪芹、鲁迅、莎士比亚、托尔斯泰、普鲁斯特、卡夫卡等。

还要读新潮、前沿的书，专业领域里最新潮最尖端的书，这种书可以让我们俯视这个领域，从而生发我们自己的创造。

如何判断一本书的价值？这需要历史意识。把小说放在小说史中去判断，把艺术放在艺术史里判断。即如时下的作品，你把它放在历史之中，同样能看出来它如何继承了前人，又比前人创造了什么，推进了什么。

第三个问题是如何读书。

怎么读都行。随便翻翻,乱读,泛读,精读都可。纸媒书、电子书、网上的都可以读。最好坚持天天读,做一些笔记,背诵一些好的段落。

要读一点无用之书、稀有之书。曾经梦想找到一本能改变自己基本观念的书。

研究型读书。可选择一个课题,把这个课题领域内最好的书全都找来,研究性地、创造性地读,生成自己的研究成果。

一本书主义。学者杨义说"要读一本大书"。顾颉刚说"真正读通一本书"。找到一本自己最为倾心的书,作为自己的崇拜对象和精神伴侣,读通它,读透它。对这样的书要精读、细读,如看风景,仔细地、缓慢地、反复地、用心地读,用心地体会,并与之交流、对话、辩论,读出妙处,读出灵魂,读出问题。如马尔克斯之与卡夫卡,鲁迅之于尼采。

还要读出个性,读出风格。外行看热闹,内行看门道。真正的读书人应该是能够读出风格的人,他们懂得这本书的个性所在,他们知道这本书与别的书的不同之处和区别所在。这是读书界的精英。

读自己认可的书,也要读自己观念上不认可的书。为什么要读与自己观念相左的书?对一门学问或者艺术的把握往往需要一个漫长的过程,甚至要穷其一生。一个词叫前理解,我们看到的是我们愿意看到的东西,我们愿意接受的是我们已经理解或者观念上认可的东西。我自创一个词叫观念之梯,一个人青年时代形成自己的观念之后,如同一个茧包裹了自身,想破茧而出登上另一个台阶很难,如禅宗的棒喝,我们这个世界上天才很少,大部分大家都是在不断地结茧、破茧,登上一级又一级阶梯,跃入更大的境界,最后有可能登上这个领域的高峰,一览众山小。所以我们不妨找几本社会和学术界有定评的自己又厌恶或者反对的书读一读,让自己的观念发生根本性的变化。

与自己和平共处

本人曾写过一本长篇小说《爱谁是谁——一个青年艺术家的成长史》(又名《盛西门》,原刊于《长江文艺》,群众出版社 2010 年 1 月出版)。原想就这本书的情况讲一讲,后来又想干脆讲一讲这本书的思想背景,中西某些哲学家对自我问题的态度。就讲这么五个意思:一、从盛西门说到鲁迅;二、杨朱的自我:贵己;三、施蒂纳的自我:唯一者;四、尼采的自我:强力意志;五、中国的国民性:从无己到贵己。

一、从盛西门说到鲁迅

《爱谁是谁——一个青年艺术家的成长史》全力塑造了一个颓废而又充满了创造活力的青年艺术家形象,透视了这个时代驳杂的色彩:生命、金钱、欲望、创造、灰色的道德观。1970 年出生的青年画家盛西门出生于一个问题家庭,父亲的情人引诱了他,初尝禁果之后,他的生命开始向着一个狭窄倾斜的方向发展:极端自我,又渴望创造。美院求学期间,他勇敢地摧毁自己,烧掉画作,用自己的生命和身体做试验,终于找到了一种以强烈的生命体验为底色的艺术。毕业之后,他谢绝了分配,租用京郊农民的房子,开始自由艺术家的生涯。他疯狂地追逐艺术和女人,展开匪夷所思的一系列体验式探险,并娶一位风韵犹存的老妓为妻。事业的成功让他迷失了生命的意义,他竟欲主动结束自己的生命。他为自己建造了一座艺术化的坟墓,设计了一场艺术性的死亡仪式。这是一个把自己的生命作为艺术品去创造的人,也是这个时代所孕育出来的一个怪胎。小说因此而具有较为深刻的讽喻意义和批判性。

为什么写盛西门这个人物?我在此书后记中说:1978 年以来这三十年,是中国历史上变动最为剧烈的时代,真可谓天翻地覆、沧海桑田。其中光怪陆离的世相、五味杂陈的生活,令人目不暇接,俱给人以陌生化的刺激,就连语言也发生了变化。且不说那些网络新词,一些传统的词汇如爱情、婚姻、家庭、信仰、革命，包括艺术，词汇还是原来的词汇，但意义被改变了。一些传统的价值观念和道德观念被颠覆了，包括人的人格也在缓慢地进化。特别是一代青年人，自我、反叛、创造、特立独行，表现出鲜明的时代特点。其中的极端者更表现出一种前卫姿态，他们不信任传统价值，敢于标新立异。他们重个体存在而轻社会价值，重利益而轻人情，重感官而轻理性，重创造而轻因袭。他们有十足的自信和自傲。他们把自我置于一切之上，包括性爱上的开放态度。他们自以为掌握了真理，因而他们昂首阔步藐视一切。

盛西门就是这样的人物，他极端地自我，以女人和性爱为游戏，追求强烈的刺激，如同《金瓶梅》里面的西门庆，与西门庆不同的是，他是把生命和身体作为创造的地基和目的，他追新逐异可以到走火入魔的程度。

固然，几千年的封建社会养成了中国人的绵羊性格，逆来顺受，随大流，不当出头椽子，谨慎有余而个性不足。如果谁稍稍有点意外，有点出格，那么，上级、领导、长辈、同事，甚至下属、晚辈都会投以鄙夷的目光。传统的克己、慎独这套东西缺少对权力的警惕和反思，要求人生下来就要无休无止地规驯自己，把自己培养成又光又滑的鹅卵石。这样的伦理观念由于缺乏深刻的学理渊源和现代化改造，尚不能适应新的时代。因此，改革开放条件之下，人们的欲望和创造性被释放出来，一种新的怪异的不能简单评判的人格的出现就成为了必然。

无疑，这样一种新的人格，他们身上存在的种种问题，是社会学应该给予研究的，也是文学应该予以关注的。正是出于作者的某种忧虑和反思，本书把“70 后”的某一种典型人格拈出来，作为个案，供人们思考。也许，答案只能在思考之后做出。

近三十年以来，中国成长起一代又一代新人，我相信在座的同学们身上都或多或少有着我们这些人所不具备的素质。与其说这一代一代新人是中国的希望，不如说这些新人身上所拥有的崭新的素质才是中国未来的希望所在。

构思这本小说的时候我想到了鲁迅的《阿 Q 正传》。阿 Q 常常夸耀过去：“我们先前——比你阔的多啦！你算是什么东西！”其实他连自己姓什么也有点茫然。他又常常比附将来：“我的儿子会阔得多啦！”其实他连老婆都还没有。他忌讳自己头上的癞疮疤，又认为别人

“还不配”。被别人打败了，他心里想：“我总算被儿子打了，现在的世界真不像样……”于是他胜利了。当别人要他承认是“人打畜生”时，他就自轻自贱地承认：“打虫豸，好不好？”但他立刻又想：他是第一个能够自轻自贱的人，除了“自轻自贱”不算外，剩下的就是“第一个”，“状元不也是‘第一个’么？”于是他又胜利了。遇到各种“精神胜利法”都应用不上的时候，他就用力在自己脸上打两个嘴巴，打完之后，便觉得打的是自己，被打的是别人，于是他又得胜地满足了。他有时也去欺侮处于无告地位的人，譬如被假洋鬼子打了之后，就去摸小尼姑的头皮，以此作为自己的一桩“勋业”，飘飘然陶醉在旁人的赏识和哄笑中（这段概括文字摘自汪晖先生的研究文章）。阿Q的精神胜利法确是一种自我麻醉的手段，一种奴隶的扭曲思维。由于没有人格上的独立和尊严上的平等，他常常被别人欺负却无力反抗，只好以精神上的胜利来安慰自己，一有机会他也会欺负比他更弱小的人。这种奴隶性格是几千年来皇权专制制度所培养出来的典型性格。我们可以设想，如果阿Q诞生在一个讲究民主和人权的时代，他可以堂堂正正站立起来，昂首阔步，他的权利会受到法律的保护，受人欺负之后他可能诉诸法庭，小尼姑受到他的欺负也会告他一个性骚扰罪，这个时代的阿Q就有可能成为一个合格的公民而不是一个奴隶。

我小说中的画家盛西门与无业农民阿Q是截然相反的人物。阿Q麻木，盛西门清醒；阿Q萎缩，盛西门舒展；阿Q人格上是依附的、不由自主的，盛西门人格上是健康的、独立的；阿Q或自轻自贱，或妄自尊大，没有明确的自我意识，盛西门有强烈的自我意识，有清醒的自我设计，自信而自尊；阿Q萎靡羸弱，甘居人下，懵懵懂懂地跟着别人革命，盛西门有充盈的旺盛的生命活力、主动的生命体验和强大的创造力，其身上散发着无拘无束享受生命醇酒的酒神精神。如果当年王胡打的不是阿Q而是盛西门，我想我们这位盛西门绝不会像阿Q一样骂一句儿子打老子，便以为自己精神上胜利了，他会采取主动而富有智慧的措施捍卫自己的利益。鲁迅本人是一个有尼采精神的斗士，但他笔下的阿Q却是中国孔孟之道和皇权文化酿造出的一个玩偶。有权者、有钱者、有力者都可以玩弄他。因为《阿Q正传》诞生那个时代，盛西门这样的人格还是罕有之物。鲁迅也在《狂人日记》《铸剑》等小说里弘扬过一些充满力量的人物。五四时代的文学在相当程度上触及了这个问题,如郭沫若的《女神》在呼唤一种自由博大的人格,之后的茅盾、巴金、老舍、曹禺等人都在批判产生阿Q的那个社会,郁达夫、丁玲等人的某些作品已经有了盛西门的影子。

用现在的观念看鲁迅先生的立人思想方能感觉其伟大。1902年,鲁迅和许寿裳在一起经常讨论三个问题:怎样才是理想的人性,中国国民性中最缺乏的是什么,其病根何在。鲁迅的答案就是"我们民族最缺乏的东西是诚和爱"。他深感中国文化和制度灭裂个性,致使人丧其我,所以"盖惟声发自心,朕归于我,而人始自有己;人各有己,而群之大觉近矣"。"朕归于我",也就是将我归于我,从而摆脱皇权体制下的等级性关系。如孙中山所说的,推翻了皇帝,我们人人都当皇上。胡适先生也如此说:"社会最爱专制,往往用强力摧折个人的个性,压制个人自由独立的精神;等到个人的个性都消灭了,等到自由独立的精神都完了,社会自身也没有生气了,也不会进步了。"

鲁迅先生在1907年写的《文化偏至论》里就很明确地提出了他的立人主张:"欧美之强,莫不以是炫天下者,则根柢在人……其首在立人,人立而后凡事举。"并明确给出其解决方案:"尊个性而张精神",也即"掊物质而张灵玥,任个人而排众数"。"立国先立人(对比孔子:己欲立而立人,己欲达而达人)","……人生意义,致之深邃,则国人之自觉至,个性张,沙聚之邦,由是转为人国"。青年鲁迅期待的所谓"人国",是充满着"诚与爱"的每一个个体的自由组合,即"'人+人+人+等等'这样一种自由人的联盟"。这在很大程度上与《共产党宣言》描述的"每个人的自由发展是一切人的自由发展的条件"有着某种相通之处。

循着这"立人"的方向,鲁迅不断地指出中国的"非人"性。在《狂人日记》里,鲁迅石破天惊地指出中国历史的吃人本质:"我翻开历史一查,这历史没有年代,歪歪斜斜的每叶上都写着'仁义道德'几个字。我横竖睡不着,仔细看了半夜,才从字缝里看出字来,满本都写着两个字是'吃人'!"1925年鲁迅在《灯下漫笔》中把中国封建社会的历史分成了两个可以相互交替的时代,即:"一,想做奴隶而不得的时代;二,暂时做稳了奴隶的时代。"而且中国人互相奴役,互相"吃":中国的古圣们"早以布置妥帖了,有贵贱,有大小,有上下。自己被人凌虐,但也可以凌虐别人;自己被人吃,但也可以吃别人。一级一级的制驭着,不能动弹,也不想动弹”。整个中国,就是一个巨大的“安排这人肉的筵宴的厨房”。鲁迅大声疾呼要变“以尊者、长者为本位”“社会本体主义”为“幼者、弱者、下者本位主义”和“个人本位主义”。为此,他真诚地呼唤“唯一者”施蒂纳的“以极端之个人主义现于世”、叔本华的“主我扬己而尊天才”、“个人主义之至雄桀者”尼采的“超人之说”,并认为,只有这样的超人或英哲出现,天下才能太平。

徐志摩曾称鲁迅为中国的尼采。李泽厚1987年发表《胡适陈独秀鲁迅》一文,认为鲁迅的独特之处就在于“他早期接受尼采哲学作为人生观”,形成一种类似于存在主义的思想特征。“鲁迅一贯具有的孤独和悲凉所展示的现代内涵和人生意义”,这种孤独、悲凉感由于与他对整个人生荒谬的形上感受中的孤独、悲凉纠缠融合在一起,才更使它具有了那强有力的深刻度和生命力。鲁迅也因此成为中国近现代真正最先获有现代意识的思想家和文学家。

《盛西门》的写作让我思考到了自我问题、自我人格的塑造问题,让我想到了鲁迅的立人思想,也想到了中国伟大的思想家杨朱。我准备循着鲁迅的思路,从以下几个方面简单而肤浅地碰一碰这几位思想家,介绍一点儿施蒂纳、尼采的生命哲学,这些人的思想有助于我们对中国国民性的理解,也有助于我们对盛西门这一类新人的理解。我所理解的国民性问题主要是自我问题。

二、杨朱的自我:贵己

中国是一个伦理国家,中国文化、中国哲学中突出的论题是伦理关系,如家庭伦理、自我与他人、自我与社会的关系问题,君臣、父子、兄弟、夫妇、朋友,所谓五伦。例如孔子,他试图把人等级化、秩序化,君君臣臣父父子子,君叫臣死臣不敢不死,父叫子亡子不敢不亡,人被放在哪个层次上,就要按礼对这个层次的要求规范自己的行为,不可逾越,否则就叫犯上作乱。他把人分为君子和小人,君子喻于义,没有自私自利之心;小人喻于利,只关心柴米油盐问题,唯利是图。儒家伦理的要求是不要主张个人利益,克己复礼,经常反省批判自己,写检讨,开斗争会,最后是泯灭自我。孔子也说到为己之学。《论语·宪问》中孔子感慨道:“古之学者为己,今之学者为人。”所谓“为人之学”,学是为了显摆,为了装饰和炫耀。而“为己之学”,就是为了按礼的要求完善自己。说到底,还是要做到无己。儒学发展到宋代走向极端,程颢、程颐还有后来的朱熹宣扬存天理灭人欲。天理就是皇帝的意志,把人的欲望都消灭了,按皇帝的意志思想和生活,机器一样、没有生命的抽象工具一样为皇权服务,这当然是专制帝王愿意看到的。我们知道,儒家这些观念在当今社会是完完全全地失去了意义,是中国传统文化中的糟粕。

孔子之后,中国文化史上出现了一位一毛不拔的另类哲学家,名字叫杨朱。杨朱是战国时期魏国人,其籍贯、生平年代已不可考。据一些学者推测,杨子生活时代当在墨子(约公元前480年至公元前390年)与孟子(约公元前371年至公元前289年)之间。杨子反对儒墨,主张贵生、重己,他的见解散见于《庄子》《孟子》《韩非子》《吕氏春秋》等书。

《列子》中有“杨朱泣岐”和“杨布打狗”两个典故,表现出杨朱的同情心和诗人气质。“杨布打狗”是说,朱之弟曰布,衣素衣而出。天雨,解素衣,衣缁衣而反。其狗不知,迎而吠之。杨布怒,将扑之。杨朱曰:“子无扑矣,子亦犹是也。向者使汝狗白而往,黑而来,岂能无怪哉?”“杨朱泣岐”是说有一次他外出到了一个岔路口,分不出南北了,竟然哭了起来,因为他联想到了人生的歧路,心中不禁伤感起来。这让我想起尼采哭马的故事。晚年尼采走在意大利都灵的大街上,看见马夫挥鞭打一老马,便冲上去,紧紧抱住马头,失声痛哭,一面哭一面亲吻着马头,泣道:我苦难的兄弟啊!之后,他被送进了疯人院,度过了十年的疯子生涯,然后去世了。

杨朱的“贵己”学说,归纳起来有四条。

一是贵人。“人肖天地之类,怀五常之性,有生之最灵者,人也。”(比较一下莎士比亚《哈姆雷特》中的话:“人是宇宙的精华,万物的灵长。”)

二是贵己。“人者,爪牙不足以供守卫,肌肤不足以自捍御,趋走不足以逃利害,无毛羽以御寒暑,必将资物以为养性。任智而不恃力,故智之所贵,存我为贵;力之所贱,侵物为贱。”人最贵重者莫过于生命,几十年的光景,故应万分珍重,以我为贵,无我则其他一切均无意义。“丰屋美服,厚味姣色,有此四者,何求于外?”

最能表现杨朱思想的是《列子·杨朱》里的一句话:“古之人损一毫利天下,不与也;悉天下奉一身,不取也。人人不损一毫,人人不利天下:天下治矣。”这就是“一毛不拔”这个成语的出处。这句话表达的是杨朱的政治思想,他承认自我的权利,主张这种权利不能随意剥夺,人人不损己以利天下,也不损天下以利己,大家也别沾国家的光,国家也别盘剥老百姓,天下就相安无事了。这里面包含着一种对个人权利的重视,对公权力的轻视和警惕,应是一种先进的思想。

三是颠倒名实、贤愚、明君暴君观念。杨朱曰:“天下之美归之舜、禹、周、孔,天下之恶归之桀纣。”然而舜“戚戚然以至于死,此天人之穷毒者也”。禹“戚戚然以至于死,此天人之忧苦者也”。周公“戚戚然以至于死,此天人之危惧者也”。“孔子明帝王之道,应时君之聘,伐树于宋,削迹于卫,穷于商周,围于陈蔡,受屈于季氏,见辱于阳虎,戚戚然以至于死,此天民之遑遽者也。凡彼四圣者,生无一日之欢,死有万世之名。名者,固非实之所取也。虽称之弗知,虽赏之不知,与株块无以异矣。桀藉累世之资,居南面之尊,智足以距群下,威足以震海内;恣耳目之所娱,穷意虑之所为,熙熙然以至于死,此天民之逸荡者也。纣亦藉累世之资,居南面之尊;威无不行,志无不从;肆情于倾宫,纵欲于长夜;不以礼义自苦,熙熙然以至于诛,此天民之放纵者也。彼二凶也,生有纵欲之欢,死被愚暴之名。实者,固非名之所与也,虽毁之不知,虽称之弗知,此与株块奚以异矣。彼四圣虽美之所归,苦以至终,同归于死矣。彼二凶虽恶之所归,乐以至终,亦同归于死矣。”

不管是贤愚、贫贱,到了都是一个土馒头,尧舜与桀纣没有什么不同。在杨朱看来,四圣“苦以至终”也是死,桀纣“乐以至终”也是死,桀纣虽然遗臭万年,但比四圣流芳千古要值得。四圣得名誉之虚,不如桀纣得享乐之实。杨朱把两位暴君看作是酒神狄奥尼索斯了。看来伟大的杨朱是一个敢于反潮流的人。他敢于把大家公认的圣人与暴君放在一个价位上看待。这当然是一种典型的老百姓思维,酸葡萄心态。请注意杨朱称桀纣为二凶,称尧舜等为四圣,我理解他是一种夸张的说法,极言享乐的可取,根本上我想他还是赞同四圣的。

四是全性保真:保持和顺应自然之性,自己主宰自己的命运。这一点与道家的养生术相近。《列子·杨朱》篇中,有一篇假托管仲与晏子的对话,可以看作是杨朱的“享乐主义”:

晏平仲问养生于管夷吾。管夷吾曰:“肆之而已,勿壅勿阏。”晏平仲曰:“其目奈何?”夷吾曰:“恣耳之所欲听,恣目之所欲视,恣鼻之所欲向,恣口之所欲言,恣体之所欲安,恣意之所欲行。夫耳之所欲闻者音声,而不得听,谓之阏聪;目之所欲见者美色,而不得视,谓之阏明;鼻之所欲向者椒兰,而不得嗅,谓之阏颤;口之所欲道者是非,而不得言,谓之阏智;体之所欲安者美厚,而不得从,谓之阏适;意之所欲为者放逸,而不得行,谓之阏性。凡此诸阏,废虐之主。去废虐之主,熙熙然以俟死,一日、一月、一年、十年,吾所谓养。拘此废虐之主,录而不舍,戚戚然以至久生,百年、千年、万年,非吾所谓养。”

这是一种个人主义的享乐主义。在一个正常的、健康的社会里,只要不危害别人,人家如何享受自己的声色犬马,他人似乎不必太过关心。杨朱的学说与墨子的兼爱相反,与老子的禁欲、示弱也相反。老子说:“五色令人目盲,五音令人耳聋,五味令人口爽。”

但这不能说明杨朱本人是个自私自利的人。一毛不拔那段引文前面还有一句:“伯成子高(尧时诸侯,禹去访问他,他不顾而耕)不以一毫利物,舍国而隐耕;大禹不以一身自利,一体偏枯。古之人损一毫利天下,不与也;悉天下奉一身,不取也。”他是以古之人伯成子高的不予和大禹的不取来说明他的观点。

这样看来,杨朱不是在鼓吹唯利是图。主张个人权利与唯利是图不是一回事。主张享乐主义与唯利是图也不是一回事。其实人都自私,又都厌恶别人自私,又想掩饰起来自己的自私,冠冕堂皇的话一出口就是仁义道德、大公无私,唯杨朱坦率地把大家的真实感觉说了出来,但大家并不认可,这个“一毛不拔”的“小人”被骂了两千多年。孟子开足火力对杨朱口诛笔伐:“杨氏为我,是无君也。墨氏兼爱,是无父也。无君无父,是禽兽也。”不能说孟轲的批判没有道理。杨朱居然要讲为我、贵己,百姓都去自私自利了,那么谁来爱国呢?谁来爱“朕”呢?谁来为国尽义务担责任呢?

中国的主流意识形态是皇权至上,皇帝是天,我是属于皇帝的,我受皇帝的庇护,也为皇帝服务。别说皇帝要拔我一根毛,就是把我的小命取了，我也要感谢，跪下磕头说谢主隆恩。百度百科条目上猜测杨朱的书是被秦始皇烧毁的，因为杨朱的学说儒家讨厌，帝王更不喜欢。杨朱的“贵己”概念就含有约束国家权力、保护民众利益的意思。所以他的自利，不是自私自利，而是尊重个人利益。

当时也有为杨子辩护的。前面提到《列子》的《杨朱》篇，其中有个故事说：“禽子问杨朱曰：‘去子体之一毛，以济一世，汝为之乎？’杨子曰：‘世固非一毛之所济。’禽子曰：‘假济，为之乎？’杨子弗应。禽子出语孟孙阳。孟孙阳曰：‘子不达夫子之心，吾请言之。有侵若肌肤获万金者，若为之乎？’曰：‘为之。’孟孙阳曰：‘有断若一节得一国，子为之乎？’禽子默然有间。孟孙阳曰：‘一毛微于肌肤，肌肤微于一节，省矣。然则积一毛以成肌肤，积肌肤以成一节。一毛固一体万分中之一物，奈何轻之乎？’”

杨朱为中国人提供了一个绝好的契机，一个将我们的思考方式从国家主义转到追求个人幸福的个人主义的契机，可惜多数人认识不到他的价值，没有人沿着杨朱开辟的这条路探索下去。

对杨朱这种享乐主义哲学各人可以有各人的判断。我觉得艺术家盛西门可能会给予欣赏。鲁迅先生、胡适先生等亦应能欣赏。胡适当时是这样教育北大学生的：“现在有人对你们说：‘牺牲个人的自由，去求国家的自由！’而我要对你们说：‘争你们个人的自由，便是为国家争自由！争自己的人格，便是为国家争人格！自由平等的国家不是一群奴才建造得起来的！’”（引自胡适《介绍自己的思想》，洪治纲主编《胡适经典文存》）这应是对杨朱贵己思想的遥远的呼应。

鲁迅提到的以极端的个人主义现于世的德国哲学家施蒂纳与我们的杨朱比较接近。可以把杨朱与施蒂纳对照起来欣赏。

三、施蒂纳的自我：唯一者

西方个人主义的先驱是古希腊智者普罗塔哥拉。普罗塔哥拉提出“人是万物的尺度，是存在的事物存在的尺度，也是不存在的事物不存在的尺度”，这一命题被称为“普罗塔哥拉命题”。智者学派的代表人物主张：人的价值和尊严是至高无上的，国家治理好坏的标准要看它是否对人有利和符合人性，所有的人都是平等的。

普罗塔哥拉的近代传人之一是德国哲学家施蒂纳。

施蒂纳(1806—1856)是无政府主义的创始人之一。1835 年毕业于柏林大学哲学系,曾任中学教员,著有《唯一者及其所有物》。施蒂纳认为,人都是利己主义者,利己主义是自我意识的本质,是历史发展的趋势和真理。所以"我"(个人)是世界的"唯一者",是万事万物的核心和主宰,"我是高于一切的"(这让人想起释迦牟尼刚生下来就右手指天,左手指地,大声宣称:"天上天下,唯我独尊。"),凡是束缚"我"的东西,如国家、上帝、法律、道德、真理等都应抛弃。为了"我",我要把一切都当作自己的所有物。由此,施蒂纳坚决反对共产主义和无产阶级革命,强调个人绝对自由,反对一切国家、组织和纪律。19 世纪 40—50 年代,施蒂纳的学说对德国和其他一些国家的知识分子产生了一定的影响。费尔巴哈反驳施蒂纳:只有耶稣基督是唯一的,人总是有相似性。他举例:当你说"我爱这唯一的女人"时,你毕竟是在爱着一个女人,而不是一个猴子或狗。这意味着,个体纵然是真正的实体,他依然具有属人的本质。施蒂纳说:你以为自己是一个类人,即大写的人,而忘了自己是一个唯一者。他认为费尔巴哈仍然把人看作抽象的非现实的人。马克思和恩格斯在《德意志意识形态》中对施蒂纳的观点进行了尖锐的批判。19 世纪最后十年尼采哲学的兴起让人们想起了施蒂纳,施氏才取得广泛影响。墨索里尼年轻时研究过施氏著作,这让他与纳粹有了关系。按照一些学者的说法,施氏终结了黑格尔主义,开启了以马克思、尼采为标志的现代哲学。

《唯一者及其所有物》共分两大部分。第一部分标题是"人",施蒂纳说明所有意识、宗教、道德、法律、真理、国家、社会、人民、民族、祖国、人类以至世界本身都是旨在通过各种非个人的普遍的东西来奴役个人,都是"否定你自己"的,由此说明世界上的任何事物本身都是利己主义的,因而"唯一者"当然也是利己主义的。第二部分标题是"我",指出了自我彻底解放的道路,即"回到你自己那里去"的道路。

施蒂纳强调个人的独立性。他说:独立性就是我的全部本质和存在,就是我自己。施蒂纳认为每个人都是我自己,而且是唯一的自我:"我是独一无二的。因此我的需要是独一无二的,我的行动是独一无二的,简言之,我那里的一切都是独一无二的。而只有作为这个独一无二的自我,我把一切都归我自己所有。"施蒂纳强调:"我已经不再承认什么东西在自己之上了。”这就像后来的魏宁格说的:“男人的宗教是一种对自己的最高信仰,女人的宗教是一种对他人的最高信仰。”

(我同意有人说的,不要追求第一,要追求唯一)

前面说过,鲁迅、郁达夫等人介绍过施蒂纳的哲学。鲁迅在《文化偏至论》中说:“物反于极,则先觉善斗之士出矣:德人斯契纳尔乃先以极端之个人主义现于世。谓真之进步,在于己之足下。人必发挥自性,而脱观念世界之执持。惟此自性,即造物主。惟有此我,本属自由;既本有矣,而更外求也,是曰矛盾。自由之得以力,而力即在乎个人,亦即资财,亦即权利。故苟有外力来被,则无间出于寡人,或出于众庶,皆专制也。”

必须说明,施蒂纳并不是一个绝对唯我论者,施蒂纳要否定和排除的是他人对“我”的强制性,并因此倡导个体之我的唯一性、无可替代和不可化约性。

诸“唯一者”之间也需要合作、联盟和交往,但“唯一者”间的合作、联盟、交往均必须是基于每一个“唯一者”完全自主和自治的基础上进行。施蒂纳相信,每一个“唯一者”都是一个独立的“我”,他们在本体地位上是平等的,因而,“对于我来说,没有人是值得尊重的人,即使同类的人也是如此。如同其他存在那样,他只不过是一个我所关心或不关心的对象,有用或无用的个体”。施蒂纳认为对“自己”来说,“在当代的入口处铭刻着的不再是阿波罗的‘认识你自己’,而是‘实现你自己的价值’”。

每一个人都能实现自己吗?社会上的弱势群体恐怕不一定。施蒂纳的“唯一者”很大程度上是空中楼阁。尼采后来试图解决这个问题,他在施蒂纳的“成为你自己”之前加上了一个限制词“强者”,只有强者才能真正“成为你自己”,弱者根本没有这个能力,因为弱者的本质就是意志薄弱,而超人的优越之处就在于意志坚强——这就导致“超人”的产生。

研究者认为,施蒂纳和尼采这两个相隔半世纪的超人哲学家,在反对基督教信仰、人道主义和传统道德方面全然一致,都企图推翻一切旧有的价值标准,从而陷入虚无主义。其分歧在于施氏满足于人们处于无拘无束的自由之中,尼采则试图建立符合强力意志的新道德。在尼采看来,施蒂纳的虚无主义有自甘堕落的可能。在施氏看来,建立在强弱之分野上的新道德则有暴君复辟的危险。

四、尼采的自我：强力意志

鲁迅称尼采是大士哲人，博大深邃，他揭穿了近世文明之偏与伪，力抗时俗，是偶像破坏的大人物。然而尼采究竟不是太阳，他发疯了。

19 世纪德国著名哲学家尼采（1844—1900），是西方现代哲学的开创者，也是卓越的诗人和散文家，现代最伟大的思想家和哲学家之一。尼采出生于德国一个乡村牧师家庭，他的父亲社会地位不高，但与普鲁士国王等当权贵族有密切关系。尼采自幼接受贵族特权阶级的熏陶，特别推崇优越感。另一方面他从小性情孤僻，且多愁善感，纤弱的身体使他总有一种自卑感。因此，他一生都在追寻一种强有力的人生哲学来弥补自己内心深处的自卑。

尼采有一句名言："去见女人的时候，也要一并带上你的鞭子。"这句话让人联想到他心仪的女人莎乐美。

莎乐美是"俄罗斯流亡贵族的掌上明珠、怀疑上帝的叛逆、才华横溢的作家、特立独行的女权主义者、不守妇道的出墙红杏，为尼采所深爱，受弗洛伊德赏识，与里尔克同居同游"（《在性与爱之间挣扎：莎乐美回忆录》）。1897 年，莎乐美结识了比她小 15 岁的青年诗人里尔克。里尔克在诗中倾诉了对莎乐美的爱慕：

弄瞎我的眼睛，我依然会看见你。
塞住我的耳朵，我依然会听见你。
即使没有脚，我也能找到路走向你。
即使没有嘴，我也能苦苦地哀求你。
卸下我的手臂，我也会抓住你。

1882 年，尼采 38 岁这一年，德国哲学家雷波把尼采的作品送给刚从俄罗斯来到意大利的莎乐美阅读。莎乐美阅读之后，非常敬佩。这时候尼采的作品《朝霞》刚刚出版，"评论界压根儿没有理睬"，尼采十分苦闷孤寂。认识莎乐美之前，尼采多次向朋友宣布，为完成他的写作事业，他即使结婚也不会超过两年。莎乐美独赴拜罗伊特之前，雷波将当年尼采信中的少年轻狂语郑重其事地转告莎乐美。更有甚者，他指出尼采"两年婚姻"的意思是"狂野的婚姻"——三人婚姻，他们三个人一起过。4月24日，尼采抵达罗马，在梵蒂冈圣彼得大教堂见到了21岁的莎乐美。莎乐美被尼采的天才所吸引，称赞尼采独一无二的气质。尼采没有想到莎乐美是如此的美丽惊人，当天就向她求婚。莎乐美告诉尼采，自己刚刚结束一场恋爱，不能接受尼采的求婚，但答应"奉献她的友谊和精神上的爱恋"。尼采没有沮丧，5月13日，在瑞士洛桑，再次向她求婚，再次遭到拒绝。莎乐美曾说，也许将来她可以先跟尼采同居，等她成熟之后再结婚。被拒后的尼采提议莎乐美、当时也在场的雷波和他本人照张合影。他要莎乐美和雷波按照他的要求拍照。照片的正中是辆小马车；莎乐美坐在小马车左侧的厢板上，手里拿着一根由尼采交到她手中的丁香树枝（权且作为鞭子），尼采坚持要她把树枝高高举起；尼采神采飞扬地站在前面拉着车杠子，雷波站在尼采与莎乐美之间，一根麻绳把他和尼采缠在一起，象征他俩是拉车的马。号称要拿着鞭子去找女人的尼采，在这张他生平最得意、他自己亲手布置的合影中，是站在莎乐美鞭下的。

这并不影响他们成为精神上的伴侣，两人结伴到卢塞恩旅行。沿途，尼采向莎乐美叙述往事，回忆童年，讲授哲学。他们在哲学、宗教等学术领域进行了深入的交流和探讨。对尼采来说，和莎乐美的相处是一段"痛并快乐着"的难忘历程：一方面，他们在思想和心灵上能抵达对方的灵魂深处；另一方面，在情爱上，莎乐美一直奉行"精神上的好感绝不能代替感官上的激情"，这让尼采深陷其中不能自拔、痛苦不堪。莎乐美将她每天记载她与尼采相处的日记寄给雷波。她当然知道雷波早就爱上了她。尼采的妹妹伊丽莎白也是一枝交际花，她嫌恶莎乐美，未经尼采许可，她给莎乐美写了一封信。莎乐美怒不可遏。她和雷波抛弃了尼采，拜访瓦格纳去了。他们的交往维持了不满7个月。在这之后，尼采虽仍然不断寻找伴侣，但终究孤独一生。他的红颜知己仅莎乐美一人。

尼采的超人思想在他受到"两个朋友的背叛"后诞生。1883年2月，与莎乐美分手后3个月，尼采用十天时间写出名著《查拉图斯特拉如是说》第一部，这部巨作横扫基督教千年培养出来的精神奴性，宣布上帝已死，谱写了一曲自由主义的人性颂歌。德国作家萨尔勃说莎乐美可以让“男人们在与这位女性的交往中受孕，与她邂逅几个月，就能为这个世界产下一个精神的新生儿”。可以这样说，没有莎乐美，或许就没有《查拉图斯特拉如是说》。此后的1885年，即与莎乐美分手后的第三年，《查拉图斯特拉如是说》完成，作者自费印刷四十本。

尼采主要著作有《悲剧的诞生》《不合时宜的考察》《查拉图斯特拉如是说》《强力意志——重估一切价值》等。

尼采有几个中心词，如酒神精神、强（权）力意志、超人、永恒轮回等。

酒神精神是尼采的一个基本概念。尼采认为希腊文化的发展来自酒神和日神这两种力量的斗争。日神阿波罗代表“官方”的、“正统”的、崇高静穆的、理性克制的，像太阳一样稳定、威严、温暖的艺术形象。酒神狄奥尼索斯代表着人的自然冲动、迷醉状态下的野性，意味着节庆、狂喜、冲动、放纵、解脱，人们沉溺在狂欢、酣睡、舞蹈之中，人与人之间的一切界限都被打破，自由发泄他原始的本能。

尼采在晚期继承和改造了叔本华的意志学说，提出强力意志论，对传统的一切价值进行重估。强力意志遂构成尼采哲学的中心话题。强力意志指一种追求强大力量、追求自身超越的本能冲动和心理能力。

这里根据周国平的著作及汪民安的一篇文章，介绍一下尼采的强力意志学说。

强力意志说的核心是肯定生命，肯定人生。强力意志不是世俗的权势，它是一种本能的、自发的、非理性的力量。它决定生命的本质，决定着人生的意义。理性的特性是冷静、精确、逻辑、生硬、节欲；强力意志的特性是激情、欲望、狂放、活跃、争斗。尼采认为，强力意志源于生命，归于生命，它就是现实的人生。人生虽然短暂，只要具有强力意志、创造意志，成为精神上的强者，就能实现自己的价值。强力意志作为最高的价值尺度，一方面肯定了人生的价值，另一方面也为人世间的不平等做了辩护。在尼采看来，人类与自然的生命一样，都有强弱之分，强者总是少数，弱者是多数。历史与文化是少数强者创造的，他们理所当然地统治弱者。

在尼采看来，真正的强者不求自我保存，而求强力，为强力而不惜将生命孤注一掷。人生的本质就在于不断地表现自己、创造自己、扩张自己。生命的意义不在于活得长久,而在于活得伟大,活得高贵,活得有气魄。用尼采的譬喻来说便是:“最美好的都属于我辈和我自己;不给我们,我们就自己夺取:最精美的食物,最纯净的天空,最刚强的思想,最美丽的女子!”总之,一切都要最好的,在一切方面成为最优秀者、最强者。

尼采提出的强力人生观包括三个方面。

1.强力意志是生命的本质

强力意志是最高价值标准,生命价值的大小,是以生命所包含的强力量的大小来衡量的。一个拥有更多强力的人,当然被视作一个更有价值的人。

强力通过生命表现出来,既有外在的形式,如政治权力,又有内在的形式,生命之内在的生存力。尼采认为,外在的政治权力并不等于价值。尼采所肯定的强力,不是外在的权力,不是表面的统一、暴力的统治、数量的优势等,而是内在的权力,是生命力的充溢、生命的自我超越、意志的自律。

在尼采看来,真正有力量的人是比较淡泊、谦和的,而愈是内里虚弱的人却往往愈是追求外表的强大。但是,弱者往往用他们的智慧和数量优势统治强者。所以,在尼采看来,衡量生命价值的高低,衡量一个人或一个民族是否强大,并不能只看外在的力量展示,内在的强力才是第一位的。

尼采认为,个体生命的本质体现在生命的自我超越性上。尼采正是在《查拉图斯特拉如是说》的“自我超越”一节明确地说明生命的强力意志本质的。个人同时肩负着人类总体生命的命运。单个人的生命的价值,不只是取决于他的个人的生理欲望是否强烈,或者他在社会的权力角逐中是否成功,而是取决于他把人类总体生命带向何处,是带往上升、强健、兴旺呢,还是带往下降、衰弱、退化。如果他体现了人类总体生命的上升,他就是一个强力意志意义上的强者,他的强力意志就是强盛的;反之,他就是一个强力意志衰退的弱者。尼采正是在这个意义上责备苏格拉底、叔本华、瓦格纳、虚无主义者和基督徒的。

一个强力意志意义上的强者就是一个能够自我支配的人;反之,则为弱者。所谓自我支配,其根本的意义就是一个人能够创造自己的价值标准,发明自己的道德价值。正是在这个意义上,尼采称那能从自身估定出价值的贵族为“高尚的人”,为强者;而将那靠怨恨本能而获得道德价值的人称为“群畜”“奴隶”和“贱众”。

2.自己创造美德

尼采认为,人就是价值的创造者,人首先把价值置入事物之中以维护自己的生存,人为事物创造出意义,创造出一种人的意义。每个人创造他自己的美德,根本上是说美德的实质是个人生命强力决定的。

创造,就是“重估一切价值”。尼采正是依此对传统价值的真、善、美等进行了全方位的重估。当然,这种重估是基于生命强力这一最高标准的。这种重估中,“我们不再把人当作由‘精神’或‘神性’而来的;我们重新把他放回到动物之列。我们把他视为最强的动物,因为他最狡猾,他的精神性就是由此而产生的”。在这种重估中,我们不再把“善”理解为“不自私”和“无我”,而是理解为生命力的强大和强化;不再把“恶”理解为本能的施展、征服,而是理解为生命的衰退和弱化。总之,创造就是要从我们个人生命的强力出发,对一切旧有的价值表进行重新估价,将一切已经被认定、被遵守的价值拿到生命的强力面前,为其存在的合理性进行辩护。人作为价值的创造者,正是要在这种重估中,重塑合于生命之强力标准的美德。

3.给予的道德

创造在本质上就是一种给予,是立足于自己生命力的丰盈的一种给予,他不断地创造,不断地给予,他享受着给予的快乐和兴奋。

查拉图斯特拉自己就是给予道德的象征。查拉图斯特拉30岁时离开故乡住在山上。十年之后,他必须“下山”,将他的丰盈的生命强力付之创造,付之给予。

于是,查拉图斯特拉开始了他的创造和给予。他向世人宣布“上帝已死”的消息,给人们开办“道德的讲座”,以“快乐和热情”批驳那些“肉体的轻蔑者”,从而完成了他“下山”之创造和给予的使命。

尼采实际上是在与悲观主义战斗。耶稣的不抵抗主义,打了你左脸将右脸伸过去,叔本华否定人生的出世思想,都是他所抨击的。他称基督教道德是奴隶道德。一个要在人世间有所建树的人最忌悲观主义:“看破红尘——这是……一切创造者的末日。”

我们从尼采身上看不到中国传统文化中儒家的贱己顺从、道家的无为退让、佛家的禁欲避祸,倒是可以看出来一点儿杨朱的贵己哲学。把我们的儒释道放在重估一切价值的尼采面前,恐怕都入不了他的法眼。中国的儒释道都是阴柔文化,儒家以柔进取,道家以柔退守,唯杨朱有点儿阳刚的意思。

尼采是西方文化的叛徒,他的思想里固然没有奴性,没有怨恨,没有逆来顺受,他不承认社会上流行的奴隶道德,但他的特权思想和精英意识令人厌恶,正因为此,希特勒的纳粹党利用了他。

五、中国的国民性:从无己到贵己

说到国民的劣根性,网上盛传的美国驻华大使骆家辉对中国人的几点评价,很是耐人寻味,可称之为黄金十二条(本人略加调整):

1.能通过关系办成的事,绝不通过正当途径解决;
2.不愿为执行规则所累,宁愿为适应潜规则受罪;
3.不惜牺牲尊严和人格,巴结权贵,媚骨外露;
4.在大事上能忍气吞声,但在小事上却斤斤计较;
5.计较的不是不公平,而是自己不是受益者;
6.自己爽不爽没关系,反正不能让别人爽;
7.不为朋友的成功欢呼,却愿为陌生人的悲惨捐助;
8.不为强者的坚持伸手,愿为弱者的妥协流泪;
9.不为大家的利益奋斗,愿为大家的不幸怒骂;
10.不为长远未来谋福,愿为眼前小利冒险;
11.阴谋论盛行,非常相信传言;
12.动辄批判外界,却很少反思自己。

中国人的人格是个值得探讨的话题。在我看来,自我问题是国民性的中心问题。梁漱溟先生曾指出:“中国文化最大之偏失,就在个人永不被发现这一点上。”中国人根本上的问题仍然是不独立,少反思,多奴性,小聪明,一句话:无己。我们没有自我。或者说我们不敢大胆地、光明正大地坚持自我的利益。我们是藤本植物,生命力羸弱,总要依附于某一个(种)人或者某一种势力,才能苟活下去。

可以对照一下鲁迅推荐过的一本书《中国人的气质》,美国传教士明恩溥写于20世纪初,不知道骆家辉看过这本书没有。作者1872年来华传教,1905年辞职,第一次世界大战爆发后返回美国。1906年,他向美国总统西奥多·罗斯福建议,将清王朝支付给美国的“庚子赔款”用来在中国兴学、资助中国学生到美国留学。1908年,美国正式宣布退还“庚子赔款”的半数,计1160余万美元给中国,作为资助留美学生之用。清华留美预备学校(后改名为清华大学)、北京协和医院和协和医学院先后得以设立,一批又一批年轻学子走向世界。明恩溥这本书指出中国人有勤劳、节俭、孝顺、仁慈、知足常乐、有忍耐力等优秀品质,同时指出中国人有好面子、缺乏公共精神、缺乏同情心、缺乏诚信、喜猜忌、保守、固执、漠视时间、漠视精确、神经麻木、节俭过分等为现代社会所不齿的毛病。这本书第一章说的就是面子问题。中国人太好面子了。

鲁迅批判国民性主要是受梁启超影响。梁启超总结的中国国民的弱点也在后来的一百多年当中不断被重复,即奴隶性,甘于被异族统治,甘于暴政;重私德,不重公德;退缩,懦弱,缺乏尚武精神。他说:“吾以为,不患中国不为独立之国,特患中国今无独立之民。故今日欲言独立,当先言个人之独立,乃能言全体之独立。”

辜鸿铭(1857—1928)对中国的国民性持正面评价。他1915年用英文出版过一本论文集《中国人的精神》,说美国人博大、纯朴,但不深沉;英国人深沉、纯朴,却不博大;德国人博大、深沉,而不纯朴;法国人没有德国人天然的深沉,不如美国人心胸博大和英国人心地纯朴,却拥有这三个民族所缺乏的灵敏;只有中国人全面具备了这四种优秀的精神特质。其中的《中国人的精神》是辜鸿铭的一个演讲,他在这个演讲中说:真正的中国人从不野蛮、不残忍,也不凶恶……是被驯化了的动物。……在真正的中国式人性中,可以说,有着从容、冷静、练达的特点,就像你评价一块经过优良锻造的金属。真正的中国人也许是粗糙的,但粗糙中没有粗劣。真正的中国人也许是丑陋的,但丑陋中没有丑恶。真正的中国人也许是庸俗的,但庸俗中没有侵略和喧哗。真正的中国人也许是愚蠢的,但愚蠢中没有荒谬。真正的中国人也许是狡猾的,但狡猾中没有狠毒。我实际上想说的是,真正的中国人即使在身体、心灵和性格上有缺点，也不会让你厌恶。

台湾柏杨先生所著《丑陋的中国人》批判中国人的“贱骨头”“脏、乱、吵”“窝里斗”“不能团结”“死不认错”等，他视中国传统文化为“酱缸文化”。

《丑陋的中国人》出版于1965年，当时台湾还在戒严。明恩溥没有看到五四时代的中国人，也没有看到当代的中国人。鲁迅先生属于五四一代人，他在批判阿Q的劣根性，但这个发现阿Q的人却正是五四时代孕育出来的一个旗帜性人物，拥有一个现代的独立而自由的人格，是一个民族之魂。我上面说过，80年代之后，改革开放的社会环境、独生子女政策、互联网等等，促使我们中国人，特别是一代一代年青的中国人的气质和个性发生了相当可喜的变化，我们的国民性已经得到了一定的改善。这改善的标志就是一代一代年轻的人，如我写的盛西门，越来越自尊了，越来越意识到自己的权利，越来越愿意捍卫自己的自由和权利。

文史学者张宏杰认为历史上中国的国民性在退化而不是进化。

蒙古人在中国所遇的抵抗是他们征服世界的过程中最为顽强的。事实上，南宋军队虽称软弱，但是也涌现了众多铁骨铮铮的人物：襄阳之围，宋人坚守了5年。1275年的常州之战，数千守军战斗至死，只余六人，杀敌多人后才壮烈殉国。元兵围扬州，守将李庭芝誓死坚守，甚至南宋太皇太后亲自劝降也拒不接受。他们杀掉元朝的招降使者，焚招降书于城上。“城中粮尽，有自食其子以坚持者”……

及至明朝，国民性开始染上“流氓气”。其根源在于大明王朝的开创者朱元璋。他从社会底层起家，发明了政治流氓统治术，核心是十六个字：不讲规则，没有底线，欺软怕硬，不择手段。明朝制度设计的核心理念，就是打造一个坚固的笼子，把鸡狗猪羊们牢牢关在里面，没有一丝一毫逃逸作乱的可能。因此，虽然朱元璋赶走了蒙古人，在中国历史上被称为汉族的光复，然而朱元璋的统治比蒙古人更为野蛮、强硬。他继承了蒙古人统治的精髓：户口世袭制，职业先天决定，代代世袭，任何人没有选择的自由。凡是他认为威胁到朱家统治的，皆予以清除和屠杀，往往是满门抄斩。

在明朝，士人们做隐士的自由首次被剥夺。朱元璋发布命令：“率土之滨，莫非王臣。寰中士大夫不为君用，是自外其教者，诛其身而没其家,不为之过。”在这道前无古人的律令下,苏州才子姚润、王谟因征召不至,被朱元璋斩首、抄家。贵溪儒士夏伯启叔侄把左手大指剁去,以示不肯出山做官,被朱元璋“诛而籍没其家”。中国士人从此失去了最后一块保持独立性格的空间。

朱元璋的统治原则,是消除一切可能不利于江山稳定的因素,断绝与外部世界的一切联系,禁止海上贸易,闭关锁国,由官僚包办一切事情;对内是全面社会控制,打击商人大户,避免商人财富增长可能对政权带来的挑战。当时的命令规定,商人外出经商,必须经官府严格审核,发给通行证才行。在他的统治下,大明社会变成了一个村庄,无事不相往来。大明成了一个大监狱,各级官员都是狱卒,所有百姓都是囚犯。百姓稍有逾越狱规之举,则惩罚立刻劈头而来:“充军”“斩首”“乱棍打死”……

随着明代社会的日益腐败,几乎每个社会成员都学会了颠倒的社会规则,底层百姓无条件地接受了流氓规则,对待社会上的不合理,只能用另一种不合理来压服。因此,明代后期社会风气极为败坏,造假之风大兴。假银子虽古已有之,可到了明代,其种类之繁、名目之多、手段之精、工艺之巧,都超越了历代,可谓登峰造极。流氓性格从明代开始,成为中国人性格中一个重要的组成部分。

清朝也是如此。清朝入关以前,经常跑到关内烧杀抢掠。清兵向努尔哈赤汇报时,是把人、马、牛、驴混到一起的,因为满族人是从奴隶社会直接发展过来的,所以满族大臣喜欢在皇帝面前自称奴才。这样一个落后的社会体系,靠暴力统治中国,杀光了有血性的男儿,给中国发展造成了大倒退。清朝的几代皇帝前赴后继,对知识分子大兴文字狱,动不动就满门抄斩,让一个民族彻底停止了思考,变为一具僵尸。清代名臣张廷玉有一个习惯,下朝归家后把身上带的有字的纸条都要烧掉,也很少跟别人通信。因为家里有文字,将来一旦犯事都会成为罪证。清代的帝王首次提出,大臣应该像狗一样为皇帝服务,臣子不但身体要属于君主,心灵也应该属于君主,不应该有任何独立意志、个人尊严。雍正皇帝在《朋党论》中说:“你们各位大臣如果将朕之所好者好之,所恶者恶之,是非画一,则不敢结党矣。”乾隆更提出了一个著名的理论:“奸臣”固然并非国家幸事,“名臣”的出现其实也不是什么好事。国家只需要唯命是从、办事敏捷的奴才。他说:“乾纲在上,不致朝廷有名臣、奸臣，亦社稷之福耳。”

清初有著名的六大文字狱，雍正八年的“清风不识字”案流传最广。翰林院庶吉士徐骏在奏章里将“陛下”的“陛”字，错写成“狴”字，雍正将其革职。后又有人揭发他的诗集中有“清风不识字，何故乱翻书”等句，被认为是存心诽谤，照大不敬律，徐骏被判斩立决。

雍正四年，查嗣庭任江西乡试正考官，他出了个“维民所止”的试题，“维止”二字被认为是将“雍正”二字砍去了脑袋。雍正下令将查嗣庭全家逮捕严办。尽管查嗣庭死于狱中，他的尸身却难得安宁，受到戮尸之辱。他的儿子惨死狱中，族人遭到流放，浙江全省士人六年不准参加举人与进士的考试。

名医朱方旦认为脑是人的思考器官，而不是“心”，这是朱方旦对中国医学的革命性贡献。康熙二十一年，康熙帝下诏将朱方旦处死，其著作尽行焚毁。朱方旦的著作《中补说》和《中质秘书》竟无一字半句留传于世。

清初庄廷鑨《明史辑略》案，刑部审定其追念明朝、谤毁清朝等所谓八大罪状，有牵连的案犯被杀者七十余人，其中包括作序者、校阅者、刻字工、印刷工、书店老板，死法不一而足：庄廷钺等 14 人凌迟处死，其余有的重辟，有的绞死。死去多年的庄廷鑨被掘开坟墓，开棺碎尸。庄家和朱家，全族 15 岁以上的男子尽数处斩，妇女、幼男或流放边区，或配给旗人为奴。其他凡与《明史辑略》有关的刻写、校对、印刷、装订者，以及贩书卖书、购书藏书的，甚至读过此书、和明史案沾一点边的，千余人受到牵连。湖州知府谭希闵等多名地方官员因失察、玩忽职守、隐匿罪、放纵看守罪等被处以绞刑。

一百多年的文字狱运动，把整个社会放入一个高压锅里进行灭菌处理，完成了从外到里的“全面清洁”，消灭了诸多异端思想的萌芽，打造了一个清代皇帝们自认为万代无虞的铁打江山。

在明代的专制基础上，清代皇帝积三代百余年努力，建立了中国历史上最缜密、最完善、最牢固的专制统治，把民众关进了更严密的专制统治的笼子里，把束缚中国两千年的专制政体修补、加固、完善得更加牢不可破。但结局正如《红楼梦》中说的忽喇喇似大厦倾，昏惨惨似灯将尽。呀！一场欢喜忽悲辛。叹人世，终难定。

怎么改造国民性？西方人认为，中国自秦始皇之后两千年是一个僵化的历史，用黑格尔的话说，中国的时间停止了。但从中国人的角度看，秦始皇以后，中国的皇朝历史也是不断演进发展变化的，其中最主要的是集权专制和统治技术，发展越来越精微，越来越牢不可破。它已经渗透、融化在国民性当中。

改造国民性历来有两条路子。在鲁迅看来，中国的所有问题都是文化遗传造成的，改造国民性在文化上要彻底更新换代，毛泽东等人都持这种观点；其中的区别是鲁迅主张贵己，毛泽东主张无己——我们现在知道所谓无己，只能是一个乌托邦而已。而胡适等人却认为，国民性问题不能在国民性当中去解决，道德问题要用道德批判和文化批判的方式解决，制度问题要用制度建设的方式解决。就国民性而论国民性是毫无意义的，在制度建设没有根本改观的前提下，期待国民性的彻底改造是不可能的。必须首先改变那种卑劣的政治体制。健康、自由、有尊严的人格只能诞生在一个民主的、自由的、充分尊重和保护人权的、健康的社会之中。

不管怎么说，鲁迅的立人思想，以及鲁迅先生希图引进中国的施蒂纳、尼采等人的思想仍然是改造我们国民性的资源之一。

我在《爱谁是谁——一个青年艺术家的成长史》后记末段说：人不应该只是个“我”，他还是社会性生物。从人的自由、人的天赋权利来说，尊重他人，尊重他人的“他性”，尊重社会，仍然是一个社会或个人得以存在的理由。他人是与我同样享有尊严的人，就像法国哲学家列维纳斯说的，尊重他人，不但要尊重他人与我的一致性，更要尊重他人与我的异质性。因为自我必须与他人共在，他者的陌生性恰恰是超越自我的契机。尊重他人恰恰要尊重他人的陌生性，而不要把他人同化为自我之后才去接受。过于自我的人实际上在压制他人——他人的自我。社会需要的仍然是既尊重自我价值又尊重他人价值和社会价值的健全的人格。

臆谈刘亮程

刘亮程的散文表达的是不同于传统散文所表达的乡村经验。他不写农民的节俭、勤劳、友爱，也不写农民的懒惰、浪费和自私，而写这些以外的东西，如“与虫共眠”对虫咬的理解，“走向虫子”对蜣螂滚粪蛋、蚂蚁背干虫的观察，“老鼠应该有一个好收成”对老鼠的理解，人畜之间的互相影响。他写劳动是件荒凉的事情，写农民不急着锄草，这些经验古人没有写，当代其他的散文家也少有写到的。他笔下的农民不高尚，也不卑劣，而是孤寂的、荒寒的、怪异不驯的，他们用白眼看着他们周围的世界，时不时智慧地咳一声。

其散文的诗性不同于传统散文写景状物所生发出来的诗意，来自他对乡村事物哲学的、文化的观照，如《我改变的事物》：他花半天工夫把一个土包铲平，或在平地上挖一个大坑，几年后经过这片荒地，发现以往长在土包上的杂草现在和平地上的草挤在一起，再也显不出谁高谁低，大坑里深陷着一窝子墨绿。他改变了一小片野草的布局和长势。每个夏天都要落到土包上的雨，从此再也找不到这个土包，冬天的雪花迟落地一会儿，那个大坑增大了天空和大地的距离。对于一头驴来说，这变化不算什么，但对于一只小虫，这变化可谓天翻地覆。他的大便可使一两棵玉米鹤立鸡群，因而他可以毫不客气地接过女主人端上来的一碗粥和一块玉米饼子。他将一头牛拍了一锨，牛猛蹿几步，碰巧被买牛的选中了。对牛来说，这一锨就是命运。他赶开一头正在交配的黑公羊，让一只白公羊爬上去，这举手之劳，羊的未来就截然不同了。这样的经验要求他的语言曲折而隐晦：“走进一株草、一滴水、一粒小虫的路可能更远，弄懂一棵草，并不仅限于把草喂到嘴里嚼嚼，尝尝味道。挖一个小坑，把自己栽进去，浇点水，直愣愣地站上半天，感觉到的可能只是腿酸脚麻，并不能断定草木长在土里也是这般情景。人没有草木那样的根，无法知道土深处的事情。人埋在自己的事情里，埋得暗无天日。人把一件件事情干完，干好，人就渐渐出来了。”（《对一朵花微笑》）

刘亮程的乡村经验是乡村事物、乡村的痞子精神和现代人的荒诞、无奈、冷漠等人生体验的结合体。他把中国一个偏远乡村农民的人生体验与现代世界最高端的哲学思想焊接在一起。刘亮程经验的个性化,导致他的散文不那么通俗,不那么大众化,普通读者不容易理解。他的集子《一个人的村庄》质量也参差不齐。

周同宾的散文与刘亮程处在两极。周先生的散文有纯正的古典风,不管是写人还是状物,不管是小品还是长文,都是渊源有自的,可以看到明晰的传承关系,尽管他的文章又可分门别类,每一篇、每一个阶段都有不同的新的追求,但整体上是古典主义的风格——一种新的古典主义,他是把一个现代人的观念和感受融入到一个古典的青花瓷瓶里去了。

周熠的散文与周同宾的散文风格上有相近之处。但他更重视表达个人化的经验,特别是他写童年的篇章,写得淋漓尽致。其鲜活的生活细节有一定象征意义。读那些文章,可以读出来一个少年的心灵史。

刘亮程是一个染一头金发的乡村智者,时不时发出一声坏笑;周同宾是一个穿着半旧西装的传统文士,在一个现代化的大厅里指点世道人心;周熠善于在舞场里跳一曲华尔兹,然后向舞伴讲述他的童年旧事,讲得人家唏嘘不已。

小说的方法论问题:以王小波为例

小说方法主要是技术问题、操作问题,但也是涉及小说观念、作家意图和作家的思想深度,涉及作家观察和表达事物的角度与方式的问题,它不是一个纯技术性的问题。凡具有原创力的作家,一个标志就是他有自己的方法,正是这方法玉成了作家区别于他人的个性和特色。如托尔斯泰作品的陌生化,陀思妥耶夫斯基的复调、灵魂辩证法。如福楼拜用客观化目光描写笔下的事物,普鲁斯特用慢镜头追忆逝去的时光。蒲松龄的魔幻现实主义、曹雪芹神话现实主义和百科全书般的综合能力也是他们得以独步千古的秘密武器。当今的文坛不大讲原创性了,不大重视形式了,但我以为,一本小说有一个恰切的甚至是新颖的形式仍然是十分重要的。小说作家从方法论角度对自己的小说操作做一些反思,甚而形成自己独到的方法仍然是重要的。

这是我最近读王小波"怀疑三部曲"所想到的。"怀疑三部曲"包括三部长篇小说:《寻找无双》《革命时期的爱情》《红拂夜奔》。王小波在总序里说到他的三大基本假设:"第一个假设是凡人都热爱智慧——因为我自己就热爱智慧,虽然这可能是因为我很低能。所谓智慧,我指的是一种理性思维时的快乐。当然,人有贤愚之分,但一个人认为思维是快乐的,那他就可以说是热爱智慧的。我现在对这一点甚为怀疑,不是怀疑自己,而是怀疑每个人都热爱智慧。我写《寻找无双》时,心里总是在想这个问题。第二个假设是凡人都热爱异性……但是这一点现在看来甚为可疑。我写《革命时期的爱情》时,这个念头总在我心间徘徊不去。第三个假设是凡人都喜欢有趣。……有趣是一个开放的空间,一直伸向未知领域;无趣是个封闭的空间,其中的一切我们全部耳熟能详。《红拂夜奔》谈的是这一点。现在我承认很多人是根本不喜欢有趣的。"

《寻找无双》说的是唐朝建元年间一个叫王仙客的年轻人去长安市宣阳坊寻找表妹无双要娶她做老婆的故事。无双的模样他记不清了,王仙客和无双曾在宣阳坊一座用作道观的空房子里住过,宣阳坊官吏王安、孙老板、侯老板、罗老板这些当年的邻居忘记了他，也忘记了无双。罗老板等人说到二十年前鱼玄机在这里住过，不过鱼玄机早已死了。王仙客住在宣阳坊一家客栈里，弄个望远镜观察那个空院子。他对鱼玄机入了迷，找刽子手打听鱼玄机死时为啥骂操你妈，还到监狱厨房买了一份囚粮，忽又想起无双，做梦却梦见鱼玄机。他想起来鱼玄机的使女叫彩萍，而无双的使女也叫彩萍，便找彩萍。长安市有六千个彩萍，找了一百多个都不是。人们的传言让王仙客怀疑是自己在牢里强奸了鱼玄机过后又忘了。王仙客被撵走，去了西阳坊，以拉皮条为生，遇一妓女，妓女摆好姿势他却无动于衷，忽然想起她就是彩萍。回忆当年无双听说他家伙太大，逼使女彩萍先与他试水，便与彩萍回宣阳坊寻找无双。彩萍似乎就是无双，比较淫荡，宣阳坊的人既喜欢又反感。罗老板等人想揭发这个假无双。罗老板回想三年前政府车裂附逆分子，无双被捆在木桩上拍卖，又说无双病死了。王仙客请客讨无双消息，拿出大刀要割罗老板小脑袋，罗老板这才想起无双“去了掖庭宫”，那是个宫女习礼的地方。他从身上扯出当年无双托他赠送给王仙客的汗巾。王仙客继续寻找无双。这已成为他的终身事业。小说最后一句话是：“我估计王仙客找不到无双。”

李银河认为《寻找无双》写的是人们选择性记忆病，人们只愿意记住他们愿意记住的，遗忘了不愿意记住的。王小波说他写这篇小说是怀疑每个人都热爱智慧。其实王小波的小说较为混沌，非单一主题，《寻找无双》就写了人们肮脏的心理、卑下的人格、猪狗般的生活，写了人与人之间的无情和敌意，写了人们非同党即奸党的思维方式，也写到了皇权的专制、残酷和腐败。如果说王小波的小说有中心意图的话，他的小说是对权力和欲望的嘲弄，嘲弄中还有点儿自得其乐。

王小波的人物皆取俯视角度。作者俯视笔下所有人物，包括小说叙述者“我”。他的人物是所谓的愚偶，一个个愣愣怔怔、二二乎乎，似乎是精神痴呆症患者，有的简直是疯子。王小波更在意人物卑劣的一面，动物性的一面，吃喝拉撒性这些东西。这些人物浑浑噩噩，荒唐，窝囊，卑俗，丑陋，令人恶心。王仙客寻找无双要与之结婚，这种行为无可厚非，但他的所作所为一点儿也不令人感动和尊重。《红拂夜奔》中李靖设计长安城，求证毕达哥拉斯定理和费马大定理，将费马大定理写进春宫画小人书里，发明开平方机器，做出了很多轰轰烈烈的事，但他似乎是个无情的人。他与皇帝是利用与被利用的关系，谈不上忠与奸；对红拂和情人李二娘也是一种利用与被利用关系，谈不上爱。鱼玄机杀死使女主动投案自首，坐牢里阴部长了阴虱，受刑时计较于自己的美丽与舒适，最后骂了一句“操你妈的”，也不会让读者同情。读者的感情立场既不会站在刽子手一边，也不会站在鱼玄机一边。作者一点儿也不煽情。李靖做爱而死，红拂说她也不想活了，便办理殉夫手续。申请非正常死亡指标，需刑部衙门批准，刑部权衡之后给了一个上吊指标。然后是礼部手续，礼部认为这季度殉夫的不少，社会风气趋于悲观，让红拂起码要等到下一季度。在礼部填表时，红拂在殉节动机一栏填上“觉得活着太麻烦”，显然不够进步，在人们的一再启发下改为“思念卫公”。其实红拂要求自杀的真正原因是李靖死后皇帝即任命她为贵妇联主任委员，她要主持会议，还要做大报告，觉得烦不胜烦，因此马上提出殉节申请。按照规矩，红拂上吊前还要注销各种注册、户籍、会员等等，还需绝食、净身、搭台子、受赐御宴等等，一系列程式之后，红拂登上绞刑架，仪态万方，看客如云。但宫中监督她的魏老婆子让其命悬一线，一直在死，但老死不了。最后还没断气魏老婆子就剥下她的亵衣卖钱去了，红拂的尸体也不见了。

王小波的人物在人格倾向上与王朔、塞利纳、热内笔下的人物有些近似，在精神结构上与堂吉诃德、阿Q、卡尔维诺的《树上的男爵》主人公柯西莫有些相近，在生存状态上与卡夫卡、贝克特笔下的人物相近，但又不是他们。王朔的人物还是正常的，无非有点冷嘲热讽罢了；堂吉诃德是一个理想主义者；阿Q、树上的男爵还是有感情的，还是想干些有意义的事情来；卡夫卡的人物比较干净，而且理性；贝克特的小说人物与王小波的小说人物同样黏稠、滞重，但没有王小波小说人物的痴呆和癫狂。

其故事没有中心矛盾冲突，且有意截断时间流向，将故事肢解成碎片，像是中国画的散点透视，写哪在哪。次要人物也可以浓墨重彩，如鱼玄机之死耗费了大量笔墨。其叙述推进十分缓慢，几乎原地踏步，或者说是不断回到原点，重新出发。一个细节可以多次提及，反复描摹，可称之为细节化、碎片化叙述。如第一段第一句：“建元年间，王仙客到长安城里找无双。”第二段第一句：“王仙客到宣阳坊找无双。”后来又有好多此类的开头：“王仙客到长安城去找无双那一年”，“王仙客找无双”,“王仙客去找无双时”,“王仙客到长安城里找无双”,“王仙客初来长安时”,“王仙客到长安城宣阳坊里找无双”,“王仙客到宣阳坊里来时”,“王仙客到长安城里是要找无双的”,“我们知道,王仙客第一次到宣阳坊来找无双是一无所获”,“我们现在知道,王仙客在宣阳坊里找无双时,那里有各种各样的传闻”,等等。每一次重述都有所变化,上一次简单提及的,这一次有可能详细描摹,这样的叙述形成了变奏和回旋效果。这种方法显然是受到了杜拉斯《情人》的影响,也可以看出贝克特、格里耶、马尔克斯的影响,但比他们更极端了。

小说的叙述方向,可以是单向的,也可以是双向的多向的,几个方向在中间或最后交织起来,也可以是循环的,最后返回到原点。小说的叙述速度可以是快板,冲突激烈,悬念重重,故事向着最后的目标快速推进;也可以是慢板,故事缓慢推进,录像带慢放般的,甚至原地踏步。《寻找无双》属于后者。它似乎有一个最终目的,那就是找到无双,但这个目标总是被搁置起来,不能说它有明确的叙述方向,那就是找到无双,也不能说它的叙述方向是找不到无双。因为寻找无双只是一个幌子,一个虚假的叙述目的。卡夫卡的K进不了城堡,格非的《青黄》里青黄空缺,余华的《鲜血梅花》里找不到仇人,都暗含着一个存在主义式的哲学性命题,王小波似乎没有这样的追求。

大量的闲话也延宕着小说的叙述速度。与作品主线、作品主要人物有关或者无关的,甚至与作品毫不相干的闲言碎语是作者叙述自由的表现。如王仙客列问题表,王仙客为解决困惑,“打算开一个平方根证明一下,偏巧选择了二来开平方,结果发现开起来无穷无尽,不但把手头的纸全做了算草,还把地板墙壁天花板全写满了”。“王仙客被撵出客栈之前,正手持一根竹竿,竹竿头上拴了一只毛笔,在天花板上写算式呢。据我所知,他是用麦克劳林级数开平方,已经算到了五千项。这一点现在看起来没有什么,用一台PC机就能做到,但是在当时可是一项了不得的科学成就。但是开客栈的孙老板不懂这些,只是破口大骂,说王仙客这疯子,把他的房子写脏了。其实王仙客并没全疯,思想还有逻辑:他想开尽了这个平方,验证了自己有运算能力,然后再演算先天妙数,算出自己是谁。这两件事做好之后,再决定是去找无双,还是找别的人,或者谁也不找了。”“据我所知,人在执笔演算时,可能有两种不同的目的。其一是想要解决某个问题,在这种情况下可能有结果,就是没算出来,害处也不大,因为可以下回再算;另一种是要证明自己聪明,这样演算永无结果,故而害处非常之大,在这种情况下,你不如找人来拍你马屁,说你很聪明,是个天才。人执笔写作也有两种目的,一种是告诉别人一些事,另一种是让别人以为你非常甜蜜,非常乖。我个人写作总是前一种情形。假如遇到后一种情况,我绝不会浪费纸笔,而是找到那些需要马屁的人,当面去拍,这样效率比较高。王仙客就是因为犯了演算不当的错误,故而总算不出个头绪。因为本书在谈智慧的遭遇,所以提到这些不算题外之语。”这就是昆德拉所说的小说的智慧。昆德拉写接吻大大议论了一番,甲与乙接吻,乙与丙丙与丁丁再与甲接吻,甲嘴里的唾液和气味最后又回到了自己嘴里。《巨人传》中巴奴日到处向人讨教该不该结婚,大家讲了大段大段结婚与不结婚的道理,闲话的疯狂增殖在某种程度上改变了叙述的本来面目,使文本变质。这种议论不同于日常的那些乏味的理论、教条,是一种与小说或生活有紧密联系的想象性或反讽性的智慧的揭示和演绎。王小波在后记里说自己的小说是严肃文学,而严肃文学必须公平,作品可以艰涩,可以荒诞古怪,但在这些毛病背后必须隐藏了什么,以保证有诚意的读者最终会有所得。重要的是作者不能太笨,读者也不能太笨。中国的作者偏笨了些,“我绝不至于太笨”。小说里这些怪异的闲话当然也证明着作者的智慧。

《寻找无双》不是纯正的第三人称,也不是纯正的第一人称,是第三人称和第一人称混合起来的混合型人称叙述。小说的主体用第三人称,但叙述人“我”时不时出场,他似乎一直在场,即使不在场,读者也能强烈地感觉到他。这个“我”是一个强势的我,他总要顺便抖搂出一点私货,甚至一堆私货。作者点明他叫王二,45 岁,是一个医院的电气工程师,年轻时在山西插过队,现与一位姓孙的妇科大夫结了婚,结婚之初患过阳痿引起的精神病。上四中时单恋一个女教师,每晚将其作为意淫对象。有时候他在小说里还直接拿人称说事。如《革命时期的爱情》第七节:“在这部小说开始的时候,我把自己称为王二,不动声色地开始讲述,讲到一个地方,不免就要改变口吻,用第一人称来讲述。”后面又说:“讲到了这里,我就不能把自己称作王二,这是因为当时有一种感觉,不用第一人称就不足以表述。”小说里这个王二时不时站出来说事,导引出许多现代观念和词语穿梭其中,如“上级让你被勒了几道以后死掉，你就得做那种打算，自己有别的打算都不对头”。如宣阳坊居委会主任王安问王仙客有证明文件没有，“王仙客就拿出山东博山府开的路引双手呈上，据说当年日本皇军检查中国人的良民证时，中国人就这样”。王仙客拦一个陌生人打听无双，“那人一言不发，脸上露出愤怒不满的神色，就像我前几天乘四十四路公共汽车到雅宝路碰到的一样”。还有鱼玄机每天晚上要开 PARTY，皇帝派空降兵镇压群众，等等。再如：“有个善良的人发明了用上等小牛皮制的避孕套，但是谁也不肯戴。因为当时熟皮子工艺不过关，所以那东西干瘪瘪像个风干了的小丝瓜。用时还要用带子拴在身上，不然就会掉下来。……但是要等到发明硫化橡胶，制出柔软的避孕套，起码要一千年，实在等不及。”有趣的是，这些无厘头语言行为破坏着作者建立起来的古代场景，但这古代场景仍觉可信。这样做的好处是打通了古代与现代的历史时空，历史与现实互相说明互相阐释，小说的空间更为宏阔，作者的表达可以天马行空，似乎有无限的自由。

王小波小说写的是现实，他对现实的批判内在而深刻，可他的现实是极端化了的扭曲的现实。《寻找无双》充斥着荒诞的细节。如鱼玄机行贿，一个刽子手分少了，不让她双腿并住，只好两腿叉开，像挨操一样。三绞毙命，需要勒三次，少一次也不行。如写无双的闺秀训练，“比方说，每天早上盛装在闺房里笔直地坐五个小时……与此同时还要吃上一肚子炒黄豆，喝几大杯凉水来练习憋屁。要做一个名门闺秀，就要有强健的肛门括约肌”。王仙客为使用望远镜养兔子成灾，李靖证明费马大定理，虬髯公到日本当皇帝，都荒唐之极。王小波小说是一种全面的荒诞，由内到外，由细节到整体，由人物故事到语言。王小波的语调是反讽性的，有一点儿哲学、逻辑学的味道。但王小波的小说是社会学的而非哲学和心理学的。整体上他不追求卡夫卡那样的抽象的哲学命题。

王小波的小说是有趣的。按他说是有智慧、有性加上有趣。同时也是自由的(王小波小说让我重新理解了美是自由这个命题)，打破小说常规的创造性的。他创造了自己的方法。但这种方法忌讳复制。读过“怀疑三部曲”再读《万寿寺》，我就觉得有些乏味。《万寿寺》写晚唐湘西节度使薛嵩与红线女的故事，写小说作者“我”得了失忆症，重读他写的有关薛嵩的小说，将“怀疑三部曲”里的各种玩法又玩了一遍，尽管玩出了新的花样，但原来那种强烈的新鲜感已经打了折扣。

可以把王小波小说概括为无厘头小说。当然他比香港那些无厘头电影有着远为深刻的批判性。总之，王小波小说是东西方文化杂交出来的一个怪胎，他渊源有自，但又是独一无二的。

昆德拉："存在"的小说与小说的存在

阅读米兰·昆德拉的小说，我眼前出现了这样一幅图像：一位冷漠的医生，将现代人类的生存状态放在 CT 之下，用哲学般的激光透视一番，嘴角露出几丝讥讽而淫荡的笑，然后手执手术刀，深入其根部，切出一块块肉体组织，放在展览馆里，用他冷漠、晦涩又略带幽默的语言，讲解给参观的人们。

昆德拉是值得人们参观的。他是一位表现存在的大师。

关于存在，昆德拉曾这样说："一部小说，若不发现一点在它当时还未知的存在，那它就是一部不道德的小说。"

20 世纪两次世界大战与冷战，苏联东欧的政治高压，社会的高速运转，社会价值观的变化，使现代欧洲人的生存表现出很多异于往昔的特性，产生了诸多的困惑，需要给予艺术的回答，而这种回答需要敏锐的眼光和高超的技艺。昆德拉似乎被时代选中，承担了这一任务。他将自己的笔深入时代内部，演化出一幅幅特异的存在图景，玉成了他独特的美学风格。

昆德拉把人们心里某种生命感受、某种生存态度作为主题之河：边界、流亡、回归、身份、轻、慢、媚俗、遗忘、不朽、爱情、玩笑、无知、偶然等等（如司汤达笔下的虚荣、福楼拜笔下的愚蠢一样），探询它们无边无际的内含和多样性，给予艺术化的解剖，献给同样敏感的现代读者。正是有了昆德拉这样的探询，我们对自己的生存状态和生命感觉才有了不同于以往的认识。比如生命中轻的感觉，我们过去就不认识它。我们大多对生活的不堪重负刻骨铭心，对生命中的轻没有感觉或者处身其中而不自知，昆德拉让我们恍然大悟：原来我们有很多时候正被这轻煎熬着，这轻竟是生命中不堪承受的东西。再如媚俗，这个由于昆德拉而在中国已经流行了十几年的词，在读者的脑子里已经生下了根，成为我们判断事物的一个维度。

昆德拉小说中插入了大量思想随笔性的东西，与小说形象和场景一块组成他存在的主题。如弗朗索瓦·里卡尔所说，这种议论性的文字与《战争与和平》中的大量议论并不相同。托尔斯泰的议论是外加的两张皮的东西，而昆德拉的议论发生在小说人物的磁场中，是在小说之外难以想象的思考，小说决定了其思考的形式和内容。昆德拉的真理是不断变化的多种多样的不确定的真理，往往具有悖论和讽刺的意味。

昆德拉对存在的解剖是用小说化的人物、场景和上述有关存在的思想来表达的。

其前期小说《搭车游戏》，对爱情和游戏这两个概念进行了蹂躏和解构。这篇小说写法上较为传统，有贯彻始终的情节、人物，有悬念，有丰沛的细节，两个热恋者开车度假，途中忽发奇想，玩搭车游戏，结果假事真做，两个人从虚拟的角色演化成妓女与嫖客的关系，游戏结束，小伙子不想回到从前的关系中，原本害羞的姑娘由抽泣到号啕大哭，重复着那句可怜的话："我是我，我是我，我是我……"看来嫌隙是难以消除了。轻松的游戏变成了残酷的现实。

这篇小说内质上并不传统。它十分深入地表达了现代人内心的陌生、放荡、逆反等心理。小伙子与姑娘都没有名字，都是符号性的存在。游戏结束时，小伙子突然觉得他的女朋友那么令人作呕，令人绝望地陌生，这样的感情与传统的爱情如梁祝、贾宝玉与林黛玉、罗密欧与朱丽叶的海誓山盟忠贞不渝判然有别，甚至与普鲁斯特、卡夫卡等现代作家小说中的爱情也殊为不同。其情节的假定性、幻想性也更为突出。倒是与罗布-格里耶的《去年在马里安巴》有相近之处：男人与女人相遇。男人告诉女人：一年前他们曾在这里认识，她许诺一年后在此重逢，并将与他一起出走。她起初不信，但男人不断描述他们曾经在一起的种种细节。于是，她开始怀疑自己的记忆了，她开始相信，或许真的去年发生过什么事。现实与往事纠缠在一起，真实或虚假的记忆刺激着女人发现不存在的自我。

《笑忘录》《生命中不能承受之轻》《不朽》是更为典型的昆德拉式小说。

弗朗索瓦·里卡尔在其昆德拉研究专著《阿涅丝的最后一个下午》中详细描述了昆德拉的小说模式。

黑格尔定义的现代小说主人公是互相冲突的个体，是战斗，是心灵的诗与非诗的遭遇，可称之为斗争小说。这种典型的小说模式，要求形式上的基本要素，比如悬念、高潮、情节推进、时间上的线性发展等。到了卡夫卡的小说，这种个体之间的冲突已经变质了，主人公与盲目的无处不在的权力对抗，对手处在不平等位置，失败是必然的。昆德拉准确地意识到黑格尔小说模式的衰竭，他笔下的人物放弃了斗争，放弃了对真理的信仰，他们选择了不再与世界对抗、逃避和消失的模式。如《不朽》中阿涅丝的心理：

> 在一个无法与之和谐的世界里如何生活呢？不能把别人的痛苦和欢乐当成自己的痛苦和欢乐，这样如何跟他们生活在一起呢？明知不属于他们的一员，如何跟他们生活在一起呢？

在一次谈话中，昆德拉批评了只是“向结局狂奔”的小说：“我像你一样喜欢大仲马……但是，我感到遗憾的是，几乎所有那时写出的小说都过于服从情节一致的规则。我的意思是说，这些小说都建立在情节和事件唯一的因果关系的连接上。……戏剧张力是小说真正的不幸，因为它会改变一切，甚至把最优美的篇章、最令人惊奇的场面和观察变为导致结局的一个普通阶段，结局只不过集中了前面所有情节的含义。”“然而，小说不应像一场自行车比赛，而应该像一场宴会，上很多道菜。”

里卡尔在引用这一段话之后说，就像菲尔丁在《汤姆·琼斯》中说的，一连串富有变化的、美妙的时刻，每个时刻都有其自身的价值。它们慢慢地相继到来，所有的目的只在于延续这份欢愉，占据时间并搁置时间，通过它们之间或近或远的关系将宾客在这一个又一个呈现在他们面前的时刻所发现的色彩、结构和味道联系起来。

一场宴会，也就是一场谈话，大家在一起分享或重或轻的话题，开放地交换意见，不断地在意想不到的方向展开交谈。

从《笑忘录》开始，作者放弃了建立在情节一致和戏剧性渐进上的小说的愿望，幻想着一种变奏形式的小说，这种小说如同旅行一般，只不过是“在无边无际的内部世界里”的旅行，也就是说是一种循环的旅行，几乎是不动的，重要的不是持续地、尽快地从原因走到结果，从一个情节走到下一个情节，读者也不必越过无数情节的漫漫旅程前进直到到达最后的大结局之终点站，相反，这样的旅行，会不断引起对某种真理的注意和追问，又总是被延迟，总是在别的什么地方，又总是就在那儿，就在眼前，闪闪发光，又隐藏在黑暗中。

昆德拉称18世纪之前的小说为小说史上的上半时，在拉伯雷、塞万提斯、斯特恩、菲尔丁和狄德罗的笔下，小说都还没有遵从情节一致和戏剧连贯性的原则，甚至也没有遵从严格而平衡的构成准则。采取的是流浪汉形式，散步的形式，自由谈话的形式，它们不仅不害怕突如其来的灵感、分岔、分心、插曲，甚至是不协调，而且还追求这些东西。小说的目的在于让读者迷失、滞留，不再有直线，不再有主道和次道，因为所有的道路都缠绕在一起，彼此连通，以至于散步者从来没有把握自己是前进还是原地转圈，他可以随时处在与刚才离开的背景完全不同的背景下。昆德拉的小说不是要复制从前的大师的技巧，它要恢复的是小说天赋的自由，也就是说要恢复那种挣脱了束缚和约定的小说形式和小说精神。他的小说属于小说史的第三时——卡夫卡、穆齐尔、布洛赫、贡布洛维奇的时代。第三时的小说知道现实主义的轮唱已至穷途末路，重新发现了"形式创造的无限自由"，正是这种自由开启了形式探索的可能性。

昆德拉小说模式与巴尔扎克等18、19世纪这些下半时的小说不同，与普鲁斯特、乔伊斯、福克纳、纳博科夫这些现代派小说也不同。按照卡尔维诺轻与重的辩证法，卡尔维诺的飘逸的想象力、博尔赫斯的智慧游戏都是轻逸的。与他们比较起来，昆德拉的小说不在人的心理和意识层面上用力，而是着力于重大的政治问题和现实问题，着力于人的生存状态，其小说精神是现实主义的。从这个意义上说，昆德拉确实是卡夫卡的女儿。我想，《包法利夫人》如果放在昆德拉手上，这位乡村医生的妻子不一定会自尽，她流畅的出轨故事可能会被碎为数段，她的丈夫、情人和另外的男人会分别得到其中的一部分，并因此而泄露出他们的雅与俗、智与愚。

昆德拉对存在的表达是以性作为依托的。

性的作用，一是其意识形态意义，性的放荡有反社会反意识形态的意义；二是主题的内在要求，其开放的主题与放荡者的生存状态最为相近；三是性之中有天然的艺术感和自由感。

昆德拉笔下的唐璜从来不是种马，他不追逐性高潮，不追逐陶醉，也不追逐对同伴的占有。给他动力的，是接近，是诱惑，是用以挑逗的种种微妙到极致的方法，总之，是一切在性交之前的东西。

《生命中不能承受之轻》中有这样一段话，可说是托马斯的性爱观：

> 总有百分之几是难以想象的。……如果能用数据来表示，他们之间有百万分之一的不同，百万分之九十九万九千九百九十九的相同。发现那百万分之一，并征服它，托马斯执迷于这一欲念。在他看来，迷恋女性的意义即在于此。他迷恋的不是女人，而是每个女人身上无法想象的部分，换句话说，就是使一个女人有别于他者的百万分之一的不同之处。

“小说就是放荡者的艺术。”（里卡尔语）就像《生活在别处》里说的，放荡者所爱的就是女人本身，女人的灵魂和肉体令人向往，同时又脆弱，不尽完美，就像存在本身。放荡者摆脱了时间、家庭，甚至自己的名字，甚至摆脱了自己的灵魂和命运，切断与社会和组织的联系，游戏人生，嘲讽自己与世界，以自己的方式实现了小说的智慧与美学。

对昆德拉的小说当然会见仁见智。布罗茨基对昆德拉颇有微词：“如果文学有社会责任的话，那大概就是展示人的最大限度，他精神上能达到的最大值。在这个意义上，陀思妥耶夫斯基小说中的超自然式的人物要比昆德拉的受伤的理想主义者有价值得多，无论后者多么现代多么普遍。”昆德拉对陀思妥耶夫斯基确有微词。陀氏小说中个人灵魂在善恶两个深渊之间的搏斗、摇摆，被昆德拉戏称为“阴暗的深刻性”，这种摇摆被他认为是“过分的举动”。

荒岛之书:面向困难的写作

这次论坛的题目是“荒岛之书”:假定一个人要去荒岛上度过残生,他只被允许带一本书,那么我们,当今的文学写作者,如何写一部能为这个人挑中的荒岛之书?

最近读了埃及作家马哈福兹的《我们街区的孩子们》,想到了自己的阅读。我们少年时代读小说是为了热闹,为了享受阅读快感,内心里可能也有了解、把握这个世界的隐秘欲望。有了作家梦之后,我们的阅读更为功利化、更为狭窄,主要是了解别人是如何写的。正因此,我们的阅读也更为高端化,我们只读那些确有创新的书。我们可以设想,这个深陷荒岛,时刻面临死亡威胁的人如果是个普通人,他还有必要读文学书吗?为什么读?我们可以排除他是个作家,他不为写作而阅读。那么,他阅读纯粹是为了打发时光,为了获得某种阅读快感。这样他带一本武侠小说或者悬疑、侦破小说就可以了。当然我们不满足于他带一本这样的书。他应该有另外的阅读目的,比如一种形而上的目的,他想借助这本书思考一番人生、社会甚至宇宙的问题。他有的是时间。上帝创造了大海、浪涛、风、阳光、树、鱼,而他隐身于这个荒岛之中,他面对着的是拯救和死亡,这里面有什么道理?关于阅读,借用美国学者哈罗德·布鲁姆的话,这个人阅读,是为了克服死亡。他说:“传统告诉我们,自由和孤独的自我从事写作是为了克服死亡。我认为自我在寻求自由和孤独时最终只是为了一个目的去阅读:去面对伟大。这种面对难以遮蔽加入伟大行列的欲望,而这一欲望正是我们称为崇高的审美体验的基础,即超越极限的渴求。我们的共同命运是衰老、疾病、死亡和销声匿迹。我们共同的希望就是某种形式的复活,这希望虽然渺茫却从未停止过。”

读《我们街区的孩子们》,我想到了现实主义。我们生活在一个尘世之中,我们的作品也应该勇敢地面对尘世,漂浮在现实之上的作品无疑是对现实的逃避。我最近看到一个词,叫历史的还原性,或者现实的还原性,就是文学作品可以还原到现实和历史之中,还原到历史的现场之中，还原到现实中那些复杂的人际关系和矛盾纠葛之中。本雅明说普鲁斯特人物的存在方式是植物性的，意思是他们深深根植于各自的社会生态环境，而不是脱离社会的孤零零的存在。但的确有很多描写现实的作品不令我们感动，其原因大多是缺乏新鲜感。看来我是一个现实主义者，也是一个不可救药的现代主义者。

这里说一下小说的品性问题。一是纯正的现实主义小说，具有历史的可还原性；二是不那么纯粹的现实主义或者其他主义的小说。我思考要带一本荒岛小说时，想到的多是不那么纯粹的现实主义小说，我有意识寻找纯粹的现实主义小说，想起来的不多，《西游记》不是。《红楼梦》？它什么都有。《三国演义》《水浒传》《金瓶梅》算吧。外国小说我想到普鲁斯特、卡夫卡、乔伊斯、马尔克斯之类，它们不算正宗的现实主义，它们的现实是一种新的现实。看来还是要把现实主义看作一种精神，而不必在乎形式。

但形式自有形式的意义。文学的试验精神是有意义的，它推动文学向前方跋涉。但不能不承认，文体方面的追求往往以牺牲现实感为代价，除非有小部分读者愿意接受这种牺牲。网上看到网友"比目鱼"的一段话：我觉得，之所以我本人比起所谓的现实主义小说更喜欢所谓的实验小说(或所谓的后现代小说)，可能是因为好的现实主义作家可以让你在他的小说里重新全身心地体验你对这个世界的某种感触，或者让你体验到在这个世界里那些你尚未体验过的感受；而好的实验小说家呢，他们给你看一个你从没去过的世界。法国作家莫洛亚在《从普鲁斯特到萨特》中说："真正小说式的东西并不存在于真实的世界之中，而是在真实与虚幻的世界二者的差异之中。"他没有说二者的差异是什么，我们大概可以从《红楼梦》《百年孤独》《撒旦诗篇》这类小说去体会这种差异。或可说小说精神就存在于真实与虚幻的对照与连接之中，逻辑的与非逻辑的，虚的与实的，重的与轻的，虚虚实实，真真假假。真实是基础，没有坚实的地基虚幻就没有意义，虚幻的东西又能让真实奇异、灵动、飞翔起来。

我们可以设想，这个人选择一部荒岛之书，其隐秘的欲望是通过一部伟大的书去寻求一种生命的深度和厚度，去提升自己的内在自我，抵抗死亡，某种意义上成就自己的伟大。设想这个人选择的这部具有伟大品质的书，其主题、人物和故事应该非同一般，这本书要有相当的长度,因为他的时间可能会很多,这本书要有深度,有言外之意,不那么浅白直接,因为他有可能反复阅读它。因此它必须是一本经典,或者具备某种经典性。

经典问题是个老话题,不够新鲜和时髦了。时代的变化让有些传统的经典黯然失色。经典在今天更是被解构和嘲弄的对象,经典并不定于一尊,每个人都可以有自己心目中的经典,或者说现在已经无所谓经典了。文学已经从教师爷的角色变成了宫廷小丑,博人一笑而已。罗兰·巴特上世纪70年代就改变了自己的零度观点,大讲文之悦了。他认为文学要取悦于人,要给人以欣快感,类似色情般的刺激。一个伟大的写作者也应该反抗经典,挑战杰作,因为他试图超越它。但经典抗拒着解构,正如人生、人的尊严这些东西不会被轻易解构一样。从文学写作这个角度去说,经典问题仍然有其存在的合理性。文学写作偏偏是个性化的,不能上生产线,作家的职业性质决定了他需要一个标高,他心目中要有一个范本,然后他超越这个标杆,为后世树立一个新的标杆。他要写出不同于别人的,甚至与文学史上所有的东西都有所区别的东西。这就是经典意识。也就是说,写作就是对经典的首肯和挑战。你要写一部荒岛之书,同样需要挑战传统经典,在某种程度上抵达或者超越你心目中的范本。“任何新作要想成为经典必须具有反经典的东西。”(布鲁姆)能写出来一部经典性的作品,这仍然是一个作家的正常的梦想。因此,经典问题还是值得我们经常性地予以思考。在我看来,有经典意识要比没有经典意识好一些。有了经典意识,我们就有可能向这个高度攀登,用尽毕生之力,也许我们仍然写不出来一部经典,但哪怕写出一部次经典、次次经典也是好的。

要写一部荒岛之书,总得有几条标准。我觉得应该包括这几个方面:

对中国和人类的重大或者重要问题进行深刻而独到的观照和表达,作品有批评性品格。

有独特的寓意和哲学感,经得起反复品味、反复阅读。

厚重、驳杂,语言和叙述上别具一格。

这几个方面总体上所表现出来的当代性。

关于经典,不少人给过定义,卡尔维诺在《为什么读经典》中给出了十四条定义,其中:(1)经典是那些你经常听人家说“我正在重读……”而不是“我正在读……”的书。(3)经典作品是一些产生特殊影响的书,它们要么以本身难忘的方式给我们的想象力打下印记,要么乔装成个人或集体无意识隐藏在深层记忆中。(4)一部经典作品是一本每次重读都像初读那样带来发现的书。(6)一部经典作品是一本永不会耗尽它要向读者说的一切东西的书。(9)经典作品是这样一些书,我们越是道听途说,以为我们懂了,当我们实际读它们,我们就越是觉得它们独特、意想不到和新颖。(11)“你的”经典作品是这样一本书,它使你不能对它保持不闻不问,它帮助你在与它的关系中甚至在反对它的过程中确立你自己。

美国批评家哈罗德·布鲁姆《西方正典》选择了26位经典作家,“对这26位作家,我试图直陈其伟大之处,即这些作家和作品成为经典的原因何在。答案常常在于陌生性,这是一种无法同化的原创性,或是一种我们完全认同而不再视为异端的原创性。……从《神曲》到《终局》的成就实际上就是从陌生性到陌生性的循环。当你初次阅读一部经典作品时,你是在接触一个陌生人,产生一种怪异的惊讶而不是种种期望的满足。当初次阅读《神曲》《失乐园》《浮士德·第二部》等作品时,人们将体会到它们共有的怪异特征,它们使你有一种对熟悉环境产生陌生感的能力”。比如他说到托尔斯泰:“在陌生性意义上而言的原创性超越其他一切品质,是能够使一部作品成为经典的品质。……现代俄国批评家什克洛夫斯基指出:‘托尔斯泰最常用的一个策略是拒绝认知一个对象,是把它描述为仿佛一个初次见到之物。’”“比目鱼”在《石板书》杂志的网站上读到一篇关于智利作家波拉尼奥《2666》的书评。他翻译过来的一段话可以帮助我们从读者角度体会这种陌生性:“根据普鲁斯特的观点,有一点可以显示出一位崭露头角的作者是一位大家:读他的作品时,我们会觉得它非常丑陋。只有二流作家才会写很美的作品,因为他们只是去表现那种早已司空见惯的美;理解他们的作品毫无困难,因为我们对那种东西已经见得太多。而当一位真正具有创新性的作家出现时,他的作品因为并不具有传统意义上的美感而显得难以名状、笨拙别扭或执拗乖张。只有当我们学会如何去阅读他的作品后才会意识到:这种丑陋其实是一种崭新的、从未有过的美,他的作品中那些看似不当之处恰恰是使之成为伟大作家的原因所在。”本雅明说小说是一个特例也是这个意思。当然，布鲁姆说，“对前人作品的解读需要一定的防范意识，因为对前人作品一味赞扬会抑制创新”，进而他说：“文学不仅仅是语言，它还是进行比喻的意志，是对尼采曾定义为‘渴望与众不同’的隐喻的追求，是对流布四方的企望。这多少也意味着与自己不同；但我认为主要是要与作家继承的前人作品中的形象和隐喻有所不同：渴望写出伟大的作品就是渴望置身他处，置身于自己的时空之中，获得一种必然与历史传承和影响的焦虑相结合的原创性。”布鲁姆的陌生性偏重于文本方面而不太强调社会和历史内涵。

陈晓明在《幸存与“渐入佳境”》（《文艺报》2009年8月20日）中充满焦虑地设问：“传统延续至今的那种文学——我们命名为纯文学、严肃文学、高雅文学……这种东西，它在今天要出局吗？它如何生存？还有多少自我更新的可能性？也就是说，作为文学自身历史延续下去的那种可能性，即创新的可能性——没有创新它的历史就终结了，它的生命也就终结了。因为比较起新兴的草根写作，比起网络写作，它在数量上已经是绝对劣势，它唯一可以存在的理由，就是它对文学创新有多少贡献。那么在‘创新性’上，或者说，在维系传统的文学性的行动上，它还有多少可能性？”

陈先生列举三个标准：“其一，它对中国人的生存历史与现实有真实的穿透；其二，它立足于本土生活，对人性有更丰富的洞察，它因此开掘了人类经验的广度和深度；其三，它依然有能力发挥出汉语的表现力、汉语在小说叙述或诗性写作方面的独特意味。在一般意义上，三者居其一就是好作品了，而要作为幸存之作，要能给予汉语写作更结实可靠的生命，则要三者都达到。”（以此标准他认为《檀香刑》《生死疲劳》《废都》《秦腔》《受活》《一句顶一万句》这些作品显示了中国文学幸存的可能性。他认为这些作品放到20世纪的世界文学中去都不丢中国人的脸。这些作家火候刚到，渐入佳境。“北方佬死倔，才有那种不顾后果的愚顽，才有长篇或大气象出现。大智还要若愚，那才会走向道路深处，走向穷途末路。这才会有向死的写，往死里写，那就是身处绝境中的写，这才有幸存的写，才有写的幸存，才有汉语文学的幸存。”）陈晓明似乎更为强调乡土经验，但他在文末问道：“当然，大地、乡土，还在佳境之内，还有疆界关闭。还有佳境之外吗？乡土之外还有更多的可能性吗？也许，还会有意外。”

刚看到中坤国际诗歌奖得主、阿拉伯诗人阿多尼斯的一个访谈，他说："伟大的诗人，我认为要具备三个条件。第一，他要提出前人未曾提出的有关存在、有关人道的问题；第二，他还要用他自己独特的诗歌语言来提问；第三，他要用这种语言和这些问题为诗歌开启新的问题，也就是说，提出问题是诗歌本身，它又可以成为提问的对象。所以，伟大的诗人应该成为分界线，标志一个时代的终结，或者一个新时代的开始。诗歌、诗人的这三种标准同样适用于思想家，但是，这样伟大的人物是非常少的。"

在我看来，要写出一部荒岛之书，它的标高决定了其操作的难度。荒岛之书是面向困难的写作。也许天才可以轻松地不经意地写出来一部经典，但我们多数人不是天才，我们只有一个办法，一个笨拙的办法，那就是把自己逼入一个困难的境地，逼入绝境，也就是说，我们要给自己制造困难，甚至是不可克服的困难，置之死地而后生。当然，从根本上说，这困难应该是生命的困难，存在的困难，"诗人应该被西绪福斯的巨石所包围和困扰"。

要给自己设置困难，无非是这几个方面：

1.主题的困难

上次论坛我讲到刘震云的《一句顶一万句》，他为自己找到了一个独到的主题。我们一般人写乡土，要么写田园牧歌，要么写底层人民的苦难，刘震云却写人与人之间的沟通。而且他下手特别狠。西方哲学发生语言学转向之后，语言问题、语言沟通问题、人与人的交往问题，成为一个现代的具有世界意义的话题。

与其他事情一样，写作也有惯性和惰性。我们拿起笔来，习惯于表达那种惯性作用下的话题，即使是经过深思熟虑，拿出来一看还是处于一般水平上下，好像是别的作家已经写过的，大师们已经说过的。一说爱情，我们就想表达主人公的缠绵悱恻、忠贞不渝，一说战争我们就想表达某种英雄主义，这都是思维和写作的惯性使然。这样做的结果如王彬彬批评的工匠化写作："他们不断写出的作品，给人的感觉常常是不好不坏，好也好不到哪里，坏也坏不到哪里。"这就要求我们避开寻常的话题，避开我们习惯写的，一般的爱情啦，乡土啦，官场啦，这方面一般的主题设置，大作家不是这样。像海明威，他说他只写别人不写的和别人不这样写的。别人不写的，主要是题材和主题方面，当然要找到这种新鲜的主题并不容易；写别人不这样写的，就要找到表达这种题材或者主题的独特的角度，比如从侧面写，从反面写，往深处写，用新奇的语言和叙述手法去写，所谓的解构，把这个题材这个主题揉碎、打烂，逼着它生长出一个新的东西来。构思和写作之中有意和自己过不去，惯性要求你往东去，你偏偏向西；惯性让你抒情，让你叫好，你偏偏冷若冰霜，与自己叫劲，扭巴着来。这样扭来扭去，也许能扭出一个不一般的主题来。当然，这样做的基础是，你有较为深厚的文学积累，你对社会、自我有较多的思考和发现。

给自己设置一个陌生的困难的话题，需要从自己的人生经验和社会经验中寻找，要经历一个艰难的构思过程，进行反复的比较、开掘、嫁接、孵化、催生，这里面包括借用当代最前沿的学术思想、最前沿的社会和艺术观念，对自己的经验进行反思、对接、撞击，其中产生的火花说不定就是一个新鲜而又深刻的主题。或者像耿占春说的，将这个时代出现的先兆性的细节主题化，这样的主题有可能是别人意想不到的。或者对一个寻常的主题给予解构、反转，推向极致，推向它的反面，推向它的消失之处，也许一个新的东西会不经意间出现。塞万提斯在骑士小说大行其道的时候，以疯癫的堂吉诃德和傻乎乎的桑丘两个人物对其冷嘲热讽，将其反转过来，终结了骑士小说。普鲁斯特避开当时流行的五花八门的主题，只写一个人是如何成为作家的，而这个作家的任务是寻找失去的时间，其中贯穿着的性嫉妒问题是对弗洛伊德的先期表达。卡夫卡摒弃了爱情、战争、道德等寻常的题材，专事揭示人生的荒诞处境，对德国法西斯主义进行了预先的批判。马尔克斯雄心勃勃写一部拉丁美洲的百年史，但这部历史是循环往复的，这才是真正的孤独。略萨说的不是作家寻找主题，而是主题寻找作家有一定道理。作家对一个问题有深刻的体验，刻骨铭心，或者长期关注，它似乎逼着作家把它表达出来。我们不妨有意识培养自己对某一个问题的持久兴趣，长期地观察、思考，形成自己的主题。

2.人物的困难

写人物难，写出来新鲜人物尤其难。别林斯基说文学人物是熟悉的陌生人，熟悉比较好办，陌生很难。这方面本人没有什么新见。这里说三点大家有可能不大关注的问题。

除了在人物的外貌、性格上写出其不同于他人之处外，人物类型上，一是注意边缘人物，疯子、罪犯、小偷、妓女、打工仔、流浪汉、乞丐，此类边缘人物具有天然的思想性意义。朱天文《从边缘出发，走向边缘——致大江健三郎先生》(《南方周末》2009年9月24日)引述大江健三郎《小说的方法》的一个标题:《从边缘出发，走向边缘》，其中说到一个词:边缘造型。他解释说，边缘是陌生化，是对一切习以为常的东西、理所当然的东西否定之，习惯成自然不被看见的予以看见，边缘是他者，是不认同，边缘是差异是多样性，边缘造型，有意识把陌生化的人当成小说人物创作出来，“它批判性地超越以天皇制文化为中心的指向和单一，为我们想象力提供了丰富的素材”。经典文学作品主角似乎小人物居多，鲁迅写阿Q，卡夫卡写土地测量员，乔伊斯写小商人，塞万提斯写疯子，福克纳写白痴，这些小人物无不承载着作家对人性对社会深广的忧思与批判。

二是注意中心人物的边缘性，大人物的怪异行为，他们心里的困惑、矛盾、挣扎。莎士比亚的国王、王子都在痛苦中挣扎，哈姆雷特人称忧郁王子，《红楼梦》里的公子哥儿们忧心忡忡，其为官的家长们一肚子男盗女娼，苏童的《我的帝王生涯》对当了皇帝的主人公进行了无情的嘲弄。

三是赋予人物一种哲学品质，要写出他独特的价值观、独特的语言和行为方式、独特的追求、独特的心理素质和意志力，把他们作为某种文化的代表、某种人性的代表、某种人格的代表来写。如浮士德，他要体验书斋之外的生活，体验所有的人生，包括爱情、政治，古希腊文化，与海伦恋爱，建立人间王国。

实际上现实生活比某些小说更精彩，现实中的某些人物比小说人物更精彩，如孙中介、彩霞。这反映出作家艺术表现力的苍白，想象力的贫弱。我们落后于这个时代。无疑，作家应该写出比现实更为精彩的人物和故事，来回应这个时代的挑战。

3.故事情节的困难

刚才说到传统的爱情作品，公子遇难，小姐相救，爱情遭家长或者强权否定，最后是有情人终成眷属，当代的爱情小说显然不能再这样写了。从《文学报》上看到一篇文章，谈谢宗玉小说《末日解剖》，作品写一个法医，隐瞒身份娶一位漂亮护士，因一篇报道妻子知道了丈夫的身份，夫妻冷战，拿尸体互相折磨，法医在一个私立医院院长的资助下再造圣女，妻子知道后生日那天自杀，说这是送给丈夫的礼物，她希望自己成为那圣女的一部分，哪怕只是一节指头。这也算是一个爱情故事，显然，这个故事与传统的爱情故事区别开来了，它具有了某种现代品格。

怎样判断一个故事的质量？除了故事的独特性，其中的悬念、转折、反转外，一个重要的标准是它的思想性。

本雅明说到一个故事，一个犹太村庄客栈，客人闲聊，有人提议每人说一个愿望。墙角的乞丐说：我愿是一个国王，统治一个大国。一天夜里，我在宫廷熟睡时，一个仇敌侵犯我的国家，他的马队闯进我的城堡，如入无人之境，惊起，身披衬衣逃走。翻山越岭，日夜跋涉，最后到达这里，坐在这个角落的凳子上。这就是我的愿望。“这对你有什么好处呢？”“我会有一件衬衫。”本雅明说这个故事把我们带到卡夫卡世界的氛围里。

我们看看丹麦女作家伊萨克·迪内森讲的几个故事：《诗人》《不朽的故事》《回声》。阿伦特总结她讲故事的哲学：如果一个人的生活故事无法被讲述出来的话，那么他的生活就是不值得过的。如果这是事实的话，那么是否能得出这样的结论：生活能够，并且应当像一个故事那样度过，一个人在生活中必须做的便是去实现这一故事。

阿伦特在评论布莱希特时讲过一个故事：一个学会说不的男人。

故事要尽可能地新鲜，陌生化，讲别人不讲的故事，不按正常的故事讲，讲这个故事的非正常方面，情节要向一个陌生的不可知的方向推进。《战争与和平》写 1812 年战争，不怎么写两军对垒指挥员如何运筹帷幄，诸葛亮、关羽般的大智、大勇，对俄国将士的英勇行为着墨也不多，他写军中的小偷，写战斗的盲目性，写俘虏生活。《巴马修道院》里的战争也是瞎打瞎撞。我们可以分析一下《费尔迪杜凯》的故事，两个小人物要寻找新的人类，遇到许多匪夷所思的事，故事基本上是向着一个陌生的不可知的方向推进，向极端处推进，你看了前面猜不出后面的情节。

另外，描写一个事件、一场纠纷、人与人之间的纠结，特别是一部书的骨干情节，要义无反顾地正面突击，不要虎头蛇尾，更不要用虚写一笔带过，不要用意外讨巧。麦家谈《风声》中的情节设置，不能戏不够神来凑。《窦娥冤》如果换一种写法，让窦娥想尽办法复仇，可能就是一部现代小说。

改变故事质地。同一个故事可以向诸多方向伸展,增加一点儿长度,或者转变一个方向,它的质量就被改变了。那个乞丐讲的,如果只是当国王,就是个一般的故事,讲他逃出来仍旧当乞丐,就是一个有卡夫卡意味的故事。把不可能向可能方向推进。日常生活中的玩笑、朋友间的打赌,往往并不当真,但把它当作真实的故事写出来也很有意思。马原说知青故事,两人打赌你敢挖下脚后跟我就敢吃了,那人真的挖下自己的脚后跟。如果写成小说,这也是个比较好的故事。

细节问题也很重要,这里不讲了。

4.叙述的困难

要把一件事叙述清楚,一般作家都有这种能力。但要把一件事叙述得别有风味,就不那么容易了。作家的个性基本上表现在叙述里。事实上前面说的几个问题都可以包含在叙述里,新鲜的主题,别致的人物,卓异的故事,需要你用一种合适的语调去叙述,这些东西逼着你找到这种语言。即使表达一个一般的故事,如果用别人不这样写的方法去表达,就有可能使这个故事变得非同一般。尝试用叙述让这个故事升华或者变质,生长出一些新的东西。当然,我们应该有明确的文体意识,操作一个文本,既要考虑它主题、人物、故事方面的新颖性,同时也要考虑文本上的新颖性。这后一点并不比前面那些东西容易。就像海明威说的,写别人不这样写的,这里面当然有作家的主体意识起作用,他说出来的是只有他能够说和愿意说的话。当然,这几个方面是一而二二而一的。刘震云找到那个沟通的主题,必然会用多组人物去表达,因此他讲述的是群体的人物、网状的故事。他讲述一个故事,但这个故事本身就包含着他对社会、人性等的褒扬、批评、发现、反讽。所谓作品的批评性品格,是作家的独立意识的表现,他通过他的人物和故事向社会发言。如略萨所说:“凡是刻苦创作与现实生活不同生活的人们,就用这种间接的方式表示对这一现实生活的拒绝与批评,表示用这样的拒绝与批评以及自己的想象和希望制造出来的世界替代现实世界的愿望。”这就说到了当代性。

关于当代性,美国学者张旭东在《当代文学不是现代文学的弃儿》(《中华读书报》2009 年 9 月 16 日)中说:

所谓的“当代性”指的是,我们必须——或者说不得不——把一切有关我们自己的经验——包括文学经验、政治经验、社会经验、个人经验等——高度当代化，也就是说，作为当下的、眼前的瞬间来把握。此刻我们不知道未来会怎么样，也并不在一个历史主义的时间轴上思考，这是单纯的经验和体验的本质，是海德格尔所谓的“存在的冒险”。“当代”的第一层意思仍然是在展开的，尚没有被充分历史化的经验。“当代”不属于已知的过去，甚至可以说它悬置在历史之外，因此具有一种特定的紧张感和不确定性。……相反，在一个更高的意义上来说，当代文学却是要有意识地把现代文学排斥出去，把它作为“历史”归入另册，从而把作为当代经验有机组成部分的当代文学经验从“过去”中分离出来，把它保持在一种特殊的思想张力和理论可能性之中。通过这种非历史化的自觉意识，当代把自己变成了所有历史矛盾的聚焦点，当代文学则把自己变成了所有文学史的最前沿和问题的集中体现。尼采曾说：“所有的历史最终都来到了现代性。”这里的“现代性”就是我们所说的“当代性”。我们也可以说，所有的文学最终都来到了当代文学。

最高意义上的当代，必然是现代性的最激烈、最充分、最政治化的形态；而最高意义上的当代文学，必然是文学本身最政治化、最具有矛盾性的状态，这种状态不仅仅界定当代文学，这事实上在一个特定的意义上界定着文学性本身，由此回溯性地界定一切关于文学和文学史的思考和讨论。……而当代文学总体上同“历史”和“知识”对应或对抗，因为它存在的本体论形态是行动，是实践，是试验，是冒险，是选择、判断和决定。文学虽然是一种表象或再现，但就其最内在的想象力和赋形能力来讲，它不属于反思和观念的谱系，而是属于一种不确定的、尝试性的生产性或创造性活动，并通过这种自身的内在属性而进入了广义的“当代”和“当代文学”所包含的文学本体论和政治本体论。

张旭东的当代性，是说作者应该主动把握自己的文学、政治、社会、个体经验，有意识地反抗过去的社会经验和文学经验，将这些经验作为当代问题去思考，在作品中建立起一个历史性的矛盾中心，表达最激烈、最政治化、最前沿的问题，它本质上是试验性的，是一种创造性活动。

英国评论家迈克尔·伍德说:“小说都是政治性的,就算看来离政治很远的时候也是这样;同时小说又是逃离政治的,即使是在它直接讨论政治的时候。”

这个当代性肯定是一个新鲜的东西。那么,什么是当代性?作为当代的一个作家,他在创作一部作品的时候,如何表达他的当代性?不知道。是当代人们遇到的最尖锐最深刻的问题?是作品所体现出来的当代的审美观念?

可以从近期出现的某些经典作品中琢磨这个问题。如《撒旦诗篇》对极端的宗教经验的批判,《耻》对种族问题的反思,《一九八四》《我们》对极权主义的批判,克莱齐奥的某些作品对消费文化的批判。

能找到一个属于自己的当代问题,并不是容易的事。这需要我们思想和意识的全面开放。有人议论诺贝尔奖的问题,说中国作家还没有参与到世界性的对话之中,我们应该改变这种情况,积极地参与到世界性的对话之中。

所谓的当代性,根本上说应该表现为作者的独立意识,对当代最前沿问题的批评与反思。作者独立于前现代的社会和文学经验,也独立于现代的社会和文学经验,直面当下,创造自我。

刚刚获得中坤国际诗歌奖的阿拉伯诗人阿多尼斯发表获奖词《文化撄犯和创作自由》(《文学报》2009 年 11 月 9 日)谈到诗人的独立意识:“诗歌面前只有两条路,要么是作为消费品而写,要么是作为撄犯者而写。选择前者,诗歌一诞生便已死亡;选择后者,诗歌一降生便被遗弃,沦为边缘。然而,一个真正的诗人别无选择,只有走上撄犯之路,去作本体的质疑。”“因而,阿拉伯诗歌不能仅仅像兰波那句名言那样‘让感官错乱’,还应该让大脑、思想和价值错乱。”“因而,诗歌并不面向集体或大众,它在他者——即读者——的内部创造一个隐秘的他者,并与之对话。而那位他者,也在诗人的写作中寻找一个隐秘人与之对话。双方分享折磨的体验,相互交流知识的途径,以便克服、摆脱这种折磨。那么,个性,应该被理解为抗拒集体的大众的民族的文化——亦即消费文化——的唯一方式。然而,在任何情况下,个性都不意味着抗拒集体、大众和民族本身,相反,它包含着与之对话,激发其中撄犯的能量,即自由、革新与进步的能量。”